Une sœur en fuite

*

Cœur en sursis

CAROL ERICSON

Une sœur en fuite

Traduction française de
FABRICE CANEPA

BLACK ROSE

HARLEQUIN

Collection : BLACK ROSE

Titre original :
MALICE AT THE MARINA

HARPERCOLLINS FRANCE
83-85, boulevard Vincent-Auriol, 75646 PARIS CEDEX 13
Service Clients — www.harlequin.fr
ISBN 978-2-2805-0027-2 — ISSN 1950-2753

Édité par HarperCollins France.
Composition et mise en pages Nord Compo.
Imprimé en avril 2024 par CPI Black Print (Barcelone)
en utilisant 100% d'électricité renouvelable.
Dépôt légal : mai 2024.

MIXTE
Papier issu de sources responsables
FSC® C159065

Pour limiter l'empreinte environnementale de ses livres, HarperCollins France s'engage à n'utiliser que du papier fabriqué à partir de bois provenant de forêts gérées durablement et de manière responsable.

1

L'inspecteur Billy Crouch de la police de Los Angeles prit une profonde inspiration. Le cœur battant à tout rompre, la bouche sèche, il se sentait terriblement mal à l'aise. En dépit du smoking impeccable qu'il portait ce jour-là, jamais il ne s'était senti aussi indigne du surnom de « Dandy » dont ses collègues l'avaient affublé.

Force était de reconnaître qu'il ne se trouvait pas du tout dans son élément. Nerveusement, il jeta un coup d'œil en direction de son coéquipier et meilleur ami, Jake McAllister dit J-Mac. Ce dernier l'avait couvert au cours d'un nombre incalculable de bagarres et d'échanges de tirs. Aujourd'hui, c'était au tour de Billy d'être là pour lui.

La marche nuptiale prit fin et un silence recueilli retomba dans l'église. Plus resplendissante que jamais dans sa robe de mariée d'un blanc immaculé, Kyra Chase était venue s'immobiliser aux côtés de J-Mac au pied de l'autel.

Une fois de plus, Billy tâta la poche de sa veste pour s'assurer que les alliances qu'on lui avait confiées s'y trouvaient bien. Il se força à se concentrer sur ce que disait le prêtre, qui avait commencé son discours de bienvenue à l'intention des nombreux invités présents.

Il livra une présentation très touchante du couple, emplie de tendresse et émaillée de quelques anecdotes amusantes.

Aux yeux de Billy, elle était parfaitement à l'image de ses amis. Le reste de la cérémonie se déroula à la perfection et les vœux que prononcèrent les mariés furent accueillis par une salve d'applaudissements enthousiastes.

Tous les proches de Jake et Kyra se réjouissaient de ce mariage. Ils semblaient réellement faits l'un pour l'autre et le bonheur qu'ils éprouvaient en ce jour se lisait sur leurs visages et dans chacun des regards qu'ils se lançaient.

À la suite des mariés, Billy sortit de la petite église qui se dressait à proximité de l'océan Pacifique. Il était censé participer à l'inévitable séance de photos organisée sur la plage. Tout ce qu'il espérait, c'était que Kyra n'insisterait pas pour qu'ils en prennent aussi sur la grève, là où les vagues venaient lécher le rivage. Ses chaussures en cuir italien ne résisteraient jamais à un tel traitement.

Avant qu'il ait pu rejoindre les nouveaux époux, Billy fut intercepté par ses deux fils, James et Darius, qui étaient presque aussi élégants que lui, ce jour-là.

— Papa, est-ce que nous pouvons aller nous baigner ? lui demanda Darius.

— Bien sûr que non, répondit James, son aîné. Ne sois pas débile !

— Pas de dispute aujourd'hui, vous deux ! protesta Billy en s'agenouillant face aux deux garçons. Et, non, Darius, nous ne sommes pas ici pour profiter de la plage. J-Mac et Kyra vont juste prendre quelques photos avant que nous ne rejoignions le restaurant où doit avoir lieu la fête. À ce propos, Kyra m'a dit qu'elle voulait danser avec vous deux, ce soir, et j'espère que vous lui ferez honneur. En attendant, tâchez de bien vous tenir et de ne pas abîmer vos beaux habits.

Billy se redressa et croisa le regard de Simone, son ex-femme, qui se tenait aux côtés de Nate, son nouveau petit ami. Ce dernier, visiblement gêné, lui adressa un petit signe de la tête. Se voulant magnanime, Billy lui décocha un sourire amical.

Il n'avait jamais vraiment compris pourquoi Nate paraissait toujours aussi mal à l'aise face à lui. Le mariage de Billy et Simone avait sombré bien avant qu'ils ne se séparent officiellement. Et il devait bien reconnaître qu'il en était le premier responsable. Contrairement à son ex-femme, il n'avait pas su prendre suffisamment de distance vis-à-vis de son travail. Il n'avait pas consacré assez de temps à sa famille et les liens entre Simone et lui avaient fini par se distendre.

Contrairement à lui, Nate avait toujours fait passer la famille avant tout le reste. Et lorsque l'entreprise pour laquelle il travaillait avait déménagé à San Diego, Billy avait donné l'autorisation à son ex de partir s'installer là-bas avec leurs enfants.

C'était d'ailleurs la première fois qu'ils revenaient à Los Angeles depuis leur déménagement. Les garçons avaient passé toute la semaine chez Billy et devaient repartir pour San Diego dès le lendemain matin. Ces retrouvailles avaient ravivé la douleur qu'il éprouvait à l'idée de se trouver séparé de ses fils. Mais il était suffisamment lucide pour admettre qu'ils étaient bien plus heureux auprès de leur mère et de leur beau-père qu'ils ne l'auraient été avec lui.

— Je ne veux pas danser, moi, déclara alors Darius d'une voix boudeuse.

Son frère se lança dans une imitation comique de la façon dont il se figurait une telle danse. Vexé, Darius lui décocha un coup de pied rageur. Billy attrapa chacun de ses fils par une épaule, les forçant à s'écarter l'un de l'autre.

— Arrêtez de vous conduire comme des voyous, leur dit-il. Si Kyra veut danser avec vous, vous danserez avec elle. C'est sa journée et vous ferez tout ce qu'elle voudra.

— D'accord, papa, acquiesça James. On sera sages. C'est promis.

Billy hocha la tête d'un air approbateur et se redressa pour aller rejoindre les mariés. Dès qu'elle remarqua son approche, Kyra s'avança à sa rencontre. Elle prit ses deux mains dans les siennes et se hissa sur la pointe des pieds pour l'embrasser sur les deux joues.

— Merci d'avoir accepté d'être notre témoin, lui dit-elle. Tu as été formidable.

— Tu ne dirais pas ça si tu avais assisté à l'enterrement de vie de garçon de J-Mac, rétorqua-t-il d'un ton malicieux.

— Il m'a raconté que vous vous étiez retrouvés entre flics pour ressasser vos exploits passés en buvant du scotch. Ça aurait pu être pire.

Billy leva les yeux au ciel d'un air faussement dramatique.

— Ton mari n'a vraiment aucun sens du mystère, déclara-t-il.

Kyra éclata de rire. Durant la demi-heure qui suivit, Billy se prêta au jeu de la session photo. Puis il suivit les mariés jusqu'au restaurant où les attendait le reste de leurs invités. C'était un très bel établissement qui proposait une cuisine fusion reflétant toute la diversité des communautés installées à Los Angeles.

Sur les buffets dressés avec goût, on trouvait aussi bien des tourtes au crabe, des avocats aux crevettes, des pâtés impériaux, que du satay de canard, des bouchées au porc à l'hawaïenne, des mini-tacos ou des samoussas de viande et de légumes.

Billy se servit une généreuse assiette mais, comme il s'apprêtait à regagner sa table, il bouscula malencontreusement une jeune femme dont la coupe de champagne se renversa sur la veste de son smoking. Il parvint à conserver son équilibre et attrapa la jeune femme par l'épaule pour l'empêcher de tomber.

— Je suis vraiment désolée ! s'exclama-t-elle.

— C'est moi qui m'excuse, protesta-t-il.

Il fut frappé par le charme qui émanait de son interlocutrice. Ses yeux bleus immenses contrastaient avec la teinte d'un noir de jais de ses cheveux. Son visage à l'ovale parfait arborait des traits parfaitement dessinés et une bouche qui lui parut délicieusement sensuelle.

— Je suis si maladroite, lui dit-elle en rougissant légèrement, ce qui la rendit plus ravissante encore.

bien au-delà de ses espérances. Son intervention fut saluée par de nombreux éclats de rire et des salves d'applaudissements. Et il fut l'un des premiers que Kyra invita à danser après Jake.

Libéré de ses obligations, il se mit alors à la recherche de la jolie brune qu'il avait rencontrée un peu plus tôt. Ne l'apercevant nulle part dans la salle de réception, il sortit dans la cour centrale du restaurant juste à temps pour la voir franchir la porte principale et se diriger vers le parking.

L'espace d'un instant, il fut tenté de l'interpeller. Mais il y renonça presque aussitôt, ne voulant pas donner l'impression qu'il la harcelait. L'idée qu'elle ait pu s'immiscer dans la réception de mariage d'un inspecteur de police ne manquait pas d'un certain piquant et il ne pouvait s'empêcher d'admirer son audace.

Il s'écoula plusieurs heures avant que Billy ne regagne enfin son appartement. Il avait dansé, bu et ri tout au long de cette soirée mémorable. Et il était plus convaincu que jamais que son ami Jake avait bel et bien trouvé son âme sœur en la personne de Kyra.

C'était une pensée réconfortante, au fond, car, tout comme Billy, Jake était inspecteur de police, divorcé et père d'un enfant qui vivait avec sa mère. Cela prouvait peut-être que Billy n'était pas forcément condamné au célibat…

Évidemment, il savait que, dans son cas, il existait un autre obstacle, bien plus formidable sans doute que ceux auxquels Jake avait dû faire face : la disparition aussi subite que mystérieuse de sa sœur Sabrina, survenue cinq ans auparavant. Elle avait constitué pour lui un choc terrible dont il ne s'était jamais vraiment remis.

Cet événement avait d'ailleurs joué un rôle non négligeable dans l'échec de son mariage. C'était en partie dans l'espoir de retrouver Sabrina qu'il avait consacré toujours plus de temps à son travail, s'éloignant ainsi de sa famille.

S'efforçant de réprimer ces sombres réflexions, Billy se déshabilla et alla prendre une douche. Après avoir enfilé un short et un T-shirt, il pendit son smoking, qu'il comptait apporter le lendemain à sa blanchisserie favorite. Il en profita pour récupérer le discours qui se trouvait dans sa poche intérieure et vérifia que les autres poches étaient vides.

Il eut la surprise d'y trouver un morceau de papier plié en quatre qu'il ne se souvenait pourtant pas avoir glissé là. Curieux, il le déplia et lut le message manuscrit qui figurait dessus :

Ne croyez pas tout ce que l'on vous dit.

Un sourire ironique se dessina sur ses lèvres. Ce genre de mises en garde faisait figure d'évidence pour un inspecteur de police. Toute la question était de savoir qui avait cru bon la lui rappeler et pour quelle raison.

Une chose était certaine : il ne pouvait s'agir que de l'un des convives du mariage. Il savait en effet que cette note ne se trouvait pas dans sa poche la veille au soir, lorsqu'il avait sorti le smoking de son armoire.

Était-ce une allusion à l'une de ses enquêtes ? Et si oui, laquelle ? Les deux affaires sur lesquelles il travaillait actuellement étaient de natures très différentes. La première concernait l'assassinat d'un touriste, la seconde, un règlement de compte entre gangs rivaux. Il avait promis à Jake de boucler les deux dossiers avant que Kyra et lui ne rentrent de leur voyage de noces en Écosse.

Avait-il interrogé des témoins qui auraient pu lui mentir ? Et, dans ce cas, pourquoi son mystérieux correspondant ne s'était-il pas montré plus explicite ?

Évidemment, ce ne serait pas la première fois qu'il se trouvait confronté à un indice aussi cryptique et fragmentaire. Il savait que bon nombre de ses collègues refusaient de tenir compte de telles indications. Mais Jake et Billy préféraient généralement garder l'esprit ouvert : ils savaient d'expérience que la vérité surgissait parfois des sources les plus improbables.

Pensif, Billy ouvrit la porte-fenêtre qui donnait sur le balcon de son appartement. Il s'accouda à la rambarde et contempla la marina qui s'étendait en contrebas. Des tas de gens auraient eu l'occasion de glisser ce mot dans sa poche au cours de la journée. Il avait même abandonné sa veste sur le dossier de sa chaise, pendant qu'il était en train de danser.

Pourtant, il ne pouvait s'empêcher de repenser à la jolie brune aux yeux bleus qui s'était gardée de lui donner son nom et avait menti en prétendant connaître Kyra depuis l'enfance. S'était-elle introduite dans cette réception précisément pour lui remettre ce message ? S'était-elle débrouillée pour qu'il la bouscule ?

Si tel était le cas, cela signifiait probablement que tous deux seraient amenés à se revoir. Et cette perspective était loin de lui déplaire...

2

Mia Romano observait attentivement la silhouette de Billy Crouch qui se détachait à contrejour sur le balcon de son appartement.

En se retrouvant face à lui, ce jour-là, elle avait été frappée par le charme qui émanait de lui. Le séduisant inspecteur afro-américain lui avait un peu fait penser à Denzel Washington dans sa jeunesse. Il partageait avec l'acteur cette élégance naturelle mêlée de décontraction et d'humour et était bien plus séduisant encore en réalité que sur les photos de surveillance qu'elle avait pu étudier.

Mia savait quasiment tout de lui. Elle savait que sa femme et lui avaient divorcé, qu'ils avaient vendu leur maison située dans le quartier de Ladera Heights et que Billy était venu s'installer ici, à Marina Del Rey. Elle savait que ses collègues et ses amis l'avaient surnommé le Dandy. Elle savait aussi depuis combien de temps il travaillait pour la police de Los Angeles, comment s'appelait son ex-petite amie journaliste, qui était son tailleur préféré ou sur quelles enquêtes il avait travaillé ces derniers temps…

En fait, elle savait bien plus de choses sur lui que sur l'homme avec lequel elle s'était fiancée autrefois. Réprimant un soupir, Mia rabattit la capuche du sweat-shirt de couleur sombre qu'elle portait. Les étés pouvaient être brûlants en Californie mais, le soir venu, une brise très fraîche venue de l'océan se levait souvent, faisant brusquement chuter la température.

La présence de ce vent avait au moins le mérite de dissiper la brume, lui offrant une vue parfaitement dégagée. Plongeant la main dans son sac à dos, elle en tira une paire de jumelles et les porta à ses yeux pour observer Billy plus attentivement. Malheureusement, il avait déjà disparu à l'intérieur de l'appartement.

Ravalant sa déception, Mia examina les alentours de l'immeuble. Elle aperçut alors un couple qui se trouvait près de l'entrée. La femme avait posé ses mains sur la poitrine de l'homme comme pour le tenir à l'écart mais ce dernier ne paraissait pas décidé à la laisser tranquille.

— On ne t'a jamais dit que non, c'est non ? murmura Mia. Laisse tomber et rentre chez toi.

Comme s'il avait entendu son conseil, l'homme finit par se détourner et s'éloigna à grands pas. Sa démarche trahissait la frustration qui l'habitait. Visiblement soulagée, la femme pénétra dans l'immeuble et referma la porte vitrée derrière elle.

Au loin, un moteur de bateau se fit entendre et Mia chercha des yeux l'origine de ce bruit. Elle aperçut un petit hors-bord qui traversait la marina à vive allure. Il finit cependant par ralentir et s'arrêta à hauteur de l'immeuble de Billy. Un homme sortit de la cabine et s'immobilisa sur le pont.

Il sembla à Mia que lui aussi observait le balcon de l'inspecteur. Il demeura ainsi immobile durant plusieurs minutes avant de réintégrer la cabine de pilotage. Quelques instants plus tard, le hors-bord redémarra, opéra un gracieux demi-tour et repartit à vive allure en direction de la baie.

Mia le perdit rapidement des yeux et laissa échapper un juron. Elle regrettait amèrement de ne pas disposer elle-même d'un bateau pour pouvoir le suivre. À cet instant, les lumières de l'appartement de Billy s'éteignirent et Mia comprit qu'il avait dû aller se coucher.

Rangeant ses jumelles, elle regagna sa voiture et quitta le parking où elle s'était garée pour aller stationner au bout de l'impasse qui longeait l'immeuble de Billy. De là, elle avait une vue imprenable sur la rue principale et pouvait photographier les plaques d'immatriculation de toutes les voitures qui se garaient là.

C'était ce qu'elle faisait très régulièrement depuis près d'une semaine lorsqu'on l'avait informée de la disparition de Chanel. Récupérant le thermos de café qui se trouvait dans sa boîte à gants, elle se servit une demi-tasse qu'elle avala à petites gorgées. Si elle devait rester en planque toute la nuit, il valait mieux économiser ses réserves.

Quelques minutes plus tard, son téléphone portable se mit à sonner. Avisant le numéro qui s'affichait à l'écran, elle répondit et activa le haut-parleur.

— Salut, Tucker.

— Salut, Romano. Est-ce que tu as réussi à prendre contact avec ta cible, aujourd'hui ?

— Oui. Je me suis incrustée au mariage de son coéquipier et je lui ai parlé.

— Tu crois qu'il te reconnaîtra si vous vous croisez de nouveau « par hasard » ?

Mia se rappela l'intensité qu'elle avait perçue dans le regard de Billy et la façon dont il l'avait suivie des yeux tandis qu'elle se dirigeait vers la sortie du restaurant.

— Je pense que oui, répondit-elle.

Elle omit volontairement de parler du mot qu'elle avait glissé dans la poche de smoking de Billy. S'il n'avait tenu qu'à elle, elle lui aurait déjà dit toute la vérité. C'était l'approche qu'elle avait recommandée à son supérieur mais Tucker n'avait rien voulu entendre.

— Parfait, approuva ce dernier. Rapproche-toi de lui et tâche de découvrir ce qu'il sait exactement. Est-ce que tu le surveilles toujours, à l'heure actuelle ?

— Oui, je comptais rester devant chez lui jusqu'à la fin de la nuit, au cas où.

— Très bien. Rappelle-moi s'il y a du nouveau.

Tucker raccrocha et Mia se renfonça dans son siège, scrutant les alentours. Elle remarqua alors une silhouette qui se déplaçait furtivement dans le petit jardin collectif qui s'étendait au pied de l'immeuble de Billy.

Elle passait d'un massif à l'autre, se maintenant dans l'ombre. Bien sûr, il aurait très bien pu s'agir du SDF que Mia avait aperçu à plusieurs reprises rôdant aux alentours de l'immeuble. Mais elle décida d'en avoir le cœur net.

Mia descendit de voiture et referma la portière aussi silencieusement que possible. À pas de loup, elle se dirigea vers le muret qui délimitait le jardin de la résidence et prit appui dessus pour le franchir d'un bond. Elle s'abrita alors derrière le bosquet le plus proche.

De l'endroit où elle se trouvait, elle pouvait toujours apercevoir la silhouette qui se rapprochait de l'immeuble. Précautionneusement, elle se mit à progresser entre les arbres, s'efforçant de demeurer elle aussi dans l'ombre. Au bout d'un moment, l'angle du bâtiment lui fit perdre de vue la silhouette qui devait en être désormais toute proche.

Mia profita de cet angle mort pour courir à toute vitesse jusqu'au coin de l'immeuble. Là, elle s'immobilisa, haletante, et risqua un coup d'œil en direction de l'endroit où elle avait aperçu la silhouette pour la dernière fois. Scrutant les environs, Mia ne l'aperçut nulle part.

Cela signifiait probablement qu'elle avait pénétré dans l'immeuble qui possédait une entrée de ce côté-ci. Sans hésiter, Mia se remit à courir jusqu'à la porte en verre qui donnait sur le hall de l'immeuble. Là, elle vit une femme vêtue d'une robe de chambre et de chaussons en forme de lapins qui se tenait devant la rangée de boîtes aux lettres métalliques.

Elle était en train de consulter son courrier qu'elle venait apparemment de récupérer. Percevant la présence de Mia, elle leva les yeux vers elle d'un air inquiet. Mia lui adressa un sourire qui se voulait rassurant. Elle s'apprêtait à entrer pour interroger la femme aux chaussons lorsque, du coin de l'œil, elle perçut un mouvement sur sa droite.

Se tournant de ce côté, elle entrevit la silhouette qu'elle avait repérée qui s'éloignait en courant vers la partie la plus touffue du jardin. Comprenant qu'elle avait été repérée, Mia se précipita à la poursuite du fuyard.

Cette partie du jardin située sur l'arrière du bâtiment semblait avoir été laissée à l'état sauvage. De nombreux buissons d'épineux ralentissaient sa progression, menaçant de la faire trébucher à chaque pas dans l'obscurité presque totale.

Mia renonça à sortir la lampe torche qui se trouvait dans son sac à dos de peur de se laisser distancer. De loin, elle avisa la tache plus claire formée par le mur recouvert de stuc qui délimitait le périmètre de la résidence. Le fuyard qu'elle pourchassait était en train de l'escalader avec une agilité consommée.

Mia pesta et pressa encore l'allure. Malheureusement, dans sa précipitation, elle trébucha sur une racine et s'étala de tout son long. Jurant de plus belle, elle se redressa et se remit en marche à une vitesse légèrement plus prudente. Parvenue face au mur, elle bondit pour en agripper le sommet et se hissa dessus à la force des bras.

Depuis ce perchoir, elle put voir la silhouette – probablement un homme, intégralement vêtu de noir – qui remontait en courant le long de l'un des quais de la marina. Mia comprit aussitôt ce qu'il s'apprêtait à faire et son intuition se trouva rapidement confirmée lorsque l'homme bondit dans un petit hors-bord – probablement celui qu'elle avait aperçu un peu plus tôt.

Mia soupira intérieurement en regardant le bateau s'éloigner à vive allure. De toute évidence, elle n'était pas la seule à surveiller Billy Crouch, ce soir. Mais elle était prête à parier que les intentions de cet autre groupe, quel qu'il fût, étaient loin d'être aussi louables que les siennes.

Deux jours après le mariage, Billy quitta le garage souterrain de la division nord-est au volant de sa voiture de service banalisée. Sa première journée sans Jake avait été particulièrement intense puisque le lieutenant Figueroa, son supérieur hiérarchique direct, comptait sur lui pour couvrir simultanément leurs deux postes.

Une chose était sûre : les trois prochaines semaines allaient être longues. Mais Billy était résolu à relever le défi. Son partenaire avait bien mérité de profiter tranquillement de sa lune de miel.

Lors du séjour de ses deux fils, Billy avait fait l'effort de cuisiner, mais il savait que son réfrigérateur et ses placards étaient désormais quasiment vides et il ne se sentait vraiment pas d'humeur à aller faire les courses. Il décida donc de faire un détour par son restaurant chinois préféré pour commander un plat à emporter.

Il se gara sur le parking d'un petit supermarché situé sur le boulevard Lincoln et gagna le restaurant qui se trouvait de l'autre côté de la rue. Là, il prit place dans la file d'attente devant le comptoir et s'absorba dans la lecture des informations sur son téléphone portable.

Au bout de quelques minutes, quelqu'un lui tapota le bras. Relevant les yeux, il se retrouva face à la belle brune aux yeux bleus qu'il avait rencontrée au mariage de Jake et Kyra. Elle le considérait avec une pointe d'amusement non dissimulé.

— Je me disais bien que c'était vous ! s'exclama-t-elle.

Billy la considéra avec étonnement, se demandant si elle l'avait suivi jusqu'ici. Mais le verre de soda qu'elle tenait à la main semblait indiquer qu'elle avait déjà commandé et s'était donc trouvée ici avant lui.

— Je ne me trompe pas, n'est-ce pas ? lui demanda-t-elle

en fronçant les sourcils. Vous étiez bien le témoin lors de ce mariage à Malibu, ce week-end ?

— C'est bien moi, acquiesça Billy, revenu de sa surprise. Mais que faites-vous là ? Nous sommes loin de Malibu.

— Sacrée coïncidence, reconnut la jeune femme. J'avoue que j'ai été très étonnée en vous apercevant dans la file. Vous vous appelez Billy, n'est-ce pas ?

— Effectivement. Vous, en revanche, vous ne m'avez jamais donné votre nom.

— Je sais, souffla la brunette en lui décochant un clin d'œil complice. Je n'ai pas osé parce que je n'étais pas vraiment invitée à ce mariage. Je me suis plus ou moins incrustée à la réception.

Son honnêteté avait au moins le mérite d'être rafraîchissante.

— Je m'en étais douté, acquiesça-t-il. Il se trouve que la mariée n'a aucun ami d'enfance.

— C'est triste, opina la jeune femme.

Tout en discutant, ils avaient continué à avancer en direction du comptoir. Ils y accédèrent alors et Billy commanda un bœuf façon kung pao, un poulet à l'orange et du riz frit. Lorsque le vendeur lui demanda s'il comptait manger sur place ou voulait emporter le tout, sa compagne posa une main sur son avant-bras.

— Si vous voulez, vous pouvez vous joindre à moi, lui dit-elle. J'allais m'installer sur la terrasse. À moins que vous ne soyez pressé, bien sûr...

— Pas du tout, lui assura Billy. Installez-vous à l'une des tables libres. Je récupère ma boisson et je vous rejoins tout de suite.

— Parfait ! s'exclama la brunette avant de se diriger d'un pas presque dansant vers la porte vitrée.

Billy la suivit des yeux, fasciné malgré lui par le charme qui émanait de la jeune femme. Lorsqu'on lui eut apporté le soda qu'il avait commandé, il se dirigea à son tour vers la terrasse, s'attendant presque à ce que l'inconnue ait disparu aussi soudainement qu'elle avait fait son apparition.

Mais elle était bel et bien là, assise à l'une des tables, sirotant tranquillement sa boisson. Elle lui adressa un petit signe de la main et il la rejoignit.

— Reprenons, lui dit-il en posant son verre sur la table. Je suis Billy Crouch.

Il lui tendit une main qu'elle serra dans la sienne et il ne put s'empêcher de remarquer la douceur de sa paume.

— Molly Jones, se présenta-t-elle à son tour. Agente immobilière et grande amatrice de mariages.

— Agente immobilière ? répéta Billy en prenant place en face d'elle. Voilà qui est intéressant. Je pourrais avoir besoin de vos services.

— Juste un instant, lui dit-elle. Il me semble avoir entendu appeler mon numéro de commande.

Molly se leva si vivement qu'elle faillit renverser la chaise en plastique sur laquelle elle était assise. Elle la retint au dernier moment avant de se diriger à grands pas vers le restaurant.

Billy la suivit de nouveau des yeux. Au moins, il connaissait son nom, à présent. Il lui restait juste à savoir si elle était seulement fan de mariages, comme elle le prétendait, ou si sa présence avait un lien quelconque avec le papier qu'il avait retrouvé dans sa poche.

Quelques minutes plus tard, elle revint avec un plateau sur lequel était posée une assiette d'ailes de poulet frites, un plat de bœuf aux brocolis, du riz gluant et quelques nems. Si elle était réellement dotée d'un tel appétit, il n'était pas étonnant qu'elle en soit réduite à s'immiscer dans des réceptions privées.

— J'ai l'impression que j'ai eu les yeux plus gros que le ventre, remarqua Molly avec un sourire désarmant. N'hésitez pas à vous servir en attendant votre commande.

— Vous êtes sûre ?

— Certaine.

Billy ne se fit pas prier et cueillit l'un des nems à l'aide de ses baguettes.

— Délicieux, déclara-t-il.

Comme Molly l'imitait, on appela le numéro de la commande de Billy. Il se leva et retourna au comptoir pour aller la chercher. Tandis qu'il la récupérait, il entendit un homme qui se trouvait là et était en train de se plaindre avec véhémence.

— Je vous jure que je ne l'ai pas récupérée ! s'exclama-t-il. C'était la commande 42. Un bœuf aux brocolis, des nems...

Billy s'efforça de dissimuler le mélange de stupeur et d'amusement qu'il sentait monter en lui. S'emparant de son plateau, il rejoignit Molly qui venait de terminer ses nems.

— Il y a quelqu'un au comptoir qui s'est fait voler sa commande, on dirait, remarqua-t-il d'un ton faussement innocent.

— Le restaurant est bondé, rétorqua Molly sans se démonter le moins du monde.

Elle captura un morceau de poulet qu'elle porta à ses lèvres. Billy ne put s'empêcher d'admirer la délicatesse avec laquelle elle le grignota.

— Dites, reprit-elle au bout d'un moment, j'ai cru comprendre que le mariage en question était celui d'un policier.

— Effectivement, acquiesça Billy avec un sourire amusé. Je suis moi-même inspecteur au sein de la police de Los Angeles.

Molly esquissa une charmante grimace.

— Aïe... J'aurais peut-être dû éviter de vous aborder, tout à l'heure. Ou, mieux encore, j'aurais dû choisir un autre mariage...

— Je n'aurais pas eu le plaisir de faire votre connaissance, rétorqua Billy. Mais je serais vraiment curieux de savoir ce qui a pu vous pousser à vous immiscer dans cette soirée.

— J'étais censée retrouver une cliente dans le restaurant voisin mais elle n'est jamais venue. J'ai aperçu votre réception par la fenêtre et je me suis dit que l'ambiance avait l'air très sympathique. Croyez-moi si vous voulez mais je n'ai pas pour habitude de faire ce genre de choses.

— Est-ce que vous deviez rencontrer un client dans les parages, aujourd'hui aussi ? lui demanda Billy.

— J'en ai quelques-uns qui vivent dans le coin, répondit-elle. Mais si je suis ici, c'est parce que j'habite ce quartier.

— Figurez-vous que moi aussi.

Les coïncidences se multipliaient de façon exponentielle… et particulièrement suspecte. Comme tous les policiers dignes de ce nom, Billy avait appris à se défier de tels concours de circonstances.

— Depuis combien de temps vivez-vous à Marina Del Rey ? lui demanda-t-elle.

— Depuis mon divorce, il y a moins d'un an. Et vous ? Vous êtes mariée ?

Elle secoua la tête.

— Ça n'est pas passé loin, une fois, mais j'ai évité le pire, répondit-elle.

— Vous voulez parler du mariage en général ou du marié en particulier ? s'enquit Billy.

En dépit des soupçons que lui inspirait cette fille, il ne pouvait se départir d'une certaine curiosité à son égard. En l'espace de quelques minutes, il en avait appris plus sur elle que sur certaines des femmes avec lesquelles il était sorti depuis son divorce.

— Je suis désolé, s'excusa-t-il. C'est une question très personnelle. Ne vous sentez pas obligée d'y répondre.

Elle haussa les épaules.

— Je ne suis pas opposée au mariage, répondit-elle. Disons simplement que, si ça devait se reproduire, j'essaierais de trouver quelqu'un qui ne soit pas un criminel…

— Un criminel ? répéta Billy, de plus en plus intrigué.

Le téléphone portable qui était posé sur la table se mit alors à vibrer et Molly jeta un coup d'œil à l'écran.

— Des clients, lui dit-elle. Il va falloir que je vous laisse. Puis-je vous laisser ma carte, au cas où vous décideriez de déménager, un de ces jours ?

— Certainement, répondit-il. Puis-je vous appeler même si je ne compte pas le faire ?

Elle lui décocha un radieux sourire qui fit étinceler ses beaux yeux couleur d'azur.

— J'en serais vraiment ravie, Billy.

Elle sortit de son sac à main une carte de visite qu'elle déposa près de son assiette.

— N'hésitez surtout pas, ajouta-t-elle.

Billy jeta un coup d'œil à la carte en question. Il n'avait jamais entendu parler de cette agence immobilière.

— Vous êtes à votre compte ? lui demanda-t-il.

— Je travaille avec un associé, précisa-t-elle. Mais nous sommes indépendants, en effet. Cela nous permet d'offrir à nos clients un service personnalisé et d'éviter des commissions qui enfleraient leurs factures. J'ai été ravie de vous revoir, Billy. Et soulagée que vous ne m'arrêtiez pas pour m'être incrustée au mariage de votre ami...

— J'ai été enchanté de faire votre connaissance, Molly, répondit-il. Vous êtes sûre que vous ne voulez pas emporter la fin de vos plats ? ajouta-t-il en désignant les plats de la jeune femme qui étaient encore aux trois quarts pleins.

— Oh ! non, répondit-elle en tapotant son ventre plat. J'ai nettement surestimé mon appétit. À bientôt, Billy, j'espère...

— Avec plaisir, répondit-il.

Elle hocha la tête et se détourna. Tandis qu'elle s'éloignait à grands pas, il ne put s'empêcher d'admirer le balancement de ses hanches et la grâce inconsciente de sa démarche. Il y avait chez elle une sensualité naturelle à laquelle il était loin d'être insensible.

Un sourire non dénué d'autodérision se dessina sur ses lèvres. Tout sonnait faux, chez cette fille, à part l'étrange alchimie qui semblait exister entre eux. Et s'il voulait découvrir qui elle était réellement et ce qu'elle lui voulait, il allait devoir reprendre rapidement contact avec elle.

Quelques heures plus tard, après avoir fait sa lessive, rangé son appartement, passé l'aspirateur et réglé par visioconférence une dispute entre ses fils, Billy se laissa tomber sur son canapé, passablement fourbu.

Comme il s'apprêtait à allumer la télévision pour regarder un épisode d'une série policière britannique qu'il appréciait tout particulièrement, il entendit frapper à la porte de chez lui.

Billy se redressa en maugréant. Il n'attendait personne et, à cette heure tardive, il s'agissait très probablement de quelqu'un qui s'était trompé de porte. À moins que Molly ne se soit décidée à venir lui rendre visite, lui souffla une petite voix intérieure.

Il ne put réprimer un petit frisson d'excitation à cette idée. Mais il se ressaisit aussitôt : non seulement il ne lui avait pas communiqué son adresse mais, de plus, une telle visite à l'improviste serait sans doute plus inquiétante qu'émoustillante.

Jetant un coup d'œil à travers le judas, il aperçut dans le couloir une jeune Afro-Américaine aux cheveux nattés sertis de perles multicolores. Elle lui fit un peu penser à sa sœur Sabrina et il ne se rappelait pas l'avoir jamais vue dans l'immeuble.

— Puis-je vous aider ? demanda-t-il en ouvrant sa porte.

— Est-ce que vous êtes bien Billy Crouch, l'inspecteur de la police de Los Angeles ? lui demanda-t-elle.

Billy sentit monter en lui une pointe de tension. Peut-être aurait-il dû penser à prendre son arme avant de lui ouvrir. Certes, elle ne paraissait pas particulièrement dangereuse mais il savait combien les apparences pouvaient s'avérer trompeuses.

— Effectivement, répondit-il. Et vous ? Qui êtes-vous, au juste ?

Une expression apeurée passa dans son regard et elle prit une légère inspiration comme pour se donner du courage.

— Je m'appelle Bri, répondit-elle.

— Je ne crois pas que nous nous soyons jamais rencontrés, Bri, remarqua-t-il en jetant un coup d'œil de chaque côté du couloir pour s'assurer qu'elle n'avait pas de complice. Que puis-je pour vous ?

— À vrai dire, c'est moi qui peux faire quelque chose pour vous, répondit-elle.

Billy fronça les sourcils.

— Je vous écoute, répondit-il d'une voix méfiante.

— Je connais votre sœur et je peux vous aider à la retrouver.

3

Billy sentit monter en lui un élan d'espoir aussi familier que douloureux. Combien de fois y avait-il succombé avant de se rendre compte qu'il ne s'agissait que d'une trompeuse illusion ? Il croisa les bras sur sa poitrine, partagé entre le besoin de croire et la peur d'être déçu, une fois de plus.

— Comment connaissez-vous ma sœur ? demanda-t-il. Comment s'appelle-t-elle et à quoi ressemble-t-elle ?

— Est-ce que je peux entrer ? lui demanda Bri en jetant nerveusement un coup d'œil par-dessus son épaule.

Billy songea qu'en la laissant entrer, il minimiserait les risques de se laisser surprendre par un éventuel complice.

— Entrez, lui dit-il en s'effaçant pour qu'elle puisse passer.

Elle s'avança dans l'appartement en serrant son sac contre sa poitrine.

— Votre sœur s'appelle Sabrina, lui dit-elle. Elle est grande, comme vous. Elle doit mesurer environ un mètre soixante-quinze et elle est mince...

— Continuez, l'encouragea Billy en refermant la porte derrière elle.

Jusqu'à présent, le portrait qu'elle dressait de Sabrina était assez fidèle.

— Elle change très souvent de coiffure. La dernière fois que je l'ai vue, ses cheveux étaient lisses et lui arrivaient aux épaules.

Sa peau est un peu plus foncée que la mienne mais un peu plus claire que la vôtre.

— Tout cela est exact, concéda-t-il. Mais cela pourrait correspondre à des milliers d'autres Afro-Américaines. Avez-vous quelque chose de plus spécifique ?

— Elle a un tatouage sur l'épaule droite.

Billy secoua la tête.

— Pas à ma connaissance, répondit-il.

— Il représente un dauphin.

Si Sabrina n'arborait aucun tatouage, à l'époque où elle avait mystérieusement disparu, le choix d'un tel motif faisait parfaitement sens. Sa sœur avait toujours eu un faible pour les dauphins depuis le jour où un banc de ces animaux les avait suivis lors d'une sortie en mer à laquelle ils avaient pris part pour aller observer des baleines.

— Venez vous asseoir, Bri, dit-il à la jeune femme.

Il l'escorta jusqu'au salon et lui fit signe de prendre place sur le canapé tandis qu'il s'installait sur l'un des fauteuils.

— Est-ce que vous avez eu des nouvelles de votre sœur, récemment ? lui demanda-t-elle.

— Pas une seule depuis plus de cinq ans, répondit-il. Dites-moi ce que vous savez à son sujet.

— Je l'ai connue à Vegas, répondit Bri en posant ses mains sur ses genoux. Elle fréquentait des gens pas très recommandables et son petit ami était violent avec elle.

Les poings de Billy se serrèrent convulsivement à l'idée que quelqu'un ait pu faire du mal à sa petite sœur.

— Pourquoi n'a-t-elle pas appelé sa famille ? demanda-t-il. Et pourquoi a-t-elle disparu sans rien dire à personne ?

— Je ne sais pas, reconnut Bri avec un sourire désolé. Je ne l'ai pas connue lorsqu'elle est arrivée à Vegas mais plus tard, alors qu'elle était déjà avec Lawrence.

Billy se promit de se renseigner au plus vite au sujet de cet homme. S'il parvenait à lui mettre la main dessus, cette ordure passerait un très mauvais quart d'heure.

— Est-ce qu'elle est toujours avec ce Lawrence ? demanda-t-il.

— Non. Elle a récemment disparu sans laisser de traces.

— C'est une habitude, chez elle, on dirait, murmura Billy d'un ton plein d'amertume.

Comment avait-elle pu les laisser sans la moindre nouvelle durant tout ce temps ? Ne s'était-elle pas rendu compte du calvaire qu'elle avait fait endurer à ses parents et à ses frère et sœurs ?

— J'ai pensé qu'elle était peut-être venue vous retrouver, reprit Bri. Elle m'a souvent parlé de son frère qui travaillait comme inspecteur de police à Los Angeles.

— Je ne comprends pas, objecta Billy. Pourquoi maintenant ? Pourquoi aurait-elle brusquement décidé de refaire surface au bout de cinq années ?

— Parce qu'elle était avec Lawrence pendant tout ce temps, répondit Bri. Elle ne voulait pas que vous le sachiez. Peut-être avait-elle peur de votre réaction... Si j'ai bien compris, c'est pour être avec lui qu'elle est partie pour Vegas.

— Comment est-elle arrivée là-bas ? s'enquit Billy. On a retrouvé sa voiture garée dans un centre commercial, près de l'aéroport. Mais il n'y avait aucun billet d'avion à son nom. Et elle a dû se débarrasser de son téléphone parce que nous n'avons pas pu le localiser par la suite. Elle n'a pas non plus utilisé sa carte de crédit ou l'argent qui se trouvait sur son compte en banque.

Bri haussa les épaules.

— Je vous l'ai dit : je ne la connaissais pas, à cette époque. Mais j'imagine que Lawrence a financé son voyage et qu'elle a dû prendre un nom d'emprunt. Elle ne m'a jamais parlé de son départ de Los Angeles. Tout ce que je savais, c'était qu'elle avait coupé les ponts avec sa famille.

Billy sentit son cœur se serrer en pensant à son père qui était mort sans jamais savoir ce qu'était devenue sa fille. Depuis lors, sa mère était retournée vivre dans le Mississippi avec sa sœur qui était veuve, elle aussi.

— Je sais que ce doit être difficile pour vous, lui dit Bri avec un pâle sourire. Mais je vous jure que Sabrina est quelqu'un de bien. Simplement, elle s'est retrouvée embarquée dans quelque chose qui la dépassait complètement. Vous ne devez pas la juger trop durement.

Billy détourna les yeux pour qu'elle ne voie pas les larmes qui brillaient dans les siens. Était-ce pour cela que Sabrina était partie ? Parce qu'elle craignait qu'il ne condamne ses choix ? L'aurait-il fait s'il avait été au courant de la situation ?

Billy avait été un élève très doué. Il était sorti parmi les premiers de sa promotion et avait rapidement gravi les échelons au sein de la police. Il s'était marié, avait acheté une maison à Ladera Heights et avait eu deux beaux enfants.

Sabrina s'était-elle sentie intimidée par sa réussite ? Avait-elle vécu cela comme un fardeau ? Lui avait-il consciemment ou inconsciemment fait ressentir une telle pression ?

— Visiblement, ce n'est pas vers moi qu'elle a décidé de se tourner, lui dit Billy. Elle ne m'a même pas appelé.

— Mais elle pourrait le faire. Je suis convaincue qu'elle va prendre contact avec vous à un moment ou à un autre. Mais elle ne le fera peut-être pas directement parce qu'elle a peur que Lawrence puisse la retrouver.

Bri jeta un coup d'œil nerveux en direction de la fenêtre qui donnait sur son balcon.

— Si cela se trouve, ses hommes sont en train de vous surveiller en ce moment même.

— Quel est le nom de famille de ce Lawrence ? Et quel est le vôtre, par la même occasion ?

— Celui de Lawrence est Coleman mais je préfère ne pas vous donner le mien, répondit Bri, visiblement mal à l'aise. En revanche, je suis bien décidée à vous aider. Je peux déjà garder un œil sur les hommes de Lawrence, à Vegas. Je les connais bien parce que je suis sortie avec l'un d'entre eux.

— Vous n'êtes pas en danger, au moins ? lui demanda Billy, inquiet.

— Pas pour le moment. Mais je ferais mieux de partir.

Elle se redressa et récupéra le sac à main qu'elle avait posé sur la table basse.

— Je resterai en contact et je vous tiendrai au courant, lui dit-elle. Et s'il se passe quoi que ce soit d'inhabituel de votre côté, n'hésitez pas à m'en faire part. Cela pourrait avoir un rapport avec Sabrina.

Billy se leva à son tour et la raccompagna jusqu'à la porte d'entrée. Elle attendit qu'il l'ouvre et Billy prit conscience du fait qu'elle avait évité jusque-là de toucher quoi que ce fût dans son appartement. De toute évidence, elle ne tenait pas à laisser d'empreintes.

Il se promit de jeter un coup d'œil aux vidéos de sécurité de la résidence pour voir si, par hasard, elle avait pu en laisser ailleurs dans l'immeuble.

— Je vous rappelle très vite, lui assura-t-elle. Ne perdez surtout pas espoir.

Sur ce, elle se dirigea vers l'ascenseur. Elle pressa le bouton à l'aide de la jointure de son doigt. Lorsque les portes métalliques se refermèrent sur elle, Billy réintégra son appartement.

Il songea alors qu'il avait été tellement absorbé par son entretien avec Bri qu'il avait omis l'essentiel : Sabrina était vivante. C'était la première fois depuis cinq interminables années que quelqu'un lui confirmait que sa sœur était toujours de ce monde, qu'elle n'avait pas été assassinée aux alentours de ce supermarché comme il l'avait maintes fois envisagé.

Mais il était sans doute trop tôt pour se réjouir : d'après Bri, les hommes de ce Lawrence Coleman recherchaient activement sa sœur. Et la jeune femme n'avait pas précisé ce qu'ils comptaient faire d'elle s'ils parvenaient à la retrouver.

Elle lui avait également recommandé de prendre garde à tout ce qui pourrait sortir de l'ordinaire. Et il ne pouvait s'empêcher de penser à une séduisante jeune femme aux cheveux bruns et aux yeux bleus qu'il avait croisée à deux reprises, soi-disant par le plus grand des hasards...

Il repensa aussi à la mise en garde que l'on avait glissée dans sa poche, le jour du mariage.

Ne croyez pas tout ce que l'on vous dit.

Le conseil prenait un relief nouveau au vu des deux rencontres qu'il avait faites ce jour-là. Et il était plus décidé que jamais à le mettre scrupuleusement en pratique.

Les yeux rivés à ses jumelles, Mia suivit des yeux la jeune femme qui venait de sortir de l'immeuble de Billy. Elle marchait d'un pas léger et arborait le sourire de quelqu'un qui aurait accompli la mission qu'il s'était fixée. Toute la question était de savoir si cette fille était de mèche avec les hommes du hors-bord.

Mia était convaincue que c'était bien Billy qu'elle était venue voir. Par la fenêtre ouverte de l'appartement, elle avait vu ce dernier discuter avec quelqu'un. Et, bien qu'elle n'ait pu distinguer les traits de son interlocuteur, cet entretien correspondait parfaitement aux heures d'entrée et de sortie de cette jeune femme.

Mia la vit s'installer au volant d'une petite voiture de couleur argentée garée au coin de la rue. Évidemment, il ne s'agissait peut-être que d'une amie de Billy. Elle semblait un peu trop jeune pour être une petite amie, en revanche. Mia connaissait le profil des femmes qu'il avait fréquentées depuis son divorce et toutes avaient à peu près le même âge que lui.

La voiture argentée opéra un demi-tour au bout de la rue et ne tarda pas à passer au niveau de Mia qui avait pris garde de se cacher derrière le tableau de bord. Les phares illuminèrent brièvement l'habitacle qui replongea presque aussitôt dans la pénombre.

Mia attendit quelques instants avant de se redresser et de démarrer. Elle fit également demi-tour et commença à suivre la jeune femme. Il était encore tôt et il y avait suffisamment de circulation dans ce quartier résidentiel pour que cette filature puisse passer inaperçue.

Elles débouchèrent finalement sur le boulevard Lincoln qui était très fréquenté et Mia se plaça sur la file de droite en prenant soin de laisser deux ou trois véhicules entre sa cible et elle. Au bout d'un moment, la voiture argentée obliqua de nouveau pour s'engager sur le boulevard Washington.

Quelques centaines de mètres plus loin, elle se gara sur un parking payant, ce qui signifiait probablement qu'elle ne comptait pas encore rentrer chez elle. Mia s'arrêta le long du trottoir pour observer ce que la conductrice ferait ensuite. Elle la vit sortir de son véhicule et se diriger vers un bar à l'intérieur duquel elle disparut.

Mia s'engagea à son tour sur le parking et en fit le tour sans parvenir à trouver de place. Si elle ne voulait pas perdre la jeune femme, elle n'avait d'autre choix que de se garer dans l'une des ruelles où le stationnement était théoriquement réservé aux riverains. Au pire, elle ajouterait l'amende à sa note de frais.

Avant de gagner le bar, elle fit cependant un crochet par le parking. S'arrêtant tout près de la voiture qu'elle venait de suivre, elle fit mine de rattacher l'un de ses lacets et en profita pour coller sous la calandre un mouchard qui lui permettrait de connaître la géolocalisation du véhicule.

S'étant assurée que personne ne l'avait remarquée, elle gagna enfin le bar. La musique entraînante qui était diffusée à l'intérieur s'entendait depuis la rue. Lorsque Mia franchit la porte d'entrée, il lui fallut quelques instants pour s'habituer à la pénombre qui régnait dans l'enceinte du bar.

Elle aperçut cependant la jeune Afro-Américaine qu'elle avait vue sortir de chez Billy. Elle se tenait près du comptoir et était en train de discuter avec l'un des barmans. Mia traversa la pièce et vint s'asseoir à proximité avant d'adresser un signe à un autre.

— Je prendrai une bière, s'il te plaît, commanda-t-elle. Une IPA.

L'homme ne lui prêta pas la moindre attention et s'éloigna pour aller servir d'autres clients qui l'avaient hélé juste avant.

— Il y a du monde, ce soir, on dirait, remarqua Mia à l'intention de la jeune femme qu'elle avait suivie jusque-là.

Celle-ci répondit par une onomatopée peu engageante. Elle gardait les yeux rivés sur la porte d'entrée, paraissant attendre quelqu'un.

— Est-ce que c'est toujours comme ça ? insista Mia.

— Je ne sais pas, répondit la fille sans même se tourner vers elle. Je ne viens pas ici très souvent.

Le barman revint vers elle et déposa un cocktail coloré devant la jeune Afro-Américaine.

— C'est neuf dollars, indiqua le barman.

— Je dois retrouver un ami, répondit la fille. Est-ce que vous pourrez mettre ma consommation sur sa carte ?

— Ça ne marche pas comme ça, objecta le barman. Soit vous payez votre verre, soit vous me laissez votre carte bleue pour que je vous ouvre une ligne de crédit pour la soirée. Si votre ami finit par arriver, je pourrai remplacer votre carte par la sienne.

La fille ne paraissait pas vraiment enchantée mais elle fouilla son sac et finit par en sortir sa carte bleue qu'elle posa sur le comptoir. Avant que le barman n'ait eu le temps de s'en saisir, Mia la récupéra et la rendit à sa propriétaire, non sans avoir pris le temps de lire le nom qui figurait dessus – Brianna Sparks.

— Je vous invite, lui dit-elle avant de se tourner vers le barman. Cela me permettra peut-être d'obtenir la bière que j'ai commandée, ajouta-t-elle en le foudroyant du regard.

Le barman haussa ses épaules massives d'un air parfaitement indifférent.

— Vous vouliez quoi ? demanda-t-il.

— Une IPA, répondit Mia.

— Merci beaucoup, lui dit Brianna tandis que l'homme s'éloignait de nouveau.

— Si ça peut me permettre d'avoir ma consommation..., répondit Mia en souriant.

— Mon ami vient d'arriver, remarqua la jeune femme en désignant un homme qui venait tout juste de pénétrer dans le bar.

C'était un Caucasien au crâne rasé, au visage émacié et au nez aquilin, vêtu de façon plutôt élégante.

— Allez-y, l'encouragea Mia. Bonne soirée.

Brianna lui adressa un petit signe de la tête et alla rejoindre le nouveau venu qui la prit par le bras et l'entraîna vers l'une des rares tables encore disponibles.

Mia savait qu'elle n'avait aucune chance de pouvoir espionner discrètement ce que ces deux-là avaient à se dire. Au moins, elle était parvenue à identifier la visiteuse de Billy.

Comme elle se faisait cette réflexion, Brianna se tourna vers elle, imitée par son compagnon. Mia fit mine de n'avoir rien remarqué et avala une gorgée de bière en arborant une mine pensive.

Elle ignorait si son acte généreux avait éveillé la méfiance de Brianna et de son compagnon mais était désormais convaincue qu'elle n'obtiendrait rien de plus ce soir-là. Se gardant de jeter le moindre coup d'œil en direction du couple, elle but tranquillement sa bière en grignotant quelques cacahuètes grillées.

Lorsqu'elle eut terminé sa consommation, elle récupéra son sac à main et se dirigea vers la sortie. Du coin de l'œil, elle repéra l'ami de Brianna qui se dirigeait vers les toilettes. La jeune femme, quant à elle, était en train de considérer attentivement l'écran de son téléphone portable.

Mia sortit du bar et se dirigea vers la ruelle dans laquelle elle s'était garée. Mais comme elle était sur le point de rejoindre son véhicule, un ombre passa derrière elle. Comme elle faisait mine de se retourner, elle reçut à l'arrière du crâne un choc d'une grande violence.

Avant qu'elle n'ait eu le temps de comprendre ce qui lui arrivait, elle sombra dans les ténèbres.

4

Denver Holt pénétra dans le bureau de Billy en brandissant une liasse de documents qu'il vint déposer sur sa table de travail. Billy détourna les yeux de la base de données qu'il étudiait depuis près d'une heure et lança un regard interrogatif au jeune inspecteur qui paraissait être d'excellente humeur.

— J'ai enfin réussi à obtenir les témoignages de tous les complices de Chuckie Lo, s'exclama-t-il. Je les ai convaincus que s'ils refusaient de parler, ils seraient inculpés pour complicité de meurtre. Maintenant, il ne nous reste plus qu'à les mettre à l'abri en attendant que se tienne le procès.

Denver Holt n'avait rejoint que relativement récemment la section cambriolages et homicides de la division nord-est, et le lieutenant Figueroa l'avait chargé de seconder Billy durant l'absence de Jake. Denver s'était rapidement révélé être un allié très précieux, tout particulièrement dans cette affaire de meurtre commis par un membre notoire de la triade Mong.

— Bien joué, Rocky ! s'exclama Billy, usant du surnom dont il l'avait affublé. Laisse-moi jeter un coup d'œil au dossier avant de l'envoyer au bureau du procureur.

— J'aimerais bien le faire d'ici à la fin de la journée, remarqua Denver.

— Je n'ai plus qu'une chose à boucler et je m'en occupe juste après, c'est promis, lui assura Billy.

— Très bien, acquiesça Denver. En attendant, je vais me charger de cette histoire de vol de montres de luxe.

— Parfait. Tiens-moi au courant si tu as du nouveau de ce côté-là.

Denver comprit que Billy avait hâte de se replonger dans ses recherches et s'éclipsa, le laissant de nouveau seul. Il se replongea dans la base de données dans laquelle il avait vainement recherché des informations pertinentes concernant Molly Jones.

Il avait très vite renoncé à découvrir quoi que ce fût au sujet de la jeune Afro-Américaine dont il ne connaissait que le diminutif, qui pouvait très bien n'être qu'un pseudonyme. En revanche, il avait découvert de nombreuses informations au sujet de Lawrence Coleman.

Ce dernier avait un casier judiciaire plus qu'étoffé. Et les crimes dont il était soupçonné étaient bien plus graves encore. Billy comprenait parfaitement que sa sœur soit obligée de faire profil bas pour lui échapper. Ce qu'il avait beaucoup plus de mal à imaginer, en revanche, c'était qu'elle ait pu s'éprendre d'un homme de cet acabit.

Peu de temps avant de disparaître, Sabrina avait été admise à l'université Pepperdine où elle comptait suivre des études de commerce. Elle n'avait jamais commis la moindre infraction. Elle ne fumait pas, ne buvait quasiment pas, n'avait jamais consommé de drogue.

Quels points communs avait-elle bien pu se trouver avec un salopard comme Lawrence Coleman ? L'avait-il piégée, d'une façon ou d'une autre ? Lui avait-il caché qui il était réellement, se faisant passer pour quelqu'un d'autre ?

Ce n'était pas impossible. Billy avait plus d'une fois mis en garde sa sœur contre la naïveté dont elle faisait souvent preuve. En retour, elle l'accusait de ne jamais voir que le côté sombre des choses à cause de son travail. Il ne pouvait complètement le nier mais il estimait qu'il devait exister un juste milieu entre leurs points de vue respectifs.

Billy fit pensivement virevolter son stylo entre ses doigts. Au moins, Las Vegas faisait sens. Dina Ferrari, une détective privée qu'il avait embauchée pour tenter de retrouver sa sœur, avait suivi une piste qui l'avait conduite jusqu'à la capitale du jeu. Malheureusement, tous les efforts qu'elle avait déployés une fois sur place s'étaient heurtés à un mur, la convainquant que quelqu'un avait délibérément cherché à effacer les traces de Sabrina.

Or Lawrence était de mèche avec l'un des plus gros syndicats du crime organisé. Il disposait de toutes les ressources nécessaires pour déjouer les efforts de Dina et s'assurer qu'elle repartirait les mains vides.

Mais Billy possédait désormais un élément qui avait fait cruellement défaut à la détective : le nom de l'homme qui avait apparemment vécu avec sa sœur. Si celle-ci se trouvait toujours à Las Vegas, cela l'aiderait peut-être à la retrouver. Et même si elle avait quitté la ville, cela donnerait à Billy l'occasion de rencontrer l'homme qui l'avait maltraitée.

Et il se réjouissait d'avance de la confrontation qui ne manquerait pas d'en résulter...

— Franchement, Tucker n'était pas obligé de t'envoyer me chercher à l'hôpital, remarqua Mia tandis que Zach et elle empruntaient l'ascenseur de l'hôtel où ils étaient descendus. J'aurais très bien pu prendre un taxi et aller récupérer ma voiture.

— Dois-je te rappeler que l'on t'a retrouvée assommée au beau milieu de la rue avec sur le crâne une bosse aussi grosse qu'un œuf de pigeon ? protesta Zach alors que les portes coulissantes s'ouvraient devant eux.

Il fit mine de lui reprendre le bras mais elle l'ignora pour s'avancer dans le couloir recouvert d'une épaisse moquette. Elle s'efforça d'ignorer la désagréable sensation de vertige qui l'habitait tandis qu'ils se dirigeaient vers sa chambre.

Zach utilisa sa carte magnétique pour déverrouiller la porte. Mia s'avança jusqu'au lit sur lequel elle se laissa tomber.

— Est-ce que tu as besoin de quelque chose ? lui demanda-t-il. Un verre d'eau ? À manger ?

— Je ne serais pas contre un verre de quelque chose de fort. Est-ce qu'il y a du whisky dans le minibar ? Ou du rhum ?

— Je doute fort que ce soit recommandé, dans ton cas, protesta Zach.

— C'est bien dommage, grommela-t-elle en attrapant la petite bouteille d'eau qui se trouvait sur la table de nuit.

Elle dévissa le bouchon et avala presque la moitié de son contenu.

— Tu sais ce qui me chagrine le plus, dans cette histoire ? demanda-t-elle.

— Ne pas avoir vu celui qui t'a estourbie ? suggéra Zach.

Elle haussa les épaules.

— Je suis à peu près certaine que c'était le type avec lequel Brianna avait rendez-vous, répondit-elle. Je suis furieuse qu'il m'ait volé mon sac à main. Je l'aimais vraiment beaucoup, celui-là.

— Au moins, il ne t'a pas volé ton téléphone portable.

— Non, par chance, je l'avais laissé dans la voiture et je n'avais que ma pièce d'identité au nom de Molly Jones. Il n'a aucun moyen de savoir qui je suis vraiment.

— Cela aurait tout aussi bien pu être une simple agression, remarqua Zach. Ce n'est pas un quartier très sûr.

— Très franchement, je n'y crois pas un seul instant, répondit Mia avant de faire mine de compter sur ses doigts. Une femme débarque sans prévenir chez Billy Crouch. En sortant de chez lui, elle va retrouver un type dans un bar louche. Elle lui dit qu'une parfaite inconnue lui a payé un verre. Le type en question me regarde bizarrement avant de s'éclipser aux toilettes. Lorsque je quitte le bar, quelqu'un me saute dessus et m'assomme. Tout ça me paraît plutôt cohérent.

— D'accord, admettons qu'il ait voulu savoir qui tu étais...

— Ou qu'il ait voulu me dissuader de m'intéresser de trop près à Brianna. Ce qu'il ne pouvait pas savoir, évidemment, c'est que j'avais déjà placé un mouchard sur la voiture de celle-ci avant d'entrer dans ce bar.

— Coup de chance, remarqua Zach.

— La chance n'a rien à voir là-dedans, objecta Mia avec un sourire entendu. Ce n'est pas mon premier rodéo.

— Qu'est-ce que tu as l'intention de faire, à présent ?

— Je vais commencer par recharger mon téléphone puis je vérifierai où Brianna s'est rendue. Ensuite, j'essaierai de voir ce que Billy a fait de sa journée.

— Comment comptes-tu le suivre depuis ta chambre d'hôtel ?

— Je peux suivre l'utilisation de ses différents moyens de paiement, ce qui me donnera une idée de ses activités. Je surveille également les réseaux sociaux sur lesquels il est présent. Si sa sœur tente de le contacter par ce biais, je le saurai immédiatement.

Zach fronça les sourcils.

— Comment se fait-il qu'on t'ait accordé de telles autorisations ? s'étonna-t-il. Billy Crouch n'est pas un criminel.

— C'est vrai, reconnut-elle. Mais la vie de notre témoin est en danger. Si ceux qui la recherchent parviennent à la localiser avant nous, ils n'hésiteront probablement pas à la tuer.

Tout en rallumant son téléphone qu'elle venait de rebrancher, Mia jeta un coup d'œil au menu du service d'étage qui était posé sur la table de nuit de sa chambre.

— Tu veux manger quelque chose ? proposa-t-elle à Zach.

— Pourquoi pas ? acquiesça ce dernier. Prends-moi un burger et des frites, s'ils en ont.

Mia hocha la tête et contacta la réception pour commander un hamburger et une salade César. Elle activa ensuite l'application qui lui permettait de localiser le mouchard de la voiture de Brianna. Celle-ci stationnait actuellement dans le quartier de Santa Monica et Mia se demanda si c'était là qu'elle avait élu domicile le temps de son séjour à Los Angeles.

Avant de s'intéresser plus en détail aux déplacements de Brianna depuis qu'elle avait quitté le bar, cette nuit-là, Mia décida de jeter un coup d'œil aux activités de Billy Crouch. En découvrant la liste de ses achats récents, elle ne put réprimer un juron.

— Que se passe-t-il ? s'enquit Zach, curieux.

— Je ne sais pas ce que cette Brianna est venue raconter à Billy, hier soir, mais il est évident que ce n'est pas tombé dans l'oreille d'un sourd.

— Que veux-tu dire ?

— Que notre ami Billy Crouch est apparemment sur le point de passer à l'action, répondit-elle en jetant un coup d'œil à sa montre. Le service d'étage ne devrait pas tarder à arriver. Je vais commencer par prendre une douche et me changer. Puis nous déjeunerons ensemble. Ensuite, je vais devoir filer...

— Je devrais peut-être t'accompagner, remarqua Zach. Tucker m'a demandé de rester à tes côtés jusqu'à ce soir pour m'assurer que tu ne souffrais d'aucune séquelle après l'agression dont tu as fait l'objet.

— Je te relève de tes obligations, lui assura-t-elle. J'appellerai Tucker dans le taxi pour l'aéroport.

— L'aéroport ? répéta Zach. Où comptes-tu aller, exactement ?

— Je suis chargée de filer Crouch et c'est précisément ce que je compte faire, répondit-elle. Or, apparemment, il est en route pour Vegas...

Billy rangea sa valise cabine dans le compartiment situé au-dessus de son siège et s'installa à sa place. L'espace exigu ne lui laisserait guère la place d'étendre ses jambes et le vol menaçait d'être particulièrement inconfortable.

Lorsque l'appareil se mit à rouler pour aller se positionner au bout de la piste de décollage, Billy ferma les yeux. Il n'avait pas été facile de convaincre Figueroa de lui accorder les quelques jours de congé dont il avait besoin pour enquêter sur le séjour de sa sœur à Las Vegas. Mais Billy avait tenu bon. À ses yeux, Sabrina était toujours passée avant tout le reste. Et jamais encore il n'avait disposé d'une piste aussi prometteuse.

Il avait réussi à obtenir l'adresse personnelle de Coleman. Il connaissait également les différents endroits que ce dernier avait pour habitude de fréquenter. Billy comptait surtout obtenir de lui la confirmation qu'il avait bien été en couple avec sa sœur et que celle-ci était toujours en vie.

Il ne pouvait en effet être certain que Bri lui avait dit la vérité à ce sujet. La jeune femme s'était montrée délibérément évasive et ne lui avait fourni aucune preuve réelle de ce qu'elle avançait.

D'un autre côté, quelle raison aurait-elle eu de lui mentir ? Certes, des tas de gens contactaient la police, prétendant disposer d'informations concernant les enquêtes en cours. Mais c'était généralement une façon pour eux de se faire remarquer et ces faux témoignages se concentraient sur les affaires les plus en vue.

La disparition de Sabrina ne faisait plus la une des journaux depuis bien longtemps, hélas. Ce n'était qu'un cas de disparition inquiétante non résolu parmi des centaines d'autres.

Billy était également très curieux de connaître le rôle que jouait Molly Jones dans cette affaire. Car il était convaincu que l'apparition simultanée dans son existence de la jolie brune et de la mystérieuse Bri ne devait rien au hasard. Il existait forcément un lien entre ces deux événements et il était bien décidé à en découvrir la nature.

Le vol jusqu'à Las Vegas ne dura que quarante-cinq minutes. En arrivant à l'aéroport, il prit un taxi pour se faire conduire au Venetian, un hôtel qui lui avait toujours porté chance lorsqu'il avait séjourné dans la capitale des jeux de hasard. Il espérait que tel serait encore le cas cette fois-ci car les enjeux étaient plus élevés que jamais.

Après avoir récupéré la clé de sa chambre à la réception, il se dirigea vers l'ascenseur. Croisant l'une de ces machines à sous qui étaient implantées un peu partout dans l'enceinte de l'hôtel, Billy fouilla ses poches et en tira une pièce de cinquante cents.

Il l'introduisit dans la fente et tira le bras du bandit manchot. Les bobines se mirent à tourner, affichant toutes sortes de symboles évoquant la ville des doges. Elles s'immobilisèrent enfin sur trois gondoles alignées qui valurent à Billy un bon de cent cinquante dollars utilisable au sein de l'hôtel.

Estimant que ce coup de chance était de bon augure, il gagna sa chambre où il commença par prendre une douche avant de troquer son costume contre un pantalon et une chemise plus confortables. Il rechargea ensuite son pistolet qu'il avait dû décharger avant de monter à bord de l'avion. Après avoir enfilé son holster, il passa une veste en cuir pour le dissimuler.

La ville de Las Vegas ne relevait pas de sa juridiction et il espérait qu'il n'aurait pas à se servir de son arme, ce qui ne manquerait pas de l'exposer à toutes sortes de tracasseries administratives. Mais il savait aussi que Coleman ne lui laisserait peut-être pas d'autre choix que d'en faire usage.

Avant d'aller trouver ce dernier au Wild Jack, le casino qui lui tenait lieu de quartier général, Billy décida d'utiliser le bon qu'il venait de gagner pour s'offrir un bon dîner au restaurant de son hôtel. Il commanda un filet de bœuf chateaubriand accompagné de petits légumes et de pommes de terre rissolées. Tout en dégustant son plat, il réfléchit à la meilleure façon d'aborder Coleman.

Mais tandis qu'il formulait son plan d'action, il eut la désagréable sensation que quelqu'un était en train de l'observer. Il se demanda soudain s'il pouvait s'agir de Sabrina. Sa sœur avait peut-être de bonnes raisons de rester à distance, craignant d'être repérée par Coleman et ses hommes.

D'un autre côté, Sabrina n'était pas une professionnelle de la filature et Billy était convaincu qu'il aurait fini par déceler sa présence. Peut-être était-il déjà dans le viseur de ceux qui recherchaient activement sa sœur.

Après avoir utilisé son téléphone portable pour appeler un VTC, Billy commanda un café qu'il avala avant de quitter l'hôtel pour aller attendre le véhicule. Tandis qu'il roulait en direction du Wild Jack, Billy se demanda s'il était suivi. Au fond, cela n'avait pas d'importance puisqu'il avait l'intention de rencontrer Coleman en personne.

Tout comme le strip du boulevard Las Vegas, le centre-ville était illuminé par des centaines d'enseignes au néon multicolores qui clignotaient de tous côtés, menaçant de lui infliger une sévère migraine.

Lorsque la voiture s'immobilisa enfin devant le casino, Billy remercia son chauffeur et se fraya un chemin à travers la foule compacte qui se massait sur les trottoirs. Dans l'enceinte même du Wild Jack, l'affluence était presque aussi importante.

L'endroit était bondé. Les joueurs se pressaient autour des tables. Des touristes les regardaient faire avec un mélange de fascination, d'envie et de méfiance comme s'ils craignaient d'être contaminés par la fièvre du jeu. Des femmes en robes du soir et des messieurs vêtus de costumes élégants devisaient près du bar ou dînaient aux tables du restaurant.

D'après les informations dont Billy disposait, Coleman passait le plus clair de son temps dans le cercle réservé aux VIP. Il se dirigea donc sans attendre vers l'ascenseur qui conduisait au premier étage. Le silence feutré qui régnait là contrastait avec l'agitation et le brouhaha du rez-de-chaussée.

Se doutant que ce répit n'était que temporaire, Billy gagna la double porte dorée qui s'ouvrait au bout du couloir. Il la franchit et accéda à une petite antichambre renfermant un guichet et un vestiaire. Après s'être acquitté du droit d'entrée, il passa une nouvelle double porte insonorisée et pénétra dans le club VIP qui servait tout à la fois de salle de jeu, de bar et de discothèque.

Il prit le temps de s'habituer à la luminosité moindre ainsi qu'à la musique puissante qui faisait légèrement vibrer le sol sous ses pieds. Des dizaines de danseurs se pressaient sur la piste. Au fond de la salle se dressait un immense bar en bois exotique. Tout autour de la pièce, des alcôves faisaient office de salons privés.

Billy commença par aller commander un verre de tonic au citron vert qui pourrait passer pour un cocktail. Puis il se mit en quête de Coleman qu'il ne tarda pas à repérer, installé dans l'un des boxes privés.

Le gangster était vautré sur un canapé, face à une table sur laquelle étaient posées plusieurs bouteilles de champagne. À ses côtés était assise une fille nettement plus jeune que lui qui paraissait avoir déjà beaucoup trop bu. Billy serra les dents en avisant la main possessive qu'il avait posée sur sa cuisse.

Il remarqua également les deux gorilles qui se tenaient un peu en retrait et paraissaient être aux aguets. Sans doute étaient-ils chargés de protéger Coleman.

Billy se prépara à mettre en œuvre le plan d'approche qu'il avait concocté. Mais alors qu'il s'apprêtait à s'avancer dans le box, il sentit une main se refermer autour de son poignet. Surpris, il se retourna et se retrouva face à Molly Jones qui le considérait d'un air facétieux.

— Vous perdez votre temps, lui dit-elle. Je suis vraiment désolée mais j'ai l'impression que l'on vous a envoyé sur une fausse piste...

5

Billy ne se sentait même pas réellement étonné de se retrouver face à Molly. Depuis que Bri s'était manifestée, il s'était plus ou moins attendu à la voir resurgir à un moment ou à un autre. Et sa présence ici expliquait au moins la désagréable sensation qu'il avait eue d'être épié.

— Qu'est-ce que vous faites ici ? lui demanda-t-il. Ne me dites pas que vous avez aussi des clients à Las Vegas.

L'étreinte de Molly se desserra légèrement et elle lui décocha l'un de ces sourires enjôleurs dont elle avait le secret.

— Je vais tout vous expliquer, lui assura-t-elle. Mais avant cela, pourrions-nous quitter cet horrible endroit ? Je crois que c'est l'une des boîtes de nuit les plus bruyantes que j'aie jamais vues.

Billy savait qu'il n'avait pas réellement le choix : les informations que lui promettait Molly pouvaient s'avérer déterminantes pour la suite de son enquête. Et au pire, il pourrait toujours revenir ici un peu plus tard dans la soirée pour s'entretenir avec Coleman.

Il posa donc son verre de tonic sur la table la plus proche et suivit Molly en direction de la sortie. Lorsqu'ils se retrouvèrent dans le couloir, elle se tourna vers lui.

— Il y a un bar nettement plus tranquille au dernier étage, lui dit-elle. Si ça vous dit, je vous offre un Martini gin avec deux olives. C'est votre boisson préférée, je crois.

Billy la considéra d'un œil ouvertement méfiant. Que Molly

l'ait suivi jusqu'ici, il pouvait l'admettre. Mais qu'elle connaisse ses goûts personnels indiquait qu'elle avait effectué à son sujet des recherches nettement plus poussées qu'il ne l'avait envisagé.

— Qui êtes-vous, exactement ? lui demanda-t-il.

— Je vous le dirai lorsque nous aurons trouvé un endroit tranquille pour discuter, répondit-elle.

Sur ce, elle se remit en marche en direction de l'ascenseur et il n'eut d'autre choix que de la suivre. Il ne put s'empêcher d'admirer au passage les longues jambes fuselées que mettait parfaitement en valeur le pantalon en cuir moulant qu'elle portait ce soir-là. Dans la cabine qui les menait au dernier étage, il se força à réprimer les multiples questions qui le taraudaient.

Molly – si tel était réellement son nom – ne s'était pas trompée. Le bar panoramique dans lequel ils pénétrèrent était nettement plus paisible que celui qu'ils venaient de visiter. On avait privilégié une atmosphère romantique et feutrée, renforcée par la présence d'un pianiste qui jouait en sourdine.

Ils s'installèrent à l'une des tables situées près des baies vitrées d'où l'on pouvait apercevoir la ville brillant de mille feux. Une serveuse ne tarda pas à s'approcher d'eux pour prendre leurs commandes.

— Je prendrai une margarita avec votre meilleure tequila, lui indiqua Molly. Quant à mon ami, il prendra...

— Je peux très bien passer ma commande tout seul, l'interrompit Billy avec une pointe d'agacement dans la voix. Je vous prendrai un Martini gin avec deux olives.

Cela lui valut un sourire entendu de Molly qu'il fusilla de nouveau du regard tandis que leur serveuse s'éloignait.

— J'imagine que vous avez des tas de questions, lui dit-elle.

— Exact, rétorqua-t-il. Vous pourriez commencer par me dire qui vous êtes et ce que vous savez exactement au sujet de ma sœur.

— Vous ne préférez pas attendre votre verre ? lui demanda-t-elle en penchant légèrement la tête de côté.

Ses longs cheveux d'un noir de jais retombaient librement sur ses épaules, ce soir-là. Et Billy se surprit à admirer la sensualité naturelle qui émanait d'elle. Il ne pouvait cependant se permettre de se laisser influencer par l'attirance qu'elle exerçait sur lui.

— Je ne m'appelle pas vraiment Molly Jones, reprit-elle.

— Je m'en doutais un peu, répliqua-t-il.

— Mon véritable nom est Mia Romano et je travaille pour le bureau des marshals des États-Unis.

— Dans ce cas, j'imagine que vous avez une plaque susceptible de le prouver, remarqua Billy qui ne comptait pas se fier aveuglément à ce qu'elle lui disait.

— Je ne l'ai pas sur moi, répondit-elle. Lorsque je travaille sous couverture, j'évite de porter un badge qui risquerait de compromettre mon identité d'emprunt. Vous allez devoir me croire sur parole pour le moment.

— Admettons, concéda Billy. Mais je ne vois pas bien pour quelle raison un marshal me suivrait de cette façon. Est-ce que ça a un quelconque rapport avec ma sœur ?

— Oui, répondit Mia. Il faut d'abord que vous sachiez que Sabrina est vivante.

Billy s'efforça de contenir la joie qu'il sentait monter en lui. Pour le moment, il n'avait aucune raison de croire cette Mia Romano sur parole. Après tout, jusqu'à présent, elle avait passé son temps à lui mentir.

Percevant apparemment sa méfiance, elle posa alors doucement sa main sur la sienne.

— Je vous assure que c'est la vérité, lui dit-elle gravement. Je sais que c'est très important pour vous, que cela fait des années que vous vous demandez ce qu'est devenue votre sœur. Jamais je ne vous mentirais à ce sujet.

Billy s'autorisa enfin à se laisser aller au bonheur qui l'envahissait. Mais il se ressaisit rapidement, conscient du nombre de questions qui demeuraient en suspens – à commencer par la plus importante d'entre toutes.

— Où est-elle ?

— Je l'ignore, hélas.

— Comment vous êtes-vous retrouvée mêlée à cette affaire ?

Mia fit mine de lui répondre mais referma la bouche en voyant approcher leur serveuse qui revenait avec leur commande. Elle plaça les verres devant eux et Billy lui tendit sa carte de crédit.

— Mettez ces consommations dessus, dit-il. Et celles qui suivront. Quelque chose me dit que nous allons rester là un moment.

Lorsque la serveuse eut pris l'empreinte de sa carte et qu'elle se fut éloignée, Mia reprit la parole.

— Votre sœur a été témoin du meurtre d'un gangster, ici même, à Las Vegas, déclara-t-elle.

Billy la considéra d'un air interdit. Il ne s'était pas du tout attendu à quelque chose de ce genre. Mais cela expliquait au moins pourquoi un marshal fédéral était mêlé à cette histoire.

— Est-ce qu'elle bénéficie d'un programme de protection des témoins ? demanda-t-il.

— C'était le cas, acquiesça Mia. Mais elle a récemment disparu.

— Depuis combien de temps se trouvait-elle sous votre protection ?

— Cinq ans environ.

Billy sentit les battements de son cœur s'emballer dans sa poitrine. Il connaissait parfaitement ce genre de programme de et savait que ceux qui en bénéficiaient n'avaient d'autre choix que de couper les ponts avec leurs anciennes existences.

Si ce que Mia disait était vrai, sa sœur avait passé la majeure partie de son temps sous une fausse identité dans l'attente d'un éventuel procès. Cela signifiait qu'elle n'avait pas délibérément tiré un trait sur sa famille comme il l'avait redouté pendant si longtemps.

— Je sais que ce doit être un choc pour vous, Billy, reprit Mia. Et je tiens à ce que vous sachiez que Sabrina pensait souvent à vous et au reste de sa famille. Mais c'est pour vous protéger, vos parents et vous, qu'elle a décidé de se tenir à distance. Elle savait que les Carlucci n'hésiteraient pas à s'en prendre à sa famille pour faire pression sur elle.

— Les Carlucci ? répéta Billy. Vous êtes en train de me dire que ma sœur était liée aux Carlucci ? Ou s'est-elle seulement retrouvée au mauvais endroit, au mauvais moment ?

— Il y a un peu des deux, répondit Mia. Elle connaissait Nick, le plus jeune des frères Carlucci. C'est pour le voir qu'elle est venue à Las Vegas.

— Vous devez vous tromper, objecta Billy. Sabrina n'était jamais venue à Las Vegas. Elle détestait les jeux d'argent. Ce n'était pas du tout le genre d'endroits où elle aurait aimé passer des vacances.

— Effectivement, reconnut Mia. Mais elle a fait la connaissance de Nick Carlucci en ligne.

— Ne me dites pas que c'était par l'intermédiaire de l'un de ces sites de rencontres. Je lui avais dit de s'en méfier.

Mia se mordilla la lèvre d'un air hésitant.

— Qu'y a-t-il ? lui demanda Billy, inquiet.

— Le site en question n'était pas un simple site de rencontres, répondit-elle. C'était le genre de sites plus spécifiquement destiné à des jeunes femmes cherchant à… se faire entretenir…

Billy la considéra avec un mélange de stupeur et d'incrédulité.

— Ce n'est pas possible, prononça-t-il enfin. Pas Sabrina…

— Les jeunes font parfois des choses stupides, répondit Mia. Sabrina avait une amie qui fréquentait le site en question. Elle s'achetait tous les vêtements qui lui faisaient envie, mangeait dans les meilleurs restaurants, partait souvent en vacances à travers le monde… Sabrina s'est dit que ce n'était peut-être pas un si mauvais arrangement que cela…

Billy vida d'un trait son verre qui était encore à moitié plein. Mais la brûlure de l'alcool ne suffit pas à effacer le goût amer qu'il avait dans la bouche.

— C'est de la prostitution, martela-t-il d'une voix blanche.

Mia fit signe à la serveuse de leur rapporter deux cocktails.

— Pas tout à fait, répondit-elle enfin. C'est un échange de bons procédés. Si cela peut vous rassurer, Sabrina ne comptait pas coucher avec les hommes qu'elle pensait rencontrer par ce site. Elle voulait juste jouer les escort girls. Mais, au lieu de cela, elle a rencontré quelqu'un dont elle est tombée amoureuse...

— Vous parlez d'elle comme si vous la connaissiez personnellement, remarqua Billy.

— C'est le cas, renchérit Mia. Et je l'apprécie beaucoup. C'est quelqu'un de bien, même si elle fait parfois preuve d'une certaine naïveté...

— Une certaine naïveté ? répéta Billy d'un ton interloqué. Vous avez le sens de l'euphémisme ! Ma sœur pensait vraiment qu'un mafieux contacté par l'entremise d'un site de rencontres lui offrirait des robes et des chaussures simplement pour avoir le plaisir de discuter avec elle ?

— En gros, oui. Mais, à sa décharge, elle ignorait tout de la famille de Nick. À ses yeux, c'était un homme séduisant, riche et cultivé. Et il n'avait que trente ans, ce qui ne constituait pas une différence d'âge si importante que cela.

— Si je comprends bien, Sabrina est partie le rejoindre à Las Vegas où elle a été témoin d'un meurtre. Qui l'a commis ?

— Nick.

Billy ne put réprimer un frisson en songeant à l'effroi que sa sœur avait dû éprouver en découvrant la véritable nature de son soi-disant prince charmant.

— Comment se fait-il que, cinq ans après, cette histoire ne soit pas déjà terminée ? demanda-t-il. Si Sabrina était prête à témoigner, ce Nick devrait se trouver derrière les barreaux depuis longtemps.

— Malheureusement, il a disparu avant qu'on n'ait pu l'arrêter, expliqua Mia. Apparemment, il y a eu un malentendu entre le FBI et la police de Las Vegas.

Billy laissa échapper un petit ricanement ironique.

— C'est une habitude chez nous aussi, répondit-il. C'est d'ailleurs la raison pour laquelle nous faisons généralement tout notre possible pour résoudre les affaires avant que le FBI ne se retrouve impliqué...

— Vous comprenez donc que Chanel... Sabrina, je veux dire, soit toujours en danger. Si Nick la retrouve...

— Il pourrait la tuer, compléta Billy.

— C'est un risque, concéda Mia. Même s'il semble que Nick ait réellement eu un faible pour elle. Au moment du meurtre, il aurait très bien pu se débarrasser d'elle mais il n'en a rien fait et l'a laissée partir. Sa famille lui en a beaucoup voulu, d'ailleurs, parce que cela pourrait mettre en péril l'ensemble de leur organisation.

— Charmant, commenta Billy d'une voix mordante d'ironie.

— Je crois que Nick espérait que Sabrina parviendrait à lui pardonner son geste, qu'ils pourraient tourner la page et filer le parfait amour.

— Ne me dites pas qu'elle a envisagé une chose pareille !

Mia secoua la tête.

— Non, répondit-elle. Pas un seul instant. Elle était horrifiée par ce meurtre. Mais elle savait aussi que si elle trahissait sa réaction, elle risquait gros. Nick ne l'aurait peut-être pas tuée mais son frère Vince n'aurait probablement pas hésité à le faire. Elle a donné le change, le temps de pouvoir contacter la police pour demander à être protégée.

— Et depuis, elle s'est retrouvée forcée à vivre sous une identité d'emprunt, murmura Billy en contemplant son verre d'un air sombre. Et pendant tout ce temps, nous avons vécu dans l'incertitude et l'angoisse...

— Je sais, soupira Mia. Et j'en suis désolée. Je sais que ce n'est jamais facile pour les familles des témoins protégés. Mais leur anonymat est une question de vie ou de mort pour eux comme pour leurs proches. C'est la raison pour laquelle je dois impérativement retrouver votre sœur avant qu'il ne lui arrive malheur.

— Je ne comprends pas, objecta Billy. Le programme fédéral de protection des témoins n'est pas une prison. Je croyais que les témoins pouvaient renoncer à tout moment à y participer...

— C'est le cas, acquiesça Mia. Mais Sabrina n'y a pas renoncé de son plein gré en suivant la procédure. Elle a disparu du jour au lendemain. Nous voulons être sûrs qu'elle va bien et qu'elle a conscience des risques qu'elle prend en renonçant à cette protection fédérale.

— C'est la raison pour laquelle vous me surveilliez ? s'enquit Billy. Vous pensiez qu'elle chercherait peut-être à reprendre contact avec moi ?

— Exact.

— Je vois... Et que pouvez-vous me dire au sujet de Lawrence Coleman ?

Mia haussa les épaules.

— Pas grand-chose. C'est un trafiquant de drogue qui gravite dans l'orbite de la famille Carlucci. Ils font parfois appel à lui lorsqu'ils ne veulent pas se salir directement les mains. En prenant contact avec lui comme vous étiez sur le point de le faire, vous auriez alerté le frère de Nick dont Coleman est assez proche.

— Je ne comprends pas pourquoi on m'a aiguillé dans sa direction, dans ce cas, remarqua Billy.

Il relata brièvement à Mia sa rencontre avec Bri et la discussion qu'ils avaient eue.

— Je l'ai suivie l'autre soir, lorsqu'elle est sortie de chez vous, lui avoua Mia. Tout ce que je peux vous dire, c'est que son véritable nom est Brianna Sparks et que son permis de conduire a été émis dans le Nevada. J'imagine qu'elle aussi a été chargée de retrouver votre sœur. Probablement par les Carlucci. J'ignore comment ils ont bien pu apprendre que Sabrina s'était enfuie mais je suis convaincue qu'ils sont au courant et qu'ils la recherchent activement. C'est la raison pour laquelle nous devons la localiser rapidement.

— Je vois, murmura Billy, pensif. Mais si cette Brianna

travaille pour les Carlucci, en me poussant à contacter un complice de cette famille, elle cherche peut-être à vérifier si je lui fais confiance, si elle peut se servir de moi pour remonter jusqu'à Sabrina...

— C'est possible, reconnut Mia.

— Si je ne le contacte pas, elle comprendra que je la soupçonne.

Mia se rembrunit.

— Ne me dites pas que vous comptez approcher Coleman !

— Je ne vois pas quel risque je courrais en le faisant. Si Bri travaille pour les Carlucci comme vous le pensez, cela signifie qu'ils sont déjà au courant de la disparition de Sabrina. Coleman ne leur apprendra rien de nouveau.

— Effectivement..., concéda Mia, visiblement à contrecœur.

— Est-ce que les Carlucci savent que vous travaillez pour le bureau des marshals ?

Mia hésita un instant avant de lui répondre.

— Il se peut qu'ils aient des soupçons à mon égard, concéda-t-elle.

Elle lui fit part de l'agression dont elle avait été victime.

— Heureusement, je n'avais sur moi ni mon badge, ni mon arme de service, ni mon téléphone portable, conclut-elle. Mais si Brianna ou son contact me revoient, ils comprendront qu'ils avaient raison de me soupçonner...

— Nous devrions être tranquilles de ce côté-là tant que nous sommes à Las Vegas..., déclara Billy. À ce propos, comment avez-vous su que je comptais m'y rendre ? Ne me dites pas que vous m'avez suivi jusqu'à l'aéroport avant de sauter dans l'avion suivant.

— Non, répondit Mia avec un sourire embarrassé. Ne le prenez pas mal mais j'ai obtenu l'autorisation d'accéder à vos relevés bancaires. J'ai vu que vous aviez réservé un vol pour Las Vegas et une chambre au Venetian. J'avoue que je n'en revenais pas, ajouta-t-elle. Pourquoi choisir le Venetian quand on peut séjourner au Caesar's Palace ?

— Je vois, répliqua Billy, amusé. Vous êtes de la vieille école.

— Seulement dans certains domaines, répondit-elle avec un sourire enjôleur qui éveilla en lui un irrésistible frisson de désir.

Billy ne put s'empêcher de songer que, s'il devait collaborer avec elle, il allait devoir demeurer sur ses gardes sous peine de se laisser mener par le bout du nez.

Lorsqu'ils eurent terminé leurs cocktails, Billy indiqua à Mia qu'il comptait aller trouver directement Coleman. Après réflexion, elle décida de l'accompagner. Après tout, ce dernier n'avait aucune raison de se méfier d'elle et elle était curieuse de découvrir quel rôle il jouait dans la petite mise en scène élaborée par Brianna Sparks.

Ils prirent donc l'ascenseur pour regagner la boîte de nuit du premier étage. Dans la cabine, elle observa Billy à la dérobée, admirant le mélange de charme et de décontraction qui le caractérisait. Il portait ce soir-là un pantalon noir et une veste en cuir qui devait dissimuler son arme de service. Il paraissait à la fois détendu et alerte et son regard trahissait un mélange d'assurance tranquille et de volonté inébranlable.

Il semblait bien décidé à en découdre. Mais Mia savait qu'elle ne pouvait le laisser faire. Son enquête au sujet de Sabrina et les détectives privés qu'il avait engagés pour tenter de la retrouver avaient déjà suffisamment compliqué la tâche des services chargés de la protéger.

Ils avaient un objectif en commun : localiser Sabrina et la mettre à l'abri. Mais Mia devait également penser au procès de Nick Carlucci qui reposait essentiellement sur le témoignage de la jeune femme.

— J'espère vraiment que Coleman ne vous reconnaîtra pas, déclara-t-il au bout d'un moment.

— Il ne m'a jamais vue. Est-ce que vous pensez que je ressemble à un marshal des États-Unis ?

Billy la considéra sans chercher à dissimuler son admiration.

— Vous êtes beaucoup trop sexy pour cela, répondit-il.

Mia sentit ses joues s'empourprer légèrement. Elle savait déjà que l'attirance que lui inspirait Billy n'était pas à sens unique. Dans le cas contraire, il l'aurait probablement percée à jour lorsqu'elle avait repris contact avec lui dans ce restaurant chinois. Et cette réciprocité ne faisait qu'ajouter au piquant de leur relation.

La porte de l'ascenseur s'ouvrit alors et ils traversèrent le couloir qui menait au club privé. Le tampon qu'on leur avait apposé sur le poignet à l'entrée leur permit de réintégrer la discothèque. Mia suivit Billy jusqu'au bar où il commanda une bouteille de champagne.

Ils se dirigèrent ensuite vers l'alcôve devant laquelle elle l'avait intercepté moins d'une heure auparavant. Lawrence Coleman s'y trouvait toujours, entouré d'une cohorte de jolies filles et de ses deux gardes du corps.

Lorsque Billy fit mine de franchir le cordon de velours qui fermait le box, l'un d'eux s'interposa.

— C'est privé, lui dit-il.

Mia remarqua que Lawrence les observait du coin de l'œil.

— Je voulais offrir un verre à votre patron, répondit Billy. Lui et moi avons des amis en commun.

Le gorille interrogea Lawrence du regard.

— Laisse-les passer, répondit ce dernier en désignant les bouteilles vides alignées devant lui. Nous sommes presque à sec.

Billy prit Mia par le bras et ils s'avancèrent vers Lawrence. Ce dernier se leva à demi pour prendre la bouteille de champagne que Billy avait apportée. Reprenant sa place sur le canapé, il la déboucha.

— Est-ce qu'on se connaît ? demanda-t-il.

— Pas personnellement, répondit Billy. Mais, comme je le disais, nous avons des amis en commun.

— À qui est-ce que tu penses ?

— À Nick Carlucci.

Coleman le considéra avec une pointe d'étonnement par-dessus les flûtes qu'il était en train de remplir.

— Ça fait une paie que je n'avais pas entendu ce nom-là, répondit-il.

— Vraiment ? feignit de s'étonner Billy. Quelqu'un m'a pourtant dit que tu avais été assez proche de sa petite amie, Sabrina.

— C'est un peu exagéré, objecta Coleman. Je l'aimais bien, c'est vrai. Mais je n'étais encore qu'un gamin, à l'époque.

Coleman fronça les sourcils d'un air soupçonneux.

— Est-ce que c'est Vince qui t'envoie ? lui demanda-t-il. Est-ce qu'il cherche à me tester ?

Billy haussa les épaules.

— Non. Ça fait un bail que je n'ai pas revu les deux frangins. Mais je m'entendais bien avec Nick et Sabrina et, comme je suis de passage à Las Vegas, je me suis dit que je pourrais leur faire signe.

— Ça risque d'être difficile, répondit Coleman.

Il se leva et leur tendit tour à tour deux flûtes de champagne.

— Ils ont disparu à peu près à la même époque, tous les deux, il y a cinq ans, précisa-t-il. Je ne peux pas t'en dire beaucoup plus.

— Dommage, déclara Billy. Aux amis d'autrefois ! ajouta-t-il en levant son verre.

Coleman trinqua avec lui puis avec Mia. La façon dont il en profita pour la déshabiller du regard la mit légèrement mal à l'aise.

— On ne va pas vous embêter plus longtemps, déclara Billy après avoir vidé la moitié de sa flûte. Bonne soirée.

— De même, répondit Coleman.

Il les suivit des yeux tandis qu'ils quittaient l'alcôve privatisée pour se diriger de nouveau vers le bar.

— Il nous observe toujours, souffla Billy.

— Dans ce cas, nous devrions rester encore un peu, histoire de donner le change, déclara Mia. Nous pourrions danser. Après tout, nous n'avons pas eu le temps de le faire, au mariage.

— Parlez pour vous, répondit Billy en souriant. Moi j'ai passé une bonne partie de la soirée sur la piste. Mais vu la chaleur qui règne ici, je ne sais pas si danser est une si bonne idée que cela : je ne peux vraiment pas me permettre d'enlever ma veste.

— Vous n'êtes pas obligé de vous lancer dans une chorégraphie endiablée, objecta Mia en lui prenant la main.

Elle l'entraîna jusqu'à la piste de danse où ils commencèrent à danser face à face. Mia fut frappée par la grâce naturelle et totalement décomplexée dont il faisait preuve. C'était incontestablement l'un des hommes les plus sexy qu'elle ait jamais rencontrés et elle se prit à regretter que tous deux ne se soient pas rencontrés dans des circonstances différentes.

Ils continuèrent à se déhancher sur trois ou quatre morceaux avant de quitter la piste. Estimant qu'ils avaient suffisamment fait illusion, ils quittèrent alors le club.

— J'ai bien cru que j'allais m'évanouir, lui avoua Billy lorsqu'ils se retrouvèrent dans le couloir. Je ferais bien d'aller me passer le visage sous l'eau.

— Je crois avoir vu des toilettes en bas, remarqua Mia. Ça ne me fera pas de mal de me rafraîchir, moi aussi, ajouta-t-elle, regrettant d'avoir opté pour un pantalon en cuir.

Ils reprirent l'ascenseur pour redescendre.

— J'espère que cette brève rencontre avec Lawrence convaincra Bri que j'ai mordu à l'hameçon, déclara Billy. Si elle reprend contact avec moi, je pourrai peut-être l'amener à parler des Carlucci et de leur entourage.

— Espérons-le, répondit Mia. Votre petit voyage à Las Vegas aura au moins le mérite de la convaincre que vous ne savez vraiment pas où se trouve votre sœur.

De retour au rez-de-chaussée, ils se retrouvèrent instantanément replongés dans l'ambiance quelque peu hystérique du casino qui occupait une bonne partie du premier niveau de l'hôtel. Tous deux se frayèrent un chemin en direction des toilettes que Mia avait aperçues en arrivant.

Ils se séparèrent et Mia pénétra dans la section réservée aux femmes. Elle salua d'un signe de la tête une cliente de l'hôtel qui était en train de se remaquiller devant le grand miroir et s'approcha de l'un des lavabos pour se rafraîchir. Sa voisine quitta alors les toilettes.

Tandis que Mia se tamponnait doucement le visage à l'aide d'une serviette en papier humide, la porte se rouvrit, laissant apparaître une jeune femme vêtue d'une jupe en cuir à motifs léopard et d'un chemisier très échancré. Avant même que Mia n'ait eu le temps de reconnaître l'une des filles qu'elle avait aperçues en compagnie de Coleman, quelques minutes plus tôt, celle-ci se jeta sur elle en brandissant une lame de rasoir.

— Qui êtes-vous ? lui demanda-t-elle en menaçant Mia de son arme. Et que voulez-vous à Sabrina ?

6

En sortant des toilettes, Billy s'était approché de l'une des machines à sous qui étaient alignées contre le mur du fond du casino. Il introduisit une pièce de cinquante cents dans la fente et actionna le levier. Les molettes se mirent à tourner à toute vitesse.

Lorsqu'elles s'alignèrent, elles représentaient trois pots remplis d'or et une sonnerie se fit entendre tandis qu'un flot de pièces se déversait dans le seau en carton situé sous la machine. Décidément, Billy était en veine, ce soir-là.

Comme il s'apprêtait à récupérer ses gains, il aperçut du coin de l'œil une silhouette qui s'engouffrait dans le couloir menant aux toilettes. Il ne lui fallut que quelques instants pour comprendre pourquoi elle lui semblait vaguement familière : c'était l'une des filles qu'il avait aperçues aux côtés de Coleman, dans la boîte de nuit.

Pris d'un très mauvais pressentiment, il laissa échapper un juron et quitta la machine à sous pour la suivre. Il s'avança à son tour dans le couloir juste au moment où la fille pénétrait dans les toilettes. Pressant le pas, Billy gagna la porte qu'il essaya d'ouvrir. Elle était fermée à clé.

De l'intérieur lui parvint une exclamation étouffée suivie d'un bruit de lutte. De plus en plus inquiet, il secoua violemment la poignée, tentant de forcer la serrure. N'y parvenant pas, il enfonça la porte d'un violent coup d'épaule. À l'intérieur, il découvrit Mia aux prises avec la fille à la jupe léopard qui brandissait une lame de rasoir.

Avant même qu'il n'ait eu le temps de sortir son arme, elle l'aperçut et, repoussant brusquement Mia, elle s'élança vers la porte. Billy tenta de s'interposer mais dut reculer pour éviter la lame de rasoir qui entailla vicieusement sa veste en cuir. La fille le dépassa et se mit à courir.

Billy hésita un instant à la poursuivre mais préféra se précipiter vers Mia qui était étendue contre le mur du fond, les yeux mi-clos. Craignant qu'elle n'ait été touchée, il chercha des yeux une trace de sang sur son chemisier et, à son grand soulagement, n'en trouva aucune.

— Mia, l'appela-t-il. Est-ce que vous m'entendez ?

Elle rouvrit les yeux et le considéra d'un air incertain.

— Que s'est-il passé ? souffla-t-elle.

— Il y avait une fille, une complice de Coleman…

Mia hocha la tête avant de tâter l'arrière de son crâne en grimaçant.

— J'ai essayé de lui arracher son arme, lui dit-elle. Mais elle m'a envoyée valser contre le mur. J'ai dû me cogner.

— Je ferais mieux d'appeler une ambulance, déclara Billy.

— Pas la peine, lui assura Mia. Je ne saigne même pas. J'en serai quitte pour une méchante bosse.

Comme Billy l'aidait à se redresser, deux femmes pénétrèrent dans les toilettes et les considérèrent d'un œil inquiet, craignant sans doute qu'il ne s'agisse d'une agression.

— Tout va bien, leur assura Mia. J'ai juste un peu trop forcé sur la margarita…

— Je t'avais prévenue, renchérit Billy. Tu n'aurais pas dû leur demander de doubler la dose de tequila. Est-ce que ça va aller, maintenant ?

— Ça va mieux, répondit-elle. Tu ferais mieux de sortir. Je te rejoins tout de suite.

— Désolé, s'excusa Billy en adressant un petit sourire contrit aux deux femmes qui venaient d'entrer.

— Ça arrive à tout le monde, lui assura l'une d'elles.

Il quitta les toilettes et regagna la salle principale. Il n'y avait plus trace de la fille à la jupe léopard, ni du seau rempli de pièces qu'il avait abandonné sous la machine à sous, bien sûr...

Quelques instants plus tard, Mia le rejoignit. Il constata avec soulagement qu'elle paraissait remise de ses émotions.

— Je suis désolée, lui dit-elle. Je me suis laissé surprendre.

— Ce n'est pas votre faute. Nos questions ont dû éveiller les soupçons de Coleman. Nous ferions mieux de partir d'ici avant qu'il ne nous envoie l'un de ses gorilles.

— Bonne idée, approuva Mia.

Tous deux quittèrent l'hôtel et Billy fit signe à l'un des taxis qui stationnaient devant. Ils s'engouffrèrent à l'arrière et il demanda au chauffeur de les conduire au Venetian.

Là, comme Billy faisait mine de se diriger vers le bar, Mia le retint par le bras.

— Je crois que nous ferions mieux de parler dans l'une de nos chambres pour éviter les oreilles indiscrètes, opina-t-elle.

— Vous avez sans doute raison. Les Carlucci ont le bras long à Las Vegas.

— Est-ce que vous voulez boire quelque chose ? proposa Billy lorsqu'ils eurent rejoint sa chambre.

— Juste un verre d'eau, répondit-elle.

Il se défit de sa veste de cuir et de son holster avant d'aller récupérer dans le petit réfrigérateur une bouteille qu'il lui tendit. Lui-même se servit un verre de soda.

— Vous croyez qu'ils ont pu vous reconnaître ? demanda-t-il enfin.

— Je ne pense pas, répondit Mia en s'asseyant au bord du lit. Je n'ai quasiment jamais travaillé à Las Vegas. Et je ne suis entrée en contact avec Sabrina que longtemps après qu'elle a eu quitté la ville. Je pense tout simplement que nos questions ont éveillé la méfiance de Coleman et qu'il a chargé cette fille de découvrir qui nous étions et ce que nous lui voulions. Visiblement, elle n'a pas pour habitude de faire dans la dentelle. Heureusement que vous étiez là !

— Est-ce qu'elle a eu le temps de vous dire quoi que ce soit avant de vous sauter dessus ?

— Elle m'a juste demandé qui j'étais et ce que je voulais à Sabrina.

Billy hocha pensivement la tête.

— À quoi pensez-vous ? lui demanda Mia, percevant son trouble.

— Je me demande si elle travaillait vraiment pour Coleman. Après tout, s'il avait voulu nous poser plus de questions, il aurait eu tout loisir de le faire lui-même, tout à l'heure. Au contraire, j'ai plutôt eu l'impression qu'il voulait surtout se débarrasser de nous et se tenir à l'écart de cette affaire. Il n'a cessé de minimiser ses liens avec Nick et Sabrina.

— Pour qui agissait cette fille, alors, selon vous ?

— Coleman n'est peut-être pas le seul à travailler pour les Carlucci. En voyant que nous nous intéressions à Nick et à son frère, elle a peut-être décidé d'en apprendre un peu plus.

— Possible, concéda Mia, pensive.

— Il y a tout de même quelque chose que je ne m'explique pas. Pourquoi Bri a-t-elle prétendu que ma sœur était sortie avec Coleman ?

— Pour ne pas impliquer directement les Carlucci, répondit Mia sans hésiter.

— Elle devait bien savoir qu'en discutant avec lui, j'avais des chances de m'apercevoir qu'elle m'avait menti.

— C'était peut-être un test, comme vous le pensiez, suggéra Mia, Ou alors, les Carlucci avaient peut-être une raison de vouloir se débarrasser de Coleman. Ils se sont dit qu'en l'accusant d'avoir violenté votre sœur, ils feraient peut-être d'une pierre deux coups. Ou alors...

Mia s'interrompit et fronça les sourcils.

— Ou alors, compléta Billy, ils voulaient seulement me donner une bonne raison de m'éloigner de Los Angeles, le temps de pouvoir mettre la main sur Sabrina...

— C'est une possibilité, concéda Mia. Si seulement nous savions qui est réellement cette Brianna. Votre sœur ne m'a jamais parlé d'elle et son nom n'était pas mentionné dans l'enquête initiale concernant Nick Carlucci.

— Peut-être ne se connaissaient-elles pas personnellement, remarqua Billy. C'est peut-être même pour cela que les Carlucci l'ont choisie – parce qu'il n'y avait aucune chance pour que Sabrina ait pu me parler d'elle.

— Possible, concéda Mia, visiblement sans conviction.

Alors qu'elle allait reprendre la parole, elle fut interrompue par la sonnerie de son téléphone portable.

— C'est mon patron, déclara-t-elle après avoir jeté un coup d'œil à l'écran d'affichage. Il faut que je réponde.

— Alors ? Est-ce que tu l'as en visuel ? s'enquit Tucker sans autre forme de procès lorsque Mia décrocha.

Elle ne se formalisa pas outre mesure de sa brusquerie : son supérieur hiérarchique n'avait pas pour habitude de s'embarrasser de fioritures.

— De qui est-ce que tu parles ?

— De Coleman, bien sûr. Tu étais bien censée le filer, n'est-ce pas ?

— J'ai placé un mouchard sur lui, répondit-elle. Je comptais effectivement le suivre mais j'ai dû faire face à une situation inattendue. Je vais activer l'ampli pour que l'inspecteur Crouch puisse suivre notre conversation.

— Tu es encore avec Crouch ? demanda Tucker d'un ton réprobateur. Et il est au courant de la situation ?

— Oui, répondit Mia. J'ai jugé que c'était préférable, étant donné les circonstances.

— Puis-je savoir à qui j'ai affaire ? s'enquit Billy.

— Je suis le marshal Tucker Foley, le supérieur hiérarchique de Mia, répondit ce dernier. Elle était censée travailler sous couverture pour éviter de mettre votre sœur en danger.

— Elle s'est trouvée forcée de me révéler sa véritable identité pour m'éviter de commettre une erreur qui aurait pu me coûter cher, expliqua Billy. Brianna Sparks m'avait laissé entendre que Coleman était sorti avec ma sœur et qu'il la maltraitait.

— Pourquoi aurait-elle fait une chose pareille ? s'étonna Tucker.

— À ce stade, nous ignorons quelles pouvaient être ses motivations, répondit sobrement Billy.

— Est-ce que vous savez où se trouve Coleman, à l'heure actuelle ?

— Laisse-moi consulter sa localisation GPS, répondit Mia en ouvrant l'application.

— Quand avez-vous réussi à lui glisser ce mouchard ? demanda Billy, étonné.

— Lorsqu'il m'a tendu une coupe de champagne, tout à l'heure. Je l'ai laissé tomber dans la poche de sa veste.

— Et s'il s'en rend compte ?

— Il y a peu de chance pour que cela arrive. Le mouchard en question est dissimulé dans une pochette d'allumettes du Venetian. Au pire, il aurait pu s'en débarrasser mais on dirait qu'il l'a toujours sur lui. Il semble avoir quitté le Wild Jack et s'être mis en route en direction du Strip.

— Parfait, déclara Tucker. Mais tu faisais allusion à une situation inattendue qui t'a empêchée de le suivre. Que s'est-il passé, exactement ?

Mia lui relata l'agression dont elle avait été victime dans les toilettes de l'hôtel.

— Est-ce qu'elle aussi était au courant du fait que tu travaillais comme marshal ? s'enquit Tucker.

— Non. Elle voulait justement savoir qui j'étais.

— Dommage que vous n'ayez pas pu l'intercepter. Nous aurions peut-être pu l'interroger pour y voir un peu plus clair.

— Au moins, elle ignore toujours qui je suis réellement, ce qui n'est pas plus mal.

— Est-ce que Coleman vous a dit quoi que ce soit d'intéressant au sujet de Sabrina ?

— Il a affirmé qu'il n'avait eu aucun contact avec elle depuis qu'elle avait disparu et a laissé entendre qu'il n'en avait pas eu beaucoup plus du temps où elle était en couple avec Nick. Est-ce que c'est vrai ?

— Difficile à dire, soupira Tucker. Les fédéraux ne sont jamais parvenus à établir une liste précise de témoins dans l'affaire Mayberry...

— L'affaire Mayberry ? répéta Billy, sidéré. Vous voulez parler de Ray Mayberry, l'ex-flic qui travaillait pour la mafia et qui s'est fait assassiner à Las Vegas ? C'est lui que Sabrina a vu se faire tuer ?

— Oui, répondit Mia. Sauf que Mayberry n'était pas un ripou comme l'ont laissé entendre les médias. Il avait été chargé d'infiltrer le clan des Carlucci. Mais quelqu'un a vendu la mèche et Mayberry s'est fait descendre.

— Mon Dieu, murmura Billy. Je n'arrive pas à croire que Sabrina ait pu se retrouver mêlée à une telle histoire...

— Coleman n'est plus très loin de l'endroit où nous nous trouvons, remarqua Mia en désignant le point lumineux qui s'affichait sur la carte. Nous pourrions peut-être le suivre. Avec un peu de chance, il est allé faire son rapport aux Carlucci.

— Je te rappelle que l'inspecteur Crouch n'est pas habilité à enquêter à Las Vegas, objecta Tucker.

— Mais c'est le seul d'entre nous à être armé, pour le moment, répondit-elle.

— Il n'est pas question que cette investigation se solde par un échange de coups de feu au beau milieu du Strip ! protesta vivement son supérieur. Contente-toi de découvrir qui va voir Coleman.

— C'est d'accord, répondit Mia. Tu peux compter sur nous.

Sur ce, elle raccrocha sans laisser le temps à Tucker de protester.

— Nous devrions nous dépêcher si nous ne voulons pas perdre Coleman, déclara-t-elle. Il vient apparemment de s'arrêter au niveau du Caesar's Palace.

— Merci d'avoir imposé ma présence à votre patron.

Mia haussa les épaules.

— Je préfère vous avoir à mes côtés plutôt que de vous forcer à me suivre, répondit-elle. Ce sera nettement plus sûr et plus discret pour vous comme pour moi.

— Effectivement, concéda Billy en souriant.

Pendant qu'elle continuait à surveiller les déplacements de Coleman, il enfila de nouveau son holster et sa veste. Tous deux quittèrent alors l'hôtel pour traverser Las Vegas boulevard et se diriger vers le Caesar's Palace tout proche.

— Il est entré dans le complexe, signala Mia en zoomant à mesure qu'ils se rapprochaient.

Ils pénétrèrent à leur tour dans l'enceinte du Caesar's Palace. Dans l'immense hall, Mia fit une courte pause, le temps de s'orienter. Il était nettement plus difficile de suivre le mouchard à l'intérieur d'un bâtiment qui s'élevait sur plusieurs niveaux.

— Vu la direction, je pense qu'il a emprunté les escalators qui se trouvent sur notre gauche, indiqua-t-elle après réflexion.

Ils le prirent à leur tour et gagnèrent l'étage supérieur où se trouvaient de nombreux bars et restaurants.

— Je ne le vois pas, déclara Billy en scrutant attentivement la foule qui se pressait autour d'eux.

— Il est rentré dans l'un des restaurants, lui dit-elle en zoomant sur son écran. L'Italien haut de gamme qui se trouve tout au fond...

— Si nous entrons, il risque de nous repérer, remarqua Billy tandis qu'ils approchaient de l'établissement en question.

— Vous avez raison, acquiesça Mia. Laissez-moi faire.

S'approchant de la porte d'entrée, elle l'ouvrit et, demeurant sur le seuil, elle attira l'attention de l'hôtesse d'accueil qui se trouvait à l'intérieur et lui fit signe de s'approcher. Celle-ci hésita quelques instants avant de s'avancer vers eux.

— Montrez-lui votre badge, demanda Mia à Billy. Je n'ai pas le mien.

Il s'exécuta aussitôt et elle espéra que la jeune réceptionniste ne remarquerait pas qu'elle avait affaire à un policier de Los Angeles qui se trouvait à plus de trois cents kilomètres de sa juridiction.

— Que puis-je faire pour vous ? leur demanda la fille, visiblement intimidée à la vue de son badge.

— Comment vous appelez-vous ?

— Bethany.

Mia lui décocha un sourire rassurant.

— Parfait, Bethany. Nous sommes en train de suivre un homme qui vient tout juste de rentrer dans votre restaurant. Nous voudrions savoir avec qui il a rendez-vous.

— À quoi est-ce qu'il ressemble ? lui demanda Bethany.

— C'est un jeune Afro-Américain qui porte des dreadlocks et un costume en soie vert pas très discret.

— Oui, répondit la jeune femme. Je l'ai vu passer, effectivement. Il avait rendez-vous dans l'un des salons privés. Malheureusement, je ne suis pas habilitée à y entrer.

— Est-ce que vous pouvez nous dire qui l'a réservé ?

— Je vais regarder...

Rassurés sur le fait que Coleman ne pourrait les apercevoir, ils suivirent la jeune femme jusqu'à son pupitre. Elle consulta un gros livre sur lequel étaient inscrites toutes les réservations.

— Désolée, s'excusa-t-elle enfin. Je n'ai pas de nom à vous donner. C'est un VIP qui a dû réserver en contactant directement le manager.

— Écoutez, intervint Billy d'un ton légèrement menaçant, il

s'agit d'une enquête de police et je pourrais très bien convoquer votre manager au commissariat pour l'interroger à ce sujet. Mais cela me ferait perdre du temps et je préfère agir discrètement. Vous êtes sûre qu'il n'y aurait pas un moyen d'en savoir plus sur ces gens ?

— Je pourrais demander à Jorge, murmura Bethany, impressionnée.

— Qui est Jorge ? demanda Mia d'une voix très douce.

— Le serveur. Je le connais bien. S'il sait qui sont ces gens, il me le dira.

— Parfait, approuva Billy. Lorsque vous lui aurez parlé, venez nous trouver. Nous serons à la terrasse du glacier, juste à côté.

— Très bien, inspecteur.

— Impressionnant, commenta Mia lorsqu'ils quittèrent le restaurant. Vous avez l'art de mettre la pression à vos témoins quand vous voulez.

— Ça fait partie du métier, répondit Billy. C'est en partie à cela que mon coéquipier et moi devons d'avoir l'un des meilleurs taux d'élucidation au sein de la police de Los Angeles.

— Ce n'est pas la modestie qui vous étouffe, commenta Mia en riant.

— C'est un fait, éluda Billy en haussant les épaules. Est-ce que ça vous dit que je vous offre une glace en attendant Bethany ?

— Pourquoi pas ? répondit-elle. Je n'ai pas eu le temps de dîner, ce soir.

Ils entrèrent chez le glacier et s'approchèrent du comptoir. Billy étudia attentivement l'ardoise qui était accrochée au mur.

— Qu'est-ce qui vous tente ? lui demanda-t-elle.

— Que diriez-vous d'une glace à la vanille nappée de chocolat chaud ? répondit-il en lui lançant un regard amusé.

Mia ne put réprimer un petit frisson en percevant le sous-entendu qu'elle croyait déceler dans sa voix.

— Ça m'a l'air très appétissant, répondit-elle d'un ton moins assuré qu'elle ne l'aurait voulu. Je crois que je vais me laisser tenter...

Billy se tourna vers le glacier pour passer la commande. Pendant ce temps, Mia s'efforça de chasser le trouble qui l'avait envahie. Elle ne pouvait se permettre d'oublier qu'ils étaient en mission et que les adversaires impitoyables auxquels ils étaient confrontés ne laisseraient passer aucune erreur de leur part. Après tout, ils n'avaient pas hésité à se débarrasser de Ray Mayberry.

Une fois servis, Billy et Mia allèrent s'asseoir sur la terrasse. Elle s'attaqua à sa glace et laissa échapper un petit soupir de contentement.

— Merci du conseil, dit-elle à Billy. Elle est délicieuse

Il la considéra avec intérêt tandis qu'elle commençait à manger avec gourmandise. Cette attention ne contribua guère à atténuer son trouble. Fort heureusement, ils furent interrompus au bout de quelques instants par l'arrivée de Bethany.

— J'ai parlé à Jorge, leur annonça-t-elle. Et il m'a transmis les informations qui vous intéressent. L'homme que vous suivez a rejoint un groupe de quatre personnes. Parmi elles, il a reconnu M. Carlucci. C'est un client qui fréquente très régulièrement le restaurant. Jorge n'a pas pu me dire qui étaient les autres convives en revanche.

— Merci beaucoup, Bethany, répondit Billy en lui glissant deux billets de vingt dollars. Donnez-en un à votre ami Jorge et remerciez-le de notre part.

— Merci, répondit Bethany en empochant l'argent. D'après Jorge, l'homme que vous suivez ne comptait pas rester pour manger et il ne devrait pas tarder à ressortir.

Tandis que Bethany s'éloignait à grands pas en direction du restaurant, Billy se tourna vers Mia.

— Je préférerais rester là à vous regarder manger votre glace, remarqua-t-il avec un sourire charmeur. Mais il vaudrait peut-être mieux que nous suivions Coleman discrètement. Avec un peu de chance, il nous conduira à une autre pièce du puzzle...

— Je suis d'accord, répondit-elle. Laissons-lui un peu d'avance et voyons où il se rend ensuite. Et ne vous en faites pas pour ma glace, ajouta-t-elle malicieusement. Je compte bien l'emporter et la finir en route.

Elle posa son téléphone entre eux sur la table et ralluma l'application qui lui avait permis de filer Coleman jusque-là. Quelques instants plus tard, le signal leur indiqua que ce dernier venait de sortir du restaurant.

— J'ai l'impression qu'il se prépare à quitter l'hôtel, constata Mia.

— Allons-y.

Le temps qu'ils atteignent à leur tour la sortie, Coleman était monté à bord d'un véhicule qui remontait Las Vegas boulevard. Ils hélèrent un taxi et Mia donna ses instructions au chauffeur en se basant sur la localisation du mouchard.

— Peut-être compte-t-il retourner au Wild Jack, suggéra Billy.

— Si c'est là que vous voulez vous rendre, il va nous falloir faire demi-tour, remarqua le chauffeur. Nous venons tout juste de le dépasser.

— Non, il continue tout droit, indiqua Mia. Nous n'allons pas tarder à sortir du centre, n'est-ce pas ?

— Exact, répondit le chauffeur. Il n'y a plus beaucoup de casinos ou de restaurant dans cette direction. C'est un quartier résidentiel.

— Est-ce que nous sommes du côté de Starcross Road ? s'enquit Billy.

— Tout près, acquiesça le chauffeur.

— Dans ce cas, je pense savoir où il va, déclara Billy. D'après les informations que j'ai pu trouver à son sujet, il habite sur Starcross.

— Effectivement, il a dû descendre de voiture, constata Mia. Vous pouvez nous arrêter là, ajouta-t-elle à l'intention du chauffeur.

Ce dernier s'exécuta, visiblement soulagé d'être débarrassé de ces curieux clients. Billy le paya et ils descendirent du taxi.

— S'il rentre vraiment chez lui, nous l'aurons suivi pour rien, remarqua-t-elle. Et sa rencontre avec les Carlucci ne nous indique pas grand-chose de plus que ce que nous savions déjà, à savoir qu'il travaille pour eux.

— Peut-être devrions-nous aller l'interroger de nouveau, suggéra Billy. À titre officiel, cette fois. Il se montrera peut-être un peu plus loquace...

— C'est une possibilité, concéda Mia. Mais ce faisant, nous grillerions notre couverture. Et Brianna Sparks finirait certainement par l'apprendre.

— Vous avez raison, soupira Billy, incertain. Commençons par le suivre, vérifions qu'il se rend bien chez lui et qu'il n'a pas donné rendez-vous à quelqu'un. Ensuite, nous aviserons.

Mia hocha la tête et jeta un coup d'œil à son téléphone portable. Elle constata que Coleman s'était arrêté à quelques rues de là, sur ce qui semblait être un parking à ciel ouvert. Elle se remit donc en route dans cette direction et Billy lui emboîta le pas.

— Bizarre, constata-t-elle. Il ne se déplace toujours pas.

— Peut-être a-t-il rendez-vous avec quelqu'un, suggéra Billy.

Ils pressèrent le pas. Comme ils arrivaient à proximité du parking, ils entendirent un hurlement de douleur suivi par un éclat de voix :

— Au secours !

Tous deux s'élancèrent au pas de course dans la direction d'où provenaient ces cris et se retrouvèrent rapidement nez à nez avec un homme qui s'éloignait en courant.

— Police ! lui cria Billy. Ne bougez pas !

L'homme s'immobilisa, haletant.

— Quelqu'un s'est fait poignarder juste sous mes yeux ! prononça-t-il, visiblement sous le choc.

— Où ça ? lui demanda Mia.

— Sur le parking, répondit l'homme.

Billy dégaina son pistolet de son holster.

— Montrez-nous, lui demanda-t-il.

Visiblement rassuré par la vue de son arme, l'homme les guida jusqu'à l'une des voitures qui étaient garées sur le parking. La portière était ouverte et, juste à côté du véhicule, une silhouette était étendue sur le sol.

Après s'être assurée que l'agresseur ne se trouvait plus dans les parages, Mia s'élança vers la victime et s'agenouilla à ses côtés.

— C'est bien lui, s'exclama-t-elle. C'est Coleman. Appelle les secours !

Coleman était allongé de tout son long sur l'asphalte. Sa veste ouverte laissait voir la tache de sang qui maculait sa chemise et ne cessait de s'étendre.

— Est-ce qu'il est mort ? s'enquit Billy.

— Il respire toujours mais il perd beaucoup de sang.

Billy laissa échapper un juron. Il ôta sa veste et son holster avant de se défaire de sa chemise qu'il tendit à Mia.

— Fais pression sur la blessure, je contacte les urgences.

Pendant qu'il téléphonait, Mia replia la chemise de Billy de façon à former une compresse improvisée qu'elle appliqua sur la plaie. Elle appuya fermement pour tenter de limiter l'hémorragie. Coleman laissa échapper un gémissement de douleur.

— Tout ira bien, Lawrence, lui dit-elle d'un ton qui se voulait rassurant. Vous allez vous en tirer.

La chemise qu'elle pressait sur la blessure ne tarda pas à se retrouver elle aussi gorgée de sang.

— Il me faudrait une serviette, cria-t-elle à Billy.

— J'entends déjà la sirène de l'ambulance, répondit-il. Elle ne devrait plus tarder.

— Tenez bon, Lawrence, dit Mia au gangster qui luttait visiblement pour rester conscient. Qui vous a fait ça ? Ce sont les Carlucci ? Que vous ont-ils dit au restaurant ?

Coleman plissa les yeux, s'efforçant probablement de comprendre qui elle était et ce qu'elle lui voulait.

— Ils... Ils... cherchent..., prononça-t-il difficilement.

Il s'interrompit, haletant, et son visage se crispa sous l'effet de la souffrance.

— Sabrina ? suggéra Mia. Ils cherchent Sabrina ? Est-ce que vous savez où elle se trouve ?

Coleman rouvrit la bouche pour lui répondre mais une bulle de sang se forma sur ses lèvres. Mia sentit un brusque accès d'angoisse monter en elle. Si les poumons avaient été touchés, Coleman n'en avait peut-être plus très longtemps.

— Est-ce qu'ils savent où est Sabrina ? insista-t-elle.

— Pas Sabrina..., souffla péniblement Coleman. Ils cherchent... Nick...

7

Lorsque l'inspecteur Morse de la police de Las Vegas eut fini de les interroger, Billy lui tendit l'une de ses cartes de visite.

— Tenez-nous au courant si vous apprenez quoi que ce soit de nouveau, lui dit-il.

Mia revint de la poubelle où elle était allée jeter la serviette que l'un des ambulanciers lui avait donnée pour éponger le sang qui maculait ses mains et ses avant-bras.

— Dommage que Coleman n'ait pas accusé nommément l'un des Carlucci avant de perdre connaissance, soupira Morse. J'aurais adoré pouvoir coffrer l'un de ces salopards, pour une fois.

— Malheureusement, ce sont rarement les Carlucci qui se salissent les mains, répondit Mia. Même s'ils sont responsables, ils auront sans doute fait appel à un intermédiaire.

— Probablement, acquiesça Morse en la considérant avec un mélange de curiosité et d'amusement. Dites-moi, est-ce que toutes les femmes qui travaillent comme marshal s'habillent comme vous ? Si c'est le cas, je ferais peut-être bien de demander ma mutation.

— Je suis sous couverture, répondit-elle sans paraître se formaliser de la remarque.

— Je m'en doutais un peu. En tout cas, vous pouvez compter sur moi pour vous prévenir si jamais ce Coleman parvient à s'en tirer. Mais je ne compterais pas trop là-dessus, à votre place. Il ne vous a rien dit avant de tourner de l'œil ?

— Non, mentit Mia avec un aplomb que Billy ne put s'empêcher d'admirer.

Morse hocha la tête.

— Je vous souhaite un bon séjour à Las Vegas, leur dit-il avant de se détourner pour aller s'entretenir avec le témoin de l'attaque qui était toujours en état de choc.

Mia se tourna alors vers Billy et il ne put s'empêcher de remarquer le mélange d'admiration et de désir qui brilla dans son regard lorsqu'il se posa sur son torse que laissait voir sa veste de cuir entrouverte.

— Je suis désolée pour votre chemise, lui dit-elle d'un ton légèrement embarrassé. Entre ça et votre veste, cette soirée vous a coûté cher.

— La vie d'un homme était en jeu, répondit-il en haussant les épaules.

— J'espère qu'il va s'en sortir.

— Moi aussi, même s'il ne le mérite probablement pas. Que pensez-vous qu'il ait voulu dire au sujet de Nick ?

— Je ne sais pas, avoua Mia. Je ne suis pas sûre de comprendre pourquoi les Carlucci seraient à la recherche de Nick. Lorsqu'il a disparu, nous pensions que c'était parce que sa famille l'avait exfiltré et le cachait de peur que Sabrina ne puisse témoigner contre lui.

— Coleman était sur le point de mourir, remarqua Billy. Il était peut-être en proie au délire…

— Ce n'est pas l'impression qu'il m'a donnée, objecta Mia. Je lui ai demandé spécifiquement si les Carlucci étaient à la recherche de Sabrina. Il lui aurait suffi de me répondre oui. Mais il m'a reprise et m'a indiqué explicitement que c'était Nick qu'ils cherchaient.

— Nous devrions en parler à votre supérieur, suggéra Billy. Il aura peut-être une idée de ce que cela signifie.

— Bonne idée, répondit-elle. Mais il est un peu tard pour cela. Je l'appellerai demain matin à la première heure. En attendant, nous devrions retourner à l'hôtel avant que vous n'attrapiez froid. Nous pourrons faire un dernier point avant d'aller prendre un repos bien mérité.

— C'est d'accord, acquiesça Billy.

Ils appelèrent un VTC qui les reconduisit au Venetian où ils regagnèrent la chambre de Billy.

— Cette histoire se complique, déclara Mia tandis que ce dernier enfilait une chemise propre. Si les Carlucci recherchent Nick, c'est qu'il y a une nouvelle faction dont nous devons tenir compte.

— Las Vegas est un véritable sac de nœuds, soupira Billy en allant chercher deux bières dans le réfrigérateur.

Il en tendit une à Mia qui le remercia d'un signe de la tête. Elle alla s'installer sur la chaise du bureau et Billy se laissa tomber sur le lit.

— Je ne savais même pas que Ray Mayberry s'était fait tuer parce qu'il travaillait sous couverture, reprit-il après avoir avalé une gorgée de bière. Les journaux ne l'ont jamais dit, ce qui paraît injuste, quand on y pense. Aujourd'hui, il passe pour un ripou alors que c'était un héros...

— C'est vrai, reconnut Mia. Travailler sous couverture est probablement le rôle le plus ingrat : les agents qui le font courent des risques immenses sans pouvoir espérer jouir de la reconnaissance qu'ils mériteraient. Est-ce que vous avez déjà connu ça ?

Billy secoua la tête.

— Il m'est arrivé de travailler incognito mais jamais sous couverture totale avec juste un officier traitant. On évite généralement de confier ce genre des responsabilités à des policiers qui ont charge de famille.

— C'est vrai, acquiesça Mia. Vous avez des enfants, n'est-ce pas ? James et Darius, c'est ça ?

La surprise qu'éprouva Billy fut de courte de durée : Mia avait eu accès à son dossier et devait tout savoir de sa vie personnelle.

— Effectivement, acquiesça-t-il. Ils vivent avec leur mère à San Diego.

— Ce n'est pas trop dur, pour vous ?

Cette question très personnelle le prit au dépourvu.

— Ils me manquent, parfois, reconnut-il. Je les vois chaque fois que j'en ai l'occasion. Nous devrions passer pas mal de temps ensemble, cet été, par exemple. Et vous ? Est-ce que vous avez des enfants ?

— Non, répondit Mia. Peut-être un jour...

Billy se demanda si elle avait un petit ami. Il se rappela qu'elle avait fait allusion à un ex qu'elle avait failli épouser et qui s'était révélé être un criminel. Mais elle ignorait si cette histoire était la sienne ou une pure fiction tirée de la fausse biographie de Molly Jones.

Il lui parut assez injuste qu'elle en sache aussi long à son sujet alors que lui-même ignorait presque tout d'elle.

— Est-ce que vous voulez manger quelque chose ? lui demanda-t-il. Si j'ai bien compris, vous n'avez rien avalé d'autre que cette glace, ce soir. Je peux vous commander un burger.

— Je ne mange pas de viande rouge.

— Voilà qui explique au moins pourquoi vous n'avez pas touché à votre bœuf aux brocolis, au restaurant chinois.

— Ce n'était pas vraiment le mien, confessa Mia en rougissant légèrement.

— Je m'en étais douté. Lorsque je suis allé chercher ma propre commande au comptoir, il y avait un pauvre type qui se plaignait de s'être fait voler ses plats.

— J'espère qu'ils les ont remplacés. Je n'ai pas l'habitude de faire ce genre de choses mais il fallait absolument que je trouve un prétexte pour vous aborder.

— En tout cas, si vous avez faim, c'est moi qui vous invite, cette fois-ci.

— Ce n'est pas la peine, lui assura-t-elle. Je ne vais pas tarder à aller me coucher de toute façon. Je voulais juste faire un dernier point avec vous sur la situation.

Billy avala une nouvelle gorgée de bière avant de résumer ce qui s'était passé ce soir-là.

— Sur la suggestion de Bri, nous sommes allés trouver Coleman pour lui parler de Sabrina. Une femme qui se trouvait à ses côtés a alors décidé de vous suivre pour découvrir qui nous étions et ce que nous voulions à ma sœur. Pendant ce temps, Coleman est allé trouver les Carlucci. Puis il s'est fait poignarder et nous a révélé que la famille Carlucci était à la recherche de Nick.

— Une fois de plus, nous nous retrouvons avec plus de questions que de réponses, soupira Mia. Pour qui travaillait la fille qui m'a menacée ? Qui a essayé de tuer Coleman et pourquoi ? Pourquoi Nick se cache-t-il de sa propre famille ? Pourquoi le recherchent-ils seulement maintenant ?

— Sans oublier la plus importante de toutes ces interrogations, remarqua Billy. Pourquoi Sabrina a-t-elle brusquement décidé de prendre la poudre d'escampette ?

— C'est vrai, reconnut Mia. C'est probablement la clé de tout le reste. Nous devons impérativement retrouver votre sœur.

— Ça reste ma priorité absolue, concéda Billy. Mais en attendant, je ne saurais trop vous conseiller de faire protéger Coleman. Si quelqu'un a tenté de le tuer pour l'empêcher de parler, il n'en restera probablement pas là.

— C'est vrai, reconnut Mia. Je vais demander que sa chambre soit mise sous surveillance. De votre côté, vous devriez rentrer à Los Angeles. Non seulement il faut que vous soyez sur place au cas où Sabrina déciderait de prendre directement contact avec vous mais, de plus, vous pourrez tenter d'en apprendre un peu plus par l'entremise de Brianna Sparks. Qui sait ? Les Carlucci cherchent peut-être à la fois Nick et Sabrina...

Billy laissa échapper un juron et Mia l'interrogea du regard.

— Et s'ils étaient ensemble ? suggéra-t-il, n'osant y croire lui-même. Et si Sabrina était allée le rejoindre, où qu'il se trouve ?

— Mon Dieu, soupira Mia. Je n'avais pas envisagé une telle possibilité...

Elle réfléchit quelques instants avant de secouer la tête.

— Ce n'est pas possible, déclara-t-elle. Sabrina est une fille intelligente. Elle doit bien savoir qu'il n'y a rien à espérer d'une telle relation.

— J'aimerais le croire, répondit Billy. Mais après tout, c'est elle qui est partie à Las Vegas pour rencontrer un homme dont elle a fait la connaissance sur un site de rencontres et par qui elle espérait se faire entretenir. Ce n'est pas vraiment une marque de maturité émotionnelle...

— Il s'est écoulé cinq ans depuis cette époque, objecta Mia. Sabrina a changé.

— J'imagine, concéda-t-il en lui décochant un sourire empreint de tristesse.

Avisant sa détresse, Mia sentit son cœur se serrer dans sa poitrine.

— Le plus probable, c'est qu'elle s'est lassée d'attendre que le FBI retrouve Nick et qu'elle a décidé de retourner auprès de sa famille, lui assura-t-elle.

— Espérons-le, soupira Billy. Mais cela n'explique pas pourquoi elle n'a pas pris contact avec moi, du coup...

— Est-ce que vous comptez toujours rentrer demain ? s'enquit Mia.

— Comment savez-vous... ? Ah oui, bien sûr. Vous avez accès à mes relevés de carte bleue. J'imagine que vous connaissez même le numéro de mon siège.

— À vrai dire, vous ne vous êtes pas encore enregistré, objecta-t-elle en souriant. Vous devriez le faire si vous avez l'intention de prendre ce vol.

— Et vous ? Est-ce que vous comptez également rentrer à Los Angeles ?

Mia haussa les épaules.

— Je n'ai plus grand-chose à faire ici, répondit-elle en se levant. Je pense que je vais essayer d'avancer mon vol de retour. Si je parviens à prendre le même que vous, nous pourrons partager le taxi pour l'aéroport.

Elle récupéra son sac à main et fit mine de se diriger vers la porte de sa chambre. Billy s'aperçut alors qu'il n'avait pas envie de la voir partir.

— Est-ce que vous habitez vraiment le quartier de Marina Del Rey ou est-ce que c'était un mensonge ? demanda-t-il pour gagner du temps.

— J'ai pris un hôtel dans ce quartier, acquiesça-t-elle. Cela me permettait d'être plus près de vous... pour vous surveiller, ajouta-t-elle maladroitement.

Il ne put s'empêcher de sourire.

— Dans ce cas, nous pourrons partager un taxi à l'arrivée aussi, déclara-t-il en se dirigeant à son tour vers la porte qu'il lui ouvrit.

— Merci d'avoir volé à mon secours, tout à l'heure, lui dit-elle.

— Il n'y a pas de quoi. Merci de m'avoir dit la vérité au sujet de Sabrina.

Ils demeurèrent quelques instants silencieux, se dévorant mutuellement du regard. N'y tenant plus, Billy finit par céder à la tentation et se pencha vers elle pour effleurer ses lèvres d'un baiser.

— Bonne nuit, Mia, lui dit-il.

— Bonne nuit, Billy, répondit-elle d'une voix que le désir rendait légèrement rauque.

Le lendemain matin, Mia se leva de bonne heure, troublée par les rêves qu'elle avait faits cette nuit-là et dans lesquels Billy occupait une place centrale. Après avoir pris sa douche et enfilé un jean, un chemisier et une paire de sandales plates, elle contacta Tucker Foley pour lui relater ce qui s'était passé la veille.

En raccrochant, elle trouva sur sa messagerie un SMS de Billy qui l'invitait à se joindre à elle pour le petit déjeuner. Après quelques instants d'hésitation, elle lui répondit qu'elle arrivait. Après tout, elle n'avait rien avalé d'autre qu'une glace depuis la veille au matin et se sentait affamée.

Quelques minutes plus tard, en pénétrant dans la salle du restaurant de l'hôtel, elle avisa Billy qui était attablé non loin du buffet. Il portait ce jour-là un pantalon de toile couleur café et une chemise bleu ciel qui lui conféraient une apparence tout à la fois chic et décontractée.

Surprenant son regard, il lui adressa un petit signe de la main et elle le rejoignit.

— Tu es toujours aussi élégant ? lui demanda-t-elle.

Il haussa modestement les épaules.

— Mes collègues m'ont surnommé le Dandy, répondit-il en souriant. J'essaie d'être à la hauteur de ma réputation. Viens, ajouta-t-il en se levant. Ce buffet m'a l'air gargantuesque. Il serait dommage de ne pas en profiter.

Tous deux allèrent récupérer des plateaux et commencèrent à se servir.

— Est-ce que tu as pu parler à ton supérieur ? lui demanda alors Billy.

— Je viens tout juste de le faire.

— Que pense-t-il de la tournure qu'ont prise les événements ?

— Il semblait tout aussi surpris que nous par les dernières paroles de Coleman.

— Les dernières paroles ? répéta Billy en haussant un sourcil. Dois-je comprendre qu'il est mort durant la nuit ?

— Pas que je sache, répondit-elle. L'inspecteur Morse ne m'a pas appelée. D'ailleurs, je pense que s'il y avait du nouveau de ce côté-là, c'est toi qu'il contacterait. Il ne semblait pas me prendre très au sérieux, hier soir.

— Certains hommes ont du mal à accepter qu'une femme aussi sexy et séduisante puisse également être une professionnelle aguerrie.

Mia ne put s'empêcher de rougir en entendant ces compliments. Elle se demanda si Billy avait fait le même genre de rêves qu'elle, cette nuit-là. Elle ne parvenait pas à oublier le baiser qu'ils avaient échangé la veille et espérait vaguement que ce n'était qu'un avant-goût de ce qui les attendait encore.

Comme ils regagnaient leur table, un serveur vint y déposer une bouteille de champagne et deux flûtes.

— Ce doit être une erreur, remarqua Mia, surprise. Nous n'avons pas commandé ça.

— Effectivement, mademoiselle. C'est un petit cadeau pour vous de la part de M. Vince Carlucci. Il espère que votre séjour à Las Vegas a été agréable.

8

Mia observait d'un œil morne le tarmac de l'aéroport de Las Vegas.

— Tu n'as pas l'air ravie de rentrer, remarqua Billy qui occupait le siège voisin.

— Ce n'est pas cela, répondit-elle en lui décochant un sourire nerveux. Le fait que Vince Carlucci sache qui nous sommes ne me dit vraiment rien de bon.

— C'était un risque que nous courions en prenant contact avec Coleman, remarqua-t-il. Cela ne veut pas forcément dire qu'il sait que nous sommes de la police.

— S'il connaît l'hôtel où nous sommes descendus, il n'a pas dû avoir beaucoup de mal à trouver ton nom. Et il doit savoir que le frère de Sabrina est inspecteur de police.

Billy haussa les épaules.

— Si Bri travaille effectivement pour lui, il savait déjà tout ça, de toute façon. Et, dans ce cas, c'est indirectement lui qui a fait en sorte que je me rende à Las Vegas et que j'y rencontre Coleman. En revanche, il ne sait pas forcément que tu es marshal ni que tu as été chargée de retrouver ma sœur.

— Cela vaudrait mieux, remarqua Mia. Parce que cela risquerait de compliquer mon travail. Initialement, j'étais censée rester dans l'ombre et te surveiller discrètement.

— À ce propos, comment veux-tu que nous procédions, une fois de retour à Los Angeles ?

— Tu n'as aucun moyen de contacter Brianna, n'est-ce pas ? Elle ne t'a pas laissé de numéro auquel tu pourrais la joindre ?

— Exact. Elle m'a dit que ce serait elle qui me recontacterait.

— Dans ce cas, tu n'as qu'à attendre qu'elle le fasse. Elle voudra probablement savoir comment s'est passée ton entrevue avec Coleman.

— On ne peut pas dire qu'elle ait servi à grand-chose...

— Du point de vue de Brianna, pas vraiment, en effet. Mais elle nous a au moins permis d'apprendre que les Carlucci ne cachaient pas Nick. Ce qui signifie que nous avons peut-être une chance de pouvoir le retrouver et l'arrêter. Si tel est le cas, Sabrina pourra témoigner contre lui et elle sera libre de reprendre le cours de sa vie...

— Ça ne sera sans doute pas si simple, objecta Billy. Cinq ans se sont écoulés et il s'est passé des tas de choses depuis.

Il secoua tristement la tête.

— Je n'arrive toujours pas à croire qu'elle ait pu gâcher sa vie de cette façon. Tout ça pour se faire entretenir par un mafioso...

— Je ne crois pas qu'il faille envisager les choses sous cet angle, objecta Mia. Je pense que Sabrina a vraiment eu un coup de cœur pour Nick avant de découvrir quel genre d'hommes il était réellement. Elle était jeune et elle est tombée amoureuse de la mauvaise personne. Ça arrive souvent, malheureusement.

Billy lui lança un regard intrigué. Il avait dû percevoir la pointe d'amertume qui perçait dans sa voix. Mia n'avait cependant pas l'intention de s'étendre sur ses propres expériences en la matière – surtout après ce qui s'était passé entre eux la veille au soir.

— Qui était l'amie qui lui a parlé de ce site de rencontres ? s'enquit-il enfin.

— Je ne me rappelle plus son nom, répondit Mia. Et même si tel n'était pas le cas, je ne pourrais pas te le donner.

— Je n'ai pas l'intention de l'accabler de reproches, lui

assura-t-il. Mais s'il s'agissait de quelqu'un de très proche de Sabrina, elle a peut-être repris contact avec elle. Est-ce que vos services l'ont recontactée depuis que ma sœur a disparu ?

— Pas que je sache, reconnut Mia. Mais cela fait cinq ans qu'elles n'ont pas été en contact, et nous étions convaincus que si Sabrina appelait quelqu'un, ce serait toi.

— Mais ça n'a pas été le cas. Et ce n'est peut-être pas si surprenant que cela, à vrai dire. Il est peut-être plus facile pour elle de se tourner vers une amie que vers son frère. D'autant que Sabrina a de nombreuses amies d'enfance avec lesquelles elle a grandi et dont elle se sentait très proche. Elle a très bien pu faire appel à l'une d'elles – et tout particulièrement celle qui lui a parlé de ce site et qui est indirectement responsable de sa situation.

— C'est possible, concéda Mia. Mais je continue à trouver très étrange qu'elle ne t'ait pas contacté.

— Peut-être s'est-elle rendu compte que mon appartement était surveillé, suggéra Billy. Elle a passé cinq ans au sein d'un programme de protection des témoins et elle doit pouvoir repérer ce genre de choses. Elle a même pu te voir m'aborder. Elle craint peut-être que je ne la livre aux autorités si elle sort de l'ombre.

— Comptes-tu le faire, si tu parviens à la retrouver ? s'enquit Mia en le regardant droit dans les yeux.

C'était une question cruciale pour elle et plus encore pour ses supérieurs.

— Je ne sais pas, reconnut Billy. Le fait qu'elle soit parvenue à vous fausser compagnie ne me rassure pas vraiment sur la protection que vous lui offrez.

— Nous l'avons protégée pendant cinq ans, objecta Mia, un peu vexée par cette critique qui n'était pourtant pas totalement infondée.

— Sans doute, concéda Billy. Mais à quel prix ? Vous l'avez tenue éloignée de sa famille. Une bonne partie de ses proches ont fini par la considérer comme morte. Sais-tu combien de fois je me suis senti terrifié parce que je venais d'apprendre qu'on avait retrouvé le cadavre non identifié d'une jeune Afro-Américaine ?

— Je suis désolée, Billy, soupira Mia en posant doucement sa main sur son avant-bras.

Il hocha la tête et tous deux demeurèrent silencieux durant la quasi-totalité du voyage, plongés dans leurs pensées respectives. Après avoir atterri à Los Angeles, ils prirent un taxi qui les conduisit jusqu'au quartier de Marina Del Rey. Mia demanda au chauffeur de la déposer au Ritz-Carlton.

— Effectivement, tu es juste à côté de chez moi, constata Billy.

— Je te l'ai dit : j'étais chargée de te garder à l'œil.

— Et tu comptes continuer à me surveiller de près ?

— Bien sûr, répondit-elle en lui décochant un sourire un peu contraint. Mais n'hésite pas à m'appeler si tu as du nouveau et je te promets de faire de même de mon côté.

En arrivant chez lui, quelques minutes après avoir déposé Mia devant son hôtel, Billy décida de prendre des nouvelles de Holt qu'il avait chargé de parer au plus pressé en attendant son retour.

Le jeune inspecteur avait déjà amplement démontré sa valeur et Billy n'était pas particulièrement inquiet. Mais il préférait faire le point avec lui avant que le lieutenant Figueroa ne les bombarde de nouveaux dossiers à traiter.

Billy aurait pourtant eu grand besoin de quelques jours de congé pour se concentrer exclusivement sur la disparition de Sabrina. Si ce que pensait Mia était exact, sa sœur se trouvait très probablement à Los Angeles, en cet instant même. Et cette idée l'emplissait d'un mélange contradictoire d'espoir et de frustration.

Jamais la possibilité de la retrouver enfin après toutes ces années d'éloignement ne lui avait semblé aussi proche. Mais il avait parfaitement conscience du fait que rien n'était joué. Quelqu'un n'avait pas hésité à poignarder Coleman pour le faire taire. S'il s'agissait bien des Carlucci, ils n'hésiteraient probablement pas à assassiner sa sœur pour protéger Nick de son témoignage.

Billy alluma son ordinateur portable et effectua une rapide recherche au sujet de ce qui s'était passé la veille. Plusieurs articles faisaient allusion à l'attaque dont Coleman avait été victime mais aucun ne précisait s'il avait survécu. Bien décidé à en avoir le cœur net, Billy appela l'inspecteur Morse.

— Inspecteur Crouch, s'exclama ce dernier lorsqu'il se fut identifié. Je m'attendais à ce que vous appeliez. J'imagine que vous voulez savoir dans quel état se trouve Coleman. Malheureusement, il n'a toujours pas repris connaissance. Les médecins ne sont pas très optimistes, à vrai dire. Mais j'ai quand même posté un agent de police devant sa chambre au cas où quelqu'un tenterait de venir finir le travail.

— Vous avez bien fait, approuva Billy. N'hésitez pas à me tenir au courant s'il y a du nouveau.

Après avoir raccroché, Billy appela Mia pour lui transmettre les nouvelles.

— Merci de m'avoir prévenue, lui dit-elle. Est-ce que le nom de Larissa Pacheco te dit quelque chose ?

— Oui, bien sûr, répondit Billy sans hésiter. Rissa était une amie de Sabrina à l'université. Elle fait partie des gens que la détective privée que j'ai embauchée a interrogés. Mais ça n'a rien donné.

— C'est parce qu'elle lui a menti, déclara Mia. D'après Sabrina, c'est Larissa qui lui a parlé du site de rencontres sur lequel elle a fait la connaissance de Nick Carlucci.

— Je vois, murmura Billy en s'efforçant de ravaler la colère qui montait en lui. Je ferais peut-être bien d'aller l'interroger en personne. Peut-être se montrera-t-elle un peu plus honnête envers le frère de Sabrina… Et, comme je te le suggérais dans l'avion, elle sait peut-être où se trouve ma sœur à l'heure actuelle.

— Mais tu pensais alors que cette fille était peut-être l'une de ses amies d'enfance. Or tu me dis qu'elle ne l'a rencontrée qu'à l'université.

— C'est vrai, reconnut Billy. Mais cela ne signifie pas pour autant que Sabrina n'ait pas pu faire appel à elle. Après tout, il est sans doute moins difficile de se confier à quelqu'un qui a eu recours à ce site de rencontres qu'à une amie d'enfance qui pourrait ne pas comprendre qu'elle ait pu songer un seul instant à se prostituer de cette façon...

— Billy ! protesta vivement Mia. Ce n'est pas comme ça que les choses se sont passées. Sabrina était jeune et elle a commis une erreur. Elle a accordé sa confiance à quelqu'un qui n'en était pas digne. Il n'y a pas de quoi en avoir honte. Et ce n'est pas en la condamnant de cette façon que tu combleras la distance qui s'est creusée entre vous.

La passion qui perçait dans la voix de Mia n'avait pas échappé à Billy qui se demanda s'il n'avait pas touché un point sensible. La situation lui faisait-elle penser à l'erreur qu'elle-même avait commise en s'éprenant d'un criminel ?

— Tu as raison, soupira-t-il. Et j'ai bien conscience que si je m'étais montré un peu moins prompt à juger ses choix, elle n'aurait peut-être pas disparu de cette façon, il y a cinq ans. Tout ce que je veux, aujourd'hui, c'est qu'elle puisse rentrer à la maison...

— Je sais, lui assura Mia d'une voix radoucie. Et je tiens à ce que tu saches que Sabrina n'aspire qu'à cela, elle aussi. Elle t'aime énormément. Je l'ai senti dès le moment où je l'ai rencontrée. Elle rêvait de rentrer chez elle mais elle savait aussi que ce serait impossible tant qu'on n'aurait pas retrouvé Nick.

Billy ne put réprimer un soupir.

— C'est ce que je ne comprends pas, remarqua-t-il. Si elle en était aussi convaincue, pourquoi a-t-elle brusquement décidé de s'évanouir dans la nature ? Qu'est-ce qui a bien pu se produire pour la pousser à changer de stratégie ?

— Larissa pourrait peut-être nous le dire si Sabrina a pris

contact avec elle, murmura Mia, songeuse. Nous devrions aller lui poser la question. Après tout, nous n'avons pas grand-chose à perdre...

Deux heures plus tard, Mia stationna le long du trottoir situé devant l'immeuble de Billy, le temps que ce dernier se glisse sur le siège passager de sa voiture de location.

— Je suis content que tu m'accompagnes, lui dit-il.

— Je ne pouvais quand même pas te laisser débarquer chez cette pauvre fille et la terroriser, ironisa Mia.

— Ne t'en fais pas pour ça, la rassura-t-il. Je n'ai pas pour habitude de maltraiter les témoins - ni même les criminels, à vrai dire.

— J'en suis convaincue. Mais je ne néglige pas non plus le fait que cette affaire est très personnelle. Il n'est pas anormal que tu réagisses de façon plus émotive que d'habitude.

Billy hocha la tête. Il ne pouvait nier le fait que toute cette histoire mettait à rude épreuve le détachement dont il s'efforçait d'ordinaire de faire preuve en toutes circonstances. Et ce n'était pas uniquement parce que sa sœur était concernée au premier chef. Les émotions que lui inspirait Mia outrepassaient largement le domaine professionnel.

— Larissa habite West Los Angeles, si j'ai bien compris, remarqua-t-elle alors. Est-ce que c'est loin ?

— À ce moment de la journée, il n'y a pas trop de circulation et nous devrions y être d'ici une demi-heure, répondit Billy. Mais c'est vrai que tu n'es pas originaire de Los Angeles. Où est-ce que tu vis, d'habitude ? J'ai cru déceler une pointe d'accent du New Jersey dans ta voix.

— Tu as une bonne oreille, répondit-elle en souriant. C'est effectivement de là que je suis originaire. Mais je vis à Washington, aujourd'hui.

Billy lui jeta un coup d'œil à la dérobée. L'idée que tous

deux vivent à plus de quatre mille kilomètres l'un de l'autre lui paraissait profondément déprimante.

— J'espère que Rissa sera chez elle, remarqua alors Mia.

— Elle finit de travailler à 5 heures, répondit-il. Même si elle compte ressortir ce soir, il y a de fortes chances pour qu'elle repasse par chez elle. Moi, j'espère surtout qu'en allant la trouver, je ne risque pas de rater Brianna Sparks.

— Je devrais au moins pouvoir te dire où se trouve sa voiture, remarqua Mia.

Billy la considéra avec un sourire amusé.

— Est-ce que tu colles vraiment des mouchards à tous les gens que tu croises ? lui demanda-t-il.

— Ne me dis pas que tu ne fais pas la même chose, répliqua-t-elle sur le même ton.

— Il me faudrait un mandat pour cela. Et de bonnes raisons pour convaincre un juge de m'en accorder un. Mais quelque chose me dit que tu ne t'embarrasses pas de telles précautions...

Mia lui lança un regard malicieux.

— Surtout ne le répète à personne, lui dit-elle.

— C'est promis, répondit-il en riant.

— À ce propos, est-ce que tu as décidé à quel titre tu comptais rendre visite à Rissa ? En tant que policier ou en tant que frère de Sabrina ?

— En tant que frère, répondit Billy sans hésiter. Je n'ai pas eu l'occasion de m'entretenir personnellement avec elle, au moment où Sabrina a disparu. Ma sœur avait de nombreux amis et je n'ai pas pu tous les identifier. La détective privée que j'ai embauchée a ratissé nettement plus large mais il est sans doute plus facile de mentir à une enquêtrice professionnelle qu'au frère de l'une de ses amies.

Une vingtaine de minutes plus tard, Mia se gara au pied de l'immeuble dans lequel se trouvait l'appartement de Larissa.

— Si tu lui rends visite en tant que frère de Sabrina, qui suis-je censée être ? demanda-t-elle alors que tous deux descendaient de voiture.

— Pourquoi pas ma petite amie ? suggéra Billy en souriant.

— Ça me convient parfaitement, déclara-t-elle en lui décochant une œillade incendiaire. Tu devrais peut-être me tenir par la taille, ajouta-t-elle. Ça rendrait la chose plus crédible...

Billy savait qu'ils jouaient avec le feu mais la tentation était bien trop forte pour espérer y résister. Il passa donc son bras autour des hanches de Mia, sentant son corps chaud et élastique se presser contre le sien. L'intensité du désir que lui inspirait ce simple contact le prit au dépourvu.

— Allons-y, suggéra-t-elle.

Sa voix très rauque semblait indiquer qu'elle était tout aussi réceptive que lui à l'indéniable alchimie qui semblait exister entre eux. La porte de l'immeuble de Larissa n'était pas verrouillée et ils pénétrèrent directement à l'intérieur. Un coup d'œil à la liste des locataires leur apprit que l'appartement de la jeune femme se trouvait au premier étage.

Billy prit Mia par la main et tous deux gravirent l'escalier. Sur le palier supérieur, ils trouvèrent rapidement la porte 106 et frappèrent.

— Pas de chance, murmura Mia au bout de quelques instants.

Billy frappa de nouveau, par acquit de conscience. N'obtenant aucune réponse, ils se détournèrent au moment précis où une jeune femme aux longs cheveux blonds atteignait le haut de l'escalier, un sac de courses à la main.

— Est-ce que je peux vous aider ? leur demanda-t-elle.

— Nous cherchons Larissa Pacheco, répondit Billy.

— C'est moi-même, répondit la jeune femme, surprise. Mais je ne crois pas vous connaître.

— Je suis Billy Crouch, le frère de Sabrina.

Larissa pâlit brusquement.

— Billy, murmura-t-elle. Oui... Sabrina m'a beaucoup parlé de vous.

Elle jeta un coup d'œil intrigué en direction de Mia.

— Je vous présente Molly, ma petite amie, lui dit Billy. Nous aimerions vous poser quelques questions si cela ne vous ennuie pas...

— Non, bien sûr, répondit Larissa d'un ton qui laissait entendre le contraire. Mais je n'ai pas beaucoup de temps à vous accorder, hélas. Mon petit ami ne va pas tarder à rentrer...

— Cela ne prendra que quelques minutes, acquiesça Billy de sa voix la plus conciliante.

— D'accord, murmura Larissa

Elle fouilla dans son sac pour en sortir un trousseau de clés et s'approcha de la porte pour la déverrouiller.

— Je ne suis pas sûre de pouvoir vous être très utile, déclara Larissa. Il y a une détective privée qui est venue m'interroger, il y a quelque temps...

— Dina Ferrari, précisa Billy.

— Oui, c'est ça. J'imagine que c'est vous qui l'avez envoyée ici ?

— Je l'ai engagée, répondit-il. Mais elle est venue vous voir de sa propre initiative. J'imagine qu'elle a rendu visite à bon nombre d'amis de Sabrina.

À la suite de Larissa, ils pénétrèrent dans un appartement de taille relativement modeste mais confortablement meublé.

— Ça ne vous ennuie pas si je range les courses pendant que nous discutons ?

— Pas le moins du monde, lui assura Billy.

Ils gagnèrent la cuisine où Larissa commença à déballer ses emplettes.

— Asseyez-vous, leur suggéra-t-elle en désignant la petite table qui occupait un coin de la pièce.

Billy et Mia y prirent place tandis que Larissa s'activait dans la cuisine. La nervosité qui l'habitait en cet instant ne faisait aucun doute.

— Vous avez rencontré Sabrina à l'université, c'est bien cela ? s'enquit Billy. Vous étiez étudiante à El Camino, vous aussi ?

— Exact. Sabrina et moi nous sommes rencontrées en cours de comptabilité et nous avons sympathisé. Mais, à dire vrai, je ne l'ai pas connue très longtemps avant qu'elle ne disparaisse.

— J'ai cru comprendre que c'était par votre intermédiaire que Sabrina avait découvert un site de rencontres qui mettait en relation des hommes riches et assez âgés avec des femmes nettement plus jeunes ...

À ces mots, Larissa ne put s'empêcher de sursauter.

— Je ne suis pas venu pour vous faire des reproches, s'empressa d'ajouter Billy. Mais je sais que c'est par l'entremise de ce site que Sabrina a rencontré l'homme qu'elle est allée rejoindre à Las Vegas. Tout ce qui m'importe, à présent, c'est de savoir où elle se trouve aujourd'hui.

— Nous pensons qu'elle est revenue à Los Angeles, précisa Mia. Et nous nous sommes dit que Sabrina avait peut-être repris contact avec vous.

Une larme coula le long de la joue Larissa.

— Dieu merci, murmura-t-elle. Elle est toujours vivante. Si vous saviez combien je m'en suis voulu... C'est effectivement à cause de moi qu'elle a découvert ce site...

— Pourquoi n'en avez-vous pas parlé à la police lorsque Sabrina a disparu ? lui demanda Billy d'une voix tendue.

Mia lui adressa une mise en garde silencieuse et il se força à dominer la colère qu'il sentait monter en lui.

— Sabrina n'aurait pas voulu que j'en parle, expliqua Larissa. Et, de toute façon, elle ne m'avait pas dit qui était cet homme.

— La police aurait pu forcer les administrateurs du site à communiquer son identité, objecta Billy.

Larissa secoua la tête.

— J'en doute, répondit-elle. Tous ceux qui se connectaient sur ce site utilisaient des pseudos et je ne connaissais même pas celui de Sabrina.

— Que vous a-t-elle dit au sujet de cet homme ? s'enquit Mia.

Larissa haussa les épaules.

— C'était une romantique, vous savez. Je crois qu'elle est vraiment tombée amoureuse de lui. D'ailleurs, si tel n'avait pas été le cas, elle ne serait jamais partie le rejoindre.

— L'essentiel, c'est qu'elle aille bien aujourd'hui, intervint Mia. Mais Billy a hâte de la retrouver et c'est la raison pour laquelle nous sommes venus vous voir. Vous êtes sûre qu'elle n'a pas cherché à vous contacter ?

Larissa secoua la tête.

— Je vous promets que non, leur assura-t-elle. Dans le cas contraire, je vous le dirais. Je vous le jure.

— Même si Sabrina vous avait demandé de ne pas le faire ? lui demanda Billy d'une voix sourde.

— Croyez-moi, j'ai appris la leçon. À présent, je refuse de garder les secrets de qui que ce soit. Je ne prends pas les gens en traître : tous mes amis sont au courant...

Un bruit de clé se fit entendre dans la serrure de la porte d'entrée.

— C'est mon petit ami, leur indiqua Larissa. S'il vous plaît, ne lui parlez pas de tout ça. Il ne sait pas que j'ai fréquenté ce stupide site. Je vous promets que, si Sabrina me contacte, je vous le ferai aussitôt savoir.

Avant que Billy ait pu lui répondre, un homme pénétra dans l'appartement.

— Pas besoin de cuisiner, ce soir ! s'exclama-t-il. Le patron a commandé des pizzas pour le déjeuner et il en restait plein.

Le petit ami de Larissa s'arrêta net en découvrant Billy et Mia assis dans la cuisine.

— Euh... Salut, leur dit-il.

— Ben, je te présente Billy et Molly. Tu te souviens de cette amie d'université dont je t'ai parlé ? Celle qui a disparu. Billy est son frère et il est venu m'annoncer une excellente nouvelle. Apparemment, Sabrina est bien vivante. Billy voulait savoir si par hasard, elle avait cherché à me contacter.

— Enchanté de faire votre connaissance, déclara Ben en posant les cartons de pizza qu'il tenait à la main. Et ravi d'apprendre que votre sœur est saine et sauve. Mais je ne comprends pas... Pourquoi aurait-elle contacté Larissa et pas vous ? Cela fait des années qu'elles ne se sont pas vues.

Billy esquissa un geste évasif.

— La situation est un peu compliquée, éluda-t-il.

— En tout cas, je suis ravi qu'elle aille bien. Rissa s'est fait beaucoup de souci pour elle, vous savez.

— C'est ce que j'ai cru comprendre, répondit Billy en se levant. Nous n'allons pas vous ennuyer plus longtemps.

— Si jamais vous avez du nouveau, n'hésitez pas à nous contacter, intervint Mia en posant sur la table de la cuisine l'une de ses fausses cartes de visite.

— C'est promis, lui assura Larissa.

Billy et Mia quittèrent l'appartement de la jeune femme et redescendirent l'escalier menant au rez-de-chaussée.

— Qu'est-ce que tu en penses ? s'enquit Mia lorsqu'ils se retrouvèrent dans la rue. Tu crois qu'elle dit la vérité ?

— Elle a déjà menti à deux reprises – à la police puis à la détective privée que j'avais chargée d'enquêter sur la disparition de Sabrina. Elle pourrait mentir encore.

— Sans doute, consentit Mia. J'avoue que je ne suis pas la mieux placée pour en juger. En tant que marshal, je n'ai pas l'habitude de mener ce genre d'interrogatoires. Mais je dois dire qu'elle m'a semblé sincère.

— À moi aussi, concéda Billy presque à regret. J'aurais pourtant préféré qu'elle puisse nous en dire un peu plus...

— Que dirais-tu de passer nous chercher quelque chose à manger ? Nous pourrions aller dîner chez toi en discutant de la suite. À moins que tu ne préfères que nous en parlions demain par téléphone.

— Non, un dîner à la maison, ce serait parfait. Nous pourrions passer au restaurant chinois où nous avons déjeuné ensemble, l'autre jour. Et cette fois, tu pourras commander quelque chose qui te fait vraiment envie...

— Bonne idée, acquiesça Mia en souriant.

Regagnant la voiture de la jeune femme, ils reprirent la direction de Marina Del Rey.

— Je crois que je vais devoir m'accorder quelques jours de congé, soupira Billy au bout d'un moment. Cette affaire requiert un investissement à temps plein.

— Tu es sûr que ton supérieur hiérarchique te laissera t'arrêter alors que ton coéquipier est à l'autre bout du monde ?

— Il me doit bien ça, répondit Billy. Cela fait une éternité que je n'ai pas pris de vacances.

— Je ne suis pas sûre qu'on puisse parler de vacances, en l'occurrence, objecta Mia. Est-ce que tu as dit au lieutenant Figueroa que tu enquêtais sur la disparition de ta sœur ?

Il secoua la tête.

— Il n'a pas besoin de le savoir, répondit-il.

Billy retomba dans un silence songeur tandis qu'ils roulaient en direction de l'ouest. Parvenus au restaurant chinois où ils s'étaient rencontrés soi-disant par hasard, ils commandèrent un copieux dîner. Puis ils regagnèrent l'immeuble de Billy. Mais comme ils sortaient de l'ascenseur pour s'engager dans le couloir conduisant à sa porte d'entrée, ils furent arrêtés net par une voix de femme.

— Que se passe-t-il exactement, Billy ? Est-ce que c'est vous qui avez essayé de tuer Lawrence ?

9

Billy demeura quelques instants interdit, pris au dépourvu par la présence de Bri mais plus encore par la question qu'elle venait de poser. Mia se ressaisit plus rapidement que lui et fit un pas en direction de la jeune femme qu'elle fusilla du regard.

— Encore vous ! s'exclama-t-elle. Qu'est-ce que vous fichez ici ?

— C'est plutôt moi qui devrais vous poser la question ! s'exclama Bri en la considérant d'un œil méfiant. Pourquoi m'avez-vous suivie, la dernière fois ?

— Parce que je n'aime pas que des inconnues s'introduisent chez mon petit ami à des heures indues, répliqua Mia sans se démonter. Je vous ai suivie pour découvrir qui vous étiez. Mal m'en a pris, d'ailleurs, parce que je me suis fait agresser près de ce bar.

Revenu de sa surprise et comprenant le jeu que jouait Mia, Billy se décida enfin à lui donner la réplique.

— Ce n'est pas du tout ce que tu crois, Molly, plaida-t-il. Et qu'est-ce que c'est que cette histoire d'agression ? Tu ne m'as jamais parlé de ça.

— Je ne voyais pas l'intérêt de t'inquiéter inutilement, éluda Mia. Quelqu'un a voulu me dépouiller mais, par chance, je n'avais pas mon sac à main sur moi. Mais ça ne me dit pas qui est cette fille et ce qu'elle fait ici.

Billy laissa échapper un soupir faussement résigné.

— Nous ferions mieux d'entrer pour en discuter tranquillement, déclara-t-il.

Il ne pouvait s'empêcher d'admirer la façon très convaincante dont Mia dévisageait Bri, en cet instant. Elle jouait à la perfection le rôle de la femme outragée. Il songea que lui-même devrait sans doute se méfier de ces talents de comédienne.

Il fit entrer les deux jeunes femmes dans son appartement et tous trois allèrent s'installer dans le salon sur la table basse duquel il déposa les plats chinois qu'ils avaient commandés.

— Alors ? lui demanda Mia avec une moue très convaincante. Tu vas me dire qui est cette fille ?

— Asseyez-vous, Bri, suggéra Billy. Est-ce que quelqu'un veut boire quelque chose ?

— Je veux bien un verre de vin blanc, répondit Mia.

— Rien pour moi, merci, déclina Bri. Je dois reprendre le volant. Tout ce que je veux savoir, c'est ce qui est arrivé à Lawrence.

— Qui est Lawrence ? s'enquit Mia.

— Chaque chose en son temps, soupira Billy.

Il alla chercher une bouteille de vin blanc au réfrigérateur ainsi que deux verres qu'il remplit. Mia accepta celui qu'il lui tendit et en vida près de la moitié d'une seule gorgée.

— J'attends toujours tes explications, lui dit-elle d'une voix glaciale.

— Bri est une amie de ma sœur, répondit enfin Billy.

— Cela n'explique pas qu'elle vienne te rendre visite au beau milieu de la nuit, objecta sèchement Mia.

— Je ne t'en ai jamais parlé, mais ma sœur Sabrina a disparu, il y a cinq ans, et nous n'avons plus de nouvelles d'elle depuis. Bri pensait qu'elle pourrait être de retour à Los Angeles et elle est venue me demander si Sabrina avait repris contact avec moi.

Billy secoua la tête d'un air incrédule.

— Je n'arrive pas à croire que tu l'aies suivie.

— Et moi, je n'arrive pas à croire que tu ne m'aies jamais dit que ta sœur avait disparu.

— On dirait que la communication, ce n'est pas votre fort, ironisa Bri.

— Quant à vous, répliqua Mia en se tournant vers elle, j'aimerais bien savoir si vous avez un rapport avec la personne qui m'a agressée, l'autre soir.

— Bien sûr que non ! protesta Bri. Pourquoi est-ce que j'aurais fait une chose pareille ? Maintenant, si vous en avez fini avec vos questions absurdes, j'aimerais vraiment savoir ce qui est arrivé à Lawrence à Las Vegas.

— Elle veut parler de ce type que nous avons croisé au Wild Jack ? s'enquit Mia. Celui qui avait connu ta sœur ?

— Oui, répondit Billy. Et pour répondre à votre question, je ne suis pas au courant de ce qui a bien pu lui arriver. La dernière fois que je l'ai vu, c'était effectivement dans la discothèque du Wild Jack et il allait très bien. Je lui ai demandé s'il savait où se trouvait Sabrina et il m'a dit qu'il n'avait plus de nouvelles d'elle depuis des années.

— Et vous l'avez cru ?

— Franchement, oui. Je suis policier et j'ai l'habitude des interrogatoires. Mais vous avez dit que quelqu'un avait essayé de le tuer. Que lui est-il arrivé, exactement ?

— Il s'est fait poignarder.

— Est-ce qu'il est mort ? prononça Mia d'une voix blanche.

— Non, lui assura Bri. Il est à l'hôpital. J'ai appelé mais je n'ai pas réussi à savoir à quel point c'était grave.

— Ils ne communiquent ce genre d'informations qu'aux familles, expliqua Billy. Quoi qu'il en soit, je n'ai aucun rapport avec ce qui lui est arrivé. Mais les types comme Coleman mènent une vie dangereuse. Je ne suis pas surpris qu'il se soit fait quelques ennemis...

— Qu'est-ce qu'il vous a dit, lorsque vous lui avez parlé ?

— Il a fait allusion à un certain Nick, répondit Billy. Il semblait penser que Sabrina était partie avec lui. Je lui ai demandé qui était ce type et il a eu l'air surpris que je ne le sache pas. Il s'est refermé comme une huître et il n'y avait plus rien à en tirer ensuite. Est-ce que vous savez qui peut être le Nick en question ?

Bri haussa les épaules, feignant l'ignorance.

— Aucune idée, répondit-elle. Peut-être cherchait-il juste à vous mener en bateau.

— Peut-être, feignit de concéder Billy. Quoi qu'il en soit, si Lawrence est à l'hôpital, Sabrina n'a plus rien à craindre. Elle devrait pouvoir sortir de l'ombre.

— Je n'en suis pas si sûre, objecta Bri.

— Pourquoi cela ?

— Eh bien, Lawrence a des tas de gens qui travaillent pour lui. Il a très bien pu en envoyer un ou plusieurs à la recherche de Sabrina.

— Il ne paraissait pas vraiment se soucier de la retrouver, remarqua Billy. D'ailleurs, s'il l'avait voulu, il l'aurait fait il y a cinq ans, lorsqu'elle est partie avec ce Nick.

— Je suis sûre qu'il l'a fait, répondit Bri. Mais à l'époque, il n'a pas dû réussir à la localiser. Aujourd'hui, il sait qu'elle a l'intention de reprendre contact avec vous et il va probablement tenter de nouveau sa chance. Ce n'est pas une question de sentiments mais de fierté. Les hommes comme Lawrence n'aiment pas qu'on défie leur autorité.

— Je vois, acquiesça Billy. J'espère en tout cas que Sabrina reprendra contact avec moi rapidement. Je peux la protéger.

— Je l'espère, répondit Bri en se levant. Je ne vais pas vous ennuyer plus longtemps. Soyez prudent. Le fait que Lawrence ait été mis temporairement hors course ne signifie pas que tout danger soit écarté.

— Je saurai m'en souvenir, répondit Billy en la raccompagnant jusqu'à la porte d'entrée où elle prit congé de lui.

Il la suivit des yeux tandis qu'elle se dirigeait vers l'ascenseur et attendit que les portes métalliques se soient refermées sur elle avant de se détourner. Rejoignant Mia au salon, il constata qu'elle avait mis la table et sorti les plats qu'ils avaient commandés au restaurant chinois.

— Je te ressers un verre ? suggéra-t-il en désignant la bouteille de vin blanc.

— S'il te plaît. J'en ai bien besoin.

— Tu as été parfaite dans le rôle de la petite amie jalouse, déclara-t-il en souriant. Ta prestation était digne d'un Oscar.

— Merci, répondit-elle.

Tous deux prirent place à table et commencèrent à manger avec appétit.

— Alors ? s'enquit Billy au bout de quelques instants. Qu'est-ce que tu en penses ?

— Toute cette histoire est étrange, déclara Mia. Je n'arrive pas vraiment à comprendre ce qu'espérait Bri en t'envoyant à Las Vegas.

— Bonne question. Pas que je le tue, apparemment.

— Non. Elle doit savoir que tu es un flic réglo et que tu ne ferais jamais une chose pareille. Peut-être cherchait-elle juste à t'éloigner de Los Angeles, histoire d'avoir les mains libres.

— Mais les mains libres pour faire quoi ?

Mia haussa les épaules.

— Peut-être espérait-elle que Sabrina se manifesterait pendant ton absence. Ce que je ne comprends pas, en revanche, c'est pourquoi les Carlucci prendraient le risque d'attaquer Coleman. Après tout, si Bri travaille pour eux, ils n'auraient pas dû être surpris que tu ailles le trouver.

Billy réfléchit quelques instants à la question.

— C'est peut-être à cause des questions que je lui ai posées au sujet de Nick. Jusqu'à présent, j'ignorais tout des rapports qui existaient entre Sabrina et les Carlucci. C'est toi qui m'en as parlé la première. Mais les Carlucci ont peut-être cru que Coleman s'était montré un peu trop bavard. Ils auront voulu le faire taire...

— Peut-être, reconnut Mia d'un ton dubitatif. Mais, dans ce

cas, pourquoi avoir pris le risque de t'envoyer trouver Coleman, initialement ? S'ils voulaient seulement t'éloigner, pourquoi ne l'ont-ils pas briefé ? Coleman ne semblait pas du tout s'attendre à nous voir débarquer... J'ai l'impression qu'il y a une pièce du puzzle qui nous manque, Billy.

Il hocha la tête et avala une gorgée de vin tout en observant Mia à la dérobée. Il trouvait passablement déprimant que tous deux doivent passer cette soirée en tête à tête à parler de Coleman et des Carlucci. Et il ne pouvait s'empêcher de regretter de ne pas l'avoir rencontrée en d'autres circonstances.

— Billy ? Qu'est-ce que tu en penses ? Tu ne crois pas qu'il y a quelque chose qui nous échappe ?

— Si, répondit-il. Et j'imagine que c'est lié à ce que Coleman nous a dit au sujet des Carlucci : le fait que, contrairement à ce que pensaient les fédéraux, ils ignorent où se trouve Nick et le cherchent activement.

— Exact, reconnut Mia, songeuse. Se pourrait-il que ce soit Nick qui ait assassiné Coleman ? Parce qu'il avait peur que ce dernier ne révèle où il se trouvait ?

— À moins que ce ne soit Nick qui ait engagé Bri... À quoi ressemblait l'homme avec qui elle avait rendez-vous au bar, l'autre soir ?

— Pas à Nick Carlucci, ça au moins, j'en suis certaine. Il était grand, très maigre, le crâne rasé... J'ai jeté un coup d'œil aux photos des hommes dont on sait qu'ils travaillent pour les Carlucci et je n'ai pas trouvé la sienne. Mais cela ne veut pas dire grand-chose...

Comme Billy s'apprêtait à lui répondre, son téléphone se mit à sonner. Il le sortit de sa poche et constata qu'il s'agissait d'un correspondant qui ne figurait pas parmi ses contacts. Après un instant d'hésitation, il décrocha.

Avant même qu'il n'ait pu dire un mot, il entendit des sanglots de femme et sentit les battements de son cœur s'emballer dans sa poitrine.

— Sabrina ? souffla-t-il d'une voix inquiète. C'est toi ?

— Non, c'est Bri..., prononça la jeune femme d'une voix haletante.

Billy activa aussitôt l'amplificateur pour que Mia puisse suivre leur conservation.

— Bri ? Que se passe-t-il ? Où êtes-vous ?

— Aidez-moi, répondit Bri d'une voix suppliante. Ils m'ont retrouvée...

Elle fut interrompue par un bruit de frottement métallique qui semblait se réverbérer légèrement.

— Bri ? Parlez-moi, s'exclama Billy. Qui vous a retrouvée ? Où êtes-vous ? Donnez-moi une adresse pour que je puisse vous aider.

Se tournant vers Mia, il avisa l'inquiétude qui se lisait dans son regard. À l'autre bout du fil, Bri demeurait silencieuse mais la ligne crépitait à présent de bruits parasites.

— Bri ? appela encore Billy.

Elle ne répondit pas mais deux voix d'hommes assez lointaines et indistinctes se firent alors entendre derrière les crépitements. Billy coupa le micro de son propre téléphone portable et augmenta le volume pour tenter de percevoir ce qu'ils étaient en train de dire.

— Je suis sûr qu'elle était là, fit l'une des voix.

— Où est-elle passée ? Et qu'est-on censés faire d'elle si on la retrouve ?

— On va commencer par lui faire dire tout ce qu'elle sait et ensuite, on la fera disparaître.

Les voix s'éloignèrent, redevenant indistinctes. Puis la communication fut brusquement interrompue.

10

Billy et Mia demeurèrent quelques instants muets, contemplant avec un mélange d'horreur et de fascination le téléphone portable redevenu silencieux.

— Qui sont ces types ? dit enfin Billy. Certainement pas ceux qui ont envoyé Bri à la recherche de ma sœur...

— Est-ce que tu crois pouvoir obtenir une localisation du téléphone ?

— Je peux essayer, acquiesça Billy. Nous devons l'aider. Quelles que puissent être ses motivations, elle ne mérite pas de se faire tuer de cette façon.

— Pas besoin de repérer le portable ! s'exclama Mia en se frappant le front. Elle nous a dit tout à l'heure qu'elle préférait ne pas boire parce qu'elle était en voiture. Si elle a bien pris la sienne, je devrais pouvoir la retrouver à l'aide du mouchard que j'ai placé dessus.

— Génial ! s'exclama Billy en se penchant vers elle pour l'embrasser sur le front.

Ce n'était pas forcément le genre de baisers qu'elle avait espéré échanger avec lui en lui proposant que tous deux dînent ensemble, ce soir-là. Mais, étant donné les circonstances, elle saurait s'en contenter.

Elle alla récupérer son propre téléphone portable dans son

sac à main et activa l'application qui lui permettait de localiser la position de ses traceurs.

— Elle n'est pas très loin d'ici, déclara-t-elle en montrant la carte à Billy. Est-ce que cet endroit te dit quelque chose ?

— C'est une réserve écologique, les marais de La Ballona. Qu'est-ce qu'elle peut bien faire dans un endroit pareil à cette heure-ci ?

— Il pourrait s'agir d'un endroit discret pour se donner rendez-vous, suggéra Mia. Mais visiblement, ceux qui sont venus ne sont pas ceux qu'elle attendait. Allons voir ça de plus près. Cette fois-ci, je suis armée.

Billy alla chercher son propre pistolet ainsi qu'une lampe torche et tous deux quittèrent l'appartement.

— Prenons ta voiture, je te guiderai, suggéra-t-il.

Quelques minutes plus tard, ils remontèrent le boulevard Lincoln en direction des marais. Comme ils arrivaient en vue du parc, Mia découvrit avec étonnement les tentes et les caravanes alignées le long de la route.

— On dirait un camp de SDF au beau milieu de la ville, remarqua-t-elle.

— C'est exactement cela, acquiesça Billy. Les prix de l'immobilier se sont tellement envolés que des tas de gens n'ont tout bonnement plus les moyens de se loger à Los Angeles.

— Lorsque tu as parlé de réserve écologique, je m'attendais à un parc public...

— C'en est un, en théorie, répondit Billy. Mais il a été squatté au fil du temps par des gens qui n'ont pas d'autre choix. La voiture de Bri est garée non loin d'ici, quelque part sur la gauche...

Mia ralentit.

— Là, lui indiqua Billy.

Mia se gara à proximité de la voiture de la jeune femme.

— On dirait qu'elle a une roue crevée, remarqua-t-elle. C'est peut-être pour ça qu'elle s'est arrêtée...

— À moins que quelqu'un ne l'ait crevée avant de la suivre jusqu'ici, suggéra Billy. Allons jeter un coup d'œil.

Ils descendirent de voiture et Mia renifla l'odeur d'iode mêlée de remugles de vase qui flottait dans l'air.

— J'imagine qu'il y a des sentiers qui s'enfoncent dans les marais ? s'enquit-elle en observant les alentours.

— Il y en a mais ils sont censés être fermés durant la nuit.

— Visiblement, tout le monde ne respecte pas le règlement, remarqua Mia en désignant un campement de fortune qui se dressait un peu plus loin.

— Allons jeter un coup d'œil, suggéra Billy.

Ils s'engagèrent sur un étroit chemin recouvert de gravillons qui crissaient sous leurs pas. Un panneau de bois défraîchi leur annonça que ce sentier de découverte permettait de visiter les marais. Billy alluma sa lampe torche et tous deux poursuivirent leur route.

Le sentier ne tarda pas à être remplacé par une sorte de ponton de bois. La lueur de leur lampe devait effaroucher les animaux des marais car ils entendirent à plusieurs reprises des bruits d'éclaboussures et des clapotis sur les côtés.

— Tu crois vraiment que Bri se serait enfoncée dans les marais ? s'enquit Mia d'un ton dubitatif.

— Si elle a repéré les hommes qui la suivaient, elle a peut-être estimé que c'était la seule façon de leur échapper.

— J'espère vraiment qu'elle s'en est tirée.

Billy hocha la tête et ils reprirent leur progression.

— Je pense que Bri a dû laisser tomber son téléphone lorsqu'elle s'est enfuie, remarqua-t-il. Les hommes que nous avons entendus ne semblent pas l'avoir ramassé – du moins pas avant que la ligne ne soit coupée. Peut-être ne l'ont-ils même pas remarqué dans l'obscurité.

— Dans ce cas, tu peux essayer de la rappeler. Nous entendrons peut-être la sonnerie.

— Bonne idée, approuva Billy.

Il sortit son téléphone et rappela le dernier numéro qui s'affichait sur sa liste d'appels et enclencha l'amplificateur. Mia tendit l'oreille, guettant la sonnerie. Mais avant qu'elle ait pu entendre quoi que ce soit, quelqu'un décrocha.

— Allo ? fit une voix d'homme.

— Qui est à l'appareil ? demanda Billy.

— Je m'appelle Pierre. Qui êtes-vous ? Le propriétaire de ce téléphone ?

— Je m'appelle Billy. Et ce téléphone appartient à l'une de mes amies. Est-ce que vous sauriez où elle se trouve, par hasard ?

— Oh non ! Et je ne veux pas le savoir. La nuit n'est pas sûre, ce soir...

Billy lança un regard inquiet à Mia.

— Vous avez raison, approuva-t-il. Où êtes-vous, Pierre ? Je suis prêt à vous dédommager, si vous me rendez le téléphone de mon amie. Je pourrais même vous en acheter un, si vous voulez.

— J'ai déjà un téléphone, monsieur Billy. Je n'ai pas besoin d'en avoir un deuxième.

— Je vois. Est-ce que vous vous trouvez dans les marais ? Est-ce que nous pouvons nous rencontrer ?

— Je suis à la maison, monsieur Billy.

— Et où habitez-vous, monsieur Pierre ?

— Aux confins du paradis.

Billy fronça les sourcils mais Mia posa une main apaisante sur son avant-bras.

— Pierre, c'est Mia. Je suis avec Billy et nous sommes au milieu des marais.

— Oh ! oui, je peux voir votre lampe depuis ma fenêtre, Mama Mia.

— Bien. Tout ce que nous voulons, c'est ce téléphone. Nous ne vous ferons aucun mal. Est-ce que vous voulez bien nous aider ?

— Si vous voulez. J'habite une vieille caravane Airstream blanche avec une bande bleue et un auvent déchiré sur le côté. Je suis parmi les premiers de la ligne.

— D'accord, nous arrivons...

Pierre avait déjà raccroché.

— Partons pour les confins du paradis, suggéra Billy avec un pâle sourire.

Ils firent demi-tour et revinrent au bord de la route qu'ils suivirent, dépassant des caravanes, des tentes, des cabanes en carton et de nombreux chariots de supermarché pleins ou vides. Les habitants de cet improbable village fait de bric et de broc étaient pour la plupart des SDF et des drogués.

Mia ne put s'empêcher de frissonner en croisant le regard vide et désespéré de certains d'entre eux. Il régnait en ces lieux une impression de profonde misère et de désespérance et l'odeur de vase et de pourriture qui flottait dans l'air lui donnait la nausée.

Lorsqu'ils atteignirent enfin la caravane que leur avait décrite Pierre, ce dernier se trouvait devant, sous l'auvent. Très maigre, presque émacié, il avait une barbe broussailleuse et de longs cheveux blonds qui lui donnaient un air de surfeur égaré sur la terre ferme. Peut-être était-ce précisément ce qu'il était, d'ailleurs.

Il les regarda approcher en grattant pensivement son avant-bras et en se mordillant la lèvre inférieure.

— Bonjour, Pierre, le salua Billy. C'est nous qui vous avons appelé. Est-ce que vous avez toujours ce téléphone ?

Pierre se fendit d'un large sourire, révélant deux rangées de dents gâtées par l'usage de la drogue.

— Monsieur Billy et Mama Mia.

— C'est bien nous, acquiesça Mia. Est-ce que vous avez le téléphone ? Je vous donnerai vingt dollars en échange.

Pierre plongea les mains dans les poches de son sweat-shirt estampillé du logo de l'Université de Californie du Sud. Il en tira un téléphone qu'il leur tendit. L'écran était fissuré mais il paraissait être en état de marche.

— Voilà, leur dit-il. Mais faites attention, il y a parfois de la poussière d'étoile radioactive qui s'écoule de ces fissures...

— Nous sommes prêts à courir ce risque, lui assura Billy. Est-ce que vous voulez bien nous le vendre ?

— Bien sûr, mec. Pour quarante dollars, comme on a dit.

Billy tira de son portefeuille une poignée de billets froissés qu'il compta avant de les montrer à Pierre.

— Je n'ai que trente-quatre dollars sur moi, indiqua-t-il. Est-ce que ça vous va ?

— C'est parfait, approuva Pierre. Exactement ce qu'on a dit.

Billy prit le téléphone que l'autre lui tendait et lui donna les billets en échange.

— Où avez-vous trouvé le téléphone ? demanda-t-il.

— Par terre, près de la pancarte avec le papillon bleu.

— Merci beaucoup, Pierre, lui dit Mia, regrettant de ne pas avoir avec elle les restes de leurs plats chinois. Est-ce que vous avez vu la femme qui l'a laissé tomber ?

— Oh ! oui. Elle courait. Elle courait très vite.

— Est-ce que des gens la poursuivaient ?

— Deux hommes, acquiesça Pierre en brandissant deux doigts comme s'il craignait qu'ils ne le comprennent pas.

— Est-ce qu'ils l'ont rattrapée ? s'enquit Mia, la gorge serrée.

— Elle s'est échappée, leur souffla Pierre avec un air de conspirateur. Elle s'est cachée et puis elle s'est échappée.

— Est-ce que vous avez vu ce qu'ont fait les deux hommes, ensuite ?

— Ils l'ont cherchée un peu partout. Est-ce que vous avez du crack, par hasard ?

— Non, répondit Billy. Et l'argent que je vous ai donné n'est pas fait pour ça, Pierre. C'est pour vous acheter à manger. Vous devriez laisser tomber cette saleté.

Une femme aux cheveux sales et emmêlés et au visage renfrogné passa la tête par l'embrasure de la porte de la caravane.

— C'est qui ces gens, Pierre ? lui demanda-t-elle. Qu'est-ce qu'ils te veulent ? Ils ont du crack ?

— Vous devriez acheter à manger plutôt que de la drogue, lui répondit Billy.

— Qu'est-ce que ça peut vous faire, ce qu'on achète ? Vous êtes flics ? Vous avez des têtes de flics.

Pierre pâlit et recula d'un pas.

— Je ne savais pas que c'en étaient, Eulinda, dit-il à la femme.

— Rentre à l'intérieur, Pierre. Tu leur en as assez dit comme ça.

Eulinda ouvrit plus grand la porte de la caravane qui émit un grincement lugubre. Pierre se dirigea aussitôt vers elle.

— Merci, Pierre, lui dit Mia.

Pierre lui adressa un sourire édenté avant de disparaître à l'intérieur. Eulinda claqua la porte derrière eux.

— Charmante personnalité, ironisa Billy.

— Au moins, nous avons pu récupérer le téléphone de Bri, remarqua Mia. Et si l'on doit en croire Pierre, elle a réussi à échapper à ses poursuivants.

— Je ne suis pas sûr que nous puissions accorder beaucoup de crédit à un drogué, soupira Billy.

— Est-ce que tu veux que nous cherchions le panneau avec les papillons bleus ? Avec un peu de chance, nous trouverons peut-être un indice quelconque...

— Pourquoi pas ? répondit Billy. Je préférerais faire ça en plein jour mais les traces éventuelles risquent de disparaître entretemps...

Tous deux regagnèrent donc le sentier qu'ils avaient emprunté un peu plus tôt et s'enfoncèrent de nouveau dans les marais. À chaque fois qu'ils apercevaient un panneau, ils prenaient le temps de l'étudier en détail à l'aide de la lampe- torche de Billy.

Au bout d'une bonne dizaine de minutes, ils atteignirent enfin l'une de ces pancartes qui représentait une espèce de papillons bleus endémique de cet endroit. Billy fouilla les alentours à l'aide du faisceau de sa torche.

— L'herbe semble écrasée par ici, lui fit remarquer Mia. On dirait que quelqu'un a quitté le sentier.

Billy passa par-dessus la rambarde qui courait le long du ponton et suivit la trace qu'on avait laissée à travers la végétation.

— Tu as raison, déclara-t-il. Mia s'est probablement enfuie par-là.

— Si Pierre ne s'est pas trompé, elle a dû se cacher le temps de laisser passer ses poursuivants.

— Mais elle n'est pas retournée à sa voiture.

— Elle craignait peut-être qu'ils n'aient laissé un complice pour surveiller le véhicule. Et puis, sa roue est crevée.

— Elle devait se sentir terrifiée, remarqua Mia d'un ton plein de sollicitude.

— Je te rappelle que cette fille travaille probablement pour les Carlucci.

— À moins que ce ne soit eux qui aient envoyé ces hommes à ses trousses, objecta Mia. Peut-être lui en voulaient-ils parce qu'elle t'avait mis sur la piste de Coleman - et donc de leur propre organisation.

— Une fois de plus, nous en sommes réduits à spéculer, faute d'informations.

— C'est la raison pour laquelle nous devons impérativement la retrouver, déclara Mia.

Tout en devisant, ils avaient repris la direction du parking sur lequel ils avaient laissé leur voiture.

— Tu as raison, déclara pensivement Billy. D'autant qu'après ce qui s'est passé ce soir, Bri se montrera peut-être un peu plus honnête envers nous. Après tout, elle doit savoir qu'en tant que policier de Los Angeles, j'ai les moyens de la protéger.

— Je pourrais peut-être aller jeter un coup d'œil à l'endroit où elle loge. L'autre soir, après l'avoir suivie au bar, j'ai constaté qu'elle était allée se garer pour la nuit dans une rue de Santa Monica. Il y a un hôtel non loin de là. C'est peut-être là qu'elle est descendue.

— Si ce sont les Carlucci qui payaient pour cette chambre d'hôtel, elle hésitera peut-être à y retourner, remarqua Billy.

— Peut-être ne sont-ils pas responsables, suggéra Mia. Ou peut-être n'a-t-elle tout simplement pas le choix.

— Que veux-tu dire ?

— Les Carlucci la tiennent peut-être d'une façon ou d'une autre, expliqua-t-elle. Les mafieux de cette espèce sont sans pitié et n'hésitent pas à faire chanter même ceux qui travaillent pour eux. Ils ne reculent devant rien pour obtenir ce qu'ils veulent.

— Je suis sûr que tu as vu des tas de situations de ce genre au cours de ta carrière, remarqua Billy.

Dans sa voix, elle perçut une interrogation muette. Il avait dû percevoir la tension qui l'habitait tandis qu'elle prononçait ce réquisitoire. Elle n'eut pourtant pas le courage de s'étendre sur les raisons de son étrange virulence. Ils continuèrent à progresser en silence durant quelques minutes avant d'émerger enfin des marais. Regagnant leur véhicule, ils prirent place à bord.

— Je vais te déposer chez toi, dit-elle en démarrant. Je te rappellerai demain pour aviser. Mais si jamais Bri venait à te contacter, n'hésite surtout pas à m'appeler, quelle que soit l'heure.

— C'est promis, acquiesça-t-il. De mon côté, je demanderai à l'un de nos techniciens de débloquer le téléphone de Bri et d'en analyser le contenu.

— Avec un peu de chance, la liste de ses appels et de ses SMS nous permettra de comprendre pour qui elle travaille et qui sont ses ennemis.

— Espérons-le, répondit Billy. Ce pourrait être une avancée capitale dans cette enquête.

— J'espère qu'elle est saine et sauve, en tout cas.

— Vois les choses du bon côté : nous avons trouvé un téléphone mais pas de corps.

Mia hocha la tête. Il était inutile de rappeler à Billy que dans cette obscurité, ils auraient pu passer à quelques mètres du cadavre de la jeune femme sans même avoir une chance de l'apercevoir.

Il ne leur fallut que quelques minutes pour atteindre l'immeuble de Billy à Marina Del Rey. Elle s'arrêta juste en face et il ouvrit la portière pour descendre de la voiture.

— Bonne nuit, Billy, lui dit-elle.

— Bonne nuit, Mia...

Il demeura quelques instants immobile et elle se prit à espérer qu'il allait l'embrasser, comme il l'avait fait à Las Vegas. Dans ses yeux, elle crut percevoir une brève hésitation puis il se détourna et descendit de voiture. Un peu déçue, elle le regarda s'éloigner et disparaître à l'intérieur du bâtiment.

La sonnerie de son réveil tira Billy d'un profond sommeil. Il poussa un grognement de frustration. Il lui semblait pourtant avoir coupé l'alarme avant de s'endormir, histoire de s'accorder quelques heures de sommeil supplémentaire. À tâtons, il chercha son portable sur la table de nuit et s'en empara.

Plissant les yeux pour se protéger de la lumière aveuglante de l'écran, il constata alors qu'il était 3 heures du matin et que la sonnerie qui lui vrillait les oreilles n'était pas celle de son réveil mais de son téléphone. Le numéro qui s'affichait à l'écran était celui de Mia. Le cœur battant, il se redressa et décrocha.

— Il y a un problème ? lui demanda-t-il.

— Je crois que Bri est rentrée à son hôtel, lui dit-elle.

— Tu en es sûre ? s'exclama-t-il. Où es-tu exactement ?

— Devant l'hôtel en question. Après t'avoir déposé, je suis allée faire un tour dans la rue où j'avais localisé Bri, l'autre soir. Il n'y a qu'un hôtel, dans le coin, et je savais que ce devait être le sien. Alors j'ai décidé de faire une planque, juste au cas où...

— Pourquoi ne m'as-tu pas prévenu ? J'aurais pu te seconder.

— Je n'étais vraiment pas sûre que ça servirait à grand-chose, éluda-t-elle. Et puis, de toute façon, j'étais trop à cran pour fermer l'œil. Quoi qu'il en soit, j'ai vu une silhouette correspondant à celle de Bri se glisser discrètement à l'intérieur de l'hôtel. Il faisait trop sombre pour que je puisse l'identifier avec certitude mais je suis quasiment convaincue que c'était elle.

— Si c'est le cas, elle joue un jeu dangereux, remarqua Billy. Tu n'es sans doute pas la seule à la rechercher...

Il s'arracha à ses couvertures et gagna son placard pour récupérer des vêtements.

— Est-ce que tu crois que tu pourrais obtenir son numéro de chambre ?

— J'en doute, lui dit-elle. Je n'ai aucune légitimité pour cela. En revanche, un flic de la ville devrait pouvoir le faire.

— Je suis en train de m'habiller. Envoie-moi l'adresse et je te rejoins dès que possible À cette heure, je ne devrais pas mettre beaucoup de temps. De ton côté, tiens-toi à distance. Les types qui voulaient tuer Bri peuvent débarquer à tout moment.

— C'est bien ce qui m'inquiète, répondit Mia. Ça et le fait que Bri en ait conscience, elle aussi, et qu'elle décide de repartir très rapidement.

Un tintement lui apprit que Mia venait de lui envoyer l'adresse de l'hôtel.

— Je serai là d'ici vingt minutes, lui promit-il après y avoir jeté un coup d'œil.

Il lui en fallut en fait moins de quinze pour arriver sur place. Billy se gara à proximité de l'hôtel. Il s'agissait d'un établissement assez luxueux situé à proximité du ponton de Santa Monica et qui donnait directement sur la plage. Ceux qui payaient la chambre de Brianna Sparks n'avaient apparemment reculé devant aucune dépense.

Lorsque Billy descendit de voiture, il fut rejoint par Mia qui avait dû le voir arriver.

— Il y a quelqu'un à la réception, même à cette heure, lui indiqua-t-elle.

Et de fait, lorsqu'ils pénétrèrent dans le hall de l'établissement, ils furent accueillis par un réceptionniste installé derrière le comptoir.

— Est-ce que je peux vous aider ? leur demanda-t-il.

Billy sortit son badge qu'il montra à l'employé.

— Bonjour, je suis l'inspecteur Billy Crouch de la police de Los Angeles. Voici la marshal fédérale Mia Romano. Nous aimerions connaître le numéro de chambre de l'une de vos clientes.

— Est-ce que vous avez un mandat de perquisition ? leur demanda l'homme que le badge qu'il arborait désignait comme Scott.

— Je ne vous ai pas demandé la clé de la chambre en question, objecta Billy. Et je n'ai nullement l'intention de fouiller les lieux. Tout ce qui m'intéresse, c'est de parler avec la personne qui l'occupe. Mais si vous tenez absolument à ce que je passe cet hôtel au peigne fin pendant des heures, je peux très bien me débrouiller pour obtenir un mandat.

— Ce ne sera pas nécessaire, lui assura précipitamment Scott. Comment s'appelle la personne que vous cherchez ?

— Brianna Sparks.

Scott se tourna vers l'écran de son ordinateur et passa en revue la liste de ses clients.

— Je suis désolé, s'excusa-t-il. Mais nous n'avons personne sous ce nom. Je vous le jure.

— Je vous crois, lui assura Billy. Il se peut qu'elle apparaisse sous son prénom, Brianna, son diminutif, Bri ou sous son nom de famille, Sparks.

Scott secoua la tête.

— Je n'ai personne qui corresponde, leur assura-t-il.

— Ce pourrait être Carlucci si ce sont eux qui ont réservé la chambre, suggéra Mia.

— Je n'ai pas non plus ce nom-là. Désolé.

— Vous vous souvenez peut-être d'elle, remarqua Mia. Elle est rentrée il y a moins d'une heure.

— Je n'ai vu personne, leur assura Scott. Mais si elle avait gardé sa clé, elle est peut-être montée directement dans sa chambre sans que je ne la remarque.

— Est-ce que vous avez des caméras de sécurité ? s'enquit Billy.

— Oui, bien sûr. Je peux vous montrer l'enregistrement de cette nuit, si vous voulez.

Scott paraissait soulagé de pouvoir enfin répondre positivement à l'une de leurs requêtes. Ils le suivirent dans le petit bureau qui s'ouvrait derrière la réception. Là, ils consultèrent l'enregistrement de la caméra située dans le hall, se basant sur l'heure que leur donna Mia. Et ils virent en effet une jeune femme qui pénétrait dans le hall de l'hôtel et se dirigeait directement vers les escaliers.

Malheureusement, elle avait rabattu la capuche du sweat-shirt qu'elle portait de façon à dissimuler complètement son visage. Il était également évident qu'elle avait remarqué la caméra et s'en tenait délibérément à distance. Elle ne tarda pas à disparaître par la porte qui donnait sur la cage d'escalier.

— Est-ce qu'il y a d'autres caméras dans l'hôtel ? s'enquit Billy.

— Juste dans le hall et dans les ascenseurs, répondit Scott.

— Et est-ce que vous la reconnaissez ? Vous l'avez peut-être vue au cours des jours précédents.

— Très honnêtement, si vous ne me l'aviez pas dit, je n'aurais même pas su qu'il s'agissait d'une femme. De là à la reconnaître… Mais le fait qu'elle ait pris les escaliers et non l'ascenseur indique peut-être que sa chambre se trouve dans les étages inférieurs…

— Malheureusement, nous ne pouvons pas nous promener dans les couloirs en appelant son nom. D'autant que si elle n'a pas donné le sien à la réception, c'est bien qu'elle a quelque chose à cacher.

— Nous pourrions l'attendre dans le hall, remarqua Mia. Elle finira bien par sortir à un moment ou à un autre… Je peux m'en charger si tu n'es pas disponible.

— Je comptais prendre ma journée, de toute façon, répondit Billy. Et vu que la nuit a été courte, nous ne serons pas trop de deux à faire le guet. D'autant que nous pourrions aussi être amenés à intercepter les hommes qui voulaient la tuer, cette nuit.

Scott leur jeta un regard inquiet.

— Est-ce que cela vous dérange si nous nous installons dans le hall pour surveiller les lieux ? lui demanda Billy.

— Pas du tout, lui assura le réceptionniste. Surtout si des tueurs risquent de débarquer !

Mia et Billy allèrent s'installer sur l'un des canapés qui se trouvaient dans le hall et duquel ils avaient une vue dégagée sur l'ensemble de la pièce. S'ensuivirent des heures d'attente ponctuées de cafés qu'ils allaient régulièrement se servir au distributeur automatique.

En début de matinée, alors que Billy venait tout juste d'appeler le poste de police pour signaler son absence, ce jour-là, Bri fit enfin son apparition. Émergeant de la cage d'escalier, elle se dirigea à grands pas droit vers la porte d'entrée.

Mia et Billy échangèrent un regard entendu et se levèrent d'un seul geste. Ils interceptèrent la jeune femme alors même qu'elle venait de franchir le seuil de l'hôtel.

— Bri ! s'exclama Billy. Attendez !

La jeune femme se retourna vers lui et le considéra avec une évidente stupeur.

— Mais qu'est-ce que vous faites ici ? souffla-t-elle.

— C'est à moi de poser les questions, répondit Billy tandis que Mia et lui se plaçaient de part et d'autre de Bri pour lui couper toute retraite. Et je crois qu'il est temps que vous commenciez à y répondre. Je sais que ma sœur était protégée en tant que témoin d'un meurtre commis par Nick Carlucci. Je sais qu'elle a disparu et que les Carlucci la recherchent. Je sais aussi que vous essayez de retrouver Sabrina pour leur compte...

— Vous vous trompez, objecta-t-elle. Je ne travaille pas pour les Carlucci. Ils ont même essayé de me tuer, cette nuit.

— Pour qui travaillez-vous, alors ? s'enquit Mia, ne laissant paraître aucun étonnement.

— Uniquement pour Nick Carlucci – pas pour les autres membres du clan.

— Pourquoi les Carlucci chercheraient-ils à tuer quelqu'un qui travaille pour Nick ? objecta Billy.

— Parce qu'ils ont peur que Nick ne...

Avant qu'elle n'ait eu le temps de terminer sa phrase, un coup de feu retentit quelque part derrière eux, sur le parking de l'hôtel. La balle passa en sifflant près de leurs oreilles et vint se loger au beau milieu du front de Brianna Sparks, lui coupant la parole.

Elle s'effondra sur le sol à leur pied et une auréole sanglante ne tarda pas à se former autour de sa tête.

11

Avant même que Bri ne se fût effondrée, Mia s'était jetée à terre. Du coin de l'œil, elle vit Billy faire de même et tous deux se retrouvèrent allongés sur le bitume.

— Sur ta gauche ! lui cria-t-il. Derrière le muret...

Mia rampa dans la direction qu'il venait de lui indiquer et trouva refuge derrière le muret de béton qu'il avait remarqué. Tant qu'ils demeuraient allongés, il les protégerait du tireur qui se trouvait peut-être encore sur le parking.

— Est-ce qu'elle est morte ? demanda-t-elle à Billy.

Il lui répondit par un hochement de tête avant de sortir son portable pour appeler des renforts.

— Nous avons un tireur embusqué dans un parking au croisement de Ocean et Olympic, signala-t-il après avoir décliné son numéro de matricule. Il est armé d'un fusil de sniper et c'est un professionnel. Procédez avec la plus grande prudence. Et appelez l'hôtel Loews pour leur demander de ne laisser sortir personne.

— Bon sang ! s'exclama Mia lorsqu'il eut raccroché. Ils l'ont tuée juste sous nos yeux et nous avons été incapables de la protéger.

— Eux aussi devaient savoir qu'elle séjournait ici. Ils ignoraient sans doute dans quelle chambre.

— Au moins, cela confirme ce que nous a dit Coleman : les Carlucci ignorent bel et bien où se trouve Nick. Et, visiblement, il n'est pas en odeur de sainteté auprès de sa famille.

— Mais pourquoi essaie-t-il de retrouver Sabrina par ses propres moyens ? Pourquoi ne laisse-t-il pas les Carlucci s'en charger ?

— Peut-être n'a-t-il pas les mêmes intentions à son égard, répondit Mia.

Avant qu'elle n'ait eu le temps de préciser le cours de sa pensée, les renforts appelés par Billy déferlèrent sur les lieux. Plusieurs voitures de patrouille accompagnées par un véhicule du SWAT se garèrent à chaque extrémité de la rue. Un groupe d'intervention équipé de casques, de gilets pare-balles et d'armes automatiques se déploya autour du parking.

Billy et Mia purent enfin quitter leur refuge précaire pour rejoindre les policiers qui sécurisaient la scène. Au cours des heures qui suivirent, les forces de l'ordre ratissèrent systématiquement le quartier à la recherche du tireur qui semblait s'être évaporé, ne laissant pas d'autres traces de son passage que le corps sans vie de Brianna Sparks.

— Je ne m'attendais vraiment pas à ce que cette affaire prenne un tour aussi dramatique, remarqua Mia lorsque Billy et elle eurent terminé leurs dépositions.

— Moi non plus, reconnut-il. Nous nous sommes fait prendre totalement de court. Et l'un de nous aurait pu se faire tuer.

— Ça aurait sans doute été le cas si Bri n'avait pas été une cible prioritaire et si nous n'avions pas eu le réflexe de nous jeter à terre, remarqua Mia. En tout cas, ils étaient bien décidés à se débarrasser d'elle. Ils ont échoué cette nuit mais ce n'était que partie remise.

— Nous voilà de retour à la case départ.

— Pas tout à fait, objecta Mia. Nous savons désormais que le clan Carlucci s'entre-déchire, même si nous ignorons pourquoi. Et cela pourrait jouer en notre faveur. De plus, il est évident que Brianna ignorait où peut bien se trouver Sabrina. Et les Carlucci ne le savent pas non plus. Nous avons donc toujours une chance de la localiser avant eux.

— C’est vrai, concéda Billy avec un pâle sourire. Tout n’est pas perdu, même si nous manquons cruellement de pistes, à ce stade. Nous pourrions peut-être en discuter autour d’un bon brunch. Qu’en dis-tu ?

— Je suis partante, répondit Mia. Enfin, si tu es prêt à sortir dans cette tenue, ajouta-t-elle en désignant d’un geste moqueur sa chemise froissée et maculée. Je crois que c’est la première fois que je ne te vois pas tiré à quatre épingles.

— Tu fais désormais partie du cercle très restreint des gens dont je me sens suffisamment proche pour me montrer sous mon plus mauvais jour.

— Je suis vraiment flattée, déclara-t-elle en riant.

— C’est la moindre des choses, lui assura-t-il. Après tout, nous avons passé la nuit dans un marécage avant de rendre visite à un junky qui habite au bord du paradis, tu m’as réveillé à 3 heures du matin, nous avons passé des heures sur le canapé d’un hall d’hôtel et nous venons de nous faire tirer dessus… C’est le genre d’expériences qui forge des liens indissolubles.

— J’imagine, concéda-t-elle.

— Laisse-moi juste une minute, le temps d’aller voler à Scott quelques feuilles de papier et un stylo.

Mia le suivit des yeux tandis qu’il se dirigeait vers le bureau de la réception. Si elle se réjouissait qu’il la considère comme l’une de ses proches, elle espérait qu’il ne voyait pas en elle une simple amie.

L’attirance qu’il lui inspirait depuis qu’elle avait fait sa connaissance n’avait fait que se renforcer et elle était convaincue que Billy n’y était pas insensible. Malheureusement, les circonstances dans lesquelles ils s’étaient rencontrés ne leur avaient pas vraiment laissé le temps d’explorer cette indéniable alchimie.

— C’est bon, s’exclama Billy en revenant vers elle. J’ai ce qu’il nous faut !

Il brandit un bloc de papier à lettres et un stylo à bille marqués du logo de l’hôtel.

— Ravie de voir que tu es capable d'apprécier les petites choses, plaisanta-t-elle.

— Survivre à une attaque de sniper devrait nous faire apprécier les plaisirs les plus innocents de l'existence, rétorqua-t-il. C'est un peu comme si notre contrat avec la vie venait d'être renouvelé.

— C'est une bonne façon de voir les choses, acquiesça Mia en souriant. À quoi va nous servir ce papier ?

— Cette affaire vient de prendre une tout autre tournure et j'ai besoin de remettre mes idées au clair, répondit-il.

Il s'interrompit et fronça légèrement les sourcils.

— Mais tu as peut-être besoin de faire une pause. Si tu préfères, nous pouvons nous retrouver un peu plus tard dans la journée pour discuter de tout ça...

— Ne t'en fais pas pour moi. Tout ce qu'il me faut, c'est un bon café et je devrais être en état de fonctionner normalement.

— Tu ne dors donc jamais ?

— Pas quand j'ai des choses plus urgentes à faire, répondit-elle du tac au tac.

Elle tendit la main à Billy qui l'aida à s'arracher au canapé. Tous deux gagnèrent alors la salle à manger de l'hôtel où ils s'installèrent à l'une des tables disponibles. Une serveuse vint prendre leur commande et ils lui demandèrent des œufs, des toasts et du café.

— Est-ce que vous avez vu ce qui s'est passé, tout à l'heure ? leur demanda la jeune femme.

— Nous étions malheureusement aux premières loges, acquiesça Billy. Si j'ai bien compris, la jeune femme qui s'est fait tuer était une cliente de l'hôtel ?

— C'est exact.

— Est-ce que vous la connaissiez ? s'enquit Mia.

— Pas personnellement mais je lui ai servi son petit déjeuner à plusieurs reprises.

— Est-ce qu'il lui est arrivé de déjeuner avec quelqu'un ? s'enquit Billy.

— Non, répondit la serveuse. Elle était toujours seule et la plupart du temps, les yeux rivés à l'écran de son téléphone portable. Mais j'imagine que c'est le cas de la plupart des gens, de nos jours.

Lorsque la jeune femme se fut éloignée pour aller transmettre leur commande en cuisine, Billy ouvrit le bloc-notes et commença à écrire.

— Tout commence lorsque Sabrina échappe à la vigilance du programme de protection des témoins et disparaît, dit-il. À ce moment-là, deux groupes apprennent la nouvelle et se mettent à sa recherche.

— Les Carlucci d'un côté et Nick Carlucci de l'autre, acquiesça Mia.

— Exact. Nick Carlucci dépêche Bri et son complice, l'homme au crâne rasé que tu as vu au restaurant, l'autre soir. Ils sont chargés de vérifier si Sabrina cherche à prendre contact avec moi.

— Jusque-là, je te suis.

— En ce qui concerne les Carlucci, nous avons moins de certitudes. Cherchent-ils activement Sabrina ? Ou bien s'intéressent-ils uniquement à Nick ? Peut-être espèrent-ils qu'en trouvant l'un, ils parviendront à localiser l'autre...

— Je pense en tout cas qu'ils ont tout intérêt à retrouver Sabrina. Après tout, c'est son témoignage qui pourrait impliquer Nick et donc leur famille dans l'assassinat de Ray-May.

— Je suis d'accord, approuva Billy. Considérons donc que les deux groupes sont à la recherche de ma sœur. Pourquoi agissent-ils de façon séparée ? Et surtout, pourquoi les Carlucci ont-ils commandité le meurtre de l'émissaire de Nick ?

— Probablement parce qu'ils n'ont pas les mêmes objectifs. Les Carlucci comptent retrouver Sabrina pour l'empêcher de témoigner contre leur famille.

— C'est ce que Nick devrait vouloir, lui aussi. Après tout, c'est lui le tueur. C'est lui qui se trouvera en première ligne si ma sœur témoigne. Et certes, il a probablement agi à la demande du clan Carlucci mais il ne l'avouera jamais.

— Nick espère probablement convaincre Sabrina de ne pas témoigner, concéda Mia. Mais contrairement aux autres membres de sa famille, il souhaite sans doute le faire sans avoir à la tuer...

Ils furent interrompus par le retour de la serveuse qui leur apportait leurs commandes. Billy attendit qu'elle se soit de nouveau écartée avant de poser la question qui lui brûlait les lèvres.

— Tu ne penses tout de même pas qu'il espère la convaincre de revenir vivre avec lui ?

— Peut-être est-il réellement amoureux de Sabrina. Cela expliquerait qu'il l'ait laissée partir initialement.

— Tu crois vraiment que c'est possible ?

Mia hocha la tête.

— Oublie un instant qu'il s'agit d'un mafieux et considère-le uniquement comme un homme : il rencontre en ligne une fille avec qui il se sent des affinités immédiates. Elle vient le voir à Las Vegas et ils se plaisent tellement qu'elle décide de rester avec lui. Si Sabrina n'avait pas vu Nick tuer Ray-May, ils seraient peut-être toujours ensemble à ce jour...

Billy passa nerveusement la main dans ses cheveux coupés très court.

— Ma sœur était vraiment amoureuse de lui, n'est-ce pas ?

— J'en ai bien peur, acquiesça Mia. Et je crois que c'était réciproque.

— Mais ce type est un tueur, un gangster de la pire espèce. Comment a-t-elle bien pu tomber amoureuse de quelqu'un comme lui ?

— Elle ne savait pas ce qu'il faisait dans la vie. Il lui avait juste dit qu'il était dans les affaires.

— Jusqu'à ce qu'elle découvre la vérité à son sujet... Ça a dû être terrible pour elle.

Mia posa doucement sa main sur celle de Billy.

— Ça a été très dur, renchérit-t-elle. Toutes ses illusions au sujet de l'homme qu'elle croyait aimer ont volé brusquement en éclats.

— Que s'est-il passé, exactement ?

— Sabrina a dit à Nick qu'elle comptait aller faire des courses, ce jour-là, mais elle est rentrée à l'appartement plus tôt que prévu parce qu'elle voulait lui faire une surprise. Or pendant ce temps, Vince Carlucci avait envoyé Ray-May chez son frère Nick, soi-disant pour récupérer une valise d'argent liquide. En réalité, Vince avait découvert que Ray-May était un policier infiltré et il a demandé à Nick de les débarrasser de lui. Ce devait aussi être une façon pour Nick de faire ses preuves et de démontrer sa loyauté sans faille envers sa famille. Malheureusement pour lui, il ne s'y est pas très bien pris et Ray a compris que c'était un piège. Les deux hommes se sont battus et le bruit a attiré Sabrina. Elle est arrivée juste à temps dans le bureau pour voir Nick abattre Ray.

— J'ai toujours du mal à croire qu'elle ait pu se retrouver mêlée à quelque chose de ce genre, soupira Billy. Que s'est-il passé ensuite ?

— Nick aurait pu tuer Sabrina mais il ne l'a pas fait. Au lieu de cela, il a tenté de la calmer et de se justifier. Et lorsqu'elle a décidé de partir, il ne l'a pas retenue.

— Est-ce qu'elle a appelé la police ?

— Pas tout de suite. Elle savait qu'elle était en danger. Alors elle a commencé par se cacher et elle a fait l'acquisition d'un téléphone avec une carte prépayée pour contacter la police. Quelques jours plus tard, lorsque Nick a réussi à échapper aux fédéraux, les Carlucci ont dû comprendre que Sabrina avait parlé. C'est alors que Nick a disparu. Nous pensions que sa famille l'avait exfiltré et caché quelque part.

— C'est peut-être ce qui s'est passé, remarqua Billy. Et puis, il s'est échappé, tout comme Sabrina. Qui sait ? Peut-être ont-ils décidé de fuir ensemble...

— Je ne crois vraiment pas, objecta Mia. Sabrina m'a souvent dit qu'elle avait du mal à croire qu'elle ait pu tomber amoureuse d'un tueur. Cette idée semblait la choquer profondément. D'ailleurs, lorsqu'elle l'a découvert, elle s'est enfuie, elle a demandé à être protégée par la police et elle a accepté de témoigner contre lui.

— Mais peut-être qu'avec le temps, elle a fini par changer d'avis, suggéra Billy. Elle s'est peut-être dit que les sentiments qu'ils avaient l'un pour l'autre étaient plus importants, ou bien encore que Nick pouvait changer par amour pour elle...

La souffrance qui se lisait dans ses yeux alors qu'il prononçait ces mots prouvait combien une telle idée lui était insupportable. Mia sentit son cœur se serrer dans sa poitrine. Elle aurait voulu pouvoir le convaincre que Sabrina n'aurait jamais pu penser une chose pareille. Mais, au fond, elle n'en était pas complètement certaine.

D'autre part, elle avait douloureusement conscience du fait qu'il n'avait pas revu sa sœur depuis plus de cinq ans et ignorait tout de ce qu'avait pu être sa vie depuis lors. Pendant quelques minutes, tous deux continuèrent à manger en silence, plongés dans de bien sombres pensées.

— Il y a tout de même une raison d'être optimiste, déclara Mia au bout d'un moment.

— Laquelle ?

— Eh bien, si Nick a dépêché Bri et l'homme au crâne rasé à Los Angeles pour tenter de localiser Sabrina, c'est qu'elle ne se trouve pas avec lui.

— C'est juste, reconnut Billy, que cette idée paraissait rasséréner quelque peu.

Il reprit son stylo et considéra pensivement ce qu'il avait déjà écrit.

— Nick dépêche Bri qui se débrouille pour m'envoyer à Las Vegas. De cette façon, elle espère pouvoir intercepter Sabrina.

— Ça me semble logique, acquiesça Mia.

— À Las Vegas, je discute avec Coleman qui file avertir les

Carlucci. Ceux-ci comprennent que je suis de nouveau sur leur piste et que je suis beaucoup plus proche qu'auparavant. Ils tentent de réduire Coleman au silence.

— Je te suis toujours.

— À partir de ce moment-là, les Carlucci savent que Sabrina et Nick sont tous deux dans la nature. C'est une sacrée épée de Damoclès suspendue au-dessus de leur tête.

— Du coup, ils se mettent à leur tour à leur recherche, conclut Mia.

— Mais ils doivent savoir que Nick n'a pas le même objectif qu'eux, que s'il retrouve Sabrina, il essaiera probablement de la convaincre de s'enfuir avec lui. Dis-moi, toi qui as eu l'occasion de suivre cette famille et ses agissements, crois-tu que les Carlucci pourraient aller jusqu'à assassiner l'un des leurs ?

— Je crois que, pour eux, la famille est bien plus importante que l'individu, déclara Mia. Tu te souviens de Fredo, dans *Le Parrain* ? Les Corleone ne l'ont pas épargné lorsqu'ils ont compris que ses agissements allaient à l'encontre de leurs intérêts.

— Alors tu penses qu'ils pourraient assassiner Nick ?

— Oui, à moins bien sûr qu'ils ne parviennent à le convaincre de renoncer à Sabrina.

Mia jeta un regard grave à Billy.

— Ils pourraient même forcer Nick à prouver sa loyauté envers la famille en assassinant Sabrina, tout comme il a assassiné Ray-May.

— Raison de plus pour la localiser le plus rapidement possible, déclara Billy. Tu penses vraiment qu'elle se trouve à Los Angeles ? Si elle essaie de me contacter comme Bri et toi le pensiez, on ne peut pas dire qu'elle s'y soit très bien prise jusqu'ici. Pour le moment, je n'ai pas reçu un seul message de sa part, ni même une preuve de vie.

— Elle doit savoir que tout le monde te surveille, répondit pensivement Mia. Pour le moment, elle a réussi à échapper à la vigilance de tous ceux qui la recherchent : ni Nick, ni les marshals, ni les Carlucci ne savent où elle se cache.

— Malheureusement, tant que personne ne bouge, la situation risque de s'éterniser.

— Il faut que nous réfléchissions à une façon d'entrer en contact avec Sabrina, de lui faire comprendre que nous pouvons l'aider, déclara Mia. À ce propos, tu as bien conscience que si elle se manifeste, tu dois absolument la convaincre de réintégrer le programme de protection des témoins ?

Billy hésita.

— Théoriquement, je sais que tu as raison, concéda-t-il. Je suis convaincu que c'est la meilleure solution sur le papier… Mais cela signifie aussi que je la reperdrai de vue, peut-être pour plusieurs années, juste après l'avoir retrouvée.

— Je sais, soupira Mia. Et j'en suis désolée. Mais tu n'as pas les moyens d'assurer sa protection face au clan des Carlucci. Ou alors, il te faudrait te cacher, toi aussi. Et pour cela, tu devrais renoncer à ta vie, à ton métier, à tes enfants…

— Sauf si nous parvenons aussi à retrouver Nick, objecta Billy. Alors, Sabrina pourra témoigner contre lui et les Carlucci n'auront plus de raisons de s'en prendre à elle.

— Malheureusement, cela fait des années que les fédéraux le recherchent et ils ne sont toujours pas parvenus à le localiser. Et sa propre famille ne semble pas beaucoup plus avancée, à ce stade.

— Ce n'est pas en abattant la fille qui défendait ses intérêts qu'ils vont réussir à le retrouver, commenta Billy d'un ton ironique.

Mia le considéra pensivement.

— Tu tiens peut-être une piste, murmura-t-elle.

Il lui jeta un regard interrogateur.

— Bri est morte mais nous savons qu'elle avait un complice, le type au crâne rasé. Et je suis prête à parier que c'est lui qui était en contact avec Nick. Si nous parvenons à le retrouver, il pourrait éventuellement nous mener jusqu'à lui.

— Ça vaut le coup d'essayer, en tout cas, approuva Billy. Mais comment comptes-tu le localiser ? Est-ce que tu lui as glissé un mouchard, à lui aussi ? ajouta-t-il avec un sourire malicieux.

Avant qu'elle n'ait pu répondre à ses questions, ils furent interrompus par la sonnerie de son téléphone. Mia y jeta un coup d'œil et se renfrogna.

— C'est Tucker, lui dit-elle. Il faut que je lui réponde.

— Bien sûr, acquiesça Billy.

Elle décrocha et activa l'amplificateur pour qu'il puisse suivre la conversation. Que cela plaise ou non à son supérieur, Billy faisait à présent partie intégrante de cette enquête. Ne tenant cependant pas à devoir justifier cette décision, elle fit signe à Billy de garder le silence.

— Romano ! Je croyais t'avoir dit que je ne voulais pas d'échanges de coup de feu en pleine rue !

— Les nouvelles vont vite, on dirait, répondit-elle. Même si, dans ce cas précis, on ne peut pas vraiment parler d'échange de tirs. Il n'y a eu qu'un coup de feu et il s'agissait d'une exécution en bonne et due forme.

— L'essentiel, c'est que tu n'aies rien. Est-ce que Brianna Sparks est morte ou est-ce qu'ils ont raté leur coup comme avec Coleman ?

— Elle a reçu une balle en pleine tête, répondit Mia. Quant à Coleman, il n'est toujours pas tiré d'affaire. Il se peut que les deux assassinats aient été réussis.

— Est-ce qu'au moins, tu as eu le temps d'interroger Sparks avant qu'elle ne se fasse abattre ?

— J'étais en train de le faire.

— Et elle t'a appris quelque chose d'intéressant ?

— Oui. Apparemment, elle travaillait exclusivement pour Nick Carlucci, pas pour la famille dans son ensemble. Nick essaie de retrouver Sabrina par ses propres moyens. Cela tendrait à corroborer ce que Coleman nous a dit, à savoir que les Carlucci ignorent où se trouve Nick et qu'ils le recherchent activement.

C'est plutôt une bonne nouvelle pour nous, puisque cela signifie qu'il ne bénéficie plus de la protection de sa famille.

— Intéressant, en effet, commenta Tucker, songeur. Cela laisse également supposer que les intentions de Nick ne sont probablement pas les mêmes que celles des Carlucci et de son frère Vince en particulier.

— C'est ce que je pense. Je suis persuadée que Nick espère convaincre Sabrina de s'enfuir avec lui.

— Tu crois qu'il est toujours amoureux d'elle ?

— Ça expliquerait beaucoup de choses.

— C'est une faiblesse que nous pourrions utiliser contre lui.

Mia jeta un coup d'œil en direction de Billy qui s'était brusquement rembruni.

— Cela reviendrait à utiliser Sabrina comme appât, remarqua-t-elle. C'est une stratégie dangereuse.

— Bien sûr et tu es bien placée pour le savoir, répondit Tucker. Sans exploiter ta relation avec le fils des Guardino, le FBI n'aurait jamais pu faire tomber cette famille, ajouta-t-il avant que Mia n'ait eu le temps de désactiver l'amplificateur. C'est pour cela que tu as été chargée de cette mission, Romano : tu es la mieux placée pour convaincre Sabrina de nous aider...

12

En entendant les mots de Tucker, Billy sentit un frisson glacé courir le long de son échine.

— On reparle rapidement de tout ça, dit alors Mia d'une voix précipitée. Il faut que je te laisse…

Après avoir pris congé de Tucker, elle raccrocha et se tourna vers lui.

— Alors, tu savais déjà que Nick était toujours amoureux de ma sœur et qu'il la cherchait ? lui demanda Billy d'un ton accusateur.

Mia se mordilla nerveusement la lèvre avant de lui répondre.

— Non, répondit-elle. Mais je me doutais qu'il s'agissait d'une éventualité parmi d'autres. Je te l'ai dit : Sabrina m'a beaucoup parlé de leur relation.

— Que voulait dire Tucker en partant des Guardino ?

Mia détourna les yeux, visiblement mal à l'aise.

— C'était une famille de mafieux, n'est-ce pas ?

Billy se rappela brusquement ce que Mia lui avait, le jour où elle l'avait abordé au restaurant chinois.

— Le fils des Guardino, est-ce le criminel dont tu m'as parlé, l'autre jour ? Celui que tu as failli épouser ?

— C'était il y a longtemps…, tenta-t-elle d'éluder.

— Sur le moment, je me suis dit qu'il devait s'agir de

quelqu'un qui avait fraudé le fisc ou détourné de l'argent. Mais tu es vraiment sortie avec un mafieux ?

— Tout comme Sabrina, je n'étais pas au courant, soupira-t-elle.

— Mais tu as fini par t'en rendre compte puisque tu as témoigné contre lui.

— Oui, je m'en suis aperçue... au bout d'un moment...

Billy sentait bien que Mia ne lui répondait que du bout des lèvres. Le fait qu'elle ait évité d'aborder le sujet jusqu'alors indiquait clairement qu'il la mettait mal à l'aise. En temps normal, il se serait sans doute gardé d'insister par respect pour elle. Mais Tucker avait laissé entendre que c'était précisément en raison de son passé que Mia s'était vu confier cette affaire.

La sécurité et peut-être même la vie de sa sœur se trouvaient directement affectées par cette décision et il ne pouvait se permettre d'ignorer des informations qui pourraient s'avérer cruciales pour la suite de leur enquête.

— Que s'est-il passé, exactement ? s'enquit-il.

— On m'a forcé la main, avoua-t-elle à regret. Je savais bien que témoigner contre lui était la chose à faire, que c'était mon devoir de citoyenne... Mais j'avais peur. Je n'avais que dix-neuf ans, à l'époque.

— Qui t'a forcé la main ? Les fédéraux ?

Elle hocha la tête.

— Comment ont-ils fait pression sur toi, Mia ? Est-ce que tu t'étais trouvée mêlée aux activités de la mafia ?

— Non, répondit-elle d'une voix blanche. C'était bien pire que ça...

Billy sentit les battements de son cœur s'accélérer dans sa poitrine. Au fil de ces derniers jours, il avait eu l'impression d'apprendre à connaître la jeune femme. Mais il découvrait soudain tout un pan de sa vie dont il n'avait pas même soupçonné l'existence.

— Je viens moi-même d'une famille de mafieux, Billy, lui avoua-t-elle enfin. Romano est le nom de famille de ma mère.

Mon père est Chuckie Petrelli, dont tu as peut-être entendu parler. Il purge une peine incompressible de vingt ans pour racket, détournement de fonds, fraude fiscale et complicité de meurtre.

Billy la considéra avec stupeur.

— Michael Guardino travaillait avec mon père, officiellement dans le domaine du retraitement des déchets, poursuivit Mia. Bien sûr, à l'époque, j'ignorais que cette activité servait surtout à blanchir l'argent de la mafia. Mon père travaillait pour la famille Guardino. Et il voyait plutôt d'un bon œil le fait que Michael ait un faible pour moi. Il devait se dire qu'une liaison entre nous renforcerait probablement son prestige au sein de l'organisation, que cela lui permettrait de prendre du galon.

— Et il ne t'a pas mise en garde ? Il ne t'a pas prévenue que les Guardino appartenaient au crime organisé ?

— Non. Il s'est contenté d'encourager notre relation.

— Et ta mère ?

— Elle avait quitté mon père quelques années auparavant et s'était installée en Floride avec mes sœurs cadettes.

— Pourquoi ne t'avait-elle pas emmenée avec elle ?

— Parce que je ne voulais pas partir. J'étais au lycée, j'avais des tas d'amis. J'aimais aussi beaucoup mon père et je ne comprenais pas pourquoi ma mère l'avait abandonné de cette façon. Elle ne m'a jamais parlé de ce qu'il faisait réellement. Si elle l'avait fait, je l'aurais peut-être suivie.

Billy ne put s'empêcher de remarquer qu'elle ne semblait pas en être complètement certaine.

— Quand as-tu finalement découvert que ton père et Michael Guardino faisaient partie de la mafia ?

— Lorsque mon père a été arrêté.

— Et c'est à ce moment-là que les fédéraux t'ont forcé la main ?

— Ils m'ont promis que si j'acceptais de les aider à réunir des preuves contre Michael et sa famille, ils feraient en sorte d'alléger la peine de mon père.

— Ils t'ont équipée d'un mouchard pour espionner ton propre fiancé ? s'exclama Billy, sidéré.

Elle hocha la tête.

— Mais tu aurais pu te faire tuer !

— Jusque-là, je n'avais donné à Michael aucune raison de me soupçonner – et pour cause : j'ignorais tout de la double vie qu'il menait.

— Lui non plus ne t'avait jamais rien laissé entendre ?

— Rien. Et je n'avais pas de raison de douter de lui. Nous avions fait nos études ensemble. C'est même comme cela que je l'avais rencontré. Il ne menait pas une existence particulièrement luxueuse – en tout cas, pas plus que celle à laquelle mon père m'avait habituée. Nous étions à l'aise financièrement, bien sûr, mais nous ne roulions pas en Ferrari et ne partions pas en vacances dans des hôtels de luxe à l'autre bout du monde. Franchement, je n'avais aucun moyen de deviner quoi que ce soit...

— Tu as dû tomber de haut.

— Tu n'as pas idée. Ça a vraiment changé toute l'image que je me faisais de mon père.

— Pourtant, tu as accepté l'offre du FBI.

— Il restait mon père. Et puis, je me suis dit que ce serait une façon pour moi de me faire pardonner l'aveuglement dont j'avais fait preuve pendant toutes ces années.

— Il n'a pourtant pas dû être facile de trahir l'homme que tu aimais.

— Que j'avais cru aimer, reformula Mia. Tu comprends à présent pourquoi j'ai pris la défense de ta sœur de façon si véhémente. Je sais ce qu'elle a traversé. Du jour au lendemain, toutes mes certitudes se sont effondrées. L'homme que je croyais connaître s'est révélé être un parfait étranger – quelqu'un dont je ne serais jamais tombée amoureuse si j'avais su qui il était réellement.

— Tu es sûre qu'il aurait suivi la voie tracée par son père ?

— Les fédéraux se sont fait un plaisir de me prouver qu'il avait déjà commencé à le faire. Contrairement à moi, Michael était parfaitement conscient de la situation. Il était même considéré comme l'héritier présomptif du clan Guardino.

— Et tu as réussi à obtenir les aveux dont le FBI avait besoin pour l'arrêter ?

Elle hocha la tête et, dans ses yeux, il lut dans ses yeux une colère glacée que le temps n'avait visiblement pas atténuée. Il était évident qu'elle n'avait jamais pardonné la trahison de Michael.

— Grâce aux enregistrements que j'ai réalisés, ils ont arrêté Michael, son père et une bonne partie de la famille Guardino. La sentence de mon père a été allégée et ses conditions de détention améliorées. Quant à moi, je suis partie rejoindre ma mère en Floride. Lorsque j'ai décroché mon diplôme de droit, les fédéraux m'ont approchée et m'ont proposé de venir travailler pour eux.

Billy demeura quelques instants silencieux. Il éprouvait une immense compassion envers la jeune fille qu'avait été Mia et qui avait vu du jour au lendemain toutes ses certitudes voler en éclat. Il n'osait s'imaginer ce qu'elle avait pu ressentir en comprenant qu'elle allait devoir trahir un homme qu'elle avait cru aimer pour aider son propre père.

Il se demandait aussi quelles conséquences avait eu cette affreuse expérience. Lui avait-elle fait perdre toutes ses illusions ? Avait-elle fait d'elle une cynique ? Était-elle prête aujourd'hui à se servir de sa sœur comme le FBI l'avait utilisée, elle ? Pouvait-il seulement le lui reprocher, étant donné l'importance des enjeux ?

— Et c'est pour cela que Tucker t'a confié cette affaire, aujourd'hui, reprit-il enfin. Parce qu'il sait que tu es la mieux placée pour comprendre ce que traverse ma sœur, en ce moment.

— Exact.

— Et tu serais prête à lui faire faire ce que toi, tu as fait ? La laisser retourner auprès de Nick pour tenter de l'incriminer ?

— C'est ce que veut Tucker, objecta Mia. Je n'ai jamais dit que j'étais d'accord.

— Quelle raison aurais-tu de ne pas l'être ? objecta Billy.

Après tout, cela a fonctionné dans ton cas. Pourquoi n'en irait-il pas de même avec Sabrina ?

— Parce que la situation est différente, répondit-elle. Sabrina n'a pas besoin d'incriminer Nick. Elle peut déjà témoigner contre lui.

— Exact, acquiesça Billy. Mais en retournant auprès de lui, elle pourrait l'amener à compromettre le reste de sa famille. Et les fédéraux auraient alors les moyens d'arrêter toute la famille Carlucci comme ils ont arrêté les Guardino.

— C'est vrai, soupira Mia. Mais je ne forcerai pas la main de Sabrina. Si elle nous aide, ce sera entièrement de son plein gré.

Un nouveau silence s'ensuivit tandis que Billy réfléchissait à la tournure parfaitement inattendue que venait de prendre cette affaire.

— Est-ce que tu es en colère contre moi ? lui demanda enfin Mia d'une voix mal assurée.

Il la considéra très attentivement, avisant l'inquiétude qui se lisait dans ses grands yeux bleus.

— Non, répondit-il. Je ne suis pas en colère... Je suis... désorienté.

— C'est compréhensible, concéda-t-elle.

— Je crois que j'ai besoin d'un peu de temps pour réfléchir à tout ça, déclara-t-il. En tout cas, je te remercie de m'avoir parlé de ton passé. Je suis vraiment désolé que tu aies dû traverser de telles épreuves.

— C'est ce que j'aimerais éviter à ta sœur, répondit Mia. Tout ce que j'espère pour elle, c'est qu'elle pourra très bientôt oublier Chanel Davis, redevenir Sabrina Crouch et retrouver une vie normale auprès de ceux qui lui sont chers.

Sur ce, Mia se leva. Elle fit mine de sortir son portefeuille mais il secoua la tête.

— Je t'invite, lui dit-il.

— Merci. Je vais te laisser. Dormir un peu ne me fera pas de mal. Prends tout le temps dont tu as besoin et rappelle-moi lorsque tu auras décidé de ce que tu comptes faire, à présent. De mon côté, je te contacterai si j'ai du nouveau.

— Merci, Mia, lui dit-il.

Elle hocha la tête, sembla hésiter à ajouter quelque chose puis parut se raviser. Billy la suivit des yeux tandis qu'elle se dirigeait vers la porte du restaurant. Lorsqu'elle eut disparu, il termina lentement son café qui commençait à tiédir.

Puis, sortant son téléphone portable, il appela Brandon Nguyen, le meilleur spécialiste de la division nord-ouest en matière d'informatique et de télécommunications. Après s'être assuré que ce dernier se trouvait bien au poste de police, il lui indiqua qu'il comptait lui apporter un téléphone portable dont il voulait connaître le contenu.

Après avoir réglé l'addition, Billy quitta l'hôtel et repassa chez lui pour prendre une douche, se raser, enfiler des habits propres et récupérer le portable que Mia et lui avaient racheté à Pierre.

Moins d'une heure plus tard, vêtu de l'un de ses costumes à l'anglaise préférés, il pénétra dans l'aile qui abritait les laboratoires de la police scientifique. Il gagna directement celui qu'occupait Brandon.

— Je croyais que tu étais en congé, remarqua ce dernier.

— Disons plutôt que j'ai pris du temps pour moi, répondit Billy. J'enquête sur la disparition de ma sœur.

— Tu as du nouveau ? s'enquit Brandon, curieux.

Comme la plupart de ses collègues, il était au courant de la disparition de Sabrina et des efforts que Billy avait déployés au fil des années pour tenter de la retrouver.

— J'ai enfin obtenu la preuve qu'elle était toujours vivante, répondit Billy.

— Excellente nouvelle ! s'exclama son ami.

— Malheureusement, elle s'est retrouvée mêlée à de sombres histoires de mafieux de Las Vegas. Mais je crois que ce qui se trouve sur ce téléphone pourrait m'aider à la retrouver.

— Je m'en occupe. Que veux-tu que j'extraie, en premier ? La liste des appels et les SMS ?

— Ce serait un bon début. Il y a des chances pour qu'il s'agisse d'une ligne prépayée et la plupart des correspondants utilisent probablement des cartes SIM jetables ou des terminaux cryptés.

— S'il y a quoi que ce soit à trouver, je mettrai la main dessus, lui assura Brandon. Tu peux compter sur moi.

— Je sais, acquiesça Billy.

Après avoir pris des nouvelles de ce qui s'était passé au poste durant les dernières quarante-huit heures, Billy prit congé de Brandon et rentra chez lui pour manger un morceau et s'accorder une sieste de deux heures. En se réveillant, il vérifia qu'il n'avait reçu de messages ni de Brandon, ni de Mia, ni de l'inspecteur Morse.

Il effectua ensuite quelques recherches au sujet de Chuckie Petrelli et de Michael Guardino et ce qu'il découvrit confirma ce que Mia lui avait raconté. Il ne trouva en revanche aucune information concernant le rôle qu'elle avait joué dans cette histoire.

De toute évidence, les fédéraux avaient effacé ses traces pour la protéger d'éventuelles représailles. Cela ne faisait que souligner le risque qu'elle avait couru un acceptant de jouer ce dangereux double jeu. Et si Tucker parvenait à ses fins, la propre sœur de Billy se retrouverait bientôt dans des circonstances comparables.

Il comprenait évidemment l'intérêt de ce plan. Peut-être l'aurait-il lui-même suggéré s'il s'était agi de toute autre personne que Sabrina. Mais l'attaque dont Coleman avait été victime et la mort récente de Bri prouvaient sans la moindre équivoque que leurs ennemis étaient prêts à tout pour parvenir à leurs fins.

Vince Carlucci n'hésiterait pas plus à commanditer l'assassinat de Sabrina dont le témoignage menaçait directement sa famille. Mia elle-même avait reconnu que les Carlucci pourraient aller jusqu'à tuer Nick lui-même s'il se refusait à rentrer dans le rang.

Peut-être était-ce une façon de sortir de cette impasse, d'ailleurs. Si les Carlucci abattaient Nick, le témoignage de Sabrina n'aurait plus aucune valeur et ils n'auraient donc plus aucune raison de la tuer.

Après tout, elle ne disposait d'aucune autre information susceptible de porter atteinte aux intérêts des Carlucci. Dans le cas contraire, elle les aurait transmises depuis longtemps aux fédéraux.

Les réflexions de Billy furent brusquement interrompues par la sonnerie de son téléphone portable. Il ne s'agissait pas de Mia comme il l'avait espéré mais de Brandon.

— Salut, Brandon, fit-il en décrochant. Dis-moi que tu as de bonnes nouvelles pour moi.

— C'est le cas, répondit l'informaticien. J'ai débloqué le téléphone et récupéré tous les messages écrits ainsi que la liste des appels. Tu avais raison : la plupart des numéros correspondent à des cartes prépayées. Mais j'ai tout de même réussi à récupérer la localisation de certains de ces appareils. Cela te donnera peut-être des idées.

— Tu es génial ! s'exclama Billy avec enthousiasme. Est-ce que tu as trouvé des messages intéressants ?

— La plupart sont assez courts et évasifs. Le plus souvent, ce sont des indications d'heure ou de lieux, et les lieux en question sont généralement désignés par des noms de code.

— Est-ce que je pourrai utiliser le téléphone pour passer des appels ?

— Oui. Je l'ai débloqué. Est-ce que tu veux passer récupérer tout ça au poste ou est-ce que tu préfères qu'on se croise quelque part ? Je ne vais pas tarder à rentrer chez moi.

— Dans quel coin habites-tu, déjà ?

— J'habite Little Saigon, du côté de Garden Grove, avec mes parents.

— Tu vis toujours chez tes parents ? s'étonna Billy. Ça ne doit pas être terrible pour ta vie amoureuse...

— Que veux-tu ? Je viens d'une famille vietnamienne très traditionnelle. Toi, tu habites toujours du côté de Marina Del Rey ?

— Exact, répondit Billy.

— Si tu veux, je peux faire un détour par là-bas avant de rentrer chez moi.

— Je te revaudrai ça, Brandon !

— J'espère bien, répondit ce dernier en riant.

Dès qu'ils eurent raccroché, Billy appela Mia pour l'informer de la nouvelle. Elle décrocha à la première sonnerie.

— Salut, lui dit-elle d'une voix qui lui parut étonnamment joviale. Quoi de neuf ?

— Je viens d'avoir le spécialiste auquel j'ai confié le portable de Bri, lui dit-il. Il doit m'apporter la liste des appels et des SMS.

— Excellente nouvelle !

— La police de Santa Monica n'a pas encore annoncé officiellement la mort de Brianna, n'est-ce pas ?

— Non. Ils essaient d'abord de retrouver ses proches. Et ils ne tiennent pas à donner aux tueurs la certitude qu'ils ont réussi leur coup.

— Parfait. Cela signifie qu'en ayant accès à son téléphone, nous pourrons nous faire passer pour elle. Cela nous permettra peut-être de remonter jusqu'à son complice au crâne rasé ou même jusqu'à Nick lui-même.

— Bonne idée, approuva Mia. Quand dois-tu récupérer l'appareil ?

— Brandon doit passer le déposer chez moi d'ici une heure en rentrant du travail. Cela devrait te laisser le temps de me rejoindre d'ici là.

— Tu peux compter sur moi.

Un silence un peu gêné s'ensuivit.

— Est-ce que ça va ? demanda alors Billy. Tu paraissais un peu secouée, tout à l'heure. Je suis désolé de ne pas avoir été d'un plus grand soutien. J'aurais dû…

— Tu n'aurais rien dû du tout, lui assura Mia. Je vais bien, ne t'en fais pas pour moi. Ce ne sont pas des souvenirs très agréables mais j'ai eu le temps de les digérer. Je suis rentrée à l'hôtel, j'ai dormi et puis je suis allée faire un peu de musculation avant de m'offrir un bon massage.

Visiblement, Mia n'avait pas besoin de lui. Billy n'aurait su dire s'il se sentait soulagé ou un peu déçu à cette idée.

— On se voit d'ici trois quarts d'heure, conclut-elle.

Fidèle à sa parole, elle sonna en bas de chez lui quarante-cinq minutes plus tard. Il lui ouvrit et, quelques instants après, la vit sortir de l'ascenseur. Elle portait à présent un jean noir et un T-shirt qui mettaient parfaitement en valeur sa silhouette élancée. À la main, elle tenait un sweat-shirt à capuche de couleur sombre.

— Tu as meilleure mine, remarqua Billy en s'effaçant pour la laisser entrer.

— Merci, répondit-elle. Ces quelques heures de sommeil m'ont vraiment fait un bien fou. Le massage aussi, d'ailleurs. Et toi ? Comment te sens-tu ? Est-ce que tu me crois toujours capable de sacrifier ta sœur juste pour mettre la main sur les Carlucci ? ajouta-t-elle avec un sourire doux-amer.

— Non, soupira Billy. Et je suis désolé si c'est l'impression que je t'ai donnée. D'ailleurs, pour être tout à fait honnête, je ne nie pas que cette stratégie soit pertinente. S'il ne s'agissait pas de Sabrina, je serais probablement de l'avis de Tucker.

Mia haussa les épaules.

— Je comprends, lui assura-t-elle. Il n'est pas facile de se montrer complètement objectif lorsqu'il s'agit de membres de notre propre famille. Je suis bien placée pour le savoir, ajouta-t-elle tristement. Mais nous n'aurons peut-être pas besoin de demander l'aide de Sabrina dans cette affaire. Avec un peu de chance, le téléphone de Bri nous permettra de remonter directement jusqu'à Nick Carlucci.

— Je l'espère, acquiesça Billy.

— Au sujet de Sabrina, je me posais une question, lui dit alors Mia. Se pourrait-il qu'au lieu de venir te trouver, elle soit allée voir ta mère ?

— J'en doute, répondit Billy avec assurance. Elle doit comprendre qu'elle mettra en danger ceux qu'elle contactera. Et elle n'exposerait jamais notre mère.

— Peut-être ne veut-elle pas t'exposer non plus, remarqua Mia.

— Je suis de la police. Et elle sait que je ne me laisse pas facilement intimider.

— Alors, elle est probablement à Los Angeles. Toute la question est de savoir pourquoi elle ne s'est toujours pas manifestée...

Le téléphone de Billy se mit alors à sonner.

— C'est Brandon, indiqua-t-il à Mia avant de décrocher. Salut, Brandon, tu es dans les parages ?

— Je viens tout juste d'arriver en bas de chez toi.

— Parfait ! Je descends tout de suite.

— Je t'accompagne, déclara Mia.

Tous deux quittèrent l'appartement et empruntèrent l'ascenseur pour gagner le rez-de-chaussée. Brandon stationnait en effet juste devant la porte d'entrée au volant d'une Tesla flambant neuve.

— Belle voiture, commenta Billy.

— De l'avantage de vivre chez ses parents, rétorqua Brandon malicieusement. Pas de loyer à payer, c'est plus d'argent à investir dans sa voiture.

— Mia, je te présente Brandon. Brandon, voici Mia. Elle m'aide à retrouver Sabrina.

— Enchanté, fit Brandon en la considérant avec une évidente curiosité.

Il ramassa une épaisse enveloppe en papier kraft qui se trouvait sur le siège passager et la tendit à Billy.

— Tout est là : le téléphone, les listings et je t'ai aussi mis un chargeur.

— Merci encore, Brandon. Tu es le meilleur.

— Je sais, répondit Brandon en souriant.

Ils échangèrent encore quelques mots avant de se séparer. De retour à son appartement, Billy vida le contenu de l'enveloppe sur la table de sa cuisine.

Mia s'empara de la liste des appels et y jeta un coup d'œil.

— Il y a peu de numéros mais ils reviennent souvent, déclara-t-elle. Les appels sont généralement très courts. En revanche, il y a pas mal de SMS adressés à un certain Beckett.

— Que disent-ils ?

— Voyons ça, murmura Mia en s'emparant du relevé. Chez Benny, lut-elle. 19 h 00. Non. N'appelle pas. Rien. Hôtel à 16 h 00. JSP. Pas encore. Des émojis en forme de pouce.

— Brandon m'avait prévenu qu'il n'y avait pas grand-chose à en tirer.

— Une chose est sûre, en tout cas : Bri était très précautionneuse.

— Malheureusement, cela ne l'a pas empêchée de se faire tuer. Regarde s'il y a un échange avec ce Beckett, le soir où tu as suivi Bri jusqu'au bar.

Mia s'exécuta.

— Bingo, répondit-elle. Beckett doit donc être l'homme au crâne rasé.

— Très bien. Si nous décidons de lui écrire, nous allons devoir faire court et efficace.

— En espérant qu'il n'a pas appris sa mort d'une façon ou d'une autre. Il l'a appelée, ce matin, peu de temps après qu'elle s'est fait tuer. Le fait qu'elle n'ait pas répondu pourrait l'inquiéter.

— Même s'il se renseigne, il apprendra juste qu'une touriste a été victime d'une fusillade et que son état est encore incertain.

— Oui mais la fusillade en question a eu lieu à proximité de l'hôtel de Bri et ça pourrait suffire à lui mettre la puce à l'oreille. Il existe d'ailleurs une autre éventualité, peut-être plus inquiétante encore.

— Laquelle ?

— Ce Beckett pourrait jouer un double jeu et être à la solde des Carlucci. Si cela se trouve, c'est lui qui a fourni au tueur l'adresse de son hôtel.

— Je trouve quand même que ça vaut le coup de tenter

notre chance. À ce stade, c'est la seule piste sérieuse dont nous disposons.

— Exact. Tant que ta sœur ne se décide pas à te contacter, c'est probablement la meilleure opportunité qui s'offre à nous.

— Vu ce qui est arrivé à Coleman et à Bri, Sabrina risque de redoubler de prudence.

— Je suis d'accord. D'autant qu'elle n'est plus la jeune étudiante inexpérimentée et sans défense que tu te rappelles. Sabrina était quelqu'un d'assez naïf qui croyait que l'amour triomphe toujours et que les intentions les plus pures sont toujours récompensées. Mais les Carlucci et les fédéraux lui ont ôté ses illusions. Elle a appris à ses dépens que la vie n'était pas toujours aussi clémente...

Billy observa attentivement Mia, se demandant si elle était en train de parler de Sabrina ou d'elle-même. Sa relation avec Michael Guardino l'avait-elle à jamais vaccinée contre l'amour ?

— Je pense que nous n'avons pas grand-chose à perdre, déclara-t-il. Organisons un rendez-vous ce soir, Chez Benny, puisque c'est là qu'ils semblaient se retrouver le plus souvent.

— Chez Benny à 9 heures ? suggéra-t-elle.

Billy approuva d'un hochement de tête et Mia prit le téléphone de Brianna. Elle rédigea un message sur le modèle de ceux qu'elle avait lus et le montra à Billy.

— Ça te va ? lui demanda-t-elle.

— C'est parfait, approuva-t-il.

Elle envoya le SMS et tous deux échangèrent un regard qui trahissait un mélange d'excitation et d'impatience.

— J'espère que Beckett va tomber dans le panneau, déclara Mia.

— Moi aussi. Mais tu ferais peut-être mieux de demeurer en retrait, ce soir. Ce type t'a déjà vue. Il est même plus que probable que c'est lui qui t'a agressée dans cette ruelle. S'il te reconnaît, il risque de se méfier.

— Je pourrais altérer mon apparence, proposa Mia. Avec une

perruque blonde et un peu de maquillage, je devrais pouvoir passer inaperçue.

À cet instant, le téléphone de Bri fit entendre un tintement, leur indiquant qu'il venait de recevoir un SMS. Billy et Mia échangèrent un regard plein d'espoir avant de rallumer l'écran pour jeter un coup d'œil à la réponse : un simple émoji en forme de pouce.

13

Assise sur le siège passager de la voiture de Billy, Mia jouait nerveusement avec une mèche de sa perruque blonde.

— Tu es sûr que tu veux que nous nous asseyions séparément ? lui demanda-t-elle. Je doute qu'il me reconnaisse.

— Probablement pas, concéda Billy. En revanche, moi, il me reconnaîtra peut-être, même avec cette casquette vissée sur la tête. Et s'il nous voit ensemble, il aura vite fait de deviner qui tu es vraiment. S'il ne reconnaît que l'un d'entre nous, l'autre pourra se placer de façon à l'intercepter s'il essaie de s'enfuir. Nous ne pouvons nous permettre de le perdre. À ce stade, c'est notre unique témoin.

— D'accord, concéda-t-elle. Je m'installerai au bar de façon à pouvoir surveiller l'entrée et je te ferai signe dès que je le verrai arriver.

— Parfait. Je suis vraiment heureux de faire équipe avec toi, Mia, déclara gravement Billy.

À ces mots, elle sentit son cœur se serrer dans sa poitrine. Elle savait combien il était proche de son partenaire et se sentait flattée qu'il l'ait acceptée comme telle, fût-ce de façon temporaire.

— Moi aussi, répondit-elle. Et j'espère vraiment que ça va marcher.

Ils ne tardèrent pas à atteindre le parking qui se trouvait tout près du bar et se garèrent. Après avoir vérifié que sa perruque était bien ajustée et ne laissait échapper aucune mèche brune, Mia descendit de voiture la première et se dirigea à grands pas vers Chez Benny.

Il n'y a pas si longtemps, le bar avait dû n'être qu'un rade mal fréquenté comme il en existait des dizaines dans ce quartier de Los Angeles. Mais il avait dû être découvert par quelques hipsters désireux de s'encanailler et la clientèle était désormais assez bigarrée, offrant un contraste saisissant entre les vieux habitués qui continuaient à fréquenter l'endroit et les nouveaux venus qui l'avaient récemment adopté.

À l'intérieur de l'établissement, Mia fut accueillie par un classique du rock des années 1970 auquel se mêlaient les bruits de conversation et les éclats de rire. Il y avait un peu moins de monde que lors de sa visite précédente et elle n'eut aucun mal à trouver un tabouret libre auprès du comptoir.

Cette fois-ci, le barman de service vint rapidement prendre sa commande et la servit aussitôt. Sirotant la bière qu'elle avait demandée, elle se tourna légèrement de façon à pouvoir surveiller la porte d'entrée.

Quelques minutes plus tard, Billy fit son entrée. Il alla s'installer à une petite table située tout près du jukebox. Il s'assit dos à la porte mais face au bar pour avoir une vue directe sur Mia.

Une serveuse en mini-short portant un T-shirt à l'effigie d'un groupe de metal vint prendre sa commande et échangea quelques mots avec lui. Lorsqu'elle se fut éloignée, il sortit son téléphone et feignit de se plonger dans la lecture d'un article.

Mia songea qu'elle ferait probablement bien de l'imiter. Le fait qu'elle se trouve seule au bar avait déjà attiré l'attention de plusieurs hommes qui lui jetaient des regards à la dérobée, hésitant visiblement à venir l'aborder.

Finalement, l'un d'eux parut se décider et vint prendre place sur le tabouret voisin du sien. C'était un motard qui arborait sur le cou un tatouage en forme de soleil.

— Bonsoir, lui dit-il. Je n'ai pas pu m'empêcher de remarquer que vous étiez toute seule...

Mia savait que, si elle engageait la conversation, elle courrait nettement moins de chance de se faire repérer par le complice de Bri, le moment venu. D'un autre côté, elle aurait peut-être du mal à se dépêtrer de son admirateur par la suite. Elle décida d'opter pour un entre-deux.

— Comment est-ce que vous vous appelez ? lui demanda le motard.

— Molly. Mais je préfère vous prévenir : j'attends quelqu'un.

— Votre petit ami ? demanda-t-il en jetant un coup d'œil à sa main gauche pour vérifier si elle avait une alliance. Il ne devrait pas vous faire attendre de cette façon. Je suis Doug.

— Enchantée, Doug. Non, ce n'est pas mon petit ami. Pas encore, en tout cas. C'est quelqu'un dont j'ai fait la connaissance sur un site de rencontres. Est-ce que vous avez déjà essayé ?

— Oui, répondit-il. Mais les femmes que j'ai rencontrées ne vous ressemblaient pas, malheureusement. La plupart ne ressemblaient même pas à leurs photos de profil.

— Oui, ça m'est arrivé quelquefois, à moi aussi, acquiesça Mia en jetant un coup d'œil au téléphone de Bri.

Le contact de celle-ci avait à présent quelques minutes de retard.

— Mais je me dis qu'on n'a pas grand-chose à perdre en essayant, ajouta-t-elle à l'intention de Doug.

— Vous voulez que je vous raconte l'histoire la plus drôle qui m'est arrivée lors de l'un de ces rancarts ? lui demanda ce dernier.

— Je vous écoute, l'encouragea-t-elle.

Doug se lança dans la description d'un rendez-vous qui avait viré à la catastrophe lorsqu'il avait découvert que la fille avec laquelle il avait rendez-vous n'en était pas une. Mia feignit de l'écouter avec attention, riant lorsqu'elle était censée le faire et relançant régulièrement son interlocuteur.

Durant tout ce temps, elle continuait à surveiller la porte

d'entrée, guettant l'arrivée de l'homme au crâne rasé. Mais ce dernier ne faisait toujours pas mine de se montrer. Au bout d'un moment, le téléphone de Bri vibra, lui indiquant qu'elle venait de recevoir un SMS. Elle le consulta discrètement et avisa un message émanant de Beckett.

Rejoins-moi à l'arrière du bar.

Mia jura intérieurement. Soit Beckett se doutait de quelque chose, soit il voulait juste se montrer prudent, peut-être à cause de ce qui était arrivé à Coleman. Dans un cas comme dans l'autre, ils allaient devoir jouer très finement s'ils voulaient éviter qu'il ne leur file entre les doigts. D'autant que, contrairement à eux, Beckett devait parfaitement connaître les lieux.

— C'est le type de mon rendez-vous, dit-elle à Doug. Il vaut mieux qu'il ne nous voie pas ensemble. Vous n'avez qu'à me donner votre numéro, Doug. Comme ça, si ça ne colle pas avec lui, je pourrai vous appeler...

Doug lui dicta son numéro qu'elle mémorisa sur le téléphone de Bri. Tandis qu'il s'éloignait en direction de la sortie après avoir vidé sa bière, Mia se tourna vers le barman.

— Est-ce qu'il y a une rue, derrière le bar ?

Il la considéra avec étonnement.

— Juste un petit parking pour les employés, répondit-il.

— Combien de rues y conduisent-elles ?

— Eh bien, il donne sur le boulevard Washington d'un côté et sur une petite ruelle de l'autre. Pourquoi ?

— Une amie doit passer me chercher et elle veut savoir si elle peut stationner quelque part.

— Elle ne pourra probablement pas se garer mais elle devrait pouvoir stationner quelques minutes, le temps que vous la rejoigniez, lui assura le barman.

Sur ce, il se détourna. Mia envoya aussitôt un SMS à Billy pour l'informer de la situation et de la configuration des lieux. Ils décidèrent de se poster chacun à une extrémité du parking de façon à pouvoir intercepter Beckett lorsqu'il constaterait que Bri ne venait pas à son rendez-vous. Billy choisit la ruelle, convaincu que c'était par-là que l'homme avait le plus de chance de passer.

Mia envoya alors un message à Beckett pour lui confirmer qu'elle serait là d'ici cinq minutes. Du coin de l'œil, elle vit Billy se lever et se diriger vers la porte d'entrée. Un nouveau SMS de Beckett lui indiqua qu'il l'attendait. Mia régla sa consommation et sauta au bas de son tabouret.

En sortant du bar, elle constata que Billy avait déjà disparu. Sans attendre, elle se dirigea vers le boulevard Washington qu'elle remonta jusqu'à l'entrée de la petite allée qui permettait d'accéder au parking dont le barman lui avait parlé. Rasant le mur du bar, elle s'avança jusqu'à une grosse poubelle métallique derrière laquelle elle pourrait se cacher.

Lorsqu'elle l'atteignit, elle alla jeter un coup d'œil en direction du parking et se retrouva nez à nez avec l'homme au crâne rasé qui venait en sens inverse. Avant qu'elle n'ait eu le temps de réagir, il pointa sur elle le pistolet automatique qu'il tenait à la main.

— Qui êtes-vous ? s'exclama-t-il. Et où est Bri ?

La ruelle conduisant au parking était déserte et plongée dans l'obscurité. Billy s'y engagea et en gagna l'extrémité en prenant soin de rester dans l'ombre. De là où il se trouvait, il pouvait apercevoir la quasi-totalité du petit parking sur lequel étaient garées les voitures des membres du personnel de Chez Benny.

Personne ne se trouvait là mais il remarqua le gros container à ordures métalliques qui se dressait à l'autre extrémité, du côté du boulevard Washington. S'il avait dû se cacher pour attendre quelqu'un, c'est sans doute l'endroit qu'il aurait choisi.

Il était en train d'hésiter sur la conduite à adopter lorsqu'il crut entendre une voix étouffée provenant de cette direction. Alors qu'il était sur le point de sortir de sa cachette, il vit deux silhouettes se détacher du container et s'avancer sur le parking.

Billy sentit un frisson glacé couler le long de son échine tandis que son cœur se mettait à battre la chamade. L'une des silhouettes n'était autre que Mia qui avançait, les bras levés. Derrière elle venait un homme vêtu de noir au crâne entièrement rasé et qui tenait à la main un pistolet qu'il braquait sur elle

N'obéissant qu'à son instinct, Billy se précipita en direction de la voiture la plus proche derrière laquelle il trouva refuge. Le cœur battant de plus belle, il demeura immobile, s'attendant à tout instant à être interpellé ou à se faire tirer dessus.

Mais il avait dû se déplacer suffisamment vite pour ne pas se faire repérer. S'efforçant de ne faire aucun bruit et de demeurer dans l'ombre, il commença alors à se déplacer d'une voiture à l'autre de façon à se rapprocher de Mia et Beckett qui étaient en train de discuter. Lorsqu'il estima être suffisamment proche d'eux, il se redressa brusquement, l'arme au poing.

— Lâchez votre arme ! cria-t-il.

Beckett sursauta et se tourna vers lui. Profitant de ce moment d'inattention, Mia passa aussitôt à l'action et se jeta sur Beckett qu'elle percuta de plein fouet, lui faisant perdre l'équilibre. Il ne lâcha cependant pas son arme et Billy se rapprocha encore, braquant la sienne droit sur sa tête. Si l'homme s'avisait de tourner son pistolet en direction de Mia, il n'hésiterait pas à faire feu.

— Lâchez votre arme et il ne vous sera fait aucun mal, lui dit-il. Tirer sur un policier de Los Angeles ou sur une marshal fédérale serait vraiment une très mauvaise idée.

— Il a pris mon arme, lui signala Mia.

— Posez votre pistolet sur le sol et faites-le glisser dans ma direction, ordonna Billy. Nous voulons juste vous parler.

Il percevait distinctement l'angoisse qui se lisait dans les yeux de Beckett. Il n'avait aucun moyen de connaître leur véritable identité. Billy sortit son badge qu'il lui tendit.

— Je ne vous mens pas, lui dit-il. Nous sommes vraiment de la police. Comment vous appelez-vous ?

— Beckett, répondit l'homme en abaissant son arme. Où

est Bri ? Est-ce que c'est elle qui s'est fait tirer dessus près de l'hôtel, ce matin ?

— J'en ai bien peur, répondit Billy. Elle est morte et je pense que vous savez qui l'a abattue.

Beckett laissa échapper un juron et posa son arme sur le sol avant de la lancer en direction de Billy.

— Où est l'arme de ma partenaire ?

— Dans sa poche, répondit Mia. Je vais la récupérer.

Beckett écarta les bras pour indiquer qu'il ne comptait lui opposer aucune résistance et Mia s'approcha, le temps de reprendre son arme. Lorsque ce fut fait, elle se rapprocha de Billy et ramassa celle de Beckett au passage. En dépit de l'expression décidée qui se lisait sur son visage, elle paraissait étrangement pâle.

— Retournons au bar, suggéra Billy en rengainant son arme. Je crois que nous avons tous bien besoin de boire un coup. Et n'essayez pas de fuir. Quitte à devoir choisir entre les tueurs des Carlucci et nous, autant opter pour ceux qui ne chercheront pas à vous abattre à vue.

— Je vous suis, répondit Beckett d'une voix résignée.

Ils regagnèrent donc le bar qui s'était encore rempli durant leur brève absence. Fort heureusement, la petite table à laquelle Billy s'était assis auparavant était toujours disponible et tous trois s'y installèrent. La musique diffusée dans le bar couvrirait leur conversation.

— Racontez-nous ce que mijote Nick Carlucci, demanda Billy sans plus de formalité.

— Comment puis-je être sûr que vous êtes bien qui vous dites ? répondit Beckett. Vous pourriez très bien travailler pour la famille Carlucci.

— Si tel était le cas, nous vous aurions interrogé sur le parking, sans témoin, et vous seriez probablement mort à l'heure qu'il est.

Mia tira à son tour son badge de son sac à main et le montra à Beckett.

— Mia Romano, marshal fédérale.

— Et vous avez vu ma plaque. Je suis Billy Crouch, le la police de Los Angeles.

— Vous êtes le frère de Sabrina ?

— Exact. Vous comprenez donc que je suis très intéressé par ce que vous avez à me dire.

La jeune femme au T-shirt noir qui avait déjà servi Billy s'approcha alors de leur table pour prendre leur commande. Tous trois lui demandèrent une bière.

— Nous vous écoutons, dit Billy à Beckett lorsqu'elle se fut éloignée.

— Je travaille pour Nick, pas pour sa famille, commença-t-il. Je vous jure qu'il ne veut aucun mal à votre sœur. Il est complètement fou d'elle.

Ce témoignage avait au moins le mérite de confirmer les hypothèses que Mia et Billy avaient formulées.

— Savez-vous où se trouve Nick, en ce moment ?

— Pas pour le moment, non. Nous étions censés localiser Sabrina et lui indiquer où elle se trouvait. Enfin, pour être plus précis, c'était Bri qui était supposée le faire.

— Je vois, acquiesça Billy. Est-ce que la famille de Nick l'a caché, après l'assassinat de Ray-May ?

— Pendant quelque temps, acquiesça Beckett. Mais ensuite, il en a eu assez et il s'est enfui.

— Et sa famille le recherche, à présent ?

— Oui. Et Dieu sait jusqu'où ils sont prêts à aller pour le retrouver. Jamais je n'aurais imaginé qu'ils puissent tuer Coleman. Ou Bri...

Il se tut en avisant la serveuse qui revenait avec leurs boissons. Billy sortit de son portefeuille quelques billets qu'il lui tendit.

— Gardez la monnaie, lui dit-il.

— Merci, répondit-elle avant de s'éloigner de nouveau.

— Si les fédéraux parviennent à mettre la main sur Nick, ils ne se contenteront probablement pas de l'interroger sur le meurtre de Ray Mayberry, remarqua Mia lorsque la serveuse fut hors de portée de voix. Vince Carlucci craint peut-être que son frère ne passe à table et ne révèle leurs petits secrets de famille. Qui sait ? À ce stade, il pourrait carrément ordonner son exécution.

— Je ne crois pas, objecta Beckett en fronçant les sourcils. Vince et Nick sont du même sang et pour eux, c'est sacré. Nick ne trahirait jamais sa famille. Et Vince ne tuerait jamais son propre frère.

— Ça ne serait pas la première fois qu'une telle chose se produirait au sein de la mafia, objecta Mia. Vince sait parfaitement que si son frère parle, c'est toute l'organisation qui risque de s'écrouler.

— Justement. Nick ne parlera jamais et Vince le sait. S'il cherche son frère, c'est pour le protéger – y compris de lui-même.

— Vous voulez dire, des sentiments qu'il éprouve pour ma sœur ? s'enquit Billy.

Beckett hocha la tête.

— Est-ce que Nick se rend compte que les Carlucci n'hésiteront pas à abattre Sabrina s'ils pensent que c'est à cause d'elle que Nick les met en danger ?

— Bien sûr ! s'exclama Beckett. C'est bien pour cela qu'il tient absolument à la retrouver avant eux. Il veut la protéger et, pour cela, il est prêt à partir vivre avec elle en Amérique du Sud. Il espère qu'une fois là-bas, ni les fédéraux ni sa famille n'auraient plus de raison de les poursuivre.

— Comment Nick peut-il être sûr que Sabrina acceptera de partir avec lui ? s'enquit Mia.

Beckett les considéra tous deux avec étonnement.

— Vous n'êtes pas au courant ?

— Au courant de quoi ? demanda Billy, craignant déjà de deviner la réponse.

— C'est Sabrina qui le lui a suggéré, répondit Beckett. C'est pour aller le rejoindre qu'elle a faussé compagnie aux fédéraux qui veillaient sur elle.

14

— Vous mentez ! s'exclama Billy d'une voix vibrante de colère.

Pourtant, alors même qu'il prononçait ces mots, il se demanda si ce n'était pas surtout lui-même qu'il cherchait à convaincre.

— Billy, intervint Mia en posant doucement la main sur son avant-bras.

— Il ment, c'est évident, insista-t-il en la prenant à témoin. Sabrina n'aurait jamais accepté de s'enfuir en compagnie d'un homme dont elle sait désormais que c'est un assassin.

— Il arrive que l'amour fasse commettre des folies aux êtres les plus raisonnables, objecta Mia en lui décochant un coup de pied sous la table.

Billy se figea, sentant sa colère céder place au doute. Mia lui avait répété à plusieurs reprises que l'amour de Sabrina envers Nick avait été balayé par la découverte du crime de ce dernier. Avait-elle changé d'avis ? Ou bien prêchait-elle le faux dans l'espoir de découvrir la vérité ?

Incertain, il préféra lui laisser l'initiative et se força à garder le silence.

— Votre partenaire a raison, déclara Beckett. Nick et Sabrina sont amoureux l'un de l'autre. Figurez-vous que, pendant toutes ces années passées en exil, Nick n'est sorti avec personne d'autre.

— Vous voulez dire que Sabrina et lui sont restés en contact durant toute cette période ? s'enquit Mia en fronçant les sourcils.

— Non. Cela ne fait qu'un an qu'elle a repris contact avec lui par le biais d'un forum de jeu vidéo.

— Vous êtes sûr que c'est elle qui a repris contact avec lui et non l'inverse ? demanda Mia.

— Je n'ai aucun doute là-dessus. Cela faisait des années que Nick espérait qu'elle le ferait. Avant même de sortir ensemble, Sabrina et lui jouaient tous les deux à ce jeu de rôle multijoueur en ligne. Ce sont des inconditionnels. Lorsqu'ils se sont rencontrés en ligne, ils ont commencé à jouer ensemble. Et lorsque Sabrina est venue retrouver Nick à Las Vegas, ils ont continué... jusqu'à ce qu'il tue Ray Mayberry.

— Est-ce que vous savez de quel jeu il s'agit ? demanda Mia.

— Je ne peux pas vous le dire, répondit-il. C'est par ce biais que Sabrina a repris contact avec Nick et qu'ils communiquent encore aujourd'hui.

— Je ne comprends pas, objecta Billy en se forçant à dominer la colère qui bouillonnait toujours en lui. S'ils se parlent par l'entremise de ce jeu, pourquoi ne se sont-ils pas déjà rejoints ? Pourquoi Nick a-t-il jugé bon de vous envoyer à Los Angeles, Bri et vous ?

— Je ne sais pas exactement, reconnut Beckett. Au départ, je crois qu'il craignait que sa famille n'ait mis la main sur Sabrina et ne se serve d'elle pour le faire sortir de l'ombre. Mais nous savons maintenant que les Carlucci la cherchent toujours.

— Peut-être a-t-elle changé d'avis, remarqua Billy. Après avoir échappé à la surveillance des fédéraux, elle a peut-être décidé de ne plus reprendre contact avec Nick...

— Que ferait Nick, en un tel cas de figure ? demanda Mia. Est-ce qu'il renoncerait à ses projets ? Ou bien est-ce qu'il irait jusqu'à l'enlever ?

— Nick est convaincu qu'elle l'aime toujours, répondit Beckett avant d'avaler une gorgée de bière. Mais même si tel n'était pas le cas, il ne lui ferait jamais de mal. Et il ne laisserait pas sa famille lui en faire.

Billy se demanda jusqu'où Nick serait prêt à aller s'il devait réellement choisir entre Sabrina et sa famille.

— Qu'est-ce que vous comptez faire de moi ? leur demanda alors Beckett. Je n'ai commis aucun crime.

— Vous avez menacé à l'aide d'une arme deux membres des forces de l'ordre, lui rappela Mia.

— Je pensais que vous aviez été envoyés par les Carlucci pour me tuer, objecta-t-il. C'était de la légitime défense.

S'il n'avait tenu qu'à Billy, il aurait arrêté Beckett, ne serait-ce que pour s'assurer que ce dernier n'irait pas rapporter leur discussion à Nick ou aux Carlucci. Mais il était évident que Mia avait d'autres projets.

— Je sais, répondit-elle. Et je sais aussi que vous êtes chargé de protéger Sabrina des Carlucci, vous aussi. C'est ce que nous voulons tous.

Billy avala à son tour une gorgée de bière pour se donner une contenance. Collaborer avec Nick et ses sbires ne lui disait rien de bon. Mais il ne pouvait nier le fait qu'en de telles circonstances, ils constituaient probablement leurs seuls alliés objectifs.

— Que les choses soient claires, poursuivit Mia. Si je parviens à localiser Sabrina en premier, je ferai tout mon possible pour la convaincre de réintégrer le programme de protection des témoins. Quant aux fédéraux, ils continuent à rechercher Nick.

— Je comprends, acquiesça Beckett. Peut-être vaudrait-il mieux que je ne parle pas à Nick de notre rencontre. Je ne veux pas qu'il doute de ma loyauté à son égard.

— Cela vaut peut-être mieux, en effet, approuva Mia. Maintenant, filez avant que je ne change d'avis et que je ne décide de vous arrêter pour entrave à la justice ou association de malfaiteurs.

— Et mon arme ? demanda Beckett.

— J'espère que vous plaisantez, rétorqua Mia d'une voix glaciale.

— Oubliez ce que j'ai dit, répondit-il précipitamment.

Sans attendre, il tourna les talons et se dirigea à grands pas vers la sortie du bar. Billy le suivit des yeux avant de se tourner vers Mia qu'il considéra d'un air interrogateur.

— Je ne suis pas sûr de comprendre pourquoi tu le laisses filer, remarqua-t-il. Il est sans doute le mieux placé pour nous permettre de retrouver Nick.

— Non. Il y a quelqu'un qui est beaucoup mieux placé que lui pour ce faire.

— Qui donc ? s'enquit Billy, surpris.

— Sabrina.

Mia s'était préparée à se voir opposer une fin de non-recevoir de la part de Billy et elle ne fut pas déçue.

— Il n'est pas question de laisser carte blanche à Tucker ! protesta-t-il vivement.

— Oh ! mais je ne parle pas du plan de mon supérieur, si tant est qu'il en ait réellement un, à ce stade. En fait, je voulais parler du plan de ta sœur elle-même.

Billy la considéra avec stupeur.

— Je suis convaincue qu'elle essaie de piéger Nick, ajouta Mia.

— Qu'est-ce qui te fait dire ça ? lui demanda Billy, passablement interdit.

— C'est très simple. Je ne peux pas croire un seul instant que Sabrina ait recontacté Nick dans le but de s'enfuir avec lui en Amérique du Sud ou ailleurs. C'est tout bonnement impossible. Je te l'ai déjà dit : les sentiments qu'elle éprouvait pour lui ont été anéantis le jour où elle l'a vu commettre ce meurtre.

— Comment peux-tu en être aussi sûre ?

— Réfléchis. Si elle avait toujours été amoureuse de lui, pourquoi aurait-elle attendu tout ce temps avant de reprendre contact ?

— Je ne sais pas. Elle s'est peut-être sentie seule au bout d'un moment...

— Je crois que tu te fais une idée fausse de ce qu'a été sa vie au cours des cinq dernières années. Nous ne l'avons pas gardée enfermée au fond d'une grotte, tu sais. Elle a terminé ses études et a passé le diplôme d'expert-comptable. Elle s'est fait de nombreux amis et est sortie avec plusieurs personnes. Elle n'est pas restée à se morfondre en pensant à Nick. À ses yeux, c'est avant tout un assassin. Et c'est aussi lui qu'elle tient pour responsable de sa séparation forcée avec sa famille.

— Mais alors pourquoi a-t-elle repris contact avec lui ? Et pourquoi a-t-elle disparu ?

— Parce que sa famille lui manque, justement. Elle était anéantie lorsque votre père est mort et elle ne veut pas perdre votre mère avant de l'avoir revue. Elle veut aussi te revoir, toi. Elle me l'a souvent dit.

— Cela explique qu'elle se soit enfuie, pas qu'elle ait appelé Nick.

— Au contraire. Elle sait que tant qu'il n'aura pas été arrêté et qu'elle n'aura pas témoigné contre lui, elle ne pourra se permettre de recouvrer sa véritable identité. Elle se ferait immédiatement assassiner par les Carlucci. Alors je crois qu'elle a décidé de faire sortir Nick de sa cachette pour le faire arrêter. Si elle y parvient, je pense qu'elle n'aura plus rien à craindre des Carlucci. En cela, je suis d'accord avec Beckett.

— Que veux-tu dire ?

— Que je ne pense pas une minute que Nick trahirait sa famille. Je ne sais pas s'il avouera le crime qu'il a commis ou s'il tentera de nier mais une chose est sûre : il ne cherchera pas à impliquer son frère. Et quoi qu'il advienne de lui ensuite, Sabrina aura perdu tout intérêt aux yeux des Carlucci. Je pense qu'elle le sait et que c'est pour cela qu'elle a tout orchestré. Comme je te l'ai dit tout à l'heure, Sabrina n'a plus rien d'une innocente au grand cœur. Elle sait ce qu'elle veut et ce qu'elle veut par-dessus tout, c'est être enfin libre.

Billy avala une longue gorgée de bière, réfléchissant à tout ce que Mia venait de lui dire.

— Admettons, déclara-t-il enfin. Mais ce n'est pas parce qu'elle a décidé de jouer les appâts que nous sommes obligés de la laisser se mettre en danger de cette façon.

— Je ne crois pas que nous ayons réellement le choix, en l'occurrence. Et c'est probablement pour cela qu'elle ne s'est pas manifestée : elle doit savoir que tu chercherais à la dissuader. Sabrina a fait son choix et nous n'avons que deux possibilités : la laisser faire en nous tenant à l'écart ou l'aider dans la mesure de nos moyens pour tenter de minimiser les risques qu'elle s'apprête à courir.

— Et comment comptes-tu le lui proposer si elle refuse de prendre contact avec nous ?

— Beckett nous a donné la solution, déclara Mia avec un large sourire. Que dirais-tu d'une petite partie de jeu de rôle en ligne, Billy ?

Sur le trajet du retour jusque chez Billy, Mia entreprit de dévoiler à ce dernier les arcanes des jeux en ligne.

— Mais comment est-ce que tu sais tout ça ? s'exclama-t-il au bout d'un moment. Je n'aurais jamais imaginé que tu puisses être une gameuse !

— Figure-toi que c'est ta sœur qui m'a convertie. C'est pour cela que je n'ai pas eu besoin de forcer Beckett à nous dire quel était le jeu préféré de Sabrina. C'est elle-même qui m'a convaincue de l'essayer.

— Tu ne cesses de m'étonner, déclara Billy en secouant doucement la tête.

— J'espère que c'est une bonne chose, rétorqua-t-elle.

— Une excellente chose, lui assura-t-il.

Le sourire charmeur qu'il lui décocha la fit fondre intérieurement. Pourquoi ne leur était-il jamais donné de pouvoir passer une soirée tranquillement en tête à tête ? se demanda-t-elle avec une pointe de frustration. Et le plus désolant, dans cette histoire, c'était que lorsque cette enquête toucherait enfin à son terme, elle serait forcée de rentrer chez elle, à l'autre bout du pays.

Lorsqu'ils arrivèrent enfin chez Billy, il commanda à manger pendant qu'elle se connectait au site de Trolls & Catacombes pour télécharger le logiciel.

— Tu es vraiment sûre que Sabrina ne cherche pas vraiment à retrouver Nick ? lui demanda-t-il en venant prendre place à côté d'elle sur le canapé du salon.

— Certaine, lui dit-elle. Et tu devrais l'être aussi.

Il haussa les épaules.

— Je croyais connaître ma sœur, mais jamais je n'aurais imaginé qu'elle puisse envisager de se faire entretenir puis partir pour Las Vegas sans prévenir personne...

— C'est parce que tu es son frère. Elle n'a parlé à personne de Nick – pas même à Rissa par l'intermédiaire de qui elle avait pourtant découvert le site. Il n'y avait vraiment aucune raison pour qu'elle t'en parle.

— Quel genre de personnages est-ce que tu joues ? l'interrogea Billy en désignant l'écran de l'ordinateur.

— Reyleen, une druidesse protectrice de niveau 24. Mais nous allons te créer un profil dont nous nous servirons juste pour nous connecter aux forums de discussion. Cela te permettra aussi d'accéder aux profils des autres joueurs.

— Est-ce que tu veux boire quelque chose, en attendant le dîner ?

— S'il te reste un peu du vin blanc de la dernière fois, je suis partante, répondit-elle.

Billy alla chercher deux verres qu'il remplit avant de revenir prendre place à ses côtés. Pendant ce temps, Mia avait créé son personnage virtuel.

— Tu es un paladin affilié à la garde de la ville que l'on appelle Le Dandy. J'imagine que Sabrina connaît ton surnom ?

— Oui. Et maintenant, que comptes-tu faire ?

— Te faire connaître. Le problème, c'est que tu es un nouveau joueur donc tu n'es pas encore très visible sur le forum. Mais nous allons faire en sorte que tu le sois un peu plus.

— Et comment comptes-tu t'y prendre ?

— En trollant quelques sujets de discussion bien choisis, répondit-elle. Ta réputation ne va pas s'en trouver améliorée mais, au moins, on parlera de toi.

Elle commença à taper des messages dans différents sous-forums, prenant soin d'aborder uniquement des sujets de discussion particulièrement polémiques et disruptifs mais sans jamais enfreindre les règles de bonne conduite imposées par les modérateurs. Pendant qu'elle s'en donnait ainsi à cœur joie, les pizzas que Billy avait commandées leur furent livrées et ils commencèrent à manger.

— Bien, voilà qui devrait faire l'affaire, déclara-t-elle au bout d'un moment. Il y a de fortes chances pour que Sabrina entende parler de toi ou lise l'un de tes messages. J'y ai inclus quelques indices qui devraient lui permettre de te reconnaître. À présent, nous allons essayer de la trouver, elle.

— J'imagine qu'on ne peut pas accéder à la liste des joueurs ?

— Non, juste à leurs pseudos. Commençons par son prénom.

Mia lança une première recherche qui généra des centaines d'occurrences.

— Si elle a choisi son prénom et des chiffres au hasard, nous ne la trouverons jamais, remarqua Billy.

— Vérifions tout de même avec sa date de naissance. Pour une raison que je ne m'explique pas, la plupart des gens gardent la leur même lorsqu'ils utilisent un pseudonyme.

Mia utilisa ce nouveau paramètre et parvint à réduire la liste à deux occurrences.

— Tu crois que c'est l'un de ces utilisateurs ? s'enquit Billy.

Elle secoua la tête.

— Ces comptes sont beaucoup trop récents, objecta-t-elle. Sabrina joue depuis des années à ce jeu.

— Est-ce que tu peux faire une recherche par date de naissance et par ancienneté ? suggéra Billy.

— Je crois que oui, répondit Mia en ouvrant la console des paramètres de recherche avancés. Bonne idée.

Elle entra la date de naissance de Sabrina et demanda que ne soient inclus dans les réponses que les comptes utilisateurs vieux de plus de cinq ans.

— Nous savons que Sabrina était déjà inscrite à cette époque puisqu'elle jouait avec Nick.

Une liste de joueurs s'afficha et Mia commença à les lire à Billy.

— Mad Dog, Theon, Diablo, Dolphin Girl, Porky…

— Regarde le profil de Dolphin Girl, lui demanda-t-il. Sabrina a toujours adoré les dauphins.

— C'est vrai, acquiesça Mia. Elle en a même un tatoué sur l'épaule.

— Elle n'avait pas de tatouage, il y a cinq ans. Mais Bri l'a mentionné, en effet.

Mia cliqua sur le profil. Il n'affichait qu'un logo représentant un dauphin bleu surmonté d'une couronne rose.

— Son profil est privé, déclara Mia. Cela ne va pas nous aider beaucoup.

— Est-ce qu'on peut tout de même lui envoyer un message ?

— Oui, répondit Mia. Elle a paramétré son compte de façon à accepter les messages privés, ce qui n'est pas surprenant si elle se sert du jeu pour discuter avec Nick.

— Alors je vais pouvoir envoyer un message à ma sœur ? demanda Billy.

— S'il s'agit bien d'elle, tempéra Mia. Nous n'en sommes pas encore certains, à ce stade.

— J'ai un bon pressentiment, répondit-il. Mais que dois-je lui écrire ?

— Le plus important, c'est de lui prouver que c'est vraiment toi. Elle doit savoir que les Carlucci la recherchent et elle pourrait te soupçonner d'être quelqu'un à leur solde qui se ferait passer pour son frère pour pouvoir l'approcher. Idéalement, il faudrait que tu lui fournisses une indication que vous seuls seriez susceptibles de connaître.

Billy réfléchit quelques instants à la question.

— Je pourrais utiliser les surnoms que nous nous donnions lorsque nous étions enfants. Je ne pense pas que qui que ce soit les connaisse, en dehors de notre famille proche. Il y a aussi le nom de sa peluche préférée.

— C'est parfait, approuva Mia. Il y a effectivement peu de chances pour qu'elle ait mentionné ce genre de détails.

Billy se pencha sur le clavier et rédigea un court message.

Brindille, c'est Billy le Kid. Envoie-moi un message. Tu nous manques – surtout à Granouille. Je t'embrasse.

— C'est parfait, approuva Mia, touchée malgré elle par ce message qui disait mieux que tout le reste la complicité qui avait existé entre le frère et la sœur. Tu n'as plus qu'à l'envoyer.

Il s'exécuta et se tourna vers elle.

— Il ne nous reste plus qu'à attendre une réponse.

— En attendant, tu pourrais peut-être demander à ton ami Brandon de contacter le studio qui édite le jeu pour leur demander s'ils peuvent nous fournir les informations de connexion correspondant à Dolphin Girl. S'ils refusent, nous pourrons toujours demander un mandat.

— Bonne idée, acquiesça Billy.

— Il faut aussi réfléchir à ce que nous lui dirons, s'il s'agit bien de ta sœur. Es-tu toujours opposé à ce qu'elle essaie de piéger Nick ?

Billy demeura quelques instants silencieux.

— Non, soupira-t-il. Ce ne serait pas juste envers la famille de Ray Mayberry. Ils méritent que justice lui soit rendue. Et puis, il est sans doute temps pour moi d'admettre qu'elle est devenue une adulte responsable. Si tu es parvenue à piéger ce Guardino, elle doit pouvoir faire la même chose avec Nick. D'autant que nous serons là pour l'aider.

— Tu sais que tu peux compter sur moi pour ça, déclara-t-elle gravement. J'en fais une affaire personnelle.

— Parce que tu étais censée veiller sur elle ?

— Ce n'est plus seulement une question de mission, objecta-t-elle. Ni parce que je l'apprécie beaucoup, ce qui est le cas. C'est aussi parce que Sabrina est la sœur de l'homme le plus adorable, le plus extraordinaire et le plus irrésistible avec qui j'aie jamais eu l'occasion de collaborer.

À ces mots, Billy sentit les battements de son cœur s'emballer dans sa poitrine. Depuis le baiser qu'ils avaient échangé à Las Vegas, les événements s'étaient succédé à un rythme frénétique, ne leur laissant pas une minute pour discuter de ce qui s'était passé alors.

Pourtant, l'attirance réciproque qu'ils s'inspiraient n'avait pas diminué, bien au contraire. Elle était toujours présente, tissant entre eux un lien qui ne cessait de se renforcer avec le temps.

— Est-ce que tu me vois uniquement comme un collaborateur ? lui demanda-t-il gravement.

— Partenaire serait un terme plus adapté, déclara-t-elle en le regardant droit dans les yeux.

Ils ne se trouvaient qu'à quelques centimètres l'un de l'autre et Billy avait l'impression que l'air s'était brusquement chargé d'électricité statique. Il leva lentement la main vers elle et effleura sa joue du bout des doigts, lui arrachant un frisson de délice.

— Quand vas-tu te décider à m'embrasser, Billy Crouch ? lui demanda-t-elle avec un sourire malicieux.

Il comprit alors qu'il n'avait strictement aucune chance de lui résister, qu'il n'en avait probablement jamais eu aucune et qu'au fond, il ne souhaitait pas en avoir.

15

Lorsque Mia sentit les lèvres de Billy se poser sur les siennes, elle ne put réprimer un petit gémissement de pur contentement. Elle rêvait de ce moment depuis qu'ils s'étaient embrassés pour la première fois, ce soir-là, à Las Vegas.

Et le baiser qu'ils échangèrent dépassait encore en intensité celui qu'ils avaient échangé alors, peut-être parce que, cette fois-ci, tous deux savaient précisément ce qu'ils voulaient. Fermant les yeux, Mia s'abandonna à cette merveilleuse sensation.

Il lui semblait que son corps tout entier s'embrasait à mesure que les lèvres et les mains de Billy se faisaient plus audacieuses. Jamais encore elle n'avait éprouvé un désir aussi intense, aussi pur. Il déferlait en elle comme un torrent de lave, balayant tout sur son passage.

D'une main légèrement tremblante, elle commença à déboutonner la chemise de Billy qu'elle finit par écarter, révélant son torse athlétique et son ventre plat. Elle s'arracha un instant à ses lèvres pour pouvoir le contempler et laissa courir ses ongles sur sa peau, faisant naître en lui un violent frisson qui le parcourut de part en part.

— Tu es magnifique, murmura-t-elle.

— Pas autant que toi, répondit-il d'une voix très rauque.

Il déboutonna à son tour le chemisier noir qu'elle portait ce soir-là et la débarrassa ensuite de son soutien-gorge. Posant doucement ses paumes sur ses seins, il la fit frémir à son tour. Encouragé par cette réaction, il se pencha vers elle et captura entre ses lèvres l'un de ses tétons qui se dressait fièrement sous l'effet de l'envie irrépressible qu'elle avait de lui.

Mia renversa la tête en arrière pour mieux s'offrir à ses caresses. Elle avait l'impression de se consumer intérieurement et, lorsque Billy la repoussa doucement en arrière, elle se laissa aller sur le canapé, s'abandonnant corps et âme à son exploration.

Il descendit de son sein à son ventre sur lequel sa langue traça de délicates arabesques qui la rendirent folle. Ses mains glissèrent alors le long de ses cuisses, retroussant sa jupe pour révéler sa culotte qu'il lui retira, révélant le cœur palpitant de sa féminité.

Elle sentit alors ses lèvres se poser sur elle, lui arrachant un nouveau frémissement, bien plus violent que le précédent. La langue de Billy glissa au creux de sa chair et vint effleurer le point le plus sensible de son anatomie. Elle gémit et s'arqua sur le canapé.

Billy agrippa alors ses cuisses et la dévora de plus belle, faisant monter en elle une extase à laquelle elle n'avait strictement aucune chance de résister. Elle la laissa déferler en elle, manquant défaillir de plaisir.

Tandis qu'elle s'efforçait de recouvrer ses esprits, Billy se leva pour aller chercher un préservatif. Il se défit alors du reste de ses vêtements, permettant à Mia de découvrir toute l'intensité de son propre désir.

Elle se redressa à demi et lui prit des mains le préservatif dont elle déchira le paquet et qu'elle lui enfila. Il s'allongea alors au-dessus d'elle et l'embrassa de nouveau avec une passion contagieuse.

Comme tous deux se dévoraient de baisers, elle l'attira en elle et il plongea en elle, lui arrachant un cri inarticulé de pur plaisir. Pendant quelques instants tremblants, il demeura enfoui au plus profond de sa chair, sans bouger, comme s'il voulait leur laisser à tout deux le temps de goûter à cette parfaite communion. Mia noua alors ses cuisses autour de ses hanches et l'attira plus loin encore.

Leurs lèvres se soudèrent tandis que leurs langues se mêlaient. Puis Billy commença à bouger en elle, lentement d'abord puis de plus en plus vite à mesure que l'envie qu'ils avaient l'un de l'autre se faisait plus urgente.

Ensemble, ils gravirent les degrés de la passion, entraînés toujours plus loin. Jamais encore Mia n'avait connu une telle extase. Elle avait l'impression que son être tout entier se dissolvait sous l'effet de ce plaisir qui ne cessait d'enfler, menaçant à tout instant de la balayer.

Les mouvements de Billy se firent plus saccadés alors que lui-même luttait de toute la force de sa volonté pour tenter de les emmener toujours un peu plus loin. Mia se mordit les lèvres et son corps s'arqua tandis qu'il accélérait encore. Cette fois, elle fut incapable de résister à la déferlante qui l'emporta au-delà d'elle-même.

Au même instant, Billy atteignit le point culminant et prononça son nom qui sonnait presque comme une supplique. Leurs plaisirs se mêlèrent en une parfaite symphonie qui fit vibrer leurs corps à l'unisson.

Mia n'aurait su dire combien de temps ils demeurèrent enlacés tandis que la passion refluait lentement en eux et que le rythme haché de leurs respirations revenait à la normale. Elle entendit alors un son très lointain qui lui parut vaguement familier. Il lui fallut plusieurs secondes pour l'identifier.

— C'est la messagerie de Trolls & Catacombes, souffla-t-elle. Je crois que Sabrina t'a répondu.

Au prix d'un effort surhumain, Billy s'arracha au corps chaud et doux de Mia et se redressa sur le canapé. D'une main légèrement tremblante, il cliqua sur l'infobulle qui lui signalait le message de Dolphin Girl. Il fut aussitôt redirigé vers sa propre messagerie.

— Qu'est-ce qu'elle dit ? s'enquit Mia en se redressant à son tour.

— « J'ai gardé mes distances à cause de tous les gens qui te tournent autour », lut-il. « J'espère que la voie sera bientôt libre et que je pourrai reprendre contact avec toi. »

Le cœur battant à tout rompre, Billy relut à plusieurs reprises la brève missive de Sabrina. C'était la première fois depuis plus de cinq ans qu'il établissait un contact avec sa sœur. Et l'émotion qu'il éprouvait en cet instant était si intense qu'elle lui coupait littéralement le souffle.

Mia déposa au creux de son cou un tendre petit baiser qui lui arracha un léger frisson.

— C'est vraiment elle, murmura-t-elle.

—Mais son message est si impersonnel..., objecta Billy. Tu es sûre qu'il ne pourrait pas s'agir de quelqu'un d'autre ? Les Carlucci, par exemple, qui auraient piraté son compte pour tenter de retrouver Nick ?

— Franchement, je ne pense pas, répondit Mia. Mais si tu as vraiment des doutes, tu n'as qu'à utiliser la même méthode que celle que tu as employée pour lui prouver ton identité. Pose-lui une question à laquelle elle seule pourrait répondre.

— Je crois que ça vaudrait mieux, déclara-t-il. Et pas simplement pour me rassurer. C'est la vie de ma sœur qui est en jeu et nous ne pouvons nous permettre de commettre la moindre erreur.

Billy réfléchit un instant avant de taper un nouveau message.

De quelle couleur étaient les murs de ta chambre ?

Il attendit quelques instants, le cœur battant la chamade. Finalement, un nouveau message leur parvint.

Couleur saumon. Mais lorsque Lisa a quitté la maison et que j'ai eu la chambre pour moi toute seule, j'ai demandé qu'on les repeigne en mauve. Maman trouvait que c'était une idée absurde et elle empêchait papa de le faire. Du coup, c'est toi qui t'en es chargé un soir, en rentrant de l'école, sans prévenir personne. Merci encore pour ça, frérot !

Billy ne put réprimer un soupir de soulagement.

— C'est bien elle ! s'exclama-t-il avec un large sourire.

— Des murs violets ? s'exclama Mia, amusée.

— C'était sa couleur préférée. Et, franchement, ce n'était pas si horrible que ça, en fin de compte.

— Bien, maintenant que vous vous êtes assurés l'un et l'autre que vous étiez qui vous prétendiez, il est temps de lui proposer un rendez-vous. Si je suis la personne qui te tourne autour à laquelle elle fait allusion, dis-lui qu'à ce stade, je suis prête à me conformer à ses intentions, quelles qu'elles puissent être. Je ne compte pas la ramener de force.

— J'ai l'impression qu'elle ne se laisserait pas faire, remarqua Billy. Où devrions-nous organiser cette entrevue ? J'imagine que cet appartement doit être surveillé de près par les hommes de Carlucci.

— Probablement. Laisse Sabrina décider des modalités du rendez-vous. Elle s'est plutôt bien débrouillée pour rester hors de vue, jusqu'à présent.

— D'accord, acquiesça Billy qui rédigea un nouveau message.

J'aimerais qu'on se voie. Dis-moi où et quand. Je ferai en sorte que nous ne soyons pas suivis.

La réponse ne se fit pas attendre :

Nous ?

Billy hésita un instant avant de taper :

Mia est prête à t'écouter. Tu peux la croire. Elle a mon entière confiance.

— C'est gentil, lui dit Mia.

Quelques instants s'écoulèrent avant que Sabrina ne lui réponde.

C'est d'accord. J'espère que vous aimez les balades en mer. Rendez-vous à bord du bateau de Gus, demain soir, à 7 heures pile.

— Qui est Gus ? s'enquit Mia.

— Un vieux skipper qui possède un bateau sur la marina, répondit Billy. Il organise des excursions pour les touristes. Il m'est arrivé d'aller pêcher avec lui.

— Et ta sœur le connaît ?

— Pas que je sache, répondit Billy. Je n'habitais pas encore à Marina Del Rey, à l'époque où elle a disparu, et je n'avais encore jamais entendu parler de Gus. Mais il est évident que ma sœur est pleine de surprises.

— Sabrina ne manque pas de ressources, reconnut Mia.

— Il ne nous reste plus qu'à prendre notre mal en patience jusqu'à demain, déclara Billy. Mais en attendant, que dirais-tu de reprendre où nous en étions avant que nous ne soyons interrompus ?

Un large sourire se dessina sur les lèvres de la jeune femme.

— Cette fois, nous pourrions nous installer dans ma chambre, suggéra encore Billy. Mon lit est nettement plus confortable que le canapé. Et tu n'auras qu'à passer la nuit ici, si ça te dit. Au cas où Sabrina se déciderait à nous recontacter...

Ce n'était qu'un prétexte, bien sûr, et Billy était certain que Mia n'en était pas plus dupe que lui. Mais il s'en moquait. En cet instant, il était bien trop heureux pour se priver du plaisir de sa présence.

16

— Je suis certaine que ça va marcher, Tucker, déclara Mia en étendant ses jambes pour poser les pieds sur la table basse de sa chambre d'hôtel.

Elle se sentait toujours délicieusement lasse après la nuit passionnée qu'elle avait passée dans les bras de Billy et se promit de s'accorder une courte sieste avant de partir le rejoindre, ce soir-là.

— La discussion que nous avons eue avec Beckett ne laisse aucun doute, ajouta-t-elle. Nick est toujours amoureux d'elle. Il est convaincu qu'elle souhaite fuir avec lui. Et les Carlucci ne sont pas encore parvenus à le retrouver pour lui faire entendre raison. Si nous ne commettons pas d'erreur, les fédéraux n'auront qu'à le cueillir au moment où il viendra rejoindre Sabrina.

— Est-ce qu'elle est d'accord pour réintégrer le programme de protection des témoins en attendant que se tienne le procès de Nick ?

Mia fronça les sourcils. C'était effectivement une question qu'elle s'était posée. Elle avait pourtant évité d'aborder de nouveau le sujet avec Billy, se doutant que cette perspective ne lui plairait sans doute pas beaucoup. Et sa sœur ne se montrerait probablement guère plus enthousiaste.

— Tu sais que cela peut prendre un moment, remarqua-t-elle.

Sabrina n'aura peut-être pas envie d'être séparée de sa famille plus longtemps.

— Ce n'est pas une question d'envie, objecta Tucker. Je ne compte pas lui laisser le choix. Nous ne pouvons pas nous permettre qu'elle se fasse assassiner par les Carlucci dans l'intervalle.

— Mais le programme de protection n'est pas une prison, lui rappela Mia. Nous ne pouvons pas retenir les gens contre leur gré.

Elle partageait les inquiétudes de Tucker, bien sûr. Mais elle savait aussi que si Sabrina avait décidé de courir tous ces risques pour leur permettre de capturer Nick, c'était avant tout dans l'espoir de retrouver ses proches.

— Peut-être pas, concéda Tucker. Mais nous avons les moyens de les convaincre de coopérer.

Mia se rembrunit.

— Il n'est pas question que tu la menaces, protesta-t-elle vivement. D'autant que nous n'avons strictement rien à lui reprocher.

—Écoute, Mia, que les choses soient claires : je ne donnerai mon feu vert à cette opération que si Sabrina accepte de jouer le jeu, une fois que Nick sera derrière les verrous. Dois-je te rappeler que tu as été soumise aux mêmes contraintes, à l'époque où tu as aidé le FBI à arrêter Guardino ?

— Mais je n'avais personne pour me protéger, objecta-t-elle. Sabrina peut compter sur son frère et sur moi.

— Pour combien de temps ? objecta Tucker. Lorsque cette affaire sera terminée, tu rentreras à Washington. Et Billy Crouch retournera travailler.

À ces mots, Mia sentit son cœur se serrer. Elle savait que Tucker avait raison, bien sûr. Mais l'idée que sa relation naissante avec Billy soit condamnée par avance lui paraissait profondément déprimante.

— D'ailleurs, es-tu vraiment sûre qu'on puisse faire confiance à l'inspecteur Crouch ? lui demanda Tucker. Il est personnellement impliqué dans cette affaire.

— Billy est un professionnel, objecta-t-elle. Cela fait quinze ans qu'il travaille pour la police de Los Angeles et son partenaire et lui ont le meilleur taux d'élucidation de tout leur service. Et, surtout, j'ai confiance en lui.

— Il n'empêche : Sabrina est sa sœur. Cela risque de compromettre son objectivité et de mettre en péril l'opération.

Une fois encore, Mia ne pouvait nier la justesse de ces observations. Elle-même aurait certainement tenu le même discours, quelques jours auparavant. Mais la nuit qu'elle avait passée avec Billy avait tout changé. Elle aussi était impliquée émotionnellement, à présent. Or elle ne comptait pas abandonner pour autant cette enquête.

— Que doit-il se passer exactement, ce soir ? s'enquit Tucker.

— Pour le moment, nous allons juste retrouver Sabrina et discuter de la façon dont elle compte procéder.

Tucker émit un petit claquement de langue réprobateur.

— On ne peut pas laisser Sabrina décider seule de la méthode à employer, objecta Tucker. Elle n'est pas de la police. Tu dois la convaincre de laisser le FBI prendre les rênes de cette opération.

— Elle n'acceptera jamais, déclara Mia sans hésiter. Initialement, elle ne voulait même pas que je sois impliquée. Si je lui parle du FBI, elle risque de disparaître de nouveau et nous perdrons toute chance de pouvoir contrôler la situation.

— Il y a sûrement d'autres façons de remonter jusqu'à Nick Carlucci, remarqua Tucker. Ce type qui s'est fait poignarder à Las Vegas, par exemple...

— Est-ce qu'il a repris conscience ?

— Pas encore mais les médecins pensent à présent qu'il devrait s'en tirer.

— Même si c'est le cas, et même s'il sait où se trouve Nick, il est peu probable qu'il parle. Après tout, il ne l'a pas fait quand il se trouvait face à un tueur envoyé par les Carlucci. D'ailleurs, je ne pense pas qu'il sache quoi que ce soit. Seule Sabrina a une chance de faire sortir Nick de sa cachette. C'est elle la clé de toute cette histoire. Et nous allons devoir lui faire confiance et la laisser agir à sa manière.

— Rediscutons-en une fois que tu lui auras parlé, suggéra Tucker. Si la façon dont elle entend procéder nous paraît trop aléatoire ou dangereuse, nous pourrons toujours essayer de reprendre les choses en main.

— D'accord, acquiesça Mia.

Lorsqu'ils eurent raccroché, elle réfléchit à ce qu'ils venaient de se dire. Elle avait réellement l'impression que, tout comme Billy, son supérieur sous-estimait grandement Sabrina. Les deux hommes ne semblaient pas se rendre compte que celle-ci avait déjà plusieurs longueurs d'avance sur eux. À ce jour, elle était la seule qui ait réussi à établir le contact avec Nick : ni le FBI, ni les Carlucci n'y étaient parvenus jusqu'à présent.

Mia composa le numéro de Billy, qui répondit dès la première sonnerie.

— Salut, lui dit-elle. Est-ce que tu as eu des nouvelles de Gus ?

— Non. Je suis allé jeter un coup d'œil à son bateau, ce matin, mais il ne se trouvait pas à bord, apparemment. Est-ce que tu as parlé à Tucker ?

— Oui. Je lui ai fait part de notre rendez-vous de ce soir avec Sabrina. Il nous a donné sa bénédiction.

— Qu'en attend-il, au juste ?

— Ce que nous en attendons tous, en fait, répondit-elle, une chance de localiser Nick Carlucci.

— J'ai vérifié l'heure du coucher de soleil, ce soir, lui dit alors Billy. C'est à 7 h 52. J'imagine qu'en partant à 7 heures, nous aurons largement le temps de quitter la marina et d'être au large avant la tombée de la nuit.

— Tu penses que Sabrina espère profiter de l'obscurité pour nous rejoindre en bateau ?

— Ou qu'elle se trouvera déjà à bord du voilier de Nick. Tout est possible.

— Est-ce que tu as des nouvelles de Coleman ?

— J'ai appelé Morse tout à l'heure. Il m'a dit qu'il n'avait toujours pas repris conscience.

— Pas de nouvelles non plus du côté de Beckett ?

— Non, mais je n'en attendais pas particulièrement. Tout ce que j'espère, c'est qu'il a tenu sa langue comme il paraissait décidé à le faire.

— Il n'a pas intérêt à ce que Nick apprenne qu'il s'est fait surprendre et interroger par deux policiers, déclara Mia. D'autant qu'il est probablement convaincu qu'il ne nous a livré aucune information qui puisse nous être réellement utile. Il ne s'imagine certainement pas que nous sommes parvenus à établir le contact avec Sabrina.

— J'avoue que j'ai encore du mal à le croire moi-même, répondit Billy. J'espère juste que je ne cours pas au-devant d'une nouvelle déception. J'en ai déjà connu beaucoup trop au cours des cinq dernières années...

À sept heures moins le quart, l'Interphone de Billy retentit. Après avoir vérifié qu'il s'agissait bien de Mia, il la laissa entrer. Lorsqu'elle le rejoignit dans son appartement, il constata que, tout comme lui, elle avait opté pour un jean, un T-shirt et un sweat de couleur sombre.

— Si Gus pense vraiment nous emmener faire une croisière romantique, il risque d'être un peu surpris par le choix de nos tenues, remarqua-t-il en souriant.

Mia s'approcha de lui et déposa un petit baiser sur ses lèvres.

— Jamais je n'aurais cru que je sortirais un jour avec un homme aussi préoccupé par les questions de mode vestimentaire, plaisanta-t-elle.

— Alors c'est officiel ? lui demanda-t-il avec un large sourire. Nous sortons ensemble ?

— J'en ai bien peur, rétorqua-t-elle. Est-ce que tu prends ton arme ?

— Oui. Et toi ? Tu as la tienne ?

— Depuis qu'on nous a tiré dessus, je préfère ne pas m'en séparer, acquiesça-t-elle. Comment te sens-tu à l'idée de revoir enfin ta sœur ?

— Nerveux, lui avoua-t-il. Je le serais sans doute même si je la retrouvais dans des circonstances normales, après tout ce temps. Mais le fait que les Carlucci soient toujours à sa recherche n'arrange évidemment rien.

— J'imagine, acquiesça Mia. Mais si elle a organisé ce rendez-vous, c'est qu'elle pense probablement ne courir aucun risque. Et tu peux lui faire confiance de ce côté-là : jusque-là, elle s'est débrouillée pour échapper à la fois au FBI, aux marshals, à Nick et aux Carlucci...

— C'est vrai, reconnut Billy avec une pointe de fierté dans la voix.

Il avait encore du mal à croire que sa petite sœur ait su tenir tête à tous ces groupes pourtant bien décidés à la retrouver.

— Et le lieu qu'elle a choisi est parfait, reprit Mia. En pleine mer, personne ne pourra nous suivre discrètement. Et il n'y a aucun risque pour qu'un tireur embusqué puisse ouvrir le feu sur nous.

— Tu crois que Sabrina compte nous dire comment elle espère attirer Nick à découvert ?

— Probablement. Le moment venu, il faudra bien que quelqu'un soit là pour l'arrêter.

— Tu as sans doute raison, reconnut Billy en jetant un coup d'œil à sa montre. Bien... J'imagine qu'il est temps d'y aller.

Ils quittèrent l'immeuble et se dirigèrent vers le ponton auquel était amarré le voilier de Gus. Le vieil homme aux longs cheveux poivre et sel et à la barbe en broussaille paraissait les attendre.

— Bienvenue à bord, s'exclama-t-il lorsqu'ils eurent franchi la passerelle qui permettait d'accéder au pont.

— Gus, je te présente Mia. Mia, voici Gus, skipper extraordinaire.

— Enchanté de faire votre connaissance, Mia, déclara Gus en serrant la main de la jeune femme. Cette nuit devrait être parfaite pour une petite virée au large. Il y a une légère brise et quelques nuages qui devraient nous permettre de bénéficier d'un très joli coucher de soleil.

Billy hésita à l'interroger au sujet de sa sœur mais songea que, si Gus avait voulu leur en parler, il l'aurait fait de son propre chef. Mia avait dû se faire la même réflexion.

— Ça fait longtemps que je ne suis pas montée sur un voilier, déclara-t-elle. Mais je ne suis pas complètement ignare en la matière. Alors n'hésitez surtout pas à me mettre à contribution.

Tandis qu'ils devisaient de la sorte, Billy avait gardé les yeux rivés sur la porte de la cabine, se demandant avec angoisse si Sabrina était cachée à l'intérieur – si, en cet instant même, il ne se trouvait pas à quelques mètres de sa sœur.

Il se garda cependant de poser la question et Gus ne laissa rien paraître. Après avoir détaché le bateau et repoussé la passerelle sur le quai, le skipper enclencha le moteur qui se trouvait à l'arrière du voilier et commença à manœuvrer pour quitter la marina.

Dès qu'ils eurent quitté l'enceinte du port, il leur donna ses instructions, leur indiquant comment hisser les voiles et procéder aux différents réglages. Le vent les gonfla et ils avancèrent à belle allure sur la mer dont les eaux d'un bleu profond lui faisaient irrésistiblement penser aux yeux de Mia.

Lorsqu'ils se furent suffisamment éloignés du rivage, Gus vira de bord et commença à naviguer parallèlement à la côte. Ils n'étaient pas les seuls à profiter de cette belle soirée et l'on apercevait plusieurs voiliers dans les parages.

Après s'être assurés que Gus n'avait plus besoin de leur aide, Billy et Mia allèrent s'asseoir épaule contre épaule à l'avant du bateau, offrant leurs visages à la caresse du vent et des embruns. À l'horizon, le soleil paraissait plonger dans l'océan, embrasant le ciel de rouge et d'or.

— Regarde ! s'exclama soudain la jeune femme en désignant un point sur sa gauche. Des dauphins !

De fait, à cet instant, Billy vit deux de ces mammifères crever la surface de l'eau et bondir par-dessus les vagues. Cette vue lui fit aussitôt penser à sa sœur et il sentit son cœur se serrer dans sa poitrine.

— Est-ce que vous êtes prêts ? les interpella alors Gus.

Billy tourna vers lui un regard interrogateur mais, avant qu'il n'ait eu le temps de lui poser la moindre question, la porte de la cabine s'ouvrit, laissant apparaître une silhouette féminine. Lorsqu'elle sortit de l'ombre et s'avança sur le pont, Billy ne put réprimer une exclamation qui trahissait un mélange de stupeur, de soulagement et de gratitude.

Un sourire terriblement familier se dessina alors sur les lèvres de Sabrina.

— Salut, frérot, lui dit-elle.

Les yeux brouillés de larmes, Billy se leva et courut vers elle pour aller la serrer dans ses bras. Il l'étreignit de toutes ses forces, plongeant son visage dans ses longs cheveux noirs.

— Sabrina, articula-t-il d'une voix enrouée par l'émotion.

— Billy, je suis désolée, murmura-t-elle en l'entourant à son tour de ses bras.

Durant quelques instants, ils demeurèrent ainsi enlacés en silence, s'abandonnant à la joie immense que leur procuraient ces retrouvailles tant espérées. Finalement, Billy s'arracha à cette étreinte et recula d'un pas pour contempler sa sœur.

— Je suis si heureux de te voir, lui dit-il. Si heureux que tu sois vivante et en bonne santé... Maman va être aux anges en apprenant ça !

— Chaque chose en son temps, objecta Sabrina avec un petit sourire.

— Je suis heureuse aussi de voir que tu vas bien, Chanel, déclara Mia.

— Contente de te revoir, répondit Sabrina. Mais je ne suis

plus Chanel, à présent. Cette période de mon existence est définitivement révolue.

Mia fit mine de lui répondre mais parut se raviser.

— Si tu veux pouvoir tourner la page définitivement, nous allons devoir retrouver Nick, remarqua Billy. J'imagine que tu as un plan pour y parvenir ?

— J'en ai un, acquiesça Sabrina.

Avant qu'elle n'ait pu leur en dire plus, une brève sonnerie de téléphone portable se fit entendre.

— Juste un instant, leur dit Sabrina en sortant l'appareil de sa poche. Il n'y a qu'une seule personne qui ait ce numéro et si elle m'envoie un message, ce doit être important.

Baissant les yeux en direction de l'écran, elle s'interrompit et ses yeux s'écarquillèrent légèrement sous l'effet de la surprise.

— Que se passe-t-il ? lui demanda Billy, inquiet.

Au même instant, Gus les interpella.

— Dites, est-ce que c'est à l'un d'entre vous ? demanda-t-il en brandissant un sac de sport noir. Il y a quelque chose qui vibre à l'intérieur.

— Ils ont réussi à identifier mon contact ! s'exclama Sabrina.

Billy comprit brusquement ce qui était sur le point de se produire.

— Lâchez ce sac, Gus ! s'écria-t-il. Sautez tous à l'eau ! Maintenant !

Percevant l'extrême urgence dans sa voix, Mia et Sabrina n'hésitèrent pas un seul instant et sautèrent par-dessus bord. Gus, lui, paraissait trop sidéré pour bouger. Se ruant sur lui, Billy lui arracha le sac des mains, l'entraîna jusqu'au bastingage et le poussa à l'eau avant de plonger à son tour.

— Éloignez-vous du bateau ! hurla-t-il.

Tous quatre se mirent à nager vigoureusement pour s'éloigner du voilier.

— Ce n'était peut-être pas..., prononça Mia d'une voix essoufflée lorsqu'ils eurent gagné quelques dizaines de mètres.

Elle n'eut pas le temps de terminer sa phrase. Une gigantesque explosion se fit entendre derrière eux et le voilier de Gus sembla se muer en une véritable boule de feu avant de couler à pic.

17

Mia plongea pour échapper à la vague de chaleur qui accompagna l'explosion du voilier. Lorsqu'elle refit surface, elle se trouvait à proximité de Gus qui contemplait d'un air totalement désemparé l'endroit où s'était trouvé son bateau, quelques instants seulement auparavant.

— Qu'est-ce qui s'est passé ? prononça-t-il d'une voix tremblante.

— Je suis désolée, Gus, répondit Sabrina qui tenait toujours son téléphone portable à la main. Je t'avais dit que c'était dangereux mais j'espérais qu'ils ne parviendraient pas à me localiser. Malheureusement, je viens tout juste d'apprendre que Beckett s'est fait passer à tabac...

— Nous en discuterons plus tard, déclara Billy. Pour le moment, l'essentiel, c'est de sortir au plus vite de cette eau glacée.

— Dieu merci, cette explosion n'est pas passée inaperçue, constata Mia en désignant le voilier qui venait de virer de bord pour venir dans leur direction.

Ils se mirent à agiter les bras et à héler le bateau en question qui ne tarda pas à rejoindre l'endroit où ils se trouvaient. Quelques minutes plus tard, ils furent tous les quatre hissés à bord du voilier par de bons samaritains qui les enveloppèrent dans des couvertures avant de virer de bord pour rejoindre la marina.

Deux heures après, à la suite d'une longue discussion avec les garde-côtes, Sabrina, Mia et Billy se réunirent chez ce dernier pour discuter de la tournure inattendue qu'avaient pris les événements.

— Dieu merci, nous sommes tous sains et saufs, remarqua Mia en serrant entre ses paumes la tasse de thé brûlante que venait de lui servir Billy. Mais ce pauvre Gus a perdu son bateau.

— Il paraissait beaucoup moins déprimé par la perte de ce voilier que je ne l'aurais imaginé, remarqua Billy.

— C'est parce qu'il a une très bonne assurance, expliqua Sabrina. Et aussi parce qu'il ne se rend pas encore vraiment compte du risque que nous courions. J'imagine que je devrais trouver cela rassurant mais, très honnêtement, je me sens surtout coupable de l'avoir embarqué dans cette histoire...

— Le plus important, c'est qu'il soit vivant et indemne, déclara Mia. Et les Carlucci n'ont aucune raison de s'en prendre à lui. En revanche, ce que j'aimerais bien savoir, c'est comment Beckett a su que nous devions faire cette sortie en mer ce soir.

— Je ne suis pas sûre qu'il ait été au courant, répondit Sabrina. En revanche, il a peut-être découvert que je logeais sur le voilier de Gus, ces derniers temps...

Billy lui lança un regard interloqué et elle haussa les épaules.

— J'ai fait sa connaissance alors que je surveillais les abords de ton appartement, expliqua-t-elle. Nous avons sympathisé et il a accepté de me laisser dormir à bord, moyennant un léger dédommagement.

— Mais si Beckett a découvert ta cachette, comment pouvons-nous être certains que ce n'est pas Nick qui a posé cette bombe à bord du voilier ? s'enquit Billy. Après tout, c'est pour lui que Beckett travaillait...

— Nick n'aurait pas eu besoin de le passer à tabac pour obtenir ces informations, objecta Mia.

— Et puis, Nick est amoureux de moi, ajouta Sabrina. Tout comme Michael était amoureux de toi, Mia.

— Tu lui as parlé de Guardino ? s'enquit Billy.

— Elle t'en a parlé aussi ? s'étonna Sabrina.

— J'en ai parlé à Sabrina parce que je tenais à ce qu'elle sache qu'elle n'était pas la seule à avoir commis ce genre d'erreurs, étant jeune, expliqua Mia. Et j'en ai parlé à Billy parce que je voulais être parfaitement franche envers lui...

La façon dont elle prononça ces paroles parut éveiller la curiosité de Sabrina qui les observa tour à tour d'un air songeur. Un sourire malicieux se dessina alors sur ses lèvres.

— Je vois, dit-elle. Pour en revenir à notre affaire, je ferais sans doute mieux de prendre contact avec Beckett pour savoir ce qu'il a raconté aux Carlucci, exactement.

— Je ne suis pas sûr que ce soit une bonne idée, objecta Billy. Si les Carlucci ont laissé Beckett en vie, c'est probablement parce qu'ils comptent le tenir à l'œil. Mieux vaut que tu contactes Nick par l'intermédiaire de Trolls & Catacombes.

— Comment avez-vous deviné que c'était de cette façon que nous communiquions ? s'enquit Sabrina, curieuse. Je n'en revenais pas lorsque je me suis aperçu qu'un joueur surnommé le Dandy cherchait à entrer en contact avec moi.

— Beckett nous a dit que Nick et toi vous parliez par l'entremise d'un jeu, expliqua Billy. Mais c'est Mia qui a deviné lequel c'était et qui l'a utilisé pour te joindre.

— J'aurais dû m'en douter, acquiesça Sabrina. Quoi qu'il en soit, je pense que tu as raison, Billy. Je vais envoyer un message à Nick par l'intermédiaire du forum. Je lui dirai ce que sa famille vient de faire. Il sera certainement furieux contre eux. Il a déjà essayé à maintes reprises de les convaincre de me laisser tranquille mais sans résultat. Je lui dirai que j'ai peur et que nous ferions mieux de nous enfuir avant qu'un drame ne se produise...

— Comment se fait-il qu'il ait tant tardé à te le proposer ? s'enquit Mia.

— Il avait pas mal de choses à régler avant de franchir le cap, expliqua Sabrina. Il devait notamment se défaire de certains actifs pour pouvoir financer notre fuite et notre séjour à l'étranger. Mais je pense qu'il doit en avoir quasiment terminé avec ces préparatifs, à présent.

— Tant mieux, déclara Billy. Tu ne peux pas te permettre de jouer plus longtemps à cache-cache avec les Carlucci. C'est beaucoup trop dangereux.

— Je suis d'accord, approuva Mia. Il est temps de passer à l'action. Et, à ce propos, comment comptes-tu procéder ? Tu lui fixes un rendez-vous quelque part et, au lieu de tomber sur toi, il se retrouve nez à nez avec les agents du FBI venus l'arrêter ?

— Non ! protesta vivement Sabrina. Je ne veux pas que le FBI soit impliqué dans cette histoire. La dernière fois, ce sont eux qui ont laissé filer Nick alors que la police de Las Vegas était sur le point de le coincer. Ils m'ont déjà fait perdre cinq années de ma vie. Je n'ai plus confiance en eux.

La véhémence dont Sabrina faisait preuve n'étonna pas Mia outre mesure. C'était précisément ce qu'elle avait prédit à Tucker.

— Dans ce cas, suggéra-t-elle, Billy et moi pourrions nous charger de l'arrestation.

— Je ne suis pas contre, répondit Billy. Mais cela ne résoudra pas tout. Une fois que Nick sera derrière les barreaux, les Carlucci feront tout ce qui est en leur pouvoir pour t'empêcher de témoigner. Il te faudra bien te résigner à réintégrer le programme de protection des témoins.

— Pas question ! s'exclama Sabrina d'un ton sans appel. Je ne veux continuer à vivre dans la clandestinité et à me voir privée de ma famille et des plus belles années de ma vie. Ça a assez duré !

— Mais comment comptes-tu te protéger ? insista Billy.

— Je me débrouillerai, lui assura sa sœur.

Mia lança un regard inquiet en direction de Billy. Elle se demandait avec angoisse ce que Sabrina pouvait bien mijoter.

— Tu ne pourras pas rester à Los Angeles sous ta véritable identité en attendant de témoigner contre un membre de la mafia, objecta Mia.

— Je me débrouillerai, répéta Sabrina d'un ton obstiné.

— Sabrina...

La jeune femme se leva brusquement du canapé sur lequel elle était assise et toisa Mia et Billy en fronçant les sourcils.

— Que les choses soient claires, leur dit-elle. Je ferai les choses à ma façon ou pas du tout. Pour une fois, c'est moi qui ai toutes les cartes en main. Je veux bien vous livrer Nick Carlucci mais, en échange, je veux retrouver ma vie à moi. C'est à prendre ou à laisser.

Mia considéra Sabrina avec un mélange d'étonnement et d'admiration. La jeune femme romantique et influençable qu'elle avait rencontrée cinq ans auparavant avait désormais cédé place à une femme sûre d'elle-même qui refusait de laisser qui que ce soit lui dicter ses faits et gestes.

— Tu as raison, déclara alors Billy. C'est à toi de décider comment tu comptes t'y prendre. Nous te soutiendrons quoi qu'il arrive.

— D'accord, soupira Mia d'un ton un peu moins convaincu. Mais où comptes-tu séjourner, en attendant de rencontrer Nick ? Ici ?

— Pourquoi pas ? répondit Billy. Au moins, nous sommes en terrain connu. Et nous avons suffisamment d'armes pour nous défendre, en cas de besoin. Je peux aussi très facilement avoir accès aux caméras de surveillance de l'immeuble.

— D'accord, acquiesça Mia. Nous nous relaierons pour monter la garde. Cela permettra à chacun d'entre nous de dormir un peu. Nous en avons tous bien besoin – à commencer par Sabrina.

— Je vais te préparer la chambre des garçons, dit Billy en se tournant vers Sabrina. Pendant ce temps, tâche de prendre contact avec Nick pour lui raconter ce qui s'est passé sur le voilier.

— C'est comme si c'était fait, acquiesça Sabrina en s'emparant de son portable pour se connecter au site de Trolls & Catacombes.

— Je vais te donner un coup de main, suggéra Mia.

Elle le suivit jusqu'à la chambre qu'occupaient ses enfants

lorsqu'ils séjournaient à Los Angeles. Les murs étaient couverts d'affiches de leurs films et de leurs dessins animés préférés. Billy sortit un drap, une housse de couette et une taie d'oreiller du placard et tous deux commencèrent à préparer l'un des lits jumeaux.

— Qu'est-ce que tu crois qu'elle mijote ? demanda Billy d'un ton préoccupé. Elle ne s'imagine tout de même pas pouvoir continuer à vivre dans la clandestinité pendant tout le temps qu'il faudra pour préparer le procès de Nick. Cela peut durer des mois, voire des années.

— Effectivement, concéda Mia, songeuse. Peut-être espère-t-elle convaincre Nick de faire des aveux complets ? De cette façon, elle n'aura pas besoin de témoigner et n'aura donc plus rien à craindre de la part des Carlucci.

— Pourquoi ferait-il une chose pareille ?

— Par amour, peut-être, suggéra-t-elle. Pour se racheter à ses yeux. Ou pour lui sauver la vie. Ou les deux à la fois.

Billy secoua la tête d'un air incrédule.

— Je veux bien croire que Nick soit amoureux d'elle. Mais je doute qu'il aille jusqu'à saborder sa propre vie. Après tout, de tels aveux l'empêcheraient de vivre à ses côtés. D'ailleurs, je crains qu'il ne réagisse très mal lorsqu'il comprendra qu'elle n'a pas du tout l'intention de s'enfuir avec lui. Comment est-ce que Michael Guardino a réagi, lorsqu'il a compris que tu l'avais doublé ?

— Je ne sais pas, avoua-t-elle. Nous ne nous sommes jamais reparlé par la suite.

— Nick pourrait réagir de façon violente.

— C'est un risque, en effet, concéda Mia. Mais quel choix avons-nous ? Sabrina est bien décidée à le piéger, avec ou sans notre aide. Et il est évident qu'elle ne se laissera pas dissuader facilement. Alors le mieux que nous puissions faire, c'est être là pour elle, le moment venu.

À l'autre bout de l'appartement, Sabrina laissa échapper un

cri de victoire. Billy et Mia regagnèrent le salon où elle était toujours assise face à l'écran de son ordinateur.

— Que se passe-t-il ? s'enquit Billy.

— J'ai réussi à prendre contact avec Nick, lui dit-elle. Il est d'accord pour s'enfuir avec moi sans attendre.

— Sans attendre ? répéta Mia.

— Cette nuit même, acquiesça Sabrina.

— Je ne m'attendais pas à ce que ce soit aussi soudain, remarqua Billy.

— Tant mieux, répliqua sa sœur. J'ai hâte d'en finir une bonne fois pour toutes.

— Est-ce qu'il t'a fait part de son plan ? s'enquit Mia.

— Il compte s'enfuir en bateau. Il a dû parvenir à la même conclusion que moi et se dire que c'était la meilleure façon d'échapper à ceux qui nous poursuivent.

— On ne peut pas dire que ça nous ait vraiment réussi, objecta Mia en fronçant légèrement les sourcils.

— Sauf que le bateau en question appartient à Nick. Il s'assurera que personne ne puisse y monter ou déposer quoi que ce soit à son bord. Il a l'intention de naviguer lui-même jusqu'au Mexique.

— Le problème, c'est que, du coup, ça risque d'être très difficile pour nous de monter à bord, remarqua Billy.

— Vous trouverez bien une solution, répondit Sabrina en haussant les épaules comme s'il ne s'agissait que d'un désagrément mineur.

— Nous pourrions éventuellement les suivre en zodiac, suggéra Mia. Si Sabrina arrive à entraîner Nick hors de vue, nous pourrons terminer discrètement notre approche à la rame.

Billy se rembrunit, croyant deviner ce qu'elle voulait dire par-là.

— Sinon, nous misons sur la vitesse et nous utilisons un hors-bord en espérant bénéficier de l'effet de surprise, proposa encore Mia, percevant sa réticence.

— Le problème, en agissant de cette façon, c'est que Nick

risque de comprendre ce qui se passe et de prendre Sabrina en otage, objecta-t-il.

— Je ne pense pas qu'il s'imaginera que je l'ai trahi, protesta Sabrina. Il a entièrement confiance en moi. En revanche, il risque de vous prendre pour des hommes de main à la solde de sa famille et, dans ce cas, il n'hésitera pas à vous tirer dessus.

— S'il dispose d'une arme automatique, il aura tout le temps de nous abattre ou d'endommager notre moteur.

— Nous pourrions opter pour une approche encore plus discrète, proposa alors Mia. Tu as bien un diplôme de plongée, n'est-ce pas, Billy ? Nous pourrions utiliser des scooters sous-marins.

— Bonne idée, concéda Billy. Mais où allons-nous bien pouvoir trouver du matériel de plongée à une heure pareille ?

— J'ai vu une petite boutique sur les quais de la marina. Ils louent tout ce dont nous aurions besoin.

— Mais elle est fermée, objecta Billy.

— Nous pourrions prendre le matériel dont nous avons besoin et le rendre demain, accompagné d'un généreux dédommagement.

Billy la considéra avec une pointe de stupeur. Jamais il n'aurait imaginé que la jeune femme puisse un jour lui suggérer de cambrioler un magasin.

— Nécessité fait loi, répondit-elle en haussant les épaules.

— Je suppose que ça pourrait marcher, reconnut Billy. Nous les suivons à bord d'un zodiac et nous terminons à la nage pour éviter de nous faire repérer.

— C'est parfait, déclara Sabrina. Je vais aller rejoindre Nick. Il m'a demandé d'aller l'attendre sur le port. Il doit m'appeler pour me fixer rendez-vous. Je vous enverrai alors discrètement un message pour vous indiquer sur quel bateau nous embarquons et de quel ponton nous partons.

— Mia, est-ce que tu aurais toujours l'un de tes mouchards ? demanda Billy. Cela éviterait à Sabrina de courir le risque de se trahir. Et cela nous permettrait de la suivre beaucoup plus facilement.

— Bonne idée, acquiesça Mia.

Elle alla chercher son sac à main et sortit l'un des traceurs électroniques qui lui restaient. Elle alla le remettre à Sabrina qui était en train de troquer le short et le T-shirt que Nick lui avait prêtés contre ses propres vêtements qu'elle avait récupérés dans le sèche-linge.

Elle vérifia alors que l'application sur son téléphone captait bien le signal émis par le mouchard.

— Tu es parée, lui dit-elle.

Sabrina hocha la tête et la serra dans ses bras avant d'aller embrasser son frère.

— Tu es sûre que ça ira ? lui demanda-t-il, visiblement inquiet.

Il était évident que l'idée de la laisser repartir seule lui était presque insupportable.

— Ne t'en fais pas pour moi, lui dit-elle. Nick ne me fera aucun mal. Bonne chance à vous deux !

Sur ce, elle leur adressa un petit signe de la main et se dirigea vers la porte d'entrée. Billy la suivit des yeux.

— Nous ferions bien de nous préparer, nous aussi, lui dit Mia. Il nous reste encore beaucoup à faire.

Billy se tourna vers elle et prit une profonde inspiration.

— Tu as raison, acquiesça-t-il.

Il commença par aller chercher des munitions avant de recharger son arme qu'il avait essuyée précautionneusement avant de la laisser sécher sur la table de la salle à manger. Mais lorsque Mia voulut récupérer la sienne, elle constata qu'elle avait disparu.

— Quelque chose ne va pas ? s'enquit Billy, avisant son expression inquiète.

— Je crois savoir pourquoi Sabrina ne se sentait pas particulièrement concernée par notre plan, lui dit-elle. Elle a pris mon pistolet. Je ne crois pas qu'elle ait l'intention de faire arrêter Nick Carlucci. Je pense qu'elle veut le tuer.

18

Tandis que Billy aidait Mia à charger sur le zodiac de Gus le matériel qu'ils avaient dérobé à la boutique de plongée, il ne pouvait se défaire du mauvais pressentiment qui l'habitait depuis que Mia avait découvert la disparition de son arme.

Ils avaient aussitôt essayé de contacter Sabrina pour tenter de la dissuader de tenter quoi que ce fût contre Nick. Mais elle ne leur avait pas répondu.

Par chance, elle ne semblait pas s'être défaite du mouchard. Sur le coup, Billy avait été tenté d'aller directement la retrouver. Mais ce faisant, il aurait réduit à néant leurs chances de pouvoir interpeller Nick. Or, tant que ce dernier demeurait introuvable, sa sœur ne pourrait espérer retrouver une vie normale.

Il ne leur restait donc plus qu'à espérer que Sabrina n'avait pris le pistolet de Mia que pour pouvoir se défendre en cas de besoin. Si jamais elle venait à commettre l'irréparable, Billy pourrait toujours prétendre que c'était lui qui avait tiré parce qu'il croyait sa sœur menacée.

— Elle se déplace de nouveau, lui indiqua Mia, le tirant de ses sombres réflexions. Cette fois, elle se dirige vers les quais.

Billy plaça son arme et celle qu'il avait fournie à Mia dans des pochettes étanches qu'il plaça à l'avant du zodiac.

— Elle s'avance sur l'un des pontons, précisa Mia. Celui qui est situé tout au bout du bassin A, le plus proche de la passe.

— Laissons-leur quelques minutes d'avance, suggéra Billy.

— Tu ne penses pas qu'étant donné les circonstances, nous devrions les rejoindre sans plus attendre ? objecta Mia. Si cela se trouve, Mia abattra Nick juste après être montée à bord.

Billy ne put réprimer un frisson.

— Si tel est le cas, nous n'avons aucune chance d'arriver sur place à temps pour l'en empêcher, déclara-t-il. Et, franchement, j'espère que tu te trompes à son sujet et qu'elle n'a pas l'intention de le tuer. Parce que même si nous parvenons à faire passer cela pour de la légitime défense, rien ne sera plus jamais comme avant pour elle. Elle sera devenue une meurtrière et elle ne vaudra pas beaucoup mieux que Nick. Je ne pense pas qu'elle aille jusque-là. Sabrina a toujours été quelqu'un de moral.

— J'espère que tu as raison, soupira Mia qui ne paraissait pas du tout convaincue par son plaidoyer. Que dirais-tu de nous rapprocher quand même un peu à la rame, histoire de ne pas éveiller l'attention ?

— D'accord, acquiesça Billy après quelques instants d'hésitation. Que fait-elle ?

— Elle ne bouge plus. Elle doit se trouver à bord du voilier, à présent, vu sa localisation.

Tour à tour, ils descendirent le long de l'échelle qui permettait de rejoindre le zodiac et s'installèrent à bord. Après avoir détaché l'embarcation, ils utilisèrent les pagaies pour s'éloigner du quai et remonter lentement l'immense bassin de la marina.

— Ils n'ont toujours pas bougé, indiqua Mia qui consultait régulièrement l'écran de son téléphone portable. Je me demande à quoi peuvent bien ressembler leurs retrouvailles après toutes ces années.

— Je préfère ne pas le savoir, répondit Billy d'un ton maussade.

Ils continuèrent à pagayer, dépassant les pontons les uns après les autres et se rapprochant inexorablement du voilier de Nick.

— Ils ont dû larguer les amarres, lui signala alors Mia. Le bateau est en train de s'éloigner en direction du large.

Billy ne put retenir un soupir de soulagement.

— Cela indique au moins que Sabrina n'a pas encore tué Nick, déclara-t-il. Jusqu'ici, tout se déroule comme prévu.

— Ce doit être ce voilier-là, s'exclama Mia en désignant la silhouette d'un navire qui se découpait à la lueur de la lune. Je crois que nous pouvons enclencher le moteur. Nick doit utiliser le sien et il y a peu de chances pour qu'il nous entende.

Billy hocha la tête et ils reposèrent leurs rames. Mia abaissa le moteur du zodiac et le démarra. Prudemment, elle se maintint à une distance respectable du voilier tandis qu'ils remontaient le chenal conduisant à la haute mer.

Ils contournèrent la digue brise-lames et découvrirent avec soulagement que le temps était toujours calme. La houle était très légère et le vent presque inexistant, ce qui devrait leur permettre de naviguer en toute sécurité.

— Ils ralentissent, remarqua Mia au bout d'un moment. Je pense qu'il est temps de plonger.

Elle activa la balise qui leur permettrait de retrouver leur petite embarcation. Ils avaient déjà enfilé leurs combinaisons de plongée et ils n'eurent qu'à mettre leurs palmes, leurs ceintures lestées et leurs bouteilles. Ils glissèrent leurs téléphones portables dans les pochettes étanches qui contenaient déjà leurs armes et se mirent à l'eau l'un après l'autre.

Après avoir récupéré leurs scooters sous-marins, ils plongèrent dans les eaux sombres du Pacifique. Ils prirent la précaution de descendre assez profondément avant d'allumer les phares des petits engins qui leur permettaient de se mouvoir assez rapidement.

Puis ils piquèrent droit sur le voilier de Nick. Mia se trouvait à l'avant, se laissant guider par le signal du mouchard. Billy ne manqua pas d'admirer l'aisance dont elle faisait preuve. De toute évidence, elle était beaucoup plus expérimentée que lui en matière de plongée.

Au bout d'un moment, elle s'arrêta et lui fit signe qu'ils se trouvaient à la verticale du voilier. Ils coupèrent leurs phares et entreprirent de remonter en prenant soin de respecter les différents paliers de décompression.

Mia ne s'était pas trompée et ils refirent surface juste à côté du navire qui progressait toujours à une faible allure en direction du sud. Se rapprochant de la coque, ils utilisèrent les ventouses dont ils s'étaient équipés pour s'y accrocher. Là, ils demeurèrent parfaitement immobiles, tendant l'oreille pour tenter d'entendre ce qui pouvait bien se passer à bord. Mais aucun bruit ne leur parvint.

Billy fit signe à Mia que la voie était libre. Prenant appui sur la ventouse, il se hissa de façon à atteindre le bastingage auquel il s'agrippa. Il s'immobilisa de nouveau, guettant tout bruit suspect. Ne percevant toujours rien, il monta à bord, se débarrassa de ses bouteilles et déballa rapidement son arme.

Le pont était désert, de même que le poste de pilotage situé sur l'arrière. Billy se pencha et tendit la main à Mia pour l'aider à le rejoindre.

— Ils doivent être dans la cabine, souffla-t-elle en sortant à son tour son pistolet.

Abandonnant leurs bouteilles et leurs scooters sur le pont, ils se dirigèrent sur la pointe des pieds vers la porte donnant sur la cabine. Elle était entrouverte et une voix d'homme leur parvint depuis l'intérieur.

— Mais qu'est-ce que tu fais, Sabrina ?

— Tout est fini, Nick ! s'exclama alors sa sœur. Tu es fini !

Sans attendre, Mia se précipita en avant et, avec une agilité impressionnante, elle se laissa glisser le long de l'échelle qui permettait d'accéder à la cabine. Billy lui laissa tout juste le temps de s'écarter avant de la suivre à l'intérieur.

— Nick Carlucci ! l'entendit-il s'écrier. Les mains en l'air ! Vous êtes en état d'arrestation pour le meurtre de Ray Mayberry.

Tandis que Mia récitait à Nick la liste de ses droits, ce dernier contemplait d'un air interdit les deux femmes qui braquaient leurs armes dans sa direction.

— Je ne comprends pas, balbutia-t-il en se tournant vers Sabrina. Qu'est-ce que tu fais ? Nous étions sur le point d'y arriver... Ils ne nous auraient jamais retrouvés...

— Je n'ai jamais eu l'intention de m'enfuir avec toi, Nick, répondit Sabrina.

En entendant le ton glacial sur lequel elle s'exprimait, Billy se sentit presque désolé pour Nick.

— Tu as gâché ma vie, reprit-elle.

— Mais je t'aime ! protesta Nick piteusement. J'étais prêt à abandonner toute ma famille pour toi, à quitter mon pays...

Sabrina secoua la tête.

— Il est trop tard pour cela, déclara-t-elle. Il était déjà trop tard à l'instant où tu as appuyé sur la détente et où tu as assassiné cet homme.

Sabrina releva légèrement son arme et Billy ne put réprimer un frisson glacé. Il ne pouvait croire que sa sœur soit capable de tuer quelqu'un de sang-froid. Durant quelques instants qui lui parurent durer une éternité, elle tint Nick en jeu sous le regard médusé des deux policiers. Puis, brusquement, elle abaissa son arme et secoua la tête.

— Je ne peux pas faire ça, murmura-t-elle d'une voix brisée. Je ne vaudrais pas mieux que toi...

Elle se tourna vers Mia et lui décocha un pâle sourire.

— Je crois qu'en fin de compte, je vais devoir accepter votre protection, une fois de plus.

Billy s'avança vers elle et lui prit son pistolet avant de la serrer dans ses bras.

— Je suis tellement fier de toi, Sabrina, lui dit-il d'une voix étranglée par l'émotion.

— Remontez sur le pont ! ordonna Mia à Nick. Et pas de bêtise sinon, je n'hésiterai pas à vous tirer dans la jambe.

En cet instant, Nick paraissait beaucoup trop abattu pour

tenter quoi que ce fût. La tête basse, il gagna l'échelle et remonta, suivi de près par Mia. Billy et Sabrina sortirent à leur suite.

— Tiens-le à l'œil, Billy, lui demanda Mia. Je vais essayer de nous ramener à bon port.

— Je ne savais pas que tu savais naviguer, remarqua-t-il.

— Il y a encore beaucoup de choses qu'il te reste à découvrir sur mon compte, répondit-elle en lui décochant un sourire irrésistible.

— Et j'ai vraiment hâte de le faire, déclara-t-il.

Sabrina leva les yeux au ciel. Mia éclata de rire et prit la barre tout en commençant à donner ses instructions à la jeune femme. Tandis que Billy surveillait Nick, toutes deux opérèrent un virement de bord et reprirent la direction du port. Quelques minutes plus tard, ils passèrent à proximité du zodiac que Sabrina et Billy hissèrent sur le pont tandis que Mia tenait à l'œil leur prisonnier.

Mais comme ils parvenaient en vue de Marina Del Rey, un puissant hors-bord déboucha à toute allure de derrière la digue brise-lames qui abritait l'entrée du port.

— Mia ! Couche-toi ! eut tout juste le temps de crier Billy avant de se jeter lui-même à plat ventre, entraînant Sabrina avec lui.

Un instant plus tard, un crépitement d'arme automatique se fit entendre et une salve de balles arrosa le pont, déchiquetant l'une des voiles et faisant exploser la vitre de plexiglas qui protégeait le poste de pilotage.

Dans un effroyable hurlement de moteur, le hors-bord dépassa le voilier et disparut dans la nuit. Le cœur battant à tout rompre, Billy se redressa, cherchant Mia des yeux. Éperdu de soulagement, il constata qu'elle était en train de se relever à son tour.

— Tout va bien ? lui demanda-t-il.

— Rien de cassé, répondit Mia d'une voix légèrement tremblante.

Billy se tourna vers Sabrina et constata qu'elle était demeurée figée, le visage très pâle. Suivant son regard, Billy avisa la silhouette de Nick Carlucci qui gisait sur le pont. Une flaque de sang se répandait autour de son corps criblé de balles.

— Est-ce qu'il est... ? balbutia sa sœur sans parvenir à terminer sa phrase.

Deux grosses larmes perlèrent au coin de ses yeux et roulèrent le long de ses joues.

— Il est mort, acquiesça Billy qui s'était approché pour observer le corps.

Beckett s'était lourdement trompé au sujet de Vince Carlucci. Ce dernier n'avait pas hésité à faire assassiner son propre frère pour s'assurer que ce dernier ne parlerait jamais.

Épilogue

Darius tira sa tante par la manche.

— Sabrina, tu as dit que tu nous emmènerais voir les bateaux, lui rappela-t-il.

Billy décocha un sourire complice à sa sœur.

— Je crois que ta tante a eu son content de bateaux pour un bon moment, remarqua-t-il.

— Une promesse est une promesse, répondit Sabrina en riant.

— À propos de promesse, tu nous as dit que tu nous achèterais une console de jeux, papa, lui rappela James.

— Et j'ai bien l'intention de le faire, renchérit-il. Je veux absolument vous faire découvrir Trolls & Catacombes avant que vous ne retourniez à San Diego.

— Ne rentrez pas trop tard, en tout cas, s'exclama Mia en sortant de la cuisine. Il y a un poulet au four et un énorme plat de frites.

Les deux garçons laissèrent échapper des clameurs de joie. Cela faisait à présent deux semaines qu'ils avaient fait la connaissance de Mia et quatre que Billy et elle sortaient ensemble. C'était la première fois qu'il avait présenté une petite amie à ses fils mais ceux-ci avaient très bien pris la chose et semblaient beaucoup apprécier la jeune femme.

— Dites au revoir à J-Mac et à Kyra avant de partir, intima

Billy à ses fils. Ils ne seront probablement plus là quand vous rentrerez.

Darius se précipita sur le couple et étreignit chaleureusement le coéquipier de Billy et sa nouvelle épouse. Ceux-ci lui rendirent ses effusions avant de faire la bise à James. Jake serra également Sabrina dans ses bras.

— Ça me fait vraiment plaisir de te revoir, déclara-t-il. Tu nous as beaucoup manqué à tous durant toutes ces années. Et je suis très fier de ce que tu as fait. Si un jour tu en as assez de la comptabilité, tu as une place toute trouvée aux côtés de ton frère, au sein de la police.

Sabrina secoua la tête.

— Ça n'est pas fait pour moi, répondit-elle. Tout ce dont je rêve, c'est d'une vie tranquille et sans histoire, avec quelqu'un en qui je puisse avoir vraiment confiance.

— Un informaticien, par exemple ? s'enquit Jake d'un ton faussement innocent.

Il savait que Brandon Nguyen, leur collègue, était récemment sorti avec Sabrina. Les deux jeunes gens étaient demeurés discrets à ce sujet mais Billy avait cru comprendre que la soirée avait été très réussie et qu'ils comptaient remettre ça au plus vite.

Tandis que Sabrina s'éloignait en compagnie de ses deux neveux, Jake se rapprocha de Billy et lui décocha une bourrade amicale.

— Je n'arrive pas à croire que j'aie pu manquer tout ça ! s'exclama-t-il. Après toutes ces années passées à chercher ta sœur !

— Ne t'inquiète pas, répondit Billy en prenant la main de Mia dans la sienne. J'avais à mes côtés une coéquipière de choc.

— À ce propos, intervint Kyra, est-ce que vous avez eu des problèmes avec le bureau des marshals, Mia ?

— J'ai reçu une réprimande pour avoir participé à une opération sans en avoir averti ma hiérarchie. Mais je n'ai pas été suspendue. Certes, nous avons perdu un suspect mais nous avons réussi à protéger notre témoin. Sans parler du fait que nous avons réussi à retrouver un tueur en cavale depuis des années.

— Et ce type de Vegas qui s'est fait agresser ? s'enquit Jake.

— Coleman a fini par sortir du coma, répondit Billy. Le patron de Mia tente actuellement de le convaincre de témoigner contre les Carlucci en échange d'une protection fédérale.

— Beckett a déjà accepté un marché de ce genre, précisa Mia.

— Et Sabrina ? s'enquit Jake. Est-ce que nous sommes vraiment sûrs qu'elle n'a plus rien à craindre des Carlucci ?

— Ils n'auraient aucun intérêt à s'en prendre à elle, à présent, déclara Mia. Ils se mettraient à dos Billy et la plupart de ses collègues de la police de Los Angeles. D'ailleurs, elle ne dispose d'aucune information susceptible de leur porter préjudice. Tout ce qu'elle savait, c'était que Nick avait assassiné Ray Mayberry. Et Nick est mort.

— Je n'arrive toujours pas à croire que Vince Carlucci ait pu ordonner l'exécution de son propre frère, remarqua Kyra. Ce type est un monstre.

— Ce genre d'attitude ne lui vaudra pas que des amis, déclara Mia. Les gens sauront que même les liens du sang n'ont pas de valeur à ses yeux. Quelqu'un finira par le trahir et alors, nous le coincerons.

— Bon, il va falloir que nous y allions, déclara Jake. Nous avons rendez-vous avec Fiona dans moins d'une demi-heure. On se voit demain au poste, Billy ?

— À ce propos, Mia, s'enquit Kyra, quand est-ce que vous devez retourner à Washington ?

— D'ici une semaine, répondit-elle. Ma demande de mutation à Los Angeles a été acceptée et il faut que j'organise mon déménagement. Si tout se passe comme prévu, je serai de retour dix jours plus tard et pour de bon, cette fois.

— Je suis vraiment heureux pour vous deux, déclara Jake. Je savais bien que tu finirais par trouver la femme de tes rêves, Billy. Tu le mérites.

— Je dirais plutôt que c'est elle qui m'a trouvé, objecta Billy. J'ai juste été assez malin pour ne pas laisser passer ma chance.

Tous deux raccompagnèrent les jeunes mariés jusqu'à la porte. Lorsqu'elle se referma derrière eux, Mia prit Billy par la taille et lui décocha un sourire radieux.

— Ton partenaire et son épouse ne semblent pas trop m'en vouloir de m'être incrustée à leur mariage, remarqua-t-elle. Tes enfants ont l'air de plutôt m'apprécier. Et je m'entends toujours aussi bien avec ta sœur.

— Tu sembles plus te soucier de leurs sentiments que des miens, remarqua Billy en riant.

— C'est parce que je sais déjà que toi, tu m'aimes bien.

— Et même un peu plus que cela, Mia.

Elle pencha la tête légèrement de côté, le considéra d'un air à la fois grave et malicieux.

— Je m'en doute un peu, lui dit-elle. Mais tu ne me l'as jamais vraiment dit, tu sais…

— Eh bien, il est grand temps d'y remédier, dans ce cas ! s'exclama Billy en riant. Mia Romano, je t'aime de tout mon cœur. Et j'espère que j'aurai la chance de passer de longues années à tes côtés pour pouvoir te le prouver.

Sur ce, il se pencha vers elle et l'embrassa avec un mélange de douceur et de passion qui disait mieux encore que des mots l'intensité des sentiments qu'il avait pour elle.

JANIE CROUCH

Cœur en sursis

Traduction française de
PASCALE DOMÉJEAN

BLACK ROSE
HARLEQUIN

Titre original :
TEXAS BODYGUARD: LUKE

Prologue

Tout était propre dans cette maison.

Le sol de la cuisine venait d'être nettoyé, et il étincelait. Les lits étaient garnis de draps fraîchement lavés et bien plus doux que ceux dont il avait d'habitude. La douche était propre, ses vêtements étaient propres, les murs étaient propres… *Tout* était propre.

Luke ne se sentait pas à sa place.

Il habitait chez les Patterson depuis un mois, et il n'avait toujours pas été battu par les adultes ou l'un des trois autres garçons qui vivaient ici. Les enfants étaient parfois les plus vicieux, surtout ceux qui se sentaient obligés de défendre leur territoire. Mais pas ces gars-là.

Luke avait une chambre pour lui tout seul dans cette maison gigantesque. Bien entendu, cela n'était pas le cas lorsqu'il vivait dans le foyer… ni lorsqu'il s'en échappait et dormait dans la rue.

Et il pouvait fermer sa porte à clé. Clinton Patterson, le type qui vivait ici avec sa femme, lui avait montré comment le verrou fonctionnait.

C'était bien beau, mais Luke continuait à mettre la chaise du bureau sous la poignée chaque soir. Cela ne suffirait pas à empêcher quelqu'un de pénétrer dans la pièce, mais au moins, il serait alerté.

Les trois autres garçons qui vivaient ici semblaient assez

cool. Ils avaient tous à peu près le même âge que Luke et étaient comme lui placés dans cette famille d'accueil. Luke connaissait déjà l'un d'entre eux, Brax – *quel nom ridicule !* - car ils s'étaient croisés quelques jours au foyer de Skyline Park avant que Luke ne s'en enfuie à la première occasion. Le temps que la police le retrouve et l'y conduise à nouveau, Brax en était parti.

Les deux autres mecs étaient plutôt sympas, eux aussi. Weston, d'origine afro-américaine, était de nature tranquille. Il parlait peu, mais laissait toujours Luke jouer avec lui aux jeux vidéo. Chance, un Latino, était particulièrement intelligent, et Luke l'aimait bien lui aussi.

L'endroit était incomparablement mieux que Skyline Park. Son séjour ici était probablement temporaire : des familles d'accueil aussi exceptionnelles que celle de Clinton et Sheila ne gardaient pas des jeunes comme Luke bien longtemps : ils préféraient adopter des bébés, ou ces enfants au visage d'ange qui se faisaient habituellement tyranniser par les autres pensionnaires du foyer… comme la petite fille qu'il avait aidée.

Au moins, il avait bien agi, et peut-être ces mois de répit chez les Patterson étaient-ils sa récompense.

Il s'assit dans son lit et s'apprêta à se lever. Il avait faim. Il était tard, et Clinton et Sheila, qui étaient âgés – quarante ans au moins ! – étaient probablement déjà au lit. Il pourrait aller piquer quelque chose à manger, comme il le faisait chaque soir depuis qu'il était là.

Parce que, si son séjour chez les Patterson était une récompense, autant en profiter tant qu'il le pouvait. Ici, il n'y avait pas de cadenas sur le garde-manger ni sur le réfrigérateur. Et ils étaient si bien garnis que personne n'avait remarqué les chapardages de Luke.

Il se leva, et ôta la chaise qui se trouvait sous la poignée de la porte. À pas feutrés, il descendit les marches de l'escalier, mais s'immobilisa lorsqu'il entendit les voix de Clinton et de Sheila qui lui parvenaient depuis la cuisine. Il commença à rebrousser chemin, mais se rendit compte qu'ils parlaient de lui.

Il s'assit sur une marche et tendit l'oreille. S'ils allaient se débarrasser de lui, autant qu'il soit préparé !

— Je n'ai pas l'impression d'arriver à entrer en contact avec lui, Clint. Même Weston, qui avait pourtant vécu des choses si difficiles, n'était pas aussi fermé.

— Laisse-lui du temps, répondit Clinton de sa voix grave. Cela fait bien longtemps qu'il est seul, que ce soit dans la rue ou dans ce satané foyer. Nous allons obtenir sa fermeture, n'en doute pas ! Maintenant que les services sociaux savent exactement ce qu'il s'y passe, ils vont prendre des mesures.

Sheila poussa un soupir tremblant.

— Je suis seulement heureuse que Luke soit ici, et que nous puissions prendre soin de lui.

Quelques secondes plus tard, Luke entendit le bruit du couteau sur la planche à découper.

— Rien de mal ne va lui arriver, répondit Clinton. Pas maintenant qu'il est sous notre protection.

On entendait encore la lame sur couteau sur le bois. Puis la voix de Clinton.

— Que fais-tu ?

— Je prépare des bâtonnets de carotte et de céleri.

Clinton poussa un soupir.

— Il est plus de 22 h 30. Pourquoi cuisines-tu maintenant ?

Le bruit caractéristique reprit.

— Il vient prendre un peu de nourriture chaque soir, et je me suis dit que j'allais lui préparer quelque chose de sain. Je vais laisser ces légumes pour lui, et j'ai fait un sandwich aussi. Peut-être qu'il va le prendre. Je veux seulement qu'il sache qu'il peut manger à sa faim ici.

— Je t'aime, Sheila Patterson.

Le petit rire de Clinton était étouffé, comme s'il avait les lèvres contre la joue de sa femme.

— Luke va t'aimer lui aussi. Laisse-lui du temps.

Le bruit rythmique du couteau sur la planche s'interrompit, et la voix de Sheila s'éleva.

— Il a été si malmené par la vie ! Cela fait trop longtemps qu'il ne peut compter que sur lui. Il porte des choses trop lourdes pour un enfant… Et il est convaincu que nous allons nous débarrasser de lui à la première occasion ! Je ne sais pas comment…

— Hé, l'interrompit Clinton. Luke est quelqu'un de fort. Avec un peu d'amour et d'attention, il va finir par s'ouvrir, et ses qualités vont se développer. C'est un protecteur-né.

— Oui, mais il est aussi seulement un jeune garçon. J'aimerais pouvoir le serrer dans mes bras, et qu'il me laisse faire…

Luke n'avait même pas le souvenir d'une telle chose… Et il ne savait pas quelle serait sa réaction si Sheila essayait.

— Cela arrivera un jour… quand il sera prêt. Maintenant, laisse ça, et allons nous coucher.

Luke finit de descendre l'escalier et alla se cacher dans la salle à manger, pendant que Clinton et Sheila se dirigeaient vers leur chambre. Puis il entra lentement dans la cuisine.

Il ouvrit le réfrigérateur et attrapa l'assiette avec le sandwich et les bâtonnets de légumes.

Jamais il n'avait rien mangé d'aussi bon.

1

Claire Wallace n'était pas faite de l'étoffe des héros, personne n'aurait pu prétendre le contraire.

Les héroïnes étaient sociables, belles, décidées.

Elle, au contraire, aimait prendre son temps, avait un physique ordinaire, et goûtait la solitude. Elle parlait rarement à quiconque, à l'exception de son chat, Khan, qui avait tendance à ne pas lui répondre. Mais cela importait peu à Claire, qui continuait à préférer sa compagnie à toute autre.

En ce moment, elle était assise à l'endroit où elle avait passé chacune de ses journées de travail depuis qu'elle avait quitté l'université, une fois ses études terminées : à son bureau chez Passage Digital, une entreprise qui développait des logiciels et des applications. La plupart de ceux qui avaient été embauchés en même temps qu'elle avaient gravi ne serait-ce que quelques échelons. Mais Claire travaillait toujours au troisième étage, avec les petits nouveaux frais émoulus de l'université.

Le fait de ne pas avoir été promue ne la dérangeait pas outre mesure, puisque les évolutions de carrière impliquaient généralement d'avoir à interagir avec d'autres personnes et d'attirer les regards.

Souffrait-elle de phobie sociale ? C'était certain.

Avait-elle l'intention de s'attaquer à ce problème ? Pas la moindre.

Alors, quand sa responsable lui avait envoyé un mail il y avait une heure de cela, lui enjoignant de se connecter pour un appel vidéo à 10 heures ce matin et ajoutant que cela ferait d'elle une héroïne, Claire n'avait pas été très enthousiaste. Mais elle était là.

Allait-elle annoncer à Claire qu'elle avait été promue ?

Mais exercer davantage de responsabilités l'obligerait à travailler plus souvent avec d'autres personnes, ce qui la forcerait à...

Claire se sentit soudain oppressée et porta la main à sa poitrine. *Quelqu'un avait-il monté la température de la pièce ?*

Prenant une longue inspiration, elle s'efforça de faire taire son angoisse.

Les secondes continuaient à s'égrener. Il n'était que 10 h 02 mais Julia se connectait toujours en avance pour les réunions. Sa ponctualité était une qualité que Claire avait tout particulièrement appréciée lorsqu'elles avaient travaillé ensemble sur le projet d'application de filtres photo dont Julia était la responsable.

— Hé... souffla Claire en tendant la main vers l'homme qui passait devant son bureau, sans le toucher.

Tom ? Trent ? Terrance ?

Il travaillait ici depuis environ deux ans, mais ils ne s'étaient jamais parlé.

Il écarquilla les yeux de surprise.

— Euh... Oui ?

Claire s'éclaircit la voix et parvint à articuler :

— Tu as vu Julia ?

Tom-Trent-Terrance secoua la tête.

— Non. Désolé.

Claire se renfonça dans son siège. Cela avait été assez dur. Elle n'allait certainement pas demander à quelqu'un d'autre.

Julia voulait probablement lui parler de leur application de filtres photo pour téléphones portables, Gouda. La première version avait rencontré un franc succès. La nouvelle, sur laquelle elles étaient en train de travailler – et qui intégrait une matrice de reconnaissance faciale beaucoup plus sophistiquée – constituerait une avancée significative.

Les adolescents de tout le pays seraient ravis de retrouver les traits de leur visage sur des animaux, des célébrités ou des objets.

Ou ils auraient pu l'être, jusqu'à ce que Julia prenne la décision de mettre un coup d'arrêt au projet la semaine dernière. Elle n'avait donné aucune raison à ce revirement, ce qui était étrange.

Mais, bien entendu, Claire ne lui avait pas demandé d'explications. Elle ne le faisait jamais.

Le rendez-vous d'aujourd'hui ne concernait certainement pas l'application, de toute manière. C'était terminé. Il s'agissait peut-être d'une commande de donuts pour le service, car quiconque offrait à manger ou à boire devenait véritablement un héros chez Passage Digital.

Le portable de Claire tinta. C'est un message de Julia.

Apporte immédiatement un disque dur externe dans mon bureau. Connecte-toi sur le chat vidéo

Claire fit ce que sa collègue lui demandait. Le bureau de Julia était situé à l'autre bout de l'espace commun de travail. C'était un box bien aménagé, à l'écart, avec des fenêtres et une porte préservant son intimité… tout à fait ce dont Claire aurait rêvé.

Personne ne s'y trouvait, mais sur l'écran de l'ordinateur, elle vit que Julia était déjà connectée à l'application de visioconférence qu'elles utilisaient toutes les deux. Ses longs cheveux noirs pendaient sans grâce autour de son visage, et elle avait les yeux cernés.

Claire s'assit devant l'écran, perplexe. Julia était d'ordinaire d'apparence si soignée…

— Tu… tu vas bien ?

Claire détesta entendre le tremblement de sa voix.

— Écoute, nous n'avons pas beaucoup de temps, souffla Julia en se rapprochant de l'écran.

Ce fut alors que Claire reconnut la grande table en arrière-plan : Julia se trouvait dans le bureau du dirigeant de Passage Digital.

Cela signifiait-il qu'elle avait été appelée à une réunion avec le P-DG, Vance Ballard ? Gouda avait-il finalement reçu le feu vert ?

Julia s'humecta les lèvres, sans sembler remarquer que ses cheveux tombaient devant son visage.

— Je ne sais plus à qui faire confiance, mais je crois que tu es étrangère à toute cette tromperie. C'est devenu plus dangereux que je ne le pensais...

Claire sentit son cœur se serrer.

— Que veux-tu dire ?

— Gouda. Ballard veut s'en servir pour voler des données confidentielles et de l'argent... à des enfants. Il est en train de créer une base de données qu'il a l'intention d'utiliser lorsque ces jeunes seront devenus adultes. Il pourra alors avoir accès aux données de leurs téléphones portables, et à leurs comptes en banque.

Julia et elle avaient conscience que c'était un problème soulevé par leur application, et c'était la raison pour laquelle elles avaient travaillé ensemble pendant de longues heures pour le résoudre.

Claire protesta :

— Non. Nous avons bien veillé à supprimer tous les éléments qui auraient pu permettre de...

Julia l'interrompit en lançant un bref coup d'œil à la porte.

— Et Ballard les a réintroduits. Branche le disque dur externe. Je t'envoie tous les fichiers prouvant que Ballard savait parfaitement ce qu'il faisait, et pourquoi.

Les mains de Claire tremblaient tant qu'elle n'était pas certaine de réussir à brancher le périphérique sur l'ordinateur.

— Je ne pense pas que ce soit une bonne idée. Nous ne savons pas ce que...

— Claire, nous n'avons pas le temps. Fais-le. Vite.

Avalant péniblement sa salive, Claire s'exécuta. Oh oui, c'était certain : elle n'avait rien d'une héroïne !

— Il va falloir mettre la police au courant. Ballard ignore que j'ai compris son manège, alors, nous devrions pouvoir...

Julia retint son souffle et regarda à nouveau par-dessus son épaule.

Sur l'écran de l'ordinateur, la fenêtre montrant le visage de Julia devint petite. Cela signifiait que maintenant, Claire pouvait toujours voir Julia, mais que l'inverse n'était plus vrai.

Elle vit Vance Ballard apparaître, suivi de deux types de la sécurité.

— Tu es entrée dans mon bureau sans y être invitée, Julia ? C'est inadmissible… vraiment.

La voix du P-DG de Passage Digital était calme, presque onctueuse, ce qui rendait ses paroles plus terrifiantes encore. Il tapota ses cheveux grisonnants tout en se rapprochant de Julia et de la caméra. Claire ne lui avait parlé qu'une seule fois, pour marmonner une excuse le jour où elle s'était cognée contre lui dans le hall.

— Je suis seulement venue chercher quelques papiers que j'avais laissés. Mais vous avez raison : je n'aurais pas dû entrer ici sans votre permission. Je suis désolée.

Julia parlait d'une voix nerveuse et aiguë. Tout l'opposé de Ballard.

— Tu as laissé des papiers sur mon ordinateur ? demanda Ballard en levant les sourcils. Hum…

Claire jeta un coup d'œil sur son disque externe. Il continuait à charger les données envoyées par Julia.

Il ne fallut pas longtemps à Ballard pour qu'il s'en rende compte lui aussi.

— Oh ! Julia, qu'as-tu fait ?

Il secoua la tête, et tendit la main vers son ordinateur.

Le transfert de fichiers s'interrompit. Maintenant, c'était son visage que Claire voyait, alors qu'il pianotait sur le clavier. Derrière lui, elle aperçut Julia qui reculait, jusqu'à ce que l'un des gardes l'arrête en la prenant par le bras.

— J'ai l'impression que tu étais en train de transférer des

fichiers vers ton poste de travail, déclara-t-il alors qu'il se retournait vers Julia en secouant la tête d'un air désabusé.

— Je ne vais pas vous laisser voler les données de tous ces jeunes ! s'exclama Julia en tentant de se dégager.

Mais le garde tint bon.

— Ces filtres photo sont essentiellement destinés à enfants, poursuivit-elle. Ils sont tout particulièrement protégés par la loi. Vous ne pouvez pas faire ça !

Ballard secoua la tête.

— Tu aurais dû t'occuper de tes affaires. Je t'avais donné un excellent prétexte en te disant que j'allais m'occuper de tout. Tu aurais dû regarder ailleurs.

Il fit un signe de tête à l'homme qui retenait Julia, et avant même que Claire n'ait eu le temps de comprendre ce qui se passait, l'homme avait saisi le visage de Julia et lui avait brisé le cou.

Claire étouffa un cri d'horreur alors qu'elle voyait Julia tomber à terre, les yeux encore grands ouverts.

— Occupez-vous d'elle, déclara Ballard en faisant un geste en direction de Julia. Faites en sorte qu'on trouve le corps loin d'ici, et que ça ait l'air d'un accident.

Claire pressa une main tremblante sur sa poitrine. Elle sentait son cœur battre à tout rompre.

Julia était morte.

Ballard venait de la faire exécuter.

— Allez dans son bureau et récupérez le disque vers lequel elle envoyait les données. Rapportez-le-moi afin que je puisse l'examiner avant de le détruire.

Claire devait partir d'ici. Elle appuya sur la touche qui permettait de sauvegarder les vidéoconférences entre Julia et elle.

Et, dans le cas présent, les images d'un meurtre.

Le fichier fut automatiquement enregistré sur le serveur de Passage Digital, mais ces manipulations durent se remarquer sur l'ordinateur de Ballard, car il se mit à hurler :

— Bon sang ! Cette garce était en train d'enregistrer la conversation !

Claire eut un mouvement de recul lorsque le visage de Ballard surgit en gros plan sur l'écran. Il ne pouvait pas la voir, mais elle avait du mal à s'en persuader.

— Il faut immédiatement aller dans son bureau pour contenir les dégâts !

La connexion vidéo s'arrêta net.

Claire restait assise, les yeux écarquillés, tentant péniblement de respirer. Que devait-elle faire ?

Elle pouvait laisser ici le disque dur externe, et Ballard ne saurait jamais qu'elle avait été témoin du meurtre. Mais dès qu'il mettrait la main dessus, il l'effacerait, tout comme la vidéo prouvant que Julia avait été exécutée sur son ordre. Et alors, toutes les preuves de ses crimes auraient disparu.

Claire avait tout au plus trois minutes avant que les hommes de Ballard n'arrivent. Si elle devait faire quelque chose, c'était maintenant ou jamais.

Sans même réfléchir, elle se mit à pianoter sur le clavier, et dissimula la vidéo dans un dossier de Passage Digital. Si Ballard tentait d'y avoir accès, il penserait qu'il s'agissait d'un fichier trop endommagé pour qu'il puisse l'ouvrir. Rien ne lui permettrait de faire le lien avec Claire.

Mais si elle emportait le disque dur externe, Ballard saurait que quelqu'un était venu dans ce bureau. Il ignorerait qui, mais combien de temps lui faudrait-il avant de le découvrir ? Elle regardait fixement le périphérique. Il était environ deux fois plus grand et plus lourd qu'un téléphone portable, et était toujours branché à l'ordinateur de Julia.

Elle ne pouvait pas laisser Ballard s'en sortir. Il fallait qu'il paie pour ses crimes.

Elle tira sur le câble, attrapa le disque dur externe, et se dirigea vers la porte. Lorsqu'elle l'ouvrit, elle s'attendait à ce que tous ses collègues du troisième étage se retournent vers elle, mais personne ne leva la tête.

Le plus discrètement possible, elle se dirigea vers son bureau. Comme à l'accoutumée, personne ne tenta d'engager la conversation. Dieu soit loué !

Elle ne savait pas très bien quoi faire... Devait-elle s'asseoir et attendre ? Devait-elle quitter le bâtiment ?

Une voix qui l'accompagnait depuis les quelques semaines qu'elle avait passées dans le foyer surgit à son esprit. La voix de quelqu'un en qui elle avait confiance. *Luke.* Il ne l'avait jamais laissée tomber, avait toujours été là pour la protéger.

Si tu as le choix entre fuir et te battre, fuis. Surtout toi, chaton.

Lui n'avait jamais fui. Mais en ce qui la concernait, il avait eu raison à l'époque, et certainement aujourd'hui encore. Elle prit son sac, y glissa le disque dur externe, et avança dans le couloir.

Elle entendit son cœur battre la chamade lorsqu'elle vit les hommes de Ballard se précipiter vers elle. Elle ne pouvait pas les laisser l'attraper : elle ne savait que trop bien ce qui se passerait ensuite.

Mais ils ne lui jetèrent pas même un coup d'œil, et continuèrent à avancer vers le bureau de Julia.

Sans regarder en arrière, Claire continua à se diriger vers l'ascenseur. Les portes mirent une éternité à s'ouvrir, et elle s'engouffra à l'intérieur dès que l'espace fut assez large pour qu'elle s'y faufile. Lorsqu'il se mit en branle et commença à descendre vers le garage situé au sous-sol, elle fut prise de tremblements.

— Allons, allons, murmura-t-elle.

Au moment même où elle sortait de la cabine, une annonce résonna dans tout le bâtiment, informant ses occupants qu'il allait être momentanément fermé pour des raisons de sécurité.

Elle courut vers sa voiture, et s'efforça de sortir du garage à une vitesse raisonnable.

Ce ne fut que lorsqu'elle arriva sur l'autoroute qu'elle eut l'impression qu'elle pouvait enfin respirer.

Elle avait réussi à fuir.

Mais elle n'était pas en sécurité pour autant, loin de là...

2

Luke Patterson se passa la main sur le visage, et considéra le tas de documents qui recouvrait presque entièrement son bureau. Puis, fermant les yeux, il prit une longue gorgée de café.

Malheureusement, lorsqu'il rouvrit les paupières, les papiers étaient toujours là.

Il soupira :

— Bon sang !

San Antonio Security, l'entreprise qu'il avait fondée avec ses frères il y avait cinq ans de cela dans la ville d'où ils étaient originaires, avait vraiment besoin d'une secrétaire ! Leur agence, qui proposait ses services dans des domaines variés allant de la mise à disposition de gardes du corps à la formation à l'utilisation d'armes à feu, en passant par des missions de détective privé, avait connu une croissance exponentielle. Et son succès était mérité : à eux quatre, les frères Patterson totalisaient de nombreuses années d'expérience, que ce soit dans l'armée ou la police.

Être obligé de refuser des clients était plutôt flatteur pour les dirigeants d'une entreprise, mais crouler sous la paperasserie était moins agréable. Quoi qu'il en soit, si c'était le prix à payer pour qu'il puisse travailler avec les trois personnes en qui il avait le plus confiance au monde – ses frères – Luke l'acceptait sans une seconde d'hésitation.

Il attrapa un document sans prêter attention au tintement de la sonnette. Même lorsqu'il n'était pas de corvée de paperasserie, personne ne se serait attendu à ce que Luke vienne accueillir un client. Brax était le plus sociable des quatre frères, et c'était la raison pour laquelle son bureau était à côté de l'entrée.

Luke était tout l'opposé : il était trop rude, trop impatient pour s'acquitter de cette tâche. Même Weston, de nature silencieuse, ou Chance, qui était souvent perdu dans ses pensées, étaient plus à même de s'en charger.

Un coup frappé à la porte du bureau de Luke quelques instants plus tard le fit lever les yeux. Brax était devant lui, un léger sourire aux lèvres.

— Je t'en supplie, dis-moi que c'était le gardien qui nous demandait d'évacuer le bâtiment pour m'épargner ce travail ! s'écria Luke en désignant son bureau.

Le sourire de Brax s'élargit. Ils étaient tous deux aussi différents que le jour et la nuit, mais le lien qui les unissait était si fort que jamais Luke n'aurait pensé qu'il puisse avoir une telle confiance en quelqu'un. Le fait qu'ils aient servi ensemble dans l'armée y était certainement pour beaucoup.

Mais à vrai dire, Luke se sentait tout aussi proche de Weston et de Chance, qui avaient préféré s'engager dans la police.

— Il y a une femme qui voudrait te parler, déclara Brax avec un geste de la tête en direction de l'entrée. Elle t'a demandé expressément.

Luke se redressa sur sa chaise.

— Qui ?

Personne ne réclamait Luke en particulier, surtout pas les femmes. Il ne se souvenait plus de la dernière fois où il avait eu une relation. Il attribuait ce long célibat à sa charge de travail, mais en vérité, il n'avait jamais trouvé une compagne avec laquelle il se sente assez en confiance pour être vraiment lui-même, une qui puisse comprendre son passé, et peut-être l'accepter.

Brax jeta un coup d'œil par-dessus son épaule à quelqu'un qui se trouvait dans le couloir.

— Il a dit que vous pouvez entrer.

— Je n'ai pas...

Les mots moururent sur ses lèvres alors qu'une jeune femme blonde à la silhouette fine et délicate pénétrait dans son bureau, et le dévisageait de ses yeux bleus.

Il la reconnut immédiatement.

— Claire !

— Luke.

Elle n'avait prononcé qu'un seul mot, mais sa voix tremblait comme si elle avait à peine la force de parler.

Ses bras étaient zébrés par des égratignures, et elle tenait un grand chat gris contre sa poitrine.

La scène était douloureusement familière. Lorsqu'elle était enfant, elle était bien trop souvent couverte de griffures et de bleus, et elle n'allait nulle part sans son chat en peluche.

— Je vois que tu as enfin un vrai chat !

Les mots étaient sortis avant que Luke n'ait eu le temps de réfléchir.

Il commença à se morigéner intérieurement, mais elle lui sourit.

— Oui.

Et maintenant, que faire ? Lui serrer la main ? La prendre dans mes bras ?

Rien ne semblait convenir pour la fille qui n'avait jamais quitté ses pensées, même s'il ne l'avait plus vue depuis quinze ans.

Elle desserra son étreinte, et le grand chat sauta élégamment sur la chaise placée devant le bureau de Luke.

Claire s'avança alors en lui tendant la main. Ses doigts tremblaient, sa peau était froide. Des cernes se dessinaient sous ses yeux, révélant sa fatigue et sa peur.

— Que fais-tu ici ? demanda-t-il en faisant un effort pour lâcher sa main.

Claire s'enveloppa dans ses bras.

— Je t'ai vu à la télévision il y a quelques mois…

Derrière elle, Brax eut un petit rire.

— Oui, répondit Luke en se raidissant, je m'en souviens.

Il avait été interviewé à propos d'une enquête menée avec succès par leur agence. À la suite d'une âpre bataille entre les parents d'une petite fille qui souhaitaient tous les deux en obtenir la garde, celle-ci avait été enlevée par son père, qui s'était alors barricadé avec elle dans une maison abandonnée. Les frères Patterson avaient été chargés par la mère de retrouver l'enfant, et avaient prêté main-forte à la police pour la récupérer.

Une équipe de télévision avait accouru et brandi un micro sous le nez de Luke avant qu'il n'ait eu le temps de s'éclipser. Ses frères se moquaient encore de son manque d'aisance devant la caméra, mais ce reportage avait accru leur notoriété et leur avait apporté de nouveaux clients.

— Hé, on n'a pas sonné à la porte ?

Weston surgit dans l'embrasure de la porte, suivi de Chance.

Claire se retourna et eut un mouvement de recul. Le chat sauta dans ses bras et elle le serra contre elle, visiblement mal à l'aise.

Luke s'éclaircit la voix.

— Claire, je te présente mes frères. Weston, Chance et…

— Brax.

Brax s'avança et tendit la main à Claire.

La plupart des gens faisaient demi-tour lorsqu'ils apprenaient que les quatre hommes étaient frères, puisque Luke avait le type caucasien, Chance était d'origine hispanique, Weston afro-américaine, et Brax était métis. Ils étaient frères en tout, sauf par le sang.

Claire sembla tout comprendre sur-le-champ… mais elle savait que Luke n'avait pas toujours grandi dans une famille normale.

Brax serra la main de Claire pendant plus longtemps que nécessaire, et Luke dut retenir un grognement agacé.

Brax n'avait jamais eu le moindre mal à séduire les femmes.

Son charme et son esprit le rendaient irrésistible, sans parler de son physique.

Ce fut Chance qui comprit la situation. Il posa la main sur l'épaule de Brax, et le tira en arrière.

— Nous... nous devons ranger l'armoire de stockage.

Brax fronça les sourcils.

— Depuis quand ?

— Depuis maintenant, intervint Weston en tirant Brax par l'autre bras. Enchanté d'avoir fait votre connaissance, Claire.

Ils sortirent de la pièce. Luke entendit des murmures et un bruit sourd, lui indiquant que Chance ou Weston avait probablement gratifié Brax d'un coup de poing dans l'estomac.

Et il se retrouva seul avec Claire.

Le chat sauta alors à terre et s'assit devant Claire comme pour la protéger. Il fixait Luke d'un regard sévère.

— On dirait que tu as un chien de garde !

— Khan se comporte comme s'il en était un.

Le chat leva les yeux vers Claire, comme s'il avait compris qu'elle parlait de lui.

— C'est un maine coon, non ?

Elle le considéra de ses yeux bleu foncé, l'air surpris.

Lorsqu'ils s'étaient croisés dans le foyer, Luke l'avait surnommée chaton parce que son chat en peluche la suivait partout. Et cette petite fille dont les nattes semblaient avoir capturé les rayons du soleil et les yeux l'éclat du ciel ne parlait que d'avoir un jour un chat à elle.

Apparemment, son plus grand rêve s'était enfin réalisé. Malgré l'épuisement que trahissait son visage et les égratignures qu'il voyait sur ses bras, il était heureux de savoir qu'elle avait au moins cette satisfaction.

— Je me suis toujours demandé ce que tu étais devenue... poursuivit-il.

Luke sentit son cœur se serrer. Il n'aurait jamais voulu reconnaître combien il avait pensé à elle.

— Après avoir quitté le foyer, j'ai vécu dans deux familles d'accueil différentes. Les choses ne se sont pas trop mal passées, ajouta-t-elle en haussant les épaules.

Il était inutile d'ajouter qu'elle n'avait jamais été adoptée.

— Et toi ? demanda-t-elle avec un regard interrogateur.

Luke sentit sa bouche s'assécher. Après le départ de Claire, il n'était resté que quelques jours. Elle était la seule raison pour laquelle il ne s'était pas enfui plus tôt : elle avait besoin d'être protégée.

— Peu de temps après, j'ai été adopté pour les Patterson.

Il préféra ne pas mentionner les quelques mois passés dans la rue, avant qu'il ne soit retrouvé et ramené manu militari au foyer.

— Eh bien !

— Ils nous ont adoptés tous les quatre. Ils nous ont proposé de prendre leur nom si nous le voulions, et c'est ce que nous avons fait.

Il entendit lui-même l'accent de fierté de sa voix.

— Ils m'ont donné un but. De la stabilité. Je leur dois tout.

À l'expression de son regard, il comprit qu'elle n'avait pas eu cette chance. Il désigna la chaise de l'autre côté de son bureau et elle s'assit. Khan sauta immédiatement sur ses genoux.

— Et toi ? Que fais-tu maintenant ?

Il s'installa derrière son bureau, espérant que, s'il réussissait à la faire parler, elle se détendrait un peu… et qu'elle lui expliquerait enfin pourquoi elle avait poussé la porte de San Antonio Security.

— De la programmation informatique.

Elle haussa les épaules comme pour minimiser la chose, mais avec une certaine raideur.

— C'est bien ! Tu as toujours aimé les ordinateurs.

Elle demeura silencieuse, n'ajoutant aucune précision sur son travail. Mais la main qui caressait Khan tremblait.

Il poussa quelques-uns des papiers qui encombraient son bureau de côté, afin de pouvoir se pencher vers elle.

— Claire, je suis vraiment heureux de te voir, et tu seras toujours la bienvenue… mais j'ai le sentiment que tu n'es pas ici pour que nous parlions du passé.

Elle leva lentement la tête et avala sa salive avec difficulté. Il aurait voulu la prendre dans ses bras, lui promettre que tout irait bien, et qu'il l'aiderait aujourd'hui comme il l'avait fait par le passé.

Mais elle avait l'air si fragile… comme si elle pouvait se briser au moindre contact.

Il veilla à poursuivre d'une voix douce.

— Tu as quelques égratignures… et un bleu sur la joue…

— J'ai… J'ai été agressée.

— Tu sais par qui ?

Il attrapa un bloc-notes pour pouvoir écrire quelques détails, préférant ne pas prêter attention à la colère qui grondait en lui à l'idée que quelqu'un ait pu lui faire du mal.

— Non. Je…

Tout en détournant le regard, elle se passa la langue sur les lèvres.

— Ces derniers temps ont été difficiles. J'ai été en contact avec de mauvaises personnes, et ce qui m'est arrivé en est une conséquence… Et les types qui m'ont fait ça savent où j'habite.

Il attendit, mais elle ne dit rien de plus. Claire cachait quelque chose, et il était certain que la vérité se nichait dans tous les détails qu'elle lui taisait.

— Comment puis-je t'aider, chaton ?

Il n'avait pas eu l'intention de l'appeler par le surnom qu'il lui donnait autrefois – il ne savait même pas si elle s'en souvenait – mais il lui était venu tout naturellement aux lèvres.

Claire enveloppa Khan de ses bras et regarda Luke par-dessus la tête de son chat, qui avait tout d'un chien de garde. Lorsqu'elle lui répondit, ce fut d'une voix brisée.

— Je ne peux pas retourner chez moi. Les hommes qui m'ont

agressée m'ont pris toutes mes cartes de crédit et une partie de mon argent liquide.

Luke tenta de demeurer impassible. Tout ce que lui racontait Claire était pour le moins étrange. Elle lui cachait quelque chose, mais il n'insisterait pas. Pas pour le moment…

Pas lorsqu'elle lui donnait l'impression d'être prête à craquer à tout instant.

— Depuis combien de temps n'as-tu pas dormi ?

— Je ne sais pas bien…

Sa voix n'était plus qu'un murmure.

— Quelques nuits… Je ne savais pas où aller.

— Je vais te trouver une chambre d'hôtel, déclara Luke. C'est moi qui la paierai.

Elle entrouvrit les lèvres comme si elle s'apprêtait à protester, mais elle finit par hocher la tête.

— D'accord. Merci. Mais je ne voudrais pas que tu croies que c'est la raison pour laquelle je suis venue ici. Je n'essaie pas de profiter de toi !

— Tu ne profites pas de moi. Je suis heureux de pouvoir aider une vieille amie. Lorsque tu auras dormi, nous réfléchirons ensemble à la suite.

Elle eut un pâle sourire.

— Merci.

Quelques minutes plus tard, elle était remontée dans sa voiture avec Khan, et elle le suivait jusqu'à un motel situé à quelques kilomètres. Il aurait aimé l'installer dans un endroit plus agréable et plus proche, mais elle lui avait expliqué que Khan aimait sortir pour faire ses besoins, et que cela serait plus pratique que de rester dans un hôtel traditionnel.

Ce chat se comportait vraiment comme un chien !

Il l'emmena dans un établissement où elle pourrait laisser Khan aller et venir à sa guise, et pourrait se garer juste devant sa chambre. Elle attendit dans sa voiture alors qu'il s'occupait des formalités à l'accueil, car il ne voulait pas que le réceptionniste puisse penser que Claire allait passer la nuit seule ici.

Lorsqu'il sortit, il la vit qui regardait fixement à travers le pare-brise, les yeux voilés par la fatigue. Il avait l'intention de l'emmener au restaurant pour qu'ils puissent manger et discuter, mais il décida de plutôt la conduire jusqu'au fast-food le plus proche.

Lorsqu'ils revinrent au motel, il porta son petit sac de voyage jusqu'à sa chambre, et le posa sur le support. Il avait l'impression qu'elle allait s'écrouler de fatigue.

— Dors un peu. Tout ira mieux lorsque tu te seras reposée. Je te le promets.

— Merci, murmura-t-elle en s'asseyant sur le lit.

Il ne voulait pas la laisser seule ici, mais dormir était la meilleure chose qu'elle puisse faire pour l'instant. Et il serait bien plus utile en retournant à l'agence pour essayer d'obtenir des informations sur sa situation.

— Je reviendrai tôt demain matin. Tu m'expliqueras tout en détail. Ferme bien la porte à clé derrière moi.

Elle hocha la tête.

— Luke, je...

Elle laissa sa phrase en suspens, et préféra conclure :

— Merci de m'aider.

Incapable de résister, il lui caressa légèrement la joue.

— Repose-toi, chaton. Tu n'es plus seule maintenant.

3

Luke ne cessait de jeter des coups d'œil dans son rétroviseur alors qu'il s'éloignait du motel. Laisser Claire seule allait à l'encontre de tous ses principes, mais il n'avait pas le choix.

Il avait besoin d'informations, et pour le moment, ce n'était pas Claire qui allait les lui fournir.

Il profita du premier feu rouge pour appeler son ami Rick Gavett, qui travaillait à la police de San Antonio.

— Gavett.

On entendait en bruit de fond les conversations d'une salle de police animée.

— Rick, c'est Luke Patterson.

— Luke ! D'habitude, c'est Weston qui m'appelle ! Qui recherchez-vous aujourd'hui ?

Les quatre frères connaissaient Rick depuis plusieurs années, même si Weston était celui dont il était le plus proche. Ils travaillaient ensemble jusqu'à ce qu'une blessure reçue lors d'une mission d'infiltration mette un terme à la carrière de Weston dans la police, et presque à sa vie. Depuis, Rick avait toujours accepté d'aider San Antonio Security lorsqu'il le pouvait.

— Crois-le si tu veux, mais il ne s'agit pas de retrouver quelqu'un.

Luke jeta un autre coup d'œil dans son rétroviseur, même s'il ne pouvait plus voir le motel.

— Ah bon ? Vous avez décidé de mettre la clé sous la porte ?

— Moi vivant, cela n'arrivera pas !

Le feu passa au vert.

— J'ai besoin d'autre chose aujourd'hui, poursuivit Luke.

— Dis-moi.

— Je voudrais que tu fasses des recherches sur une amie de longue date. Elle s'appelle Claire Wallace.

Ce nom était étrangement doux sur ses lèvres.

— Une de tes conquêtes ?

— Une amie d'enfance. Elle a des problèmes et elle a besoin de mon aide. Mais elle met du temps à m'expliquer pourquoi.

— Claire Wallace... C'est bon. Je vais voir ce que je peux trouver sur elle un peu plus tard dans la journée. Je t'appellerai.

— Merci. Et, Rick...

— Oui ?

— Je préférerais que tu restes discret.

Il raccrocha et poursuivit son chemin jusqu'au siège de San Antonio Security. Avant de sortir de son véhicule, il attendit quelques instants, et surveilla les alentours.

Tout semblait normal. Aucune voiture aux vitres teintées ne passa lentement devant le bâtiment. Personne n'attendait, assis sur le banc de l'arrêt de bus. Mais c'était parce que les personnes qui étaient prêtes à sauter sur Luke se trouvaient à l'intérieur.

Il ne faisait aucun doute que ses frères allaient l'assaillir de questions. Alors, il prit une inspiration, et entra.

Effectivement, il avait à peine passé le seuil de l'agence qu'ils accoururent.

— C'était qui ? demanda Weston.

Comme à l'accoutumée, il était sérieux, le front plissé.

— Comment se fait-il que nous n'ayons jamais entendu parler de cette Claire Wallace ? poursuivit-il.

Chance intervint avant même que Weston n'ait terminé sa phrase.

— J'espère que tu n'as pas cru qu'on lui avait pris ses cartes, mais pas tout son argent. Aucun voleur n'a jamais fait ça !

Brax leva les mains pour calmer tout le monde.

— Commençons par la question la plus importante : pourrais-je être garçon d'honneur à votre mariage ? Parce que, sérieusement, je ne t'ai jamais vu si aimable et attentionné avec quiconque… pas même avec maman !

Chance et Weston éclatèrent de rire, et Luke leva les yeux au ciel en se dirigeant vers son bureau.

— C'est juste une cliente. Vous pouvez arrêter un instant ?

Comme il était certain qu'ils le feraient, ils le suivirent jusqu'à son bureau. Sans leur prêter attention, Luke s'assit et alluma son ordinateur.

— Nous nous posons des questions, déclara sérieusement Chance en s'installant en face de lui.

— C'est une vieille amie. Je l'ai rencontrée dans le foyer de Skyline Park, peu de temps avant sa fermeture.

— Ah, c'est ça, dit Brax en s'appuyant sur le montant de la porte, le foyer… Tu y es resté plus longtemps que moi, mais tu n'en as jamais vraiment parlé.

Luke haussa les épaules. Il n'évoquait jamais ces années parce qu'il n'y avait pas grand-chose à en dire… Il n'avait jamais connu son père biologique, et sa mère avait perdu l'exercice de son droit de garde lorsqu'il avait sept ans, pour des problèmes de drogue qui avaient fini par l'emporter. Il avait été ballotté de foyer en foyer jusqu'au jour où, à treize ans, il avait atterri à Skyline Park, un enfer dont il s'était enfui à plusieurs reprises. Il serait probablement mort ou en prison si les Patterson ne l'avaient accueilli dans leur famille.

Oui, qu'y avait-il à dire ?

— Pourquoi Claire est-elle venue ici ? lui demanda Chance lorsqu'il devint évident que Luke n'allait rien ajouter. Tu as été en contact avec elle depuis le foyer ?

— Non. Je ne l'ai plus revue depuis qu'elle a été placée dans une famille alors qu'elle avait onze ans. Visiblement, elle a des ennuis, déclara Luke. Elle ne m'en a pas dit plus. Nous en parlerons demain.

Chance hocha la tête.

— Mais c'est à *toi* qu'elle s'est adressée après toutes ces années. Tu as dû la marquer.

Luke leva les yeux vers celui de ses frères qui était le plus réservé et réfléchi, et il hocha la tête. Avait-il durablement fait impression sur Claire ? Il lui serait agréable de pouvoir le penser.

— Nous avons en quelque sorte veillé l'un sur l'autre lorsque nous étions dans le foyer.

— Tu veux dire que tu as veillé sur elle, corrigea Brax. On dirait qu'une porte qui claque suffirait à lui faire peur.

— Oui, je suppose…

Luke hocha la tête, les yeux dans le vague.

— Claire était plus jeune que moi. J'avais treize ans lorsqu'elle est arrivée, et elle n'en avait que dix. J'étais sur le point de m'enfuir. J'avais déjà préparé mes affaires.

Le tout tenait dans un simple sac en plastique. Le sac à dos qu'il possédait lorsqu'il était arrivé avait disparu depuis longtemps, volé par un autre enfant qui avait depuis quitté le foyer.

Luke n'avait pas de plan. Il savait seulement qu'il ne pouvait pas rester là.

De manière générale, si vivre dans une famille d'accueil était loin d'être un sort enviable, demeurer dans un foyer était tout simplement terrible. Les enfants étaient cruels les uns envers les autres, il y avait constamment des vols et des disputes auxquels les adultes prêtaient à peine attention. On ne pouvait dormir que d'un œil, si tant est que le moindre sommeil ait été possible dans les immenses dortoirs.

— Mais tu n'es pas parti ? demanda Brax en se dirigeant vers la fenêtre et en jetant un coup d'œil pour surveiller les alentours.

Luke sentit son cœur se serrer alors qu'en pensée, il revoyait Claire lorsqu'elle était arrivée à Skyline Park. Elle semblait si fragile ! À l'âge de dix ans, elle en paraissait à peine huit, et elle avait éveillé en Luke tous les instincts protecteurs qu'il ignorait posséder.

— Les enfants étaient les pires. Les plus âgés cherchaient toujours quelqu'un à embêter, et il ne leur a pas fallu longtemps pour repérer Claire. Elle était constamment en train de lire ou de pianoter sur le clavier d'un ordinateur… si silencieuse et si timide ! Le rêve d'une petite brute !

Quelques jours à peine après son arrivée dans le foyer, Claire s'était présentée à la table du petit déjeuner avec des bleus et des égratignures.

Un peu comme tout à l'heure à l'agence.

Une fille connue pour son agressivité avait commencé à la harceler de façon presque ostensible.

Luke n'était ni le plus âgé ni le plus fort à Skyline Park, mais il avait depuis longtemps fait comprendre aux autres qu'il était inutile de s'en prendre à lui. Et pour une raison qu'il n'aurait pu expliquer, il était intervenu pour défendre Claire.

— Je l'ai aidée.

Il haussa les épaules comme si c'était peu de chose.

— Elle avait tout le temps peur, expliqua-t-il. Les garçons et les filles dormaient dans des ailes opposées du bâtiment, et je ne pouvais veiller sur elle que pendant la journée. Alors, j'ai volé des talkies-walkies dans un magasin pour que nous puissions parler la nuit.

Il leva les yeux de son écran, et vit ses trois frères le considérer d'un air pensif. Il n'avait jamais autant parlé de son passé.

— Nous nous sommes appelés tous les soirs jusqu'à ce qu'elle soit placée dans une famille, alors qu'elle avait onze ans.

Luke sentit sa gorge se serrer. Il n'avait compris à quel point Claire comptait pour lui que lorsqu'elle était partie. Mais alors, il avait ressorti son sac et s'était enfui moins d'une semaine plus tard, avant d'être retrouvé et ramené au foyer.

Peu de temps après, les Patterson lui avaient offert une place dans leur famille.

— Elle était importante pour toi, remarqua Weston de sa voix calme.

Luke se passa la main dans les cheveux.

— Oui, j'imagine. C'était une de ces amitiés d'enfant. Et si elle a des ennuis maintenant, j'aimerais l'aider, encore.

Chance se leva de sa chaise.

— Alors, c'est ce que nous allons faire ensemble.

Luke se tourna vers Weston.

— J'ai déjà demandé à Rick Gavett de se renseigner sur elle. Je vais également voir ce que je peux trouver, afin d'en savoir un peu plus lorsque j'irai la voir demain. Je vous tiendrai au courant.

Il passa le reste de la matinée et une bonne partie de l'après-midi à effectuer des recherches sur Claire, tout en s'interrompant parfois pour s'attaquer à la paperasserie qui envahissait encore son bureau.

Il lui fut facile d'obtenir les renseignements de base : Claire était allée à l'université dans l'État où elle avait grandi, puis elle était entrée chez Passage Digital où elle développait des programmes et des applications. Elle n'avait jamais été mariée – il préféra ignorer le soulagement qu'il ressentit lorsqu'il apprit cela – et n'avait pas de casier judiciaire.

Aucune information essentielle ne semblait se dégager de ce tableau.

Alors quoi ? Comment Claire s'était-elle retrouvée dans cette situation ? Il espérait que Rick pourrait lui en dire plus parce qu'il ne trouvait vraiment rien... ce qui signifiait qu'il n'avait plus d'excuse valable pour ne pas s'attaquer plus sérieusement aux documents qui continuaient à recouvrir son bureau.

Le tintement de la sonnette lui fit lever la tête quelques heures plus tard. Il jeta un coup d'œil à sa montre. Déjà 5 heures !

— Que puis-je pour vous ? entendit-il Brax demander.

— Vous êtes Luke Patterson ?

— Non, je suis son frère, Brax. Mais nous travaillons ensemble. Vous souhaitez confier une mission à notre agence ?

— Je suis le lieutenant Arellano. Et voici le lieutenant Fisher. Nous voulons vous poser quelques questions concernant Claire Wallace.

Lorsqu'il entendit cela, Luke lâcha le document qu'il avait à la main et se leva précipitamment. Puis il se dirigea vers le vestibule en s'efforçant de ralentir le pas.

— Bonjour, je suis Luke Patterson.

L'homme qui se tenait devant Brax – Arellano certainement – plissa les paupières alors que Weston et Chance faisaient également irruption dans l'entrée.

— Je pensais que vous étiez frères…

Luke ne prit pas le temps de lui donner des explications.

— C'est Rick qui vous envoie ?

L'autre policier, Fisher, croisa les bras sur la poitrine et déclara, ignorant la question :

— Nous cherchons Claire Wallace. Elle est ici ?

Luke secoua la tête.

— Non. Il n'y a que nous pour le moment. Vous la cherchez pour quelle raison ?

— C'est à nous de poser les questions, répliqua sèchement Arellano.

Luke se força à garder l'air détendu, mais ces types lui faisaient une drôle d'impression. Il n'allait certainement pas leur communiquer des informations sur Claire avant qu'il n'en sache un peu plus lui-même.

— Nous savons que vous avez été en contact avec Claire Wallace aujourd'hui. Nous avons des questions à lui poser.

— Elle est recherchée par la police ? demanda Brax avec un sourire éclatant.

Fisher et Arellano échangèrent un regard.

— Nous ne pouvons pas vous répondre, mais il est dans votre intérêt de nous dire où elle se trouve.

Bien entendu !

Luke intervint.

— Elle n'est restée ici que quelques minutes.

— Que voulait-elle ? demanda Fisher. Nous devons le savoir.

Luke haussa les épaules.

— L'entrevue a été très rapide. Elle voulait simplement savoir si nous connaissions une agence de protection opérant à Toledo. C'était bien Toledo, n'est-ce pas ? C'était là qu'elle allait ?

Ses frères confirmèrent immédiatement ses dires, mais Luke n'avait pas douté un seul instant qu'ils le feraient.

— Toledo, dans l'Ohio ? demanda le plus grand des deux, Arellano, d'un air contrarié.

Chance s'assit sur l'accoudoir du canapé.

— Je suis bien d'accord avec vous : qui aurait envie de quitter le Texas pour aller vivre dans l'Ohio ! Malheureusement, nous n'avons aucun contact là-bas.

Arellano plissa les paupières.

— Mais pourquoi est-elle venue *ici* pour tenter d'obtenir ce renseignement ?

Brax pointa le pouce en direction de Luke.

— Ce play-boy est passé à la télévision il y a un mois. Et maintenant, je ne vous dis pas le nombre de femmes qui viennent nous demander de travailler pour elles ! Même si nous ne nous en plaignons pas...

— Nous sommes désolés de ne pas pouvoir vous aider, mentit Luke.

Il n'avait qu'une envie : les voir partir afin qu'il puisse appeler Rick et savoir ce qui se passait.

— Vous pouvez nous laisser votre carte, proposa-t-il. Et si Mme Wallace se manifeste à nouveau, nous vous préviendrons.

Les deux policiers échangèrent une fois de plus un regard, comme s'ils ne savaient pas trop comment réagir. Encore un indice que quelque chose était anormal...

— Nous vous recontacterons si besoin est, conclut Fisher.

Puis ils sortirent sans un mot de plus.

— Bon sang, c'était quoi ? s'exclama Brax.

Luke ne savait pas si son frère faisait allusion à l'attitude étrange des deux policiers, ou au fait qu'il venait de leur mentir.

La sonnerie de son téléphone qui retentit à ce moment lui évita d'avoir à répondre. Il le sortit de sa poche, et vit que l'appel provenait justement de celui qu'il comptait appeler.

— Rick. Alors ?

— Qui est cette Claire Wallace, Patterson ?

Rick parlait si fort que Luke était certain que ses frères ne perdaient rien de leur conversation.

— Qu'as-tu trouvé ?

— C'est fou : je n'ai jamais vu autant d'alertes en quinze ans de métier ! On croirait qu'elle est recherchée par toutes les forces de police de l'État, et toutes les demandes la concernant sont traitées au sommet de la hiérarchie, par le département de police de Dallas.

Luke sentit le cœur lui manquer.

— Alors, on la poursuit pour un crime particulièrement grave...

— On pourrait le croire. Mais c'est là où les choses deviennent très étranges : elle ne fait même pas l'objet d'un avis de recherche ! Elle n'a aucun casier judiciaire, et elle n'était même pas dans les bases de données de la police jusqu'à ces derniers jours.

— Je ne comprends pas ce que tu veux dire, Rick. Claire est-elle une criminelle recherchée, oui ou non ?

— Je dis seulement que tout cela est très bizarre, et que les choses se passent à un niveau bien supérieur au mien.

Luke se passa la main dans les cheveux et regarda ses frères.

— Nous venons d'avoir la visite de deux policiers. Fisher et Arellano. Ils sont bien ce qu'ils prétendent ?

Il entendit Rick taper sur le clavier de son ordinateur.

— Oui, répondit-il quelques instants plus tard. Ils appartiennent au département de police de Dallas. Mes recherches ont dû les alerter et les mener vers vous. Il y a quelque chose de louche dans tout ça, Luke. Il n'est pas normal que ce soient des policiers de Dallas qui viennent vous interroger alors que quelqu'un de San Antonio aurait pu le faire.

— Oui, effectivement...

— Écoute, je vais t'envoyer ce que j'ai sur Wallace, mais si ce n'est pas...

Rick étouffa un juron.

— Quoi ?

— Le fichier de Claire Wallace vient d'être verrouillé. Je n'y ai plus accès.

Luke resta sans voix.

— Écoute, reprit enfin Rick, quelqu'un qui est très haut placé dans la hiérarchie recherche cette femme, et le fait selon une procédure tout à fait inhabituelle. Je vais voir ce que je peux trouver d'autre, mais j'ai l'impression que je ne vais plus avoir accès à aucune information, et que si je pose des questions, on me répondra que cette affaire est du ressort des services de renseignement.

— Merci d'avoir essayé, Rick.

— En tout cas, tout cela est très suspect, et jusqu'à ce que l'on sache de quoi il s'agit, je vous recommande d'être extrêmement prudents.

— Ne t'inquiète pas pour nous.

Luke raccrocha, et regarda ses frères. Ils avaient tous l'air sombre.

Il regarda au-dehors. La nuit tombait. Il n'était pas censé aller voir Claire avant demain matin, mais il ne pouvait plus attendre. Elle était la seule à savoir vraiment ce qui se passait.

Et il était temps qu'elle se mette à parler.

4

— Non !

Claire tendit la main vers Julia, mais elle ne put rien pour elle. Le corps de sa collègue s'affaissa, alors qu'elle continuait à la fixer de ses yeux sans vie.

Claire eut la sensation qu'on la retenait par le poignet. Elle poussa un hurlement et agita frénétiquement le bras, mais elle ne put se dégager.

— Miaou...

Claire s'immobilisa. *Miaou ?*

L'image de Julia s'évanouit instantanément, et Claire ouvrit les yeux. Ce qu'elle sentait sur son poignet n'étaient que les coups de patte de Khan, qui tentait d'attirer son attention. Elle se trouvait dans la chambre du motel où Luke l'avait laissée quelques heures plus tôt.

Elle pressa la main sur son front et sentit qu'il était moite. Un autre cauchemar... comme à chaque fois qu'elle parvenait à s'endormir. Trouver le sommeil n'aurait pourtant pas dû être difficile quand on était aussi épuisé qu'elle !

Elle avait à peine fermé l'œil depuis le moment où elle avait vu Julia tomber à terre, le regard fixe.

Trois jours s'étaient écoulés depuis, et la terreur qui rongeait Claire ne cessait de grandir.

Elle se leva et entra dans la douche, en espérant que l'eau

chaude emporterait son cauchemar avec elle. Elle était vivante, c'était déjà ça…

Lorsqu'elle s'était enfuie de Passage Digital, elle s'était réfugiée chez elle. Mais elle savait qu'il ne faudrait pas longtemps à Ballard pour comprendre que c'était avec elle que Julia était en communication.

Elle s'était garée à quelque distance de son pavillon, et s'était faufilée chez elle. Il fallait qu'elle parte, mais il était hors de question qu'elle laisse son chat derrière elle.

Elle avait jeté des affaires dans un sac et pris tout l'argent liquide qu'elle avait pu trouver. Mais juste au moment où elle allait s'enfuir par la porte arrière, les hommes de Ballard étaient entrés dans sa maison.

« Rappelle-toi : pas de coup de feu. Il faut que ça ait l'air d'un accident. »

« Ballard a dit que le mieux était de la mettre à côté de l'autre fille dans une voiture, et de la précipiter dans le vide. Ça n'éveillera aucun soupçon. »

Claire avait senti son sang se glacer. Il lui avait fallu rassembler toutes ses forces pour se remettre en mouvement. *Ils allaient la tuer !* Sans qu'elle sache comment, elle avait réussi à s'enfuir avec Khan par l'arrière de sa maison, et était montée dans sa voiture, non sans avoir récolté au passage quelques ecchymoses en escaladant la palissade de son voisin.

Ensuite, elle avait simplement conduit sans but. Lorsque la nuit était tombée, elle se trouvait à Austin, à environ deux heures de route de San Antonio. Afin de savoir si Ballard surveillait ses transactions bancaires, elle avait pris une chambre d'hôtel qu'elle avait réglée avec une carte de crédit, puis elle s'était installée dans un fast-food situé en face et avait monté la garde.

Bien entendu, il n'avait pas fallu attendre longtemps pour que deux types – certainement ceux qui avaient fait irruption chez elle – apparaissent. Ils étaient entrés dans l'hôtel, et Claire ne doutait pas qu'ils connaissent déjà le numéro de la chambre qui lui avait été attribuée : pirater un système informatique était un jeu d'enfant pour Ballard.

Claire était retournée dans sa voiture, qu'elle avait garée un peu plus loin, et était repartie. Son test avait mis en évidence ce qu'elle soupçonnait déjà : Ballard pourrait la pister à chaque fois qu'elle utiliserait une carte de crédit.

Elle avait dormi dans sa voiture sur une aire de repos, réussissant à grappiller quelques instants d'un mauvais sommeil.

Sa réserve d'argent liquide s'amenuisait rapidement, et bientôt, acheter à manger pour Khan et elle allait devenir un problème. Alors, ne sachant plus vers qui se tourner, elle avait décidé d'aller chez les Romero, la dernière famille qui l'avait accueillie. Ils s'étaient occupés d'elle jusqu'à la fin de ses études secondaires, et prenaient encore de ses nouvelles de temps en temps.

Très certainement, ils pourraient lui offrir un repas et même la loger pendant un jour ou deux... assez pour qu'elle puisse se reposer un peu, et décider de ce qu'elle allait faire ensuite.

Elle avait laissé sa voiture dans un endroit discret et était en train de parcourir la courte distance qui la séparait de leur maison, lorsqu'elle avait remarqué un véhicule garé juste en face.

On les surveillait.

Elle avait immédiatement bifurqué, faisant semblant d'entrer chez un voisin, puis, dès qu'elle avait été hors de vue, elle avait escaladé une clôture – ce qui lui avait valu quelques égratignures supplémentaires – et elle avait couru vers sa voiture.

Elle tremblait de tout son corps. Ballard avait deviné où elle se rendrait avant même qu'elle n'en ait eu l'idée ! Il possédait des ressources qu'elle n'imaginait même pas.

Il allait la poursuivre partout où elle irait. Jamais elle ne pourrait être en sécurité... Et si elle allait voir la police, elle n'avait pas la moindre preuve à apporter : ce serait sa parole contre celle de Ballard.

C'était un millionnaire respecté, qui avait des amis dans toutes les sphères, et beaucoup d'influence.

Elle était… personne. Elle n'avait ni famille, ni amis.

Elle avait passé une autre nuit dans sa voiture, sur le parking d'une résidence. Elle n'avait pratiquement plus d'essence dans le réservoir, presque plus d'argent, et elle ne voyait pas le bout du tunnel. Lorsque l'aube avait pointé, elle était prête à sombrer dans le désespoir, lorsqu'elle avait soudain envisagé une dernière possibilité :

Luke.

C'était sa voix qui lui avait intimé l'ordre de fuir de Passage Digital.

Elle ne l'avait jamais oublié, et s'était souvent demandé ce qu'il était devenu.

Puis elle l'avait vu à la télévision, il y avait quelques semaines de cela. Il était toujours sombre et beau, mais il avait changé de nom : il s'appelait Luke Patterson maintenant…

De San Antonio Security.

Si elle avait besoin d'une chose en ce moment, c'était bien d'être protégée ! Alors, elle avait prié pour qu'il puisse l'aider… comme il l'avait fait lorsqu'ils étaient enfants.

Si seulement il se souvenait d'elle…

Mais elle ne voyait aucune alternative, alors elle avait cherché l'adresse de l'agence, et s'y était rendue. Elle était restée assise dans sa voiture pendant trois heures avant de se décider enfin à sonner à la porte.

Il s'était souvenu d'elle, et il l'avait aidée.

Comme avant… mais ce qui était nouveau, c'était la chaleur qui avait envahi tout son corps lorsqu'elle l'avait revu, malgré sa fatigue et sa peur. Aucun des hommes avec lesquels elle était déjà sortie ne lui avait fait cet effet.

Elle referma le robinet, sortit de la douche, et s'épongea le corps. Puis elle s'habilla et s'étendit sur le lit, caressant le pelage gris de Khan, tout en songeant à Luke.

Malgré l'attirance qu'elle avait instinctivement ressentie

pour lui, elle n'avait pas réussi à lui révéler la vérité. Et s'il ne la croyait pas ?

D'ailleurs, que pourrait-il contre Ballard ? Rien. Personne n'était capable de s'opposer à lui. Tout au plus pourrait-il lui donner un peu de répit...

Khan poussa un petit miaulement, et elle le gratta derrière les oreilles, à l'endroit qu'il aimait tant.

Un ronronnement sourd emplit la pièce.

— Tu es bien ici ?

Lorsque Luke était parti, elle avait laissé Khan sortir un instant pour faire ses besoins, et avait remarqué que la chambre d'à-côté disposait de baies vitrées coulissantes. Cela aurait été pratique pour pouvoir laisser Khan aller et venir à sa guise.

Il lui avait suffi de dire au réceptionniste que sa chambre sentait le renfermé pour qu'il échange les clés, quittant à peine son poste de télévision des yeux.

Après avoir passé trois jours enfermé dans une voiture, son chat-chien serait ravi de jouir d'un peu d'espace et de liberté.

— Nous ne resterons pas ici longtemps, désolée ! Mais nous allons trouver un endroit où nous serons en sécurité.

Elle ne savait ni où, ni comment, mais ils allaient y arriver.

Claire s'enfonça dans les oreillers. Ses paupières s'alourdirent et, insensiblement, elle sombra dans le sommeil.

Bang !

Claire se redressa dans un sursaut.

Était-ce un coup de feu ?

— Police !

Elle entendit d'autres coups.

— Ouvrez !

Ce n'était pas une détonation, mais des policiers qui frappaient à sa porte. Elle eut soudain l'impression qu'elle ne parvenait plus à respirer.

Les coups redoublèrent.

Mais... Les voix masculines n'étaient pas aussi sonores qu'elles auraient dû l'être. La police se trouvait devant l'autre chambre...

Celle qui lui avait été attribuée au départ.

Ce n'était pas bon signe : ces soi-disant policiers n'étaient pas passés par la réception, sinon, ils ne se seraient pas trompés.

Cela signifiait qu'ils avaient su où la trouver en piratant des systèmes informatiques... ce qui était typiquement la méthode de Vance Ballard !

— Madame, vous devez ouvrir cette porte. !

Claire se leva d'un bond. Il fallait qu'elle parte d'ici.

Elle attrapa Khan, enfila ses chaussures, et prit le sac qui contenait le disque dur externe et le peu d'argent qui lui restait.

En veillant à ne pas faire de bruit, elle ouvrit la porte-fenêtre coulissante. Un bois touffu séparait le motel de l'autoroute. Elle allait se cacher là.

Un craquement sonore la fit tressaillir. Les hommes avaient défoncé la porte de la chambre qu'ils pensaient être la sienne. Il ne leur faudrait pas longtemps pour comprendre qu'ils s'étaient trompés.

Serrant Khan contre elle, Claire s'élança vers le couvert des arbres.

Elle courut aussi vite qu'elle le put, sans oser regarder en arrière. Elle haletait, et tout en se maudissant d'avoir négligé de faire de l'exercice physique, préférant passer ses journées devant un écran d'ordinateur.

Les « policiers » étaient-ils lancés à ses trousses ? Elle l'ignorait. Elle ne les entendait plus, et le soir commençait à tomber. Au moins, cela était une bonne chose pour elle...

Il fallait seulement qu'elle continue à courir, à mettre toujours un peu plus de distance entre elle et ces hommes.

Khan était lourd dans ses bras, mais elle ne voulait pas le poser à terre. S'il lui prenait l'envie de poursuivre n'importe quel animal, elle risquait de le perdre. Et ce n'était pas envisageable.

Elle serra le chat contre elle et s'arrêta un instant pour

souffler derrière le tronc d'un grand arbre. L'espoir resurgit en elle lorsqu'elle aperçut un pont au loin, à travers les feuillages. Si elle parvenait jusque-là, il la mènerait à l'autoroute.

Des grondements sourds lui parvinrent. Des voix d'hommes... Ils avaient compris son manège. Elle prit une inspiration, puis s'élança à nouveau.

Elle n'avait fait que quelques enjambées lorsque son avancée fut soudain stoppée : un bras s'était enroulé autour de sa taille, et la soulevait du sol. Une main se pressa sur sa bouche, étouffant son cri.

Elle avait l'impression d'être à nouveau en plein cauchemar. Mais cette fois-ci, elle ne se réveillerait pas...

5

— Chaton, c'est moi, murmura Luke à l'oreille de Claire, sans prêter attention au coup de griffe que lui décocha le maine coon.

Il n'avait pas voulu lui faire peur, mais il craignait qu'elle ne pousse un cri s'il apparaissait soudainement devant elle.

Elle cessa de se débattre, et il desserra son étreinte, afin qu'elle puisse se tourner vers lui.

— Luke ?

— Chut ! souffla-t-il en posant un doigt sur ses lèvres.

Elle hocha la tête.

— Khan t'a griffé...

— Ce n'est rien.

— J'ai failli lui demander de t'attaquer, ajouta-t-elle d'une voix tremblante.

Ses paroles auraient pu prêter à sourire, mais il était certain que ce chat aurait pu lui faire du mal.

— Il y a des hommes dans le motel, expliqua-t-elle. Ils prétendent qu'ils sont de la police, mais je ne pense pas que ce soit vrai.

— Je sais.

Luke jeta un coup d'œil derrière le tronc. Pour le moment, ils étaient bien cachés, mais ils ne pourraient pas rester ici longtemps. Il avait été suivi lorsqu'il avait quitté l'agence, et avait perdu beaucoup de temps à semer ses poursuivants tout en évitant de leur donner l'impression qu'il les avait remarqués. Il s'était garé à quelque distance du motel, et avait marché jusqu'ici.

— J'ai vu qu'ils étaient armés de fusils-mitrailleurs, poursuivit-il. Ce ne sont certainement pas des policiers !

Il était assez proche d'elle pour la sentir trembler.

Sa peur était légitime : ceux qui avaient fait irruption dans sa chambre voulaient manifestement en découdre.

— Comment t'es-tu enfuie ? lui demanda-t-il en lui saisissant la main, et en l'entraînant vers le pont.

Il évita de courir : il importait plus d'être discret que rapide.

— J'ai changé de chambre pour en avoir une avec une baie vitrée coulissante : cela permettait à Khan d'aller et venir.

Il accéléra le pas lorsque des cris s'élevèrent derrière eux. Les deux hommes devaient avoir compris ce qui se passait.

— La situation est plus sérieuse que ce que tu as bien voulu me dire, n'est-ce pas ?

Elle baissa la tête et enfouit le nez dans la fourrure de Khan.

— Oui. Je suis désolée.

Il lui pressa la main.

— Nous aurons le temps de parler plus tard. Pour le moment, il faut partir d'ici. Reste tout près de moi, et essaie de ne pas faire de bruit.

Il la fit avancer à une allure rapide, veillant à être toujours placé entre elle et leurs poursuivants, pour lui faire écran de son corps.

Ils sortirent du couvert des arbres et furent assaillis par les bruits de la circulation. Les voitures filaient devant eux, si vite qu'il était impossible de distinguer autre chose qu'une traînée de couleur. Luke jeta un coup d'œil derrière lui, mais ne vit personne.

— Quand je te dirai d'y aller, tu courras vers le terre-plein central, lui dit Luke en la regardant, pour s'assurer qu'elle l'avait bien compris.

— D'ac... cord.

— Maintenant !

Profitant d'une courte interruption dans le défilé des voitures, ils traversèrent les voies jusqu'au milieu de l'autoroute, puis réussirent ensuite à gagner l'autre côté.

Tout en escaladant le garde-fou métallique, Luke jeta un coup d'œil derrière lui. Il ne vit personne les suivre... ce qui était presque plus inquiétant, puisqu'il ne savait absolument pas où les hommes se trouvaient maintenant.

— Où es-tu garé ? lui demanda Claire alors qu'ils continuaient à avancer.

— Par ici, tout près, répondit Luke avec un geste de la main. Laisse-moi porter ton chat.

Elle le serra un peu plus contre elle.

— Je ne pense pas qu'il te laisserait faire. Il est très protecteur.

Luke hocha la tête. Ce n'était pas le moment de tester. Il se remit à marcher rapidement, la tenant fermement par la main.

Ils étaient en train de contourner une laverie et d'approcher de l'endroit où était garée sa voiture, lorsqu'une voix bourrue s'éleva. Luke attira précipitamment Claire derrière une rangée de containers à ordures.

— Jennings me jure qu'il a vu deux personnes traverser l'autoroute.

— Jennings était certain qu'elle serait dans la chambre, et il s'est trompé, répliqua un autre homme. Ses affaires étaient dans la chambre à côté, mais elle était peut-être déjà partie depuis longtemps lorsque nous sommes arrivés.

Claire étouffa un gémissement et se voûta. Luke posa la main sur son bras et l'attira vers lui. Ils se pressèrent contre le mur de la laverie. Les voix avaient semblé toutes proches.

Khan décida soudain qu'il en avait assez d'être porté. Il se débattit et, échappant à Claire, atterrit sur une poubelle, qui bascula à terre avec un bruit retentissant.

— C'était quoi ? demanda un des hommes.

Claire fit mine d'aller rattraper Khan, mais Luke la retint.

Elle aimait ce chat, mais il n'allait pas la laisser mettre sa vie en danger pour lui ! Il la força à se baisser derrière les containers, et, de là, tenta d'observer ce qui se passait.

Khan, que le vacarme avait effrayé, détala de l'autre côté du parking de la laverie.

Un homme se mit à rire, et donna un petit coup sur la poitrine du type qui avait sorti son arme.

— Ce n'est qu'un chat ! Viens, il n'y a personne ici.

Luke resta tapi, alors que les hommes s'éloignaient. Claire s'agrippait à lui et à chaque respiration, elle se laissait aller un peu plus contre lui, enfouissant le visage dans sa chemise.

Il sentit les battements de son cœur s'accélérer, et cela n'était pas uniquement dû au danger qu'ils venaient d'éviter.

— Tu vas bien ? murmura-t-il contre ses cheveux.

Elle hocha la tête, puis s'écarta de lui.

— Khan, viens ici ! souffla-t-elle.

Le chat sauta dans ses bras, et Luke aurait juré que l'animal avait l'air contrit, et que Claire s'apprêtait à lui faire la leçon.

— Plus tard, murmura-t-il en lui prenant à nouveau la main. Pour le moment, nous devons partir d'ici.

Lorsqu'ils parvinrent à sa voiture et se mirent en route, Luke avait encore le cœur battant. Il agrippait le volant et jetait constamment des coups d'œil dans le rétroviseur pour vérifier qu'ils n'étaient pas suivis.

Assise à côté de lui, Claire regardait par la fenêtre. Ses cheveux emmêlés pendaient devant son visage, et elle était toute recroquevillée, comme si elle avait voulu disparaître.

Luke sentit son cœur se serrer. Elle avait l'air si fragile qu'il n'avait presque plus envie de lui demander des explications.

Mais le silence n'était pas une option.

— Tu as réussi à dormir cet après-midi ? lui demanda-t-il en tentant de parler d'une voix calme et rassurante.

— Un peu...

Il s'engagea sur une petite route qui menait hors de San

Antonio. Il ne savait pas trop où aller… mais une chose était certaine : ils devaient s'éloigner d'ici au plus vite.

— Tu veux m'expliquer ce qui se passe ?

Elle continua à regarder par la fenêtre pendant un long moment avant de lui répondre.

— Je travaille… enfin, je travaillais – j'imagine que je dois parler au passé maintenant – pour Passage Digital.

— Une entreprise qui fait des programmes et des applications. Oui, j'ai effectué quelques recherches sur toi cet après-midi.

Elle lui jeta un coup d'œil, mais n'eut pas l'air surprise.

— J'ai développé une application B2C pour téléphone portable avec une collègue, Julia.

Sa voix trembla lorsqu'elle prononça ce nom.

— Il y a trois jours, Julia m'a appris que notre patron, Vance Ballard, avait modifié les paramètres sécurisant les données des utilisateurs, afin que Gouda lui permette d'y avoir illégalement accès. Il s'agit par exemple de numéros de compte en banque, de numéros de sécurité sociale, de mots de passe… des données très sensibles qui peuvent être utilisées pour usurper des identités ou détourner de l'argent.

Luke secoua la tête.

— Attends… Que veut dire B2C ? Et que vient faire le fromage là-dedans ? Le seul mot que j'aie compris dans tout ce que tu viens de me dire est « illégalement ».

Elle eut un pâle sourire.

— Désolée. Gouda, c'est le nom de l'application que j'ai développée avec Julia.

— Gouda. C'est un nom accrocheur ! Continue.

Il aurait voulu pouvoir mieux comprendre les détails, mais ce n'était pas l'essentiel. Ce qui importait, c'était qu'elle se soit enfin décidée à parler.

— Julia m'a transféré les fichiers prouvant que Ballard avait effectué ces modifications. Et puis…

Elle baissa la tête, enfouissant presque le nez dans la fourrure de Khan.

— Et puis ils ont tué Julia devant moi, alors que nous étions en vidéoconférence. Ils ne savaient pas que j'étais en ligne et que je pouvais les voir. Vance Ballard a ordonné à un de ses gardes de s'occuper de Julia, et le type lui a brisé le cou.

Il aurait voulu pouvoir garer la voiture sur le bas-côté et la prendre dans ses bras.

Il étouffa un juron. Il avait vu des gens mourir lorsqu'il était à l'armée, et il ne savait que trop combien ce spectacle était éprouvant. Il imaginait à peine le choc qu'elle avait dû ressentir en voyant sa collègue se faire brutalement assassiner.

Il tendit le bras, et saisit la main de Claire, qui était agrippée à la fourrure de Khan. Ce n'était pas grand-chose, mais il ne pouvait faire plus pour le moment.

— J'ai réussi à sortir du bâtiment avant qu'ils ne réussissent à identifier la personne avec laquelle Julia était en communication. Et depuis, j'essaie de leur échapper. Je ne peux pas utiliser mes cartes de crédit, et je n'ai presque plus d'argent liquide... et Ballard semble surveiller toutes les personnes susceptibles de m'aider, et tous les endroits où je pourrais me réfugier.

— Eh bien, il ne sait pas où te trouver en ce moment. Tu es en sécurité, et je ne vais plus te laisser seule.

Claire hocha la tête, puis se mit à regarder fixement devant elle. Il ne lui posa pas d'autres questions. Elle avait des cernes si marqués autour des yeux qu'on aurait presque cru des bleus. Maintenant que le danger immédiat était passé, elle semblait subir le contrecoup de leur fuite mouvementée.

Elle était à plat, physiquement comme moralement. Il avait déjà vu des camarades craquer dans l'armée, et savait que les choses pouvaient mal se terminer. Il fallait qu'il l'emmène rapidement dans un endroit où elle pourrait se reposer.

Retourner à l'agence n'était pas envisageable, tout comme

dans son appartement : les deux endroits étaient certainement sous surveillance.

Luke sortit son téléphone, et rédigea un court message. Il n'aurait pas dû le faire en conduisant, mais étant donné la situation, il lui semblait que stopper le véhicule même pour un court instant était encore plus risqué.

Je n'ai pas trouvé Claire. Elle s'est enfuie de l'hôtel. Je prends quelques jours pour aller pêcher sur le lac Calaveras.

— J'ai écrit un message à mes frères pour leur dire que je vais pêcher quelques jours, expliqua-t-il. Ils comprendront immédiatement qu'il y a un problème.

Et cela enverrait les personnes qui surveillaient ses communications loin d'ici.

Luke éteignit alors son téléphone et en ôta la batterie afin qu'on ne puisse plus le localiser.

— D'accord, murmura-t-elle.

Ils se dirigeaient vers le nord, dans la direction opposée à celle du lac Calaveras. La nuit tombait, et tout en conduisant, Luke ne cessait de réfléchir à la situation. Où pouvaient-ils aller se réfugier ? Ballard était quelqu'un de très puissant.

Lorsqu'ils furent sortis de la ville, il s'arrêta pour prendre l'essence, et paya en liquide. S'ils devaient fuir, il fallait qu'ils aient le réservoir plein. Il en profita pour acheter une barre chocolatée.

Claire tremblait lorsqu'il remonta dans son véhicule. Il déchira l'emballage de son en-cas.

— Mange. Tu as besoin de sucre après avoir couru tout à l'heure.

Comme elle demeurait immobile, il porta la barre à ses lèvres, et la fit manger, murmurant des encouragements à chaque fois qu'elle en prenait une minuscule bouchée.

De l'autre côté de la rue, il remarqua l'enseigne lumineuse d'un petit hôtel. Il aurait voulu aller plus loin, mais Claire était à bout. Elle avait besoin de se reposer.

Il prit une chambre au rez-de-chaussée qu'il régla en liquide, et gara sa voiture de façon à pouvoir la surveiller de l'hôtel.

Claire traînait les pieds en avançant dans le hall. Il rêvait de pouvoir la soulever et la porter, comme elle le faisait pour son chat. Au lieu de cela, il posa la main sur son bras et la conduisit lentement vers leur chambre. Il la fit entrer, et vérifia soigneusement les lieux avant de la laisser s'allonger.

Khan sauta immédiatement à ses côtés, et se pelotonna contre elle. Lorsque Luke porta à nouveau le regard sur son visage, elle était déjà endormie, la main enfouie dans la fourrure de Khan.

Luke se passa la main sur le front. Cette journée mouvementée l'avait fatigué lui aussi, mais le sommeil serait long à venir.

Il prit le fauteuil qui se trouvait devant le bureau, et le plaça entre le lit et la porte. Si quelqu'un entrait pour s'en prendre à elle, il pourrait s'interposer pour la défendre.

Il mangea sa barre chocolatée, et fit la grimace lorsque Claire gémit dans son sommeil. Un cauchemar... Il aurait tant aimé pouvoir les chasser de son esprit, et remonter le temps pour changer la situation !

Mais il pouvait seulement veiller sur elle, comme lorsqu'ils étaient enfants.

Il arrivait à peine à penser à ce qui aurait pu lui arriver si elle ne s'était pas enfuie de Passage Digital... et à tout ce qu'elle avait dû vivre depuis.

Ses poings se serrèrent. Claire était avec lui maintenant, et personne n'allait lui faire de mal.

Pas lorsqu'elle était sous sa protection.

6

Ballard se laissa aller contre le dossier de sa chaise en fermant les yeux. Depuis quand n'avait-il plus dormi d'une traite, sans se réveiller au beau milieu de la nuit ?

Certainement pas depuis que deux employées incapables de tenir leur langue avaient fourré leur nez dans des affaires qui ne les concernaient pas.

Lorsqu'il rouvrit les yeux, son regard se dirigea immédiatement vers l'endroit où le corps de Julia était tombé. Pas de sang. Brooks savait s'y prendre… Il était efficace, et accomplissait les tâches qu'on lui assignait sans état d'âme.

Si seulement tous ses employés avaient ce même professionnalisme !

Il aurait dû se douter que Julia n'était pas le seul maillon faible… et qu'elle était maligne. Il devait au moins lui reconnaître ce mérite. C'était bien dommage de devoir se priver d'un cerveau si bien fait, simplement parce qu'elle n'avait pas compris où était son intérêt !

Mais aujourd'hui, c'était Claire qui occupait ses pensées. Elle avait réussi à lui échapper jusque-là. Mais sa fuite ne durerait pas longtemps, pas quand tant de moyens étaient déployés pour la retrouver !

Il ne fut pas surpris d'entendre frapper à sa porte.

— Entrez.

Il se redressa sur sa chaise et ajusta sa cravate, alors que les deux hommes qu'il attendait pénétraient dans la pièce. Ils restèrent debout, bien conscients qu'ils ne devaient pas s'asseoir avant qu'il ne le leur propose.

Son regard alla de l'un à l'autre, et une fois de plus, il ne put s'empêcher de remarquer combien ils étaient semblables : même corpulence, même coupe de cheveux, même attitude... Tous deux s'exprimaient également avec la même brièveté, ce qui lui convenait parfaitement.

— Alors ?

Brooks et Masters échangèrent un regard qui n'annonçait rien de bon.

— Il n'y a pas grand-chose à dire, monsieur, répondit Brooks de sa voix grave.

— Pas grand-chose ?

Il cligna des paupières et les regarda tour à tour, attendant que l'un d'eux se mette enfin à parler. Les gens craquaient toujours lorsque l'on savait comment faire pression sur eux.

— Elle s'est échappée.

Masters gardait les mains jointes derrière le dos, mais les gouttes de sueur qui perlaient à son front trahissaient sa nervosité.

Ballard entendit un bourdonnement caractéristique s'élever à ses oreilles : sa pression artérielle augmentait.

— Comment ?

— Nous l'ignorons, répondit Brooks avec un haussement d'épaules. Je suis désolé, mais c'est la vérité. Quand nos hommes sont entrés dans la chambre, elle était partie. Elle avait laissé ses affaires derrière elle.

— Le disque dur externe ?

— Non. Je suis désolé. Ils ont fouillé la chambre de fond en comble.

Comme si cela pouvait le calmer !

Il fallait qu'il se contrôle... Il prit plusieurs longues inspirations. Ses hommes attendaient, en silence, craignant vraisemblablement une explosion de rage. Comment se faisait-il que cette fille ait toujours une longueur d'avance ? Une employée qu'on ne remarquait pas. Elle était si insignifiante qu'il n'avait même pas reconnu son visage lorsqu'il avait examiné la photo de son badge, et toutes celles que son équipe avait pu retrouver après sa fuite.

Et pourtant, cette fille qui n'était rien avait réussi à s'échapper. Une fois de plus.

— Pourquoi s'est-elle rendue chez San Antonio Security ?

— J'ai parlé à Arellano après sa visite à l'agence, mais il semblerait qu'il n'y ait aucune raison particulière.

Brooks échangea un regard avec Masters, et haussa les épaules avant de poursuivre :

— Soit ce sont d'excellents menteurs, soit ils disaient la vérité.

— C'est-à-dire ?

— Qu'ils ne la connaissaient pas.

— C'était certainement un dernier effort de sa part pour nous échapper, ajouta Masters. Un des types de l'agence est passé à la télévision récemment, et cela a accru leur notoriété. Mais ils ont affirmé qu'ils ne la connaissaient pas auparavant, et qu'elle voulait seulement obtenir un renseignement qu'ils n'ont pas pu lui donner.

— Il n'a donc aucun lien entre elle et cette agence ?

— Arellano n'a rien trouvé, et vous le connaissez : il ne laisse rien au hasard.

Oui, Ballard le connaissait, et il était convaincu que le policier avait mis en œuvre tous les moyens dont il disposait.

Il n'en restait pas moins qu'ils ignoraient toujours où se trouvait cette fille, et si quelqu'un l'aidait… même s'ils avaient la quasi-certitude que c'était le cas.

Mais elle ne pourrait lui échapper indéfiniment.

Brooks s'éclaircit la voix.

— Qu'attendez-vous d'Arellano et de Fisher maintenant ?

— Je veux qu'ils continuent à surveiller l'agence de ces Patterson, et qu'ils mettent leurs téléphones sur écoute.

Masters hocha la tête et quitta le bureau, s'empressant de mettre ses ordres à exécution.

— Et ensuite ? demanda Brooks.

Ballard savait d'expérience que son bras droit était toujours prêt à agir sans jamais discuter ses ordres. Il pouvait tout lui demander… ainsi que le prouvait la façon dont le problème posé par Julia avait été réglé.

Ballard joignit les index et les posa sous son menton, tout en visualisant mentalement la situation. Il voyait devant lui tous les éléments s'agencer comme les pièces d'un jeu d'échecs : la routine de la vie monotone de Claire, les personnes qu'elle avait fréquentées dans le passé, que ses hommes surveillaient déjà au cas où elle aille leur demander de l'aide…

Il ne suffisait pas d'attendre qu'elle les contacte.

Il fallait la forcer à le faire.

Oui, sa stratégie lui apparaissait clairement maintenant ! Il devait jouer ses coups, et attendre qu'elle réagisse. Mais quoi qu'elle fasse, il serait prêt.

— Il est temps de faire monter la pression, décida-t-il. Nous devons faire en sorte qu'elle ne puisse plus aller nulle part sans être remarquée.

— Et comment allons-nous faire cela ?

Vance Ballard sourit.

— Oh ! ça ne sera pas très difficile…

Il ne fallut qu'une seconde à Claire pour qu'elle se souvienne où elle était lorsqu'elle se réveilla le lendemain matin. Mais, après un coup d'œil à sa montre, elle eut besoin de beaucoup plus de temps pour admettre qu'elle avait dormi pendant près de treize heures.

Même avant le meurtre de Julia, elle n'avait jamais eu un sommeil aussi profond. Il lui suffit d'un regard à l'homme assoupi dans le fauteuil à côté de son lit pour qu'elle comprenne la raison de ce prodige : son subconscient lui avait soufflé qu'elle était en sécurité, puisque Luke la protégeait.

Comme il l'avait toujours fait.

Elle s'assit dans son lit, faisant grincer les ressorts du matelas. Immédiatement, Luke se réveilla et posa ses yeux noirs sur elle.

— Désolée, murmura Claire. Je ne voulais pas te réveiller.

Cela n'avait pas dû être très confortable de dormir dans ce fauteuil, mais il se leva avec souplesse et en deux pas, fut au pied du lit. Claire retint son souffle. Ses yeux étaient sérieux, l'expression de son visage sombre, mais lorsqu'il toucha sa main du bout des doigts, ce fut avec une douceur qui lui donna le tournis.

— Tu te sens mieux ? demanda-t-il en retirant la main bien trop tôt.

— Oui.

Le son de sa voix lui sembla étrange.

— Je vais sortir Khan et vérifier que tout va bien. Tu pourras prendre une douche pendant ce temps.

— D'accord. Merci.

L'eau chaude ruisselant sur son corps la fit se sentir plus humaine. Mais elle ne s'attarda pas, car elle ne savait pas pendant combien de temps Luke serait absent.

Elle fit la grimace en enfilant à nouveau les vêtements de la veille. Mais elle avait Khan, et le disque dur externe... et elle était vivante. Elle pouvait s'estimer heureuse.

Elle sortit de la salle de bains et vit Luke à la fenêtre, qui observait le parking à travers les rideaux.

Khan miaula pour la saluer, mais au lieu de venir vers elle, comme à l'accoutumée, il se frotta contre les jambes de Luke.

— Eh bien ! s'exclama Claire, je ne l'ai jamais vu faire cela à un autre que moi !

— C'est parce que je lui ai acheté à manger à la station-service ! répondit Luke avec un sourire qui la fit frémir intérieurement.

— Et maintenant, qu'allons-nous faire ? demanda-t-elle.

Le sourire qui illuminait le visage de Luke disparut, et sa bouche prit un pli dur.

— Nous continuons à bouger. Mais d'abord, nous devons faire quelques courses.

— Oui. J'aurais besoin de vêtements de rechange, si c'est possible.

— Moi aussi, entre autres choses. Nous pouvons nous arrêter dans un supermarché. J'ai un peu d'argent liquide.

Elle fit la grimace.

— Je vais dresser la liste de tout ce que je te dois.

— Ce n'est pas nécessaire.

— Ça l'est pour moi.

Il avait déjà tant fait pour elle – à commencer par veiller sur elle afin qu'elle puisse prendre le repos dont elle avait tant besoin – qu'elle lui serait redevable à jamais !

Elle voulait lui rembourser tout ce qu'elle pourrait, car l'idée qu'il puisse penser qu'elle se servait de lui lui faisait mal.

— D'accord, répondit-il en hochant la tête. Si c'est important pour toi, tu peux tout noter et me rembourser plus tard.

— Merci.

Il respectait son point de vue, et cela était plus important pour elle qu'il ne pouvait l'imaginer.

Il l'escorta jusqu'à sa voiture, et lui ouvrit la porte. Khan sauta à l'intérieur, et elle le suivit.

— Où allons-nous ?

Luke démarra et sortit du parking.

— J'ai beaucoup réfléchi hier soir.

Pendant qu'il veillait sur elle…

— Merci de m'avoir permis de dormir.

Il lui jeta un bref coup d'œil, avant de reporter son attention sur la route.

— Tu en avais besoin.

Malgré elle, elle sentit la déception l'envahir : sa remarque n'avait rien d'une déclaration romantique, même si elle n'en attendait pas... Mais il fallait qu'elle accepte le fait que l'attirance qu'elle avait pour lui n'était peut-être pas réciproque.

— Et à quoi pensais-tu hier soir ? demanda-t-elle.

— Je me disais que le mieux serait que tu ailles voir la police.

Elle fit la grimace, et se tourna vers la fenêtre. La croirait-on seulement ?

Elle allait lui expliquer pourquoi cela lui semblait difficile lorsque son estomac se mit à gronder.

— Tu as faim ? lui demanda-t-il avec un coup d'œil interrogateur. Allons manger quelque chose. Nous pourrons parler de tout ça.

Quelques minutes plus tard, il ralentit et s'engagea sur le parking d'une cafétéria à la fois vieillotte et charmante.

L'endroit, avec son comptoir chromé et ses alcôves en skaï rouge, était accueillant et chaleureux. Ils laissèrent Khan dans la voiture, allongé sur le plancher, et ouvrirent très légèrement les fenêtres pour laisser passer un peu d'air.

— Là-bas, dit Luke en se dirigeant vers l'alcôve la plus lointaine, située à côté de la cuisine.

Il attendit que Claire s'installe, puis s'assit face à la porte.

— Je pense qu'aller voir la police est la meilleure solution...

Il laissa sa phrase en suspens lorsqu'il vit la serveuse s'approcher.

— Que désirez-vous ? demanda la femme avec un sourire.

Luke ne regarda même pas le menu.

— Votre spécialité. Avec du café.

— Moi aussi, ajouta Claire, s'il vous plaît.

— Ah, ces amoureux qui commandent la même chose ! remarqua la serveuse en reprenant les menus. Vous faites un joli couple.

Claire sentit le rouge lui monter aux joues, mais Luke ne sembla même pas remarquer le commentaire. Dès que la femme fut repartie, il posa les bras sur la table et se pencha en avant.

— La police peut t'aider. Tu as été témoin d'un meurtre.

Il parlait à voix basse.

— Cela signifie qu'il y a un corps quelque part, poursuivit-il.

Claire retint son souffle.

— Et s'ils ne me croient pas ? Je n'ai pas la vidéo de l'enregistrement du meurtre de Julia avec moi. J'ai dû le cacher sur un serveur de Passage Digital. Il est possible que Ballard l'ait trouvé et détruit.

Elle baissa les yeux et regarda la table. Parler de tout cela lui était très difficile.

Il tendit le bras, et lui prit la main.

— Je ne vais pas te mentir : c'est peut-être ce qui s'est passé. Et dans ce cas, Ballard ne sera peut-être pas condamné. Mais si tu vas voir la police, que tu leur montres ce que tu sais concernant Gouda et que tu leur dis que Julia a été tuée, ils vont enquêter.

— Et s'ils ne me croient pas ?

Ils furent interrompus par la serveuse qui apportait leur café, et Claire fut heureuse de cette diversion. Elle n'était pas convaincue par les arguments de Luke.

Il prit une gorgée de son café fumant et la regarda par-dessus sa tasse.

— Pourquoi n'es-tu pas allée directement à la police en sortant du bâtiment, d'ailleurs ?

— Je n'arrivais plus à réfléchir de façon sensée. Je voulais seulement retrouver Khan et partir avec lui avant que les hommes de Ballard n'arrivent. Et puis, la police n'était jamais de notre côté lorsque nous étions enfants.

Elle le vit plisser les paupières.

— Tu as eu des ennuis avec la police ? demanda-t-il.

— Non, pas moi.

Il comprit, et se laissa aller en arrière sur la banquette.

— *J'ai* eu des problèmes, et j'ai rempli ta petite tête d'histoires sur les méchants policiers, soupira-t-il.

Elle haussa les épaules.

— Je suppose que cela m'a influencée.

— Tu te rends compte que ce n'étaient que les paroles d'un adolescent de quatorze ans ?

Il secoua la tête.

— Jamais un seul des policiers qui m'ont retrouvé quand je m'enfuyais ne m'a fait du mal. La plupart m'ont donné à manger et essayaient de discuter avec la tête de mule que j'étais… même si cela n'a pas changé grand-chose. J'ai le plus grand respect pour eux et pour les gens avec lesquels ils travaillent.

Elle soupira.

— J'aurais dû aller les voir immédiatement. Maintenant, c'est trop tard.

Ils furent à nouveau interrompus par la serveuse, qui leur apportait leur plat.

Claire avait perdu l'appétit, mais Luke désigna son assiette en lui disant :

— Ne pense même pas à laisser ça.

Il avait raison. Elle devait se nourrir. Elle prit une bouchée de ses œufs, puis continua à manger alors qu'il la surveillait attentivement tout en dévorant le contenu de son assiette.

Il termina avant même qu'elle n'en ait avalé la moitié, mais elle avait remarqué qu'il avait glissé un morceau de bacon dans sa serviette. Elle savait que c'était pour Khan, et essaya de combattre l'émotion que ce geste fit naître en elle.

— Écoute, reprit-il, les gens qui te poursuivent ont pour mission de t'empêcher de parler.

Elle lui tendit un morceau de bacon, pour qu'il l'ajoute à celui qu'il réservait à Khan.

Il continua :

— Si tu vas voir la police et que tu clames haut et fort ce que tu sais, il deviendra très difficile pour ces hommes de t'éliminer sans éveiller les soupçons. Ballard a beaucoup de pouvoir, mais sa puissance a des limites.

Elle approcha sa fourchette de sa bouche, mais la reposa sans y toucher. Elle aurait tellement voulu pouvoir croire Luke !

— Je resterai tout le temps avec toi, insista-t-il. Je suis là pour t'aider.

Il lui prit la main, et la caressa.

Claire sentit les larmes lui venir aux yeux.

— Je te remercie. Je vais faire ce que tu me conseilles. Tu es certain que c'est le mieux ?

— J'ai l'habitude de ce genre de situations, répondit-il sans la moindre hésitation.

Claire eut un rire un peu rauque. Elle doutait fort qu'il soit régulièrement poursuivi par des hommes armés de fusils d'assaut.

— Tu es venue me demander de t'aider. C'est mon métier. Et en plus, c'est toi.

Elle n'osa pas lui demander ce qu'il n'entendait par là, et baissa les yeux sur ce qui restait sur son assiette.

— Je me demande si Khan mangerait les œufs… nous pourrions demander un doggy bag.

Luke sourit.

— Khan est un chat-chien qui a beaucoup de chance !

— Je n'ai que lui. C'est ma seule famille. Mon seul ami.

Elle regretta cette remarque pathétique avant même de l'avoir terminée.

— Ce n'est pas vrai.

Les yeux noirs de Luke étaient pleins de douceur, mais son regard se figea et se durcit soudain alors que son attention était attirée par quelque chose derrière elle.

Claire se retourna, et leva les yeux vers l'écran de télévision fixé sur le mur. Le son était coupé et les sous-titres défilaient sur un bandeau au bas de l'écran, alors qu'un journaliste parlait.

Elle retint son souffle lorsqu'elle vit l'image en haut de l'écran.

C'était *elle*.

La photo avait été prise à un pique-nique organisé par son entreprise, il y avait quelque mois de cela. Elle n'y serait jamais allée si sa présence n'avait été quasi obligatoire.

Recherchée pour le meurtre d'une collègue…

Elle ne pouvait arracher son regard de la légende que l'on voyait sous sa photo.

Les autorités demandent à toutes les personnes qui auraient des informations sur Claire Wallace de les contacter immédiatement…

Claire en eut la nausée.

— Viens, souffla Luke entre ses dents. Nous devons partir d'ici.

Personne dans la cafétéria ne prêtait grande attention à l'écran de télévision ni à eux, mais il suffisait d'une seconde pour que tout bascule.

— Je...

Oh non ! Elle allait faire une crise de panique !

— Regarde-moi, chaton.

Ses paroles, ses yeux noirs l'empêchèrent de craquer, et l'ancrèrent dans le présent.

— Nous allons y arriver. Baisse la tête, et reste près de moi.

Ils se levèrent et il glissa son bras autour de sa taille, l'attirant vers lui. Il lui tendit le bacon dans la serviette.

Chaque pas vers la sortie fut une torture. Plusieurs personnes levèrent la tête vers l'écran tout en mangeant. L'avaient-elles remarquée ? Allaient-elles appeler la police ?

Elle se laissa aller contre lui, inspirant son odeur, puisant sa force.

— Tout va bien. Fais comme si tu n'avais qu'une seule envie : être pelotonnée contre moi.

Il n'était pas nécessaire qu'elle fasse semblant !

Elle sentit ses lèvres sur ses cheveux.

— Nous allons y arriver, répéta-t-il avant de payer et de l'entraîner vers la sortie.

Elle se sentait glacée jusqu'aux os.

Ce cauchemar ne finirait jamais.

7

À peine furent-ils montés dans son pick-up que Luke démarra et sortit du parking, mais tout se passa dans un brouillard pour Claire.

Elle sentit vaguement que Khan sautait sur ses genoux, vraisemblablement attiré par l'odeur du bacon. Alors, elle commença à lui en donner par petits bouts, sans vraiment être consciente de ce qu'elle faisait.

Des larmes brûlantes lui piquaient les yeux. Le temps où Khan et elle pouvaient manger à des heures régulières dans la quiétude de sa petite maison était bien loin ! Retrouveraient-ils un jour son petit pavillon douillet avec sa banquette dans le bow-window et son porche ensoleillé ?

Elle était bel et bien une fugitive maintenant.

— Que vais-je faire ? murmura-t-elle.

Luke agrippait le volant à pleines mains.

— C'est un coup intelligent de la part de Ballard. Maintenant, tu ne peux plus chercher d'aide auprès de la police !

Ces paroles n'étaient pas faites pour la réconforter.

Luke conduisait en veillant à rester sur de petites routes peu fréquentées, et il vérifiait constamment dans ses rétroviseurs que personne ne les suivait. Il plongea la main dans la poche de sa veste, et en sortit un téléphone d'un modèle ancien.

— Tiens. Tu peux composer un numéro pour moi ?

— À qui est ce portable ?

— Je l'ai emprunté à quelqu'un dans la cafétéria. Quand j'ai vu qu'il n'était pas nécessaire d'entrer un code pour s'en servir, je n'ai pas pu résister ! Nous ne pouvons plus utiliser nos téléphones : cela mènerait Ballard droit à nous. Mais je veillerai à le rendre.

Elle haussa les épaules.

— À mon avis, celui qui le possédait sera ravi : ça lui donnera une bonne raison pour en acheter un nouveau !

Elle composa le numéro qu'il lui dicta, et enclencha le haut-parleur avant de lui tendre le téléphone. Luke le posa sur ses jambes, alors que la sonnerie s'élevait dans l'habitacle.

— Gavett.

La voix était sèche.

— Lieutenant Gavett, nous nous sommes entretenus il y a quelque temps d'un fichier dont l'accès avait été bloqué. J'aurais voulu vous en parler à nouveau.

Elle remarqua que Luke veillait à ne pas donner leurs noms.

Il y eut un silence à l'autre bout de la ligne. Elle commença à se dire que le lieutenant n'avait pas compris qui lui téléphonait, ou qu'il ne souhaitait plus discuter avec eux maintenant qu'elle était recherchée par la police.

— Oui, finit-il par répondre. Laissez-moi quelques minutes. Je vous rappellerai à ce numéro.

Il raccrocha, et elle jeta un coup d'œil à Luke.

— Tu penses que c'est mauvais signe ?

— Tu veux dire qu'il va peut-être essayer de localiser l'appel ? Je ne le pense pas. Mon frère Weston lui a sauvé la vie autrefois.

Le portable sonna un peu plus tard, et Luke activa à nouveau le haut-parleur.

— Rick ?

— Patterson. J'ai dû sortir du bureau pour passer cet appel. Il a fallu que je trouve un téléphone public et crois-moi, il n'en reste plus beaucoup !

Luke fit la grimace.

— J'ai l'impression que tu ne vas pas m'annoncer de bonnes nouvelles. Je ne voudrais pas que tu aies des ennuis à cause de moi !

— Tu sais que tu pourras toujours compter sur moi. Tu es seul ?

Luke lui jeta un coup d'œil.

— Claire est à côté de moi. Nous sommes sur la route.

Rick demeura un instant silencieux.

— Tu es certain que tu ne préfères pas que nous parlions seul à seul pendant un instant ?

Claire croisa son regard.

— Ça ne me gêne pas, murmura-t-elle.

Luke secoua la tête.

— Claire n'a pas tué Julia Lindsey, Rick. Elle n'est qu'un témoin. C'est son patron, Vance Ballard, qui a commandité le meurtre.

Rick poussa un long soupir.

— En tout cas, le mandat d'arrestation vient du sommet de la hiérarchie de la police du Texas. Il a été émis par le service où travaillent les types qui sont venus vous voir hier : Arellano et Fisher.

Claire se mordit la lèvre. La police avait rendu visite à Luke hier ?

— Cela signifie quoi ? Qu'ils sont corrompus ?

— Je ne le pense pas. Mais toute cette affaire est très étrange. Elle donne l'impression que quelqu'un utilise la police du Texas pour une vengeance personnelle... surtout si tu es convaincu que Mme Wallace n'est pour rien dans ce meurtre.

Claire cessa de se mordre la lèvre et prit la parole :

— Vance Ballard est puissant. Il a certainement des amis haut placés. Ils ne sont peut-être pas corrompus, mais ils sont particulièrement enclins à écouter ce qu'il peut dire sur moi, parce qu'ils le connaissent.

— C'est vrai, acquiesça Rick. Le problème est que je suis le seul à avoir effectué des recherches sur vous avant que ce mandat d'arrestation n'ait été lancé. Je suis le seul à savoir que l'accès à votre dossier a été bloqué et que, dès le départ, il y avait quelque chose d'anormal dans cette situation.

— Ils ont des éléments à charge ?

— Oui. Et je ne peux rien faire pour vous à mon niveau. Même si je commençais à dire qu'il y a quelque chose de louche, je n'ai aucune preuve à apporter. Mais une chose est sûre, Claire : vous êtes en danger, et vous devez faire attention à vous.

Claire croisa le regard de Luke. Il lui fit un petit sourire certainement destiné à la rassurer, mais qui ressemblait plus à une grimace.

— Entendu, Rick, déclara-t-il.

— Je dois y aller.

On entendit des voix étouffées en arrière-plan.

— Je vous enverrai les éléments de preuve qui nous ont été transmis dans une dizaine de minutes... mais ça ne va pas vous plaire.

Luke hocha la tête, même si Rick ne pouvait pas le voir.

— Merci pour tout, Rick.

Luke raccrocha et passa le téléphone à Claire. Elle le prit sans un mot.

Un quart d'heure plus tard, ils s'arrêtèrent devant un hôtel haut de gamme, qui disposait d'une salle de travail équipée d'où Luke put avoir accès à ses mails et imprimer les documents envoyés par Rick.

Lorsqu'il la rejoignit, Claire comprit immédiatement à son air sombre que les nouvelles n'étaient pas bonnes. Rick avait raison lorsqu'il affirmait que ce qu'il allait leur envoyer ne leur plairait pas.

Luke lui tendit les documents tout en redémarrant.

Au fur et à mesure qu'elle les parcourait, elle sentait la nausée monter en elle. Ballard avait fabriqué de toutes pièces un faux échange de mails, qui suggérait que Claire était jalouse de la position qu'occupait Julia dans l'entreprise.

Elle prononça avec peine :

— Tout cela est entièrement faux !

Les larmes lui brouillaient la vue. Le montage avait été très bien exécuté. Claire y accusait Julia de lui voler ses idées. Elle y apparaissait comme amère et mesquine, et menaçait Julia de s'en prendre physiquement à elle, ajoutant qu'elle allait détruire ces mails pour qu'il n'y ait pas de preuves.

Et Ballard était arrivé comme un héros et les avait mis au jour.

Les feuilles tremblaient dans ses mains alors qu'elle les relisait.

— Ces mails donnent l'impression que je suis totalement instable, mais ils sont bien rédigés, avec des détails précis. Ballard a probablement utilisé les messages que nous avons échangés et en a modifié le contenu.

Ballard avait fait en sorte que la dispute semble avoir commencé il y avait plusieurs semaines de cela, pour s'envenimer progressivement.

— C'est techniquement possible ?

— Pour la plupart des gens, non. Mais pour Ballard, oui.

Elle ferma les yeux, comme si elle pouvait ainsi échapper à ce piège.

Elle devait reconnaître que Ballard avait effectué un travail remarquable pour faire croire qu'elle avait des raisons de tuer Julia. Claire elle-même n'y aurait vu que du feu si on lui avait montré ces mails.

— Impossible d'aller tout raconter à la police maintenant… murmura-t-elle.

Des larmes se pressaient contre ses paupières fermées.

— Personne ne va me croire, poursuivit-elle. Je ne comprends même pas pourquoi tu le fais… tu ne me connais pas vraiment.

Devant le silence de Luke, elle sentit sa peur décupler.

Peut-être pensait-il qu'elle lui avait menti. Pouvait-elle vraiment lui en vouloir ?

Soudain, le pick-up ralentit.

Claire ouvrit les yeux et vit un panneau indiquant qu'ils pénétraient dans une réserve naturelle.

Elle se raidit, froissant les feuilles dans ses mains. Allait-il la laisser ici ?

Encore une fois, si c'était son intention, elle ne pourrait pas lui en vouloir. Comme Rick l'avait souligné, elle était en danger, et s'il restait avec elle, Luke l'était aussi.

Lorsqu'il s'arrêta sur le parking presque vide et se tourna vers elle, elle n'était pas certaine de parvenir à supporter ce qu'il allait lui dire.

— Luke, je...

— Allons marcher un peu. Cela fera du bien à Khan de respirer un peu d'air frais.

Ils s'engagèrent sur l'un des nombreux chemins qui partaient du parking, et s'arrêtèrent lorsqu'ils virent une table de pique-nique.

— Luke, commença-t-elle à nouveau, je sais que tous les éléments sont contre moi. Je vois bien que tu te demandes si je ne t'ai pas menti, et je le comprends.

Il s'assit sur la table de pique-nique.

— Tu sais ce dont je me souviens le plus clairement quand je pense à toi, petite, à Skyline Park ? demanda-t-il.

Elle secoua la tête.

— Je veux dire, en plus de ces grands yeux bleus qui étudiaient tout avec sérieux... Tu n'aimais pas parler aux autres enfants, et tu essayais toujours d'avoir accès à un ordinateur, même si les plus grands t'en empêchaient.

Elle haussa les épaules.

— C'est ce dont tu te souviens ? Que j'aimais les ordinateurs ?

— Non. Ce dont je me souviens, c'est que tu glissais l'argent de ton goûter dans le sac à dos d'Amelia Whalen.

Claire se sentit rougir.

— Elle en avait besoin, se défendit-elle Elle avait toujours faim. Son ventre gargouillait la nuit. Moi, je n'avais jamais envie de manger, donc cet argent ne me servait à rien.

Elle vit les coins de sa bouche se relever en un sourire.

— Même si tu n'aimais pas parler aux autres, tu avais toujours une conscience aiguë de ce qui se passait autour de toi, alors que tu n'étais qu'une petite fille. Et tu essayais de changer les choses.

— Tout le monde l'aurait fait, murmura-t-elle, la gorge serrée.

Il lui prit la main et l'attira vers lui.

— Non, répondit-il fermement, tout le monde ne l'aurait pas fait. J'ai été en contact avec beaucoup de personnes, que ce soit lorsque j'étais enfant et que j'étais ballotté de famille en famille avant d'être adopté par les Patterson, ou lorsque j'étais à l'armée. J'ai vite appris à lire les gens, à comprendre ce qui motivait leurs actions… et la petite Claire n'avait aucune raison d'aider Amelia Whalen, surtout si elle le faisait en secret.

— Je ne suis plus la petite Claire.

Elle baissa les yeux sur Khan, qui était venu se frotter contre ses jambes, sentant vraisemblablement sa détresse. Mais Luke posa délicatement le doigt sous son menton pour le relever, et la forcer à croiser son regard.

— Non, c'est certain : tu n'es plus la petite Claire… mais ton cœur n'a pas changé. Tu es toujours généreuse. J'ai appris à faire confiance à mon instinct, et il me dit que je peux te croire.

Elle écarta les lèvres, ne sachant trop que répondre. Luke avait déjà tant fait pour elle ! Le fait qu'il place sa confiance en elle la touchait profondément.

— Merci, murmura-t-elle. Je veux prouver que ce n'est pas moi qui ai tué Julia.

Il appuya son front contre le sien.

— Nous allons le faire ensemble.

Elle sentit les lèvres de Luke effleurer les siennes, brièvement, avant de s'éloigner. Elle le considéra, sans voix.

— Si tu me regardes avec ces grands yeux si beaux, je ne vais pas pouvoir résister, et je vais encore t'embrasser, chaton.

Espérait-il lui faire peur ? Elle pencha la tête sur le côté, et le regarda en levant les sourcils.

Il eut un petit rire.

— Oh ! le chaton a des griffes !

Il glissa le bras autour de sa taille et l'attira à lui. Elle éclata de rire en se laissant tomber contre son torse.

Puis il l'embrassa vraiment.

Ses lèvres étaient à la fois douces et fermes, son baiser impérieux et tendre. C'était tellement lui !

Claire noua les bras derrière son cou.

Elle avait rêvé de ce baiser pendant des années. Même lorsqu'elle était petite, elle avait toujours su qu'elle voulait que Luke l'embrasse.

Et elle ne fut pas déçue.

Il la taquinait de sa langue, puis la mordillait comme s'il ne pouvait plus se rassasier d'elle, comme si plus rien d'autre n'existait.

Lorsqu'ils s'écartèrent l'un de l'autre, ils étaient à bout de souffle.

Mais maintenant, elle avait une raison supplémentaire de vouloir laver son nom.

Avoir tout le loisir d'embrasser Luke à nouveau.

8

La douceur des lèvres de Claire et le petit gémissement qui s'en était échappé durant leur baiser emplissaient encore l'esprit de Luke deux heures plus tard, alors qu'il payait ses emplettes dans le petit supermarché du coin.

La caissière mâchonnait son chewing-gum tout en scannant les articles : de la nourriture pour eux et pour Khan, des vêtements de rechange, une perruque brune pour Claire, et un téléphone prépayé qu'il pourrait utiliser sans craindre d'être repéré.

Un téléphone prépayé !

Luke se passa la main sur le visage. Au début de cette semaine, il ne s'attendait certainement pas à avoir besoin d'un tel accessoire !

Si la caissière trouva cet assortiment d'articles étonnant, elle n'en laissa rien paraître et ne mit pas moins d'ardeur à mâchonner son chewing-gum. Avec un air d'indifférence suprême, elle plaçait les achats dans des sacs au fur et à mesure qu'elle les scannait.

Bien, songea Luke. Si elle s'ennuyait, cela signifiait qu'elle ne prêtait certainement pas attention à ce qu'elle faisait, et ne se souviendrait bientôt plus de lui.

Elle annonça le montant de ses courses.

— Carte ou liquide ?

— Liquide, répondit Luke en prenant son portefeuille et en en sortant quelques billets.

Tout cela représentait tout de même une certaine somme. Il avait assez d'argent pour s'en acquitter, mais si l'on y ajoutait la note d'hôtel de la nuit dernière et l'essence, il allait devoir faire attention.

Pendant que la caissière rangeait les coupures dans son tiroir-caisse, il regarda par la fenêtre. Son pick-up était garé devant le magasin, tout près, afin qu'il puisse monter dedans rapidement. À l'intérieur, il apercevait la chevelure blonde de Claire, qui était enfoncée dans son siège pour éviter de se faire remarquer.

Il répugnait à la laisser seule dans son pick-up, mais il ne voulait pas courir le risque qu'on la reconnaisse dans le magasin... D'ailleurs, elle avait besoin de calme pour réfléchir, et mettre au point un plan pour contrer Ballard.

Luke sourit. Elle était maligne ! Il ne doutait pas un seul instant qu'elle parviendrait à trouver un moyen d'accéder aux données dont elle avait besoin pour prouver son innocence.

Et il allait lui apporter toute l'aide qu'il pourrait.

Il se saisit des sacs et sortit rapidement du magasin. Claire se redressa lorsqu'elle le vit approcher, et lui fit un petit signe de la main. Il lui sourit, mais ne put détacher son regard de ses lèvres.

Il voulait l'embrasser à nouveau... et oublier tout le reste.

Ce n'est pas le moment de s'égarer, Patterson.

D'ordinaire, sa capacité de concentration était proverbiale. Mais il y avait quelque chose en Claire Wallace qui réduisait cette faculté à néant.

Il ouvrit la portière, et posa les sacs à l'intérieur.

— Tu vas bien ? demanda-t-elle.

Il lui prit la main et la pressa avant de démarrer.

— C'est toi qui es recherchée par toutes les forces de police de l'État, et tu te fais du souci pour moi ?

Elle haussa les épaules.

— Je ne peux pas supporter l'idée que tu puisses avoir des ennuis.

Il se pencha et déposa un baiser sur ses lèvres, très légèrement. Il ne s'attarda pas, craignant de ne pouvoir s'arrêter là, et d'attirer sur eux une attention qui aurait été particulièrement malvenue en ce moment. Puis il déposa un autre baiser sur son front, et se mit en route.

— Tu as trouvé tout ce dont nous avons besoin ? demanda Claire en déposant les sacs à ses pieds.

Il sortit du parking, veillant à être le plus discret possible.

— Oui. Je pense que tu seras très jolie en brune !

Elle fit la grimace.

— Espérons ! Et tu as trouvé de la nourriture pour chat ?

— Bien entendu ! Je craignais trop que ton chat-chien m'attaque si j'oubliais !

— Merci. Il ne peut pas vivre uniquement de nos offrandes de bacon !

Elle inspecta le contenu des sacs.

— Tu n'as pas utilisé ta carte de crédit, n'est-ce pas ? J'aurais dû te le dire avant : Ballard surveille toutes mes transactions bancaires, et je suppose qu'il en est de même pour les tiennes.

— Non. J'ai payé en liquide. J'en ai toujours pas mal sur moi… certainement parce que j'ai tellement manqué d'argent lorsque j'étais plus jeune !

Pendant des années, il avait lutté contre cette tendance, refusant de laisser le passé lui dicter son comportement présent. Mais un jour, son père l'avait pris à part et lui avait expliqué qu'il n'était pas nécessaire de lutter contre toutes les habitudes héritées de l'enfance. Si avoir de l'argent liquide sur lui le tranquillisait, pourquoi s'en priver !

Il fallait savoir quels étaient les combats dignes d'être menés.

Elle essaya la perruque brune.

— J'ai l'air de quoi ?

Il lui jeta un coup d'œil.

— Elle te va bien. Je préfère ta couleur naturelle, mais tu passeras plus inaperçue.

Il ne protesta même pas lorsque, quelques minutes plus tard, un fumet de nourriture pour chat envahit son pick-up, s'échappant de la boîte qu'elle avait ouverte pour Khan.

Mais il allait falloir qu'ils trouvent un plan. Ils ne pouvaient pas continuer à errer ainsi.

— Je pense que je sais ce que je dois faire, déclara-t-elle lorsque Khan eut fini de manger. J'ai en ma possession le disque dur externe avec les éléments prouvant que Ballard avait l'intention d'utiliser Gouda à des fins illégales…

Elle regarda par la fenêtre, les doigts enfoncés dans la fourrure de Khan, qui s'était installé sur ses genoux. Luke savait que cela signifiait qu'elle réfléchissait, alors il resta silencieux.

— Ce qui est embêtant, reprit-elle soudain, c'est que le disque dur externe ne peut être lu que chez Passage Digital, à cause du logiciel propriétaire que nous utilisons.

— Tu peux trouver un moyen de contourner ça ?

Elle hocha la tête.

— Je pense que je peux y arriver. Ça ne sera pas parfait, mais je devrais réussir à extraire assez de données pour inciter la police à s'intéresser à Ballard.

— C'est une bonne nouvelle ! Et de quoi as-tu besoin ? Il faut du matériel spécialisé ?

— Non. Il s'agit uniquement de coder. J'ai seulement besoin d'un ordinateur connecté à un réseau Wi-Fi public – pour qu'il soit plus difficile de me localiser – de temps, et de tranquillité.

— Combien de temps ?

Elle fit la grimace.

— C'est difficile à évaluer de façon précise, mais il me faudra plusieurs heures.

— Nous ne nous pouvons pas rester aussi longtemps dans un café ou dans la salle de travail d'un hôtel sans nous faire remarquer. Il va falloir s'introduire en douce dans un lieu public.

— Et attirer ainsi l'attention de la police !

Effectivement, ce plan était loin d'être parfait. Il aurait eu besoin de plusieurs jours pour déterminer le lieu adéquat et étudier son système de sécurité. À moins qu'il ne trouve un endroit qu'il connaisse déjà bien...

Et soudain, il songea à un lieu où il avait veillé sur elle lorsqu'ils étaient enfants.

— Pourquoi n'irions-nous pas à la bibliothèque de Wars Hill ? demanda-t-il, guettant sa réaction.

Un petit sourire éclaira son visage.

— Ça serait parfait !

Ils y avaient passé le plus clair de leur temps libre lorsqu'ils vivaient dans le foyer. Claire, qui avait déjà beaucoup lu malgré son tout jeune âge, avait commencé à lui recommander des livres, et c'était dans ce lieu qu'il avait appris à aimer la lecture.

La prochaine fois que Brax le taquinerait lorsqu'il préférerait rester chez lui avec un bouquin au lieu de sortir, Luke lui dirait qu'il n'avait qu'à s'en prendre à Claire !

Au prochain feu, il tourna en direction de la bibliothèque. Il passait devant assez souvent pour savoir que le bâtiment n'avait pas beaucoup changé... ce qui signifiait qu'il connaissait les lieux et serait en mesure de la protéger.

— Nous allons nous garer assez loin, entrer avant la fermeture, et nous cacher, proposa-t-il. Ce sera plus simple que de tenter d'y pénétrer par effraction

Il lui jeta un coup d'œil et elle lui sourit. Sa perruque brune le surprit un peu, mais elle était belle avec.

— Peut-être qu'à cette heure-ci demain, reprit-il, tout sera terminé...

9

La bibliothèque n'avait pas beaucoup changé au cours des quinze dernières années. Il y avait toujours ces grands poufs moelleux dans la section enfant, et les alcôves en verre au fond de la salle de lecture étaient quasiment identiques.

Ils avaient garé le pick-up à cinq cents mètres environ, pour éviter qu'il ne soit repéré aux abords de la bibliothèque. Claire n'avait pas voulu y laisser Khan. Mais un vieux sac à dos déniché sous un des sièges avait fait l'affaire : ils y avaient mis le chat, qui semblait s'y trouver à son aise.

C'était impressionnant de voir combien cet animal faisait confiance à sa maîtresse. Mais il devait sentir qu'elle l'adorait.

Chaton.

Luke sourit intérieurement. Ce mot correspondait bien plus à Claire qu'à Khan.

Ils entrèrent séparément environ une heure avant la fermeture, assez à l'avance pour ne pas se faire remarquer. Claire se dirigea vers la section où se trouvaient les romans, et Luke la poésie.

Ce n'était pas un genre littéraire qu'il affectionnait, loin de là, mais il se força à ouvrir un livre... et finalement, Walt Whitman n'était pas si mal.

Une maman avec trois jeunes enfants arriva environ vingt minutes avant la fermeture. Si Luke avait orchestré son entrée, elle n'aurait pas pu leur fournir une meilleure couverture.

Elle monopolisa immédiatement l'attention du bibliothécaire, certainement parce que le vieil homme ne voulait pas avoir à ranger ce que sa progéniture sortait des rayons avant de retourner chez lui.

Luke se mit alors en quête d'un endroit où ils pourraient se cacher. Cela n'allait pas être facile... Lorsqu'il passa dans la section dédiée aux romans, Claire le vit et lui fit signe de la suivre.

— Je n'arrive pas à croire que c'est toujours là ! murmura-t-elle.

— De quoi parles-tu ?

Elle ne lui répondit pas, et continua à avancer vers la section de littérature jeunesse. Le bibliothécaire était occupé à vérifier les livres pour la mère et ses enfants.

— Là... Regarde !

Elle se dirigea vers une haute vitrine qui occupait un coin de la pièce. Des décors évoquant des contrées lointaines y étaient exposés, pour montrer aux enfants que la lecture pouvait leur permettre de voyager là où ils voulaient aller.

— C'est très beau...

Luke ne savait pas trop quoi dire. Il se souvenait vaguement avoir vu cette vitrine lorsqu'ils venaient ici auparavant.

Elle se dirigea vers un côté de la vitrine.

— Oui. Mais surtout, elle cache un renfoncement...

Claire déplaça la vitrine, et fit apparaître une ouverture assez grande pour qu'ils puissent s'y glisser.

C'est alors que les haut-parleurs diffusèrent un message annonçant que la bibliothèque allait fermer dans cinq minutes.

— Il y a assez de place pour nous deux ? demanda-t-il.

Elle hocha la tête.

— Oui, du moment que tu n'es pas claustrophobe.

— Ça devrait aller.

Elle se glissa dans le renfoncement et il la suivit, puis remit tant bien que mal la vitrine à sa place.

L'espace était certes très exiguë pour eux deux et Khan, mais cela n'était pas un problème pour Luke.

Comment aurait-il pu se plaindre que le corps de Claire soit ainsi pressé contre le sien ?

— Bonjour ! souffla-t-il.

Elle laissa tomber sa tête contre lui.

— Quelle surprise de te rencontrer ici ! Cet endroit me semblait bien plus grand lorsque j'étais petite et que je m'y cachais !

Il posa les mains sur ses hanches.

— Ça va ? murmura-t-il en l'attirant vers lui.

— Oui.

Ils demeurèrent silencieux, et sourirent lorsqu'ils entendirent le bibliothécaire fredonner des airs de comédies musicales connues tout en fermant le bâtiment. Quelques minutes plus tard, lorsque le silence se fit, Luke sut qu'ils étaient probablement tirés d'affaire.

— Tu penses que nous pouvons sortir d'ici ? murmura-t-elle.

— Il vaut mieux attendre quelques minutes de plus.

Mais ce qui semblait être une sage mesure de précaution n'avait qu'un seul et unique but : pouvoir l'embrasser.

Il lui leva le menton et posa doucement les lèvres sur sa bouche, gardant leur baiser doux et tendre, lui donnant le temps et la possibilité de s'éloigner si elle le désirait. Mais bien vite, il sentit qu'elle enfonçait les doigts dans son dos pour l'attirer à elle.

Elle avait envie de lui, mais cela ne pouvait pas être avec la même intensité : il aurait pu rester ici des heures à savourer la courbe délicieuse de ses lèvres.

Et cela n'était rien en comparaison de tout ce qu'il aurait voulu faire avec elle.

Mais il se força à s'éloigner. Ce n'était ni le moment ni l'endroit pour penser à cela.

Il posa le front contre le sien. Ils avaient tous les deux le souffle court.

— Même si je rêve de poursuivre, il me semble qu'il vaut mieux garder cela pour plus tard.

— Oui, tu as raison.

Khan émit un petit miaulement comme pour donner son assentiment, et ils se mirent à rire doucement.

— Tu penses que nous pouvons sortir maintenant ? murmura-t-elle.

Luke se tourna pour pouvoir pousser la vitrine. La bibliothèque était maintenant plongée dans la pénombre.

— Reste ci pendant que je vais vérifier que tout va bien.

Il ne lui fallut pas longtemps pour s'assurer que le bâtiment était vide. Il retourna vers Claire, et l'aida à s'extirper de leur cachette.

Elle posa immédiatement le sac à terre pour pouvoir libérer Khan, qui s'étira et se mit à aller et venir dans la salle comme s'il était le maître des lieux.

— Bon, de quoi as-tu besoin ? lui demanda-t-il.

— D'aller dans la salle informatique, pour tenter d'accéder au réseau de Passage Digital.

Elle commença à avancer.

— Reste loin des fenêtres, recommanda-t-il.

Il ne fallait pas qu'ils soient remarqués par quelqu'un qui passerait devant le bâtiment.

— D'accord.

Elle choisit le poste de travail le plus reculé, l'alluma, et se mit immédiatement à pianoter sur le clavier, sans un instant d'hésitation.

— Tout d'abord, il faut régler le problème du mot de passe de l'ordinateur…

Il regardait par-dessus son épaule.

— Ça va prendre longtemps ?

— C'est déjà fait.

Elle parlait avec animation. Elle était en terrain familier.

— Déjà ?

Elle ne sembla pas l'entendre. Avec Khan à ses pieds, elle était entièrement concentrée sur sa tâche, et il préféra la laisser travailler tranquille.

Il sortit de la pièce et retourna dans la grande salle de lecture. Là, il s'approcha d'une fenêtre et regarda discrètement à l'extérieur. Le parking était vide, et il ne vit rien d'inquiétant. Il fit de même de l'autre côté, qui donnait sur une aire de jeux et d'autres bâtiments, et là aussi tout semblait normal.

L'endroit faisait remonter des souvenirs agréables à sa mémoire, et il n'en avait pas beaucoup jusqu'à son arrivée chez les Patterson. Certes, il n'avait pas traversé des épisodes traumatisants comme Chance ou Brax, mais il avait connu la faim et les coups.

Tout avait changé lorsqu'il avait été accueilli par les Patterson... ce qui lui rappela qu'il devait appeler ses frères.

Il utilisa son téléphone prépayé pour composer le numéro de Brax.

— Brax Patterson.

Sa voix était tendue.

— C'est moi.

Son frère laissa s'échapper un long soupir.

— Vous allez bien ? Nous avons vu les nouvelles.

— Oui. Nous sommes encore en vie tous les deux.

Luke se pencha pour jeter un coup d'œil à Claire. Elle continuait à pianoter sur le clavier, entièrement absorbée par sa tâche, et totalement indifférente au fait que sa perruque brune était de travers.

— Nous attendions ton coup de fil. La police est encore venue pour te parler.

— Vous avez réussi à calmer leurs soupçons ?

— Pas complètement... Et Weston a été suivi lorsqu'il est sorti aujourd'hui. Où étais-tu ?

— J'aide Claire à obtenir les éléments dont elle a besoin pour prouver son innocence.

Il baissa la voix et poursuivit :

— Elle a été témoin du meurtre d'une de ses collègues de Passage Digital, et maintenant, le P-DG tente de lui faire porter le chapeau. Il utilise toutes les relations qu'il a dans les hautes sphères pour la discréditer.

Brax poussa un juron.

— Oui, c'est exactement ce que je pense, renchérit Luke.

— Comment peut-elle prouver son innocence ?

— Ballard n'est pas uniquement coupable de ce meurtre. Il projette d'utiliser une application pour collecter illégalement les données sensibles d'adolescents – par exemple leurs numéros de compte – afin de les utiliser plus tard, lorsqu'ils seront majeurs.

Brax émit à nouveau un juron.

— Claire a la preuve de tout cela sur un disque dur externe, poursuivit Luke. Mais on ne peut le lire qu'avec un logiciel spécifique à l'entreprise. Lorsqu'elle pourra prouver que Ballard est coupable de vol de données sensibles, elle pourra se rendre à la police, et démontrer qu'il l'utilise comme bouc émissaire.

— J'ai l'impression qu'elle est douée en informatique !

Luke sentit son cœur se gonfler de fierté.

— Exactement.

— Combien de temps lui faudra-t-il pour obtenir ce dont elle a besoin ?

— Quelques heures peut-être. C'est dur à dire.

Il se frotta la nuque. Il n'aimait pas l'idée de rester aussi longtemps au même endroit, mais ils n'avaient pas le choix.

— Écoute, poursuivit-il, lorsque Claire aura ce dont elle a besoin, j'aimerais que tu demandes à Weston d'organiser une rencontre avec Rick.

— D'accord.

— Nous devons lui parler face à face. Par téléphone c'est trop dangereux, l'avertit Luke. Rick a dû utiliser une cabine publique la dernière fois que nous avons communiqué. Il pense que l'avis de recherche lancé par la police n'est pas net...

— Nous allons organiser cette entrevue. Je te recontacterai dans quelques heures.

— Merci, Brax.

Il sentit la tension de ses épaules se dénouer. Il pouvait toujours compter sur l'aide de sa famille.

Luke mit fin à la communication et, tirant de sa poche une des barres de céréales qu'il avait achetées au supermarché, se dirigea vers la salle informatique.

Claire était penchée en avant, les yeux rivés sur l'écran.

— Leur interface est nulle... pas du tout professionnelle...

Il s'appuya contre le mur à côté d'elle.

— Hé... Il est temps de manger.

Elle ne détourna pas le regard.

— Je n'ai pas faim.

— Tu dois garder des forces. C'est une situation stressante, et tu consommes beaucoup plus de calories que tu ne le penses.

Elle tendit la main dans sa direction, mais loupa la barre de céréales de quelques centimètres.

En riant, il la lui mit dans la main. Elle s'en empara et la posa sur la table, à côté du clavier.

— Tu dois la mettre en bouche si tu veux que ça marche !

Il s'accroupit auprès d'elle et déchira l'emballage. Puis il lui ôta une main du clavier, et déposa la barre dedans.

Il se releva et la regarda grignoter son encas tout en continuant à coder d'une seule main. Khan s'étira sous le bureau, levant une patte en l'air. Ils étaient tous les deux dans leur élément, et seul Luke ne savait trop quoi faire.

Mais il pouvait veiller sur elle, comme il l'avait fait lorsqu'ils étaient enfants.

Alors, il la laissa travailler, et se mit à aller et venir dans la bibliothèque. Régulièrement, il vérifiait par les fenêtres que tout était normal, puis retournait auprès d'elle pour s'assurer qu'elle allait bien.

Une heure passa.

Puis une autre.

Puis une autre encore.

Lorsque la cinquième heure se fut écoulée, La nervosité

commença à le gagner. Cela faisait trop longtemps qu'ils étaient ici, et il avait un mauvais pressentiment.

Il aurait voulu pouvoir lui laisser tout le temps dont elle avait besoin, mais il fallait faire vite.

— Bien… marmonna-t-elle.

La fatigue semblait ne pas avoir de prise sur elle. Elle poursuivit :

— Que penses-tu de cela, Khan ?

Le chat la regarda depuis l'étagère où il s'était perché. Elle lui avait parlé toute la nuit, et Luke trouvait cela touchant.

Mais soudain, elle se raidit et ses mains s'immobilisèrent sur le clavier. C'était la première fois qu'il la voyait agir ainsi depuis qu'elle s'était assise devant l'ordinateur.

— Oh oh… Ce n'est pas bon.

Il fut auprès d'elle en quelques enjambées.

— Quoi ?

Les lignes de code qu'il voyait sur l'écran étaient un langage totalement hermétique pour lui.

— Il faut que j'accède à distance au système de Passage Digital pour faire ce que j'ai à faire.

Il hocha la tête, même s'il ne savait pas exactement ce que cela signifiait.

— Je savais qu'ils remarqueraient que quelqu'un essayait de s'introduire dans le système. Alors, j'ai fait en sorte que cela semble venir d'une de nos agences située au Canada, comme si quelqu'un restait travailler tard le soir.

— Et que signifiait ce « Oh oh » ?

— Il y a quelques minutes, un autre pare-feu est apparu, et j'ai cru qu'ils m'avaient repérée.

— Et c'est mauvais ?

— Oui, mais je m'y attendais. J'étais en train de voir comment le contourner quand il a disparu de lui-même.

— Et pourquoi ferait-il cela ?

Elle le regarda.

— J'aimerais pouvoir te dire que c'est parce que le système ne considère pas ce que je fais comme une menace, mais…

— Mais il est plus probable qu'ils soient en train d'essayer de te garder en ligne, finit-il à sa place.

Elle hocha la tête.

— Oui.

— Tu as besoin de combien de temps encore ?

— Une heure. Peut-être deux. C'est le moment le plus critique.

— C'est trop long. Tu ne peux pas extraire quelques données plus rapidement ?

— Peut-être. Je ne vais pas pouvoir choisir lesquelles, mais je peux essayer.

Elle se remit immédiatement à pianoter. Si c'était possible, ses doigts volèrent même plus vite sur les touches qu'auparavant.

Il retourna jeter un coup d'œil au-dehors.

Si on voulait garder Claire en ligne, c'était parce qu'on essayait de la localiser.

Il allait encore lui donner vingt minutes, pas une de plus. Ensuite, ils devraient partir, car ils ne seraient plus en sécurité.

Mais il ne dut pas attendre longtemps avant qu'une ombre à proximité du parking n'attire son attention. Quelque chose avait changé. Après plusieurs heures passées à surveiller les alentours, il commençait à en connaître précisément tous les détails.

Et effectivement, peu après, il vit quelqu'un se déplacer subrepticement à la lisière du parking. Le seul éclat qui le trahit fut le reflet de la lune sur l'arme qu'il avait à la main.

Ils n'avaient pas vingt minutes.

— Claire, lui dit-il en élevant la voix, viens. Nous devons partir immédiatement.

10

Claire ne quitta pas son écran des yeux.

— J'ai presque terminé. J'en ai pour vingt minutes environ.

Ils avaient à peine vingt secondes.

— Tout de suite, chaton.

Elle continua à pianoter.

— Je t'assure que j'ai bientôt…

Sa protestation se mua en un petit cri lorsqu'il lui enlaça la taille d'un bras, et la souleva de son siège.

— Ballard a fait en sorte que tu restes en ligne pour pouvoir te localiser et envoyer ses hommes ici. Ils sont dehors. Nous devons partir.

Il la lâcha, et elle se retourna vers lui.

— Quoi ?

— Les hommes de Ballard… Dehors… Je pense que c'est pour cela que le pare-feu a soudainement disparu. Ils ont retrouvé ta trace, et ils sont probablement ici pour te tuer.

Il ouvrit le sac à dos et le lui mit dans les mains sans ménagement. Khan se hérissa quand Luke l'attrapa, mais il accepta de se laisser enfermer dedans.

— Nous devons emprunter la sortie de service.

Il prit Claire par la main et s'élança. Lorsqu'ils arrivèrent près de la porte, il jeta un coup d'œil à l'extérieur par une fenêtre.

Bon sang ! Luke repéra deux silhouettes avant de se rejeter vivement en arrière. Les hommes de Ballard encerclaient le bâtiment.

Il poussa un juron.

— Que se passe-t-il ? murmura-t-elle.

— Nous sommes cernés. Toutes les issues sont surveillées.

— Qu'allons-nous faire ?

Il tenta de réfléchir rapidement. Il fallait créer une diversion. Il n'était pas possible d'appeler la police, mais…

Il sortit son téléphone prépayé de sa poche et composa un numéro.

— 911, répondit le régulateur. Quel est votre problème ?

Luke prit quelques courtes inspirations, affectant la panique.

— La bibliothèque de Wars Hill est en feu ! Je vous en prie, venez vite !

Il raccrocha avant que le régulateur ne puisse poser d'autres questions.

Claire écarquilla les yeux.

— Nous allons mettre le feu au bâtiment ?

— Non, mais les pompiers et les ambulances ne vont pas tarder à arriver. Espérons qu'ils vont faire fuir les hommes de Ballard et que dans la confusion, nous réussirons à sortir d'ici sans nous faire remarquer.

Elle eut l'air sceptique, et il ne pouvait pas lui en tenir rigueur. Il réprima un sourire en la regardant. Sa perruque brune avait glissé, et des mèches de cheveux blonds venaient caresser son visage. Elle ressemblait à la petite fille qu'il avait connue.

Jamais il ne laisserait les hommes de Ballard mettre la main sur elle.

Le bruit d'une serrure que l'on forçait et d'une alarme que l'on fracassait pour l'empêcher de se déclencher résonna dans la bibliothèque. Luke prit la main de Claire et la guida vers leur cachette, derrière la vitrine de la section enfant. À peine s'étaient-ils introduits dans le renfoncement que des voix s'élevèrent.

— Vérifie chaque allée ! cria un homme. Ils sont ici.

Luke attira Claire contre lui. Il tendit l'oreille, essayant de déterminer combien de personnes étaient entrées. Trois ? Quatre ?

Il était bon tireur, mais il n'arriverait pas à neutraliser ces types avant qu'ils ne fassent feu eux-mêmes.

La sonnerie d'un téléphone qui s'éleva à seulement quelques mètres d'eux fit sursauter Claire. Luke la pressa plus étroitement contre lui, et lui massa doucement la nuque. Si elle avait une attaque de panique, c'en était fini d'eux.

— Allô ? répondit un des hommes.

Un bref silence s'ensuivit.

— Non, nous ne les avons toujours pas trouvés. Ils sont peut-être partis avant notre arrivée, et nous n'allons pas avoir assez de temps pour les chercher dans tous les recoins.

Un autre silence.

— Oui, monsieur.

Puis l'homme s'écria :

— Les pompiers sont en route ! Ils vont arriver dans moins de cinq minutes.

— Les toilettes et la salle de repos des employés sont vides, annonça une autre voix d'un peu plus loin. Aucun signe d'eux.

— Nous n'avons pas assez de temps pour fouiller tout le bâtiment, mais nous allons déclencher un vrai incendie pour couvrir nos traces. Il y a une bonbonne de gaz dans le van. Demande à Brickman de l'apporter. Vite !

Bon sang ! Bien malgré lui, Luke venait de leur donner une idée en passant cet appel d'urgence.

Pour le moment, ils devaient rester cachés. Ils auraient plus de chance de survie s'ils sortaient de leur cachette dans le chaos qui allait résulter de l'incendie que s'ils le faisaient maintenant.

Mais l'odeur du gaz, puis celle, âcre, de la fumée, poussèrent Luke à reconsidérer la question.

— Surveillez les deux issues, déclara un des hommes. Ils

vont tenter de s'échapper, parce que sinon, les pompiers vont retrouver leurs corps dans les décombres.

Puis ils s'éloignèrent, alors que l'odeur de la fumée devenait plus forte.

— Qu'allons-nous faire ?

Claire parlait d'une voix aiguë, et sa respiration était beaucoup trop rapide.

— Tout va bien se passer, murmura-t-il. Attends un instant.

Pour le moment, ils devaient rester à l'intérieur de la bibliothèque, et n'en sortir que lorsque les pompiers arriveraient. Plus il y aurait de monde, plus ils seraient protégés.

Mais c'était plus facile à dire qu'à faire. La fumée devenait de plus en plus dense, et Luke devait lutter contre son instinct de survie pour ne pas fuir.

— Luke ?

— J'ai l'impression qu'ils sont partis. Nous allons sortir discrètement.

Il repoussa la vitrine pour pouvoir s'extirper du renfoncement.

Ils progressèrent à quatre pattes. Khan s'agitait et miaulait plaintivement dans le sac qu'il portait sur le dos.

— Par quelle porte allons-nous sortir ?

— Pour le moment, nous devons rester ici et attendre les pompiers.

Il constata avec une certaine admiration qu'elle ne cédait pas à la panique.

— Tu penses que nous allons réussir à tenir jusqu'à ce qu'ils soient là ?

— Il le faut. Si nous sortons maintenant, ces hommes vont nous abattre.

Mais le feu s'étendait beaucoup trop vite maintenant pour qu'ils puissent espérer être encore en vie lorsque les pompiers arriveraient. L'endroit était digne des rêves d'un pyromane.

Ils avaient tous deux remonté leurs habits pour se couvrir le nez et la bouche, mais même s'ils progressaient en restant baissés, près du sol, la fumée s'épaississait. Ils sentaient sur leur peau la chaleur dégagée par le brasier.

Ils allaient devoir sortir. Tenter leur chance.

— Allons vers l'entrée principale, cria-t-il à son oreille, pour qu'elle puisse l'entendre. Tu vas rester derrière moi, puis courir vers le pompier le plus proche.

Elle tremblait de tout son corps.

— Ils vont tirer ! Ils vont te tuer, puis moi ensuite.

— Nous devons courir le risque : impossible de rester ici.

Il vit l'expression de son visage changer.

— Attends. J'ai une idée, souffla-t-elle. Suis-moi.

Elle commença à se diriger vers l'arrière du bâtiment. Il faillit l'arrêter : sortir par la porte principale, là où il y aurait potentiellement plus de monde, lui semblait préférable. Mais soudain, elle tourna vers l'aile ouest du bâtiment.

Les toilettes. S'y réfugier pouvait leur faire gagner un peu de temps, mais ils pouvaient s'y retrouver piégés.

Il lui attrapa la cheville alors qu'elle avançait devant lui. Elle se retourna.

— Nous allons être coincés ! hurla-t-il pour qu'elle puisse l'entendre par-dessus le ronflement des flammes.

Elle cria quelque chose en réponse. Il ne comprit qu'un seul mot, mais le plus important.

Fenêtre.

Lorsqu'ils parvinrent dans les toilettes, la fumée y était moins dense, et ils purent se mettre debout et respirer un peu plus facilement. Luke ouvrit le sac à dos et laissa sortir Khan. Puis il prit le morceau de tissu qui en doublait le fond, et s'en servit pour calfeutrer l'espace entre la porte et le sol. Cela leur permettrait de gagner un peu de temps.

— Il y a une fenêtre dans le débarras où ils stockent les produits d'entretien, expliqua-t-elle en désignant une porte. Je suis passée par là un jour pour m'enfuir avec un livre. J'en avais déjà emprunté trop pour avoir le droit de l'emporter, mais je voulais savoir la fin de l'histoire... Mais je l'ai rendu !

Même dans cette situation elle semblait gênée d'admettre qu'elle avait volé un livre.

Luke ne perdit pas de temps. Il se dirigea vers la porte, et l'ouvrit d'un coup de pied lorsqu'il constata qu'elle était fermée à clé.

Mais en voyant la fenêtre en question, il dut ravaler un juron : si la petite Claire n'avait certainement eu aucun mal à sortir par là, la Claire adulte aurait plus de difficultés. *Mais lui ?*

Claire se mordit la lèvre.

— Aïe ! C'est beaucoup plus étroit que dans mon souvenir !

— Tu vas réussir à passer.

— Et toi ?

— Moi aussi.

Il tenta d'ouvrir la fenêtre, mais lorsque le battant resta coincé, il décida de ne pas perdre de temps à s'acharner. Il s'empara d'une lampe torche entreposée dans un coin du cagibi, et entreprit de casser la vitre en faisant le moins de bruit possible. Les hommes de Ballard ne s'attendaient certainement pas à ce qu'ils sortent du bâtiment par-là, mais il n'était pas nécessaire d'attirer leur attention.

La vitre céda au second coup, et il ôta tous les morceaux de verre qu'il put.

— Tu vas passer la première. Je vais te soulever. Fais attention au verre qui est encore sur l'encadrement.

Lorsqu'il se retourna, il vit qu'elle lui tendait Khan.

Bien entendu.

— Allez, vas-y, le chat !

Khan atterrit sur le sol et déguerpit pour se mettre à l'abri. Ils n'entendirent aucun bruit venant du dehors, ce qui était bon signe.

Il se retourna vers Claire, et entrecroisa ses doigts afin qu'elle puisse prendre appui sur ses mains. Il la souleva avec une facilité déconcertante, et elle n'eut aucun mal à se glisser par l'ouverture.

À lui !

Attrapant l'encadrement de la fenêtre, il se hissa. De petits éclats de verre s'enfoncèrent dans la paume de ses mains, mais il ne prêta pas attention à la douleur et se tortilla vers l'extérieur... jusqu'à ce que ses épaules soient coincées.

Bon sang !

Il dut se laisser retomber à terre dans le débarras pour tenter de sortir sous un autre angle. La fumée était maintenant très épaisse. S'il ne parvenait pas s'extraire de cet endroit, il allait certainement y passer.

Il se hissa à nouveau, et rentra ses épaules pour qu'elles tiennent aussi peu de place que possible. Il ravala un juron lorsqu'il sentit un morceau de verre s'enfoncer dans sa chair. Mais il n'avait pas le choix. Alors, il serra les dents sans relâcher ses efforts.

Lorsque ses épaules furent sorties, le reste fut beaucoup plus facile. Il continua à se contorsionner, et parvint enfin à s'extraire. Sa chemise était humide de sang, et il avait du mal à réprimer la toux que lui causaient les émanations de fumée.

Il s'occuperait de sa blessure plus tard. Pour le moment, il fallait qu'il les emmène loin d'ici.

— Allons vers les buissons, chaton.

Comme il n'entendit pas de réponse, il regarda autour de lui, mais ne vit pas Claire. Sans prêter attention à la douleur qu'il ressentait à l'épaule, il se redressa.

Et il s'immobilisa lorsqu'il entendit une voix qui n'était définitivement pas celle de Claire.

— Ne bouge pas, et laisse tes mains là où je peux les voir.

11

Luke portait son arme dans la ceinture de son jean. S'il tentait de s'en emparer, l'homme qui le menaçait serait plus rapide que lui… d'autant plus que sa blessure à l'épaule ralentissait ses mouvements.

Il leva les mains.

— Où est la femme ? demanda le type en s'approchant de lui.

Luke dut lutter pour ne pas laisser paraître son soulagement. Si cet homme cherchait Claire, cela signifiait que les sbires de Ballard n'avaient pas mis la main sur elle… pour le moment.

— Quelle femme ?

Feindre l'innocence pourrait peut-être lui permettre de gagner du temps.

L'homme fit un pas vers lui.

— Tu sais très bien de qui je parle.

— Pas du tout ! Je me suis endormi dans la bibliothèque, et un incendie s'est déclaré.

Dans sa vision périphérique, il tentait de voir où se trouvait Claire. Était-elle en sécurité ? Elle ne serait jamais partie sans lui. Peut-être était-elle allée chercher Khan ?

L'homme plissa les paupières.

— Cette femme est coupable de meurtre. Si tu me dis où elle est, je vais m'assurer qu'elle soit livrée à la justice. Il n'est pas nécessaire que tu sois mêlé à tout cela.

L'homme pointait fermement son arme sur Luke. Il avait manifestement de l'expérience.

Luke poursuivit sur sa lancée.

— Je ne sais ni de qui, ni de quoi vous parlez, répondit-il en gardant les mains en l'air. Je voulais seulement sortir de ce bâtiment en feu.

— Si tu ne sais ni qui, ni où elle est, alors tu ne m'es d'aucune utilité. Autant me débarrasser de toi.

Le type avait définitivement abandonné tout faux-semblant d'honnêteté.

Il garda Luke en joue tout en prenant son talkie-walkie de l'autre main.

— C'est Brickman. Dis à Kenneth que j'ai...

Brickman s'affaissa avec un bruit sourd. Son arme heurta le sol la première, suivie de peu par sa tête.

Juste derrière l'endroit où le complice de Ballard se tenait une seconde plus tôt, Luke vit maintenant Claire, avec à la main le skateboard en bois qu'elle avait utilisé pour l'assommer.

— Il est mort ? demanda-t-elle.

Ce fut le moment que Khan choisit pour venir se frotter contre les mollets de sa maîtresse en miaulant.

Luke se mit debout, et sentit la douleur irradier dans toute son épaule.

— Non. Il a simplement perdu connaissance.

Il enfonça légèrement son pied dans les côtes de Brickman pour s'en assurer, et le type marmonna quelques paroles inintelligibles.

— Tu vas bien ? demanda-t-elle en laissant tomber le skateboard. Je l'ai entendu arriver, et j'ai dû me cacher. Mais je ne t'aurais jamais laissé seul !

Il se força à sourire.

— Je n'ai pas pensé un seul instant que tu l'avais fait. Tu as agi comme il le fallait. Mais maintenant, nous devons partir d'ici avant que les compagnons de Brickman ne viennent voir ce qui lui est arrivé.

Il lui prit la main et commença à l'attirer dans l'ombre, mais elle se dégagea immédiatement et s'écria :

— Oh ! mon Dieu ! Tu es couvert de sang !

Il fit la grimace.

— Je me suis coupé l'épaule en sortant par la fenêtre. Mais je vais bien. Nous devons partir.

La lueur bleue d'un gyrophare éclaira le visage de Claire. Un véhicule de police entrait sur le parking situé devant le bâtiment, mais les hurlements de sirènes qui leur parvenaient indiquaient qu'il n'allait pas tarder à être suivi par d'autres.

Elle regardait encore fixement son épaule.

— La plaie a l'air profonde, murmura-t-elle.

Il s'en occuperait plus tard. Les hommes de Ballard étaient encore dans les parages.

— Pour le moment, il s'agit de survivre. Nous verrons plus tard comment soigner ma blessure.

Elle hocha la tête. Il lui prit la main, et ils coururent ensemble vers le couvert des arbres situés à la lisière de l'aire de jeu. Khan les suivit.

Ils devaient partir d'ici.

— Je ne pense pas que nous puissions retourner vers mon pick-up pour le moment, marmonna-t-il avec un juron.

Entre les hommes de Ballard, les pompiers et la police, le risque que quelqu'un ne les repère était trop élevé.

— Nous devrions aller dans cette direction, suggéra-t-elle en désignant l'arrière du parking. Il y aura plus d'endroits où nous pourrons nous cacher.

Il observa la haie d'arbustes soigneusement taillés située en bordure du parking. Elle pourrait leur fournir un abri providentiel, mais il ne connaissait pas bien l'endroit, et il était dans la direction opposée de celle où se trouvait son véhicule.

— Tu en es sûre ?

Elle hocha la tête.

— Oui. J'ai un peu vécu dans le quartier lorsque j'étais chez ma dernière famille d'accueil. Nous pourrons nous cacher jusqu'à ce tout le monde soit parti, puis retourner vers ton pick-up.

D'autres gyrophares éclairèrent les arbres de leurs lumières tournoyantes. Les pompiers étaient arrivés. Mais un second véhicule de police s'était garé sur le parking. Ils allaient devoir être doublement prudents maintenant : il fallait éviter à la fois les hommes de Ballard, et les forces de l'ordre.

Ils avancèrent à pas feutrés, restant dans l'ombre. L'attention des pompiers et de la police était monopolisée par le bâtiment en feu, et ils pouvaient espérer qu'on ne les remarquerait pas.

Il poussa Claire vers un mince trou dans la haie. Puis, se mettant en travers, il s'engagea à son tour, retenant un grognement lorsque les branches s'enfoncèrent dans sa peau.

L'exclamation de surprise que poussa Claire lui glaça le sang.

De l'autre côté de la haie, un des hommes de Ballard les attendait, une arme à la main.

Il eut un sourire narquois.

— Je savais bien que vous étiez encore dans les parages. Estimez-vous heureux : vous mourrez plus vite par balle qu'asphyxiés dans l'incendie.

Luke sentit la rage l'envahir, mais il était totalement impuissant. Il ne pouvait même pas se placer devant Claire pour la protéger.

— Police ! Mains en l'air !

L'ordre venait du parking, à quelques mètres sur la droite du complice de Ballard. L'homme garda son arme pointée sur Claire, tout en penchant la tête sur le côté alors qu'il s'adressait au policier.

— C'est la fugitive dont on a parlé à la télévision ! Faites attention : elle est armée !

Puis, sans la moindre hésitation, l'acolyte de Ballard pivota et tira sur le policier.

Luke ne douta pas un instant qu'il s'apprêtait à leur faire subir le même sort.

Poussant Claire à l'écart, il sauta sur l'homme, et lui frappa l'intérieur du coude du tranchant de la main. Le type lâcha son arme, qui tomba à terre.

Il réagit très rapidement cependant – visiblement, il était entraîné – et lança son poing vers le visage de Luke.

Malgré la douleur fulgurante qui lui lacéra l'épaule, Luke réussit à arrêter le coup, et décocha un uppercut sur le nez de son agresseur. L'homme vacilla, mais Luke ne relâcha pas la pression, et le frappa à nouveau d'un crochet du droit.

Les coups finirent par avoir l'effet escompté, et l'homme s'affala à terre, sans connaissance.

Mais cet effort avait eu raison de Luke. Il sentait un filet de sang couler sur sa main. Frapper avec ce bras avait été une mauvaise idée. Il poussa un soupir, tentant de contrôler l'étourdissement qui faisait tout valser autour de lui. Un petit coup sur la main le ramena à la situation présente.

Claire.

— Ça va ?

— Oui.

Non. Il avait besoin de s'asseoir… de stopper l'écoulement du sang… de s'accorder un moment pour reprendre ses esprits.

Il l'aurait certainement fait s'il avait été seul. Mais là, c'était impossible. Il devait mettre Claire en sécurité.

— Tu penses que le policier est…

— Mort ? Je n'en sais rien. Mais nous ne pouvons pas rester ici… Pas si nous voulons nous en sortir.

Il prit son téléphone prépayé. D'ailleurs, il ne pouvait plus lui servir à grand-chose, maintenant qu'il l'avait utilisé pour appeler Brax. Il composa à nouveau le 911, et se mit à parler dès que l'on décrocha.

— Policier à terre derrière la bibliothèque de Wars Hill. Blessé par arme à feu.

Il raccrocha immédiatement, et attrapa la main de Claire. Il ne faudrait que quelques instants au régulateur pour prévenir les secours qui étaient déjà présents sur place. Luke avait peut-être commis une erreur en appelant, mais si la vie de ce policier en dépendait, cela en valait la peine.

Mais Claire et lui devaient partir *immédiatement*.

Ils longèrent la haie en direction de la rue située à l'est du bâtiment, veillant à être discrets. Luke ne voulait pas risquer de tomber sur un autre des hommes de Ballard : ses chances de prendre le dessus dans un second combat étaient quasi inexistantes.

Mais sa blessure les ralentissait, et Claire et lui progressaient trop lentement. Il arrivait à peine à marcher. Quant à courir, c'était inenvisageable.

Il lui serra la main lorsqu'ils parvinrent à une allée. Ils étaient sur la bonne voie ! Il fallait seulement qu'ils aillent un peu plus loin.

Mais il n'était pas certain d'y parvenir.

— Il faut que tu te mettes à courir. Continue vers le centre-ville. Laisse-moi. Tu connais le quartier. Tu sauras où te cacher.

— Non. Il est hors de question que je parte sans toi.

— Il le faut. Je ne pense pas que je pourrai aller beaucoup plus loin.

Ils devaient parcourir encore quelques centaines de mètres pour être vraiment à l'abri, mais cela lui semblait irréalisable. Même faire dix pas lui semblait impossible.

Elle lui enlaça la taille d'un bras, tout en se glissant sous son épaule valide.

— Appuie-toi sur moi. Vas-y un pas après l'autre.

— Pars sans moi.

— Tu perds du temps et de l'énergie à discuter, Patterson. Je ne partirai pas sans toi. Soit nous restons ici ensemble, soit nous avançons.

Il sourit presque à son ton décidé, et fit un pas en avant. Puis un autre.

Tout en priant pour qu'aucun des hommes de Ballard ne les retrouve, il continua à avancer. Ils tournèrent à gauche, puis à droite. Ses jambes avaient de plus en plus de mal à le supporter, et il avait l'impression que son épaule était en feu. Mais il ne pouvait pas s'arrêter là. Il devait protéger Claire. *Chaton...*

Étaient-ils assez loin maintenant ? Il n'avait aucune idée de l'endroit où ils se trouvaient, ni du temps qui s'était écoulé depuis qu'ils avaient quitté la bibliothèque.

Il fallait qu'il s'arrête. Il s'appuya contre un camion garé là, espérant que sa masse les dissimulerait quelque peu.

— Vas-y sans moi.

Il parlait d'une voix rauque, haletante, qu'il ne reconnut pas lui-même.

Elle ignora sa remarque, et regarda son épaule.

— Ça n'est pas très beau...

— Ça va.

C'était un mensonge, mais que pouvait-il dire d'autre ?

Il avait seulement besoin de se reposer quelques minutes et de reprendre quelques forces.

Il ne pouvait pas contacter ses frères : il avait dû se débarrasser du téléphone prépayé... et il était trop faible pour retourner vers son véhicule.

Réfléchis, Luke. Réfléchis.

Il en était incapable. Il se laissa glisser à terre.

C'était si bon de s'asseoir enfin ! Il ferma les yeux. Une seconde de repos... Deux, peut-être...

Il sentit quelque chose de doux contre son torse. C'était la queue de Khan.

Bon chat-chien !

— ... un bandage... chemise pleine de sang...

Il entendait la voix de Claire s'élever puis s'éloigner, mais ne parvenait pas à suivre ce qu'elle disait.

— Nous devons partir d'ici, déclara-t-il en prenant appui sur le métal froid du camion pour se lever.

Mais il s'écroula à terre alors que tout se mettait à tourner autour de lui.

12

— Luke !

Claire parvint de justesse à le retenir avant qu'il ne heurte le sol. À grand-peine, elle réussit à l'installer, assis, le dos contre le camion.

La lumière d'un réverbère éclairait l'épaule de Luke, et elle voyait sa coupure, nette, qui brillait dans la nuit.

Elle avait d'abord songé à utiliser sa propre chemise pour panser la blessure, mais elle était si sale qu'elle aurait certainement causé une infection.

Luke laissa tomber sa tête sur le côté.

— Chaton...

Khan ne cessait de tourner sur lui-même ce qui était signe qu'il était inquiet.

Claire sentit sa gorge se serrer. Il fallait qu'elle mette Luke à l'abri. Elle n'avait plus vu les complices de Ballard depuis un moment, mais cela ne signifiait pas pour autant qu'ils ne les cherchaient plus.

Elle allait devoir emmener Luke à l'hôpital, et espérer qu'ils pourraient en repartir avant que la police ou les hommes de Ballard ne les y retrouvent.

Elle passa les doigts dans ses cheveux bruns, puis lui prit le visage entre les mains.

— Luke, j'ai besoin que tu m'écoutes.

Il cligna des paupières. Ses yeux étaient voilés par la douleur, mais il l'entendait.

— Il faut que nous allions à l'hôpital.

— Non ! C'est trop dangereux !

— Il le faut. Tu as besoin de points.

Il lui attrapa la main.

— Non. Promets-le-moi !

D'accord, pas d'hôpital. Mais elle devait faire quelque chose… l'emmener dans un endroit où ils seraient en sécurité.

Khan se frotta contre elle.

— Où irais-tu si tu étais blessé, Khan ?

Chez un vétérinaire, bien sûr !

— Tu es un génie, Khan.

Le chat se mit à se pavaner comme s'il en avait parfaitement conscience.

Elle connaissait bien le quartier où ils se trouvaient. Lorsqu'elle avait quitté le foyer, la première famille qui l'avait accueillie vivait près d'ici.

Puis, l'été qui avait précédé son entrée à l'université, elle avait travaillé chez un vétérinaire, juste au coin de la rue. Cela avait été un des moments les plus heureux de sa vie.

La première fois qu'elle avait vu un maine coon était lorsqu'un client avait amené le sien, qui s'était blessé à la patte. Elle était immédiatement tombée amoureuse de cette race de chat, et avait commencé le jour même à économiser pour s'en acheter un.

— Luke, écoute-moi.

Elle se pencha pour pouvoir le regarder dans les yeux.

— Il y a un cabinet de vétérinaire tout près d'ici avec, au-dessus du garage, un petit studio dans lequel nous devrions facilement pouvoir pénétrer. Tu peux marcher jusque-là ?

Pendant une seconde, elle pensa qu'il était inconscient, puis il hocha faiblement la tête.

— Bien.

Passant la main sous son bras valide, elle l'aida à se mettre debout.

Les années avaient passé, et elle ne savait même pas si le cabinet du Dr McGraw était toujours ouvert. À l'époque, il avait converti l'espace situé au-dessus de son garage en un studio. Il y dormait lorsqu'il terminait sa journée de travail tard et qu'il était trop fatigué pour retourner chez lui, mais cela ne se produisait jamais les week-ends.

Ils avancèrent péniblement dans la bonne direction, alors qu'elle tentait de l'aider en supportant son poids du mieux qu'elle le pouvait.

Elle avait l'impression de tenter un coup de poker, et elle priait pour que tout se passe bien. Sinon, elle ne voyait aucune alternative.

Khan allait et venait, trottinant en avant puis retournant régulièrement vers eux. Ils progressaient très lentement, et à chaque fois que des phares éclairaient la rue, ils se dissimulaient derrière le véhicule ou la poubelle la plus proche.

Lorsqu'ils tournèrent au coin d'une rue, Claire regarda derrière elle et vit les lueurs orangées de l'incendie. Ce spectacle lui serra le cœur : l'endroit qui avait été son refuge lorsqu'elle était petite était maintenant happé par les flammes.

Mais pour l'instant, elle devait tenter de trouver un refuge. La blessure de Luke semblait avoir cessé de saigner. Il était conscient, mais très faible. Cette fois, c'était à elle de veiller sur lui !

Le cabinet vétérinaire était toujours là. Luke dut puiser dans ses dernières forces lorsqu'ils s'engagèrent dans la petite allée qui le longeait, pour rejoindre le garage situé à l'arrière.

Elle poussa un soupir de soulagement lorsqu'elle ne vit aucune lumière ni dans le garage, ni dans le studio qui se trouvait au-dessus.

Elle installa Luke au pied de l'escalier en bois.

— Je reviens tout de suite, murmura-t-elle alors que Luke s'affalait sur les marches.

Khan s'assit à ses pieds.

— Je viens avec toi, marmonna Luke en agrippant la rampe et en tentant de se relever.

— Non. Reste ici.

Elle posa la main sur son torse, et il s'immobilisa.

— Je vais revenir immédiatement. J'irai plus vite sans toi.

Elle déposa un rapide baiser sur ses lèvres, et sentit qu'elles étaient froides. Ce n'était pas bon signe, tout comme le fait qu'il ne proteste pas... Il fallait agir rapidement.

Elle grimpa les marches quatre à quatre. Puis, mettant les mains de chaque côté de son visage, elle le pressa contre la porte vitrée, et regarda à l'intérieur.

Dans l'obscurité de la pièce, elle distingua les formes vagues de quelques meubles, mais ne vit personne... juste un peu plus de cartons que lorsqu'elle travaillait ici.

Elle tendit la main vers l'applique placée au-dessus de la porte, et laissa échapper un soupir de soulagement quand elle sentit la clé à l'endroit où le Dr McGraw avait l'habitude de la cacher autrefois.

Les mains tremblantes, elle ouvrit la porte, et tendit l'oreille avant de s'engager dans la pièce.

— Il y a quelqu'un ?

Rien. Elle entra et regarda autour d'elle. Le studio était vide, Dieu merci ! Elle pivota sur ses talons et redescendit l'escalier.

Khan montait toujours la garde auprès de Luke. Elle lui enlaça la poitrine d'un bras, et il s'appuya sur son épaule.

— Viens. Il n'y a personne.

Ils montèrent péniblement les marches.

— Et demain, poursuivit-elle, c'est dimanche. Le Dr McGraw ne viendra pas.

Du moins, elle espérait ne pas se tromper. Sinon, la police n'aurait qu'à ajouter une entrée par effraction à la liste de tous les crimes qui lui seraient reprochés.

Le studio était tout petit. Des boîtes contenant du matériel et des produits vétérinaires occupaient tout un pan de mur. Il y avait un petit lit dans un coin, et un canapé devant une télévision au milieu de la pièce. Elle aida Luke à s'asseoir sur le tapis, et à s'appuyer contre le canapé de son côté valide pour ne pas le tacher. Khan commença à aller et venir, reniflant partout, pendant que Claire fermait les rideaux.

Lorsqu'elle fut certaine que la lumière ne filtrerait pas à l'extérieur et ne trahirait pas leur présence, elle alluma une lampe. La pâleur du visage de Luke, accentuée par les cernes qu'il avait sous les yeux, était poignante.

— Il faut enlever ta chemise pour que je puisse voir ta blessure.

Elle se mit à genoux à côté de lui, et l'aida à l'ôter. Il grimaça lorsqu'il dut bouger son bras blessé, mais ne dit mot.

Sa chemise était bonne à jeter et son dos était presque entièrement couvert de sang. Elle retint son souffle lorsqu'elle vit la coupure. Elle n'était pas aussi profonde qu'elle le craignait, mais elle était longue, et devait être douloureuse.

— Luke, tu as besoin de points.

— Non.

Il parlait d'une voix faible.

— Je devrais donner mon identité, et Ballard nous retrouverait immédiatement.

— Je vais voir ce que je peux trouver ici.

Dans le placard sous l'évier, elle dénicha une trousse de premiers secours, ainsi que des barres protéinées et des boissons énergisantes. Cela aiderait Luke à reprendre un peu de force.

Lorsqu'elle revint, Khan avait terminé son exploration. Il était assis auprès de Luke, et lui léchait la main.

Elle ouvrit une canette et la lui tendit avant de s'asseoir en tailleur devant lui. Elle pressa une pièce de gaze sur la plaie, mais le sang se remit à couler.

Elle changea la gaze pendant qu'il buvait le contenu de la canette.

— Ce n'est pas trop moche ? demanda-t-il.

Il avait enfin l'air d'être redevenu lui-même, et ne plus être sur le point de défaillir. Mais elle devait tout de même lui dire la vérité.

— Un pansement ne suffira pas. Il faut des points. Vraiment, Luke.

— D'accord.

— Tu acceptes d'aller à l'hôpital ?

— Non. Mais tu vas utiliser ce kit, et les faire toi-même.

Elle regarda vers ce qu'il désignait et vit, posée sur un des cartons de fournitures vétérinaires, une pochette contenant le nécessaire pour faire des points de suture.

Elle secoua frénétiquement la tête.

— Non, j'en suis incapable. Je n'ai jamais fait ça !

C'était de la folie.

— Quand tu as travaillé ici, dans cette clinique, tu as vu les vétérinaires faire des points de suture à des animaux ?

— Oui, souvent.

— C'est la même chose. Il s'agit uniquement de recoudre. J'ai dû le faire une fois à l'armée lorsque notre médecin a été blessé au cours d'une mission. Il m'a expliqué comment procéder. Je peux le faire à mon tour pour toi.

Il se tourna un peu pour mieux lui faire face.

— Je sais que c'est beaucoup te demander, mais nous n'avons pas le choix.

— Ce n'est pas pour moi, murmura-t-elle. Mais tu vas avoir mal !

Il se pencha et l'embrassa tendrement.

— Tout ira bien, je te le promets, souffla-t-il.

— Je ne sais pas si j'en suis capable.

— Si, chaton, tu le peux. J'ai confiance en toi.

13

Les mains de Claire tremblaient lorsqu'elle s'empara du kit, et nettoya la plaie de Luke. Puis elle se mit à l'ouvrage. Elle savait qu'il devait avoir mal à chaque fois que l'aiguille perçait sa peau – elle-même en était malade – mais jamais il ne manifesta sa douleur.

— Comment as-tu trouvé ce travail chez ce vétérinaire ? lui demanda-t-il lorsqu'elle laissa échapper un soupir tremblant à la fin du troisième point.

— C'était après ma première année à l'université. Les Romero, ma dernière famille d'accueil, avaient eu la gentillesse de me laisser revenir passer l'été chez eux. Ils ne vivaient pas loin d'ici, et j'ai commencé à travailler dans ce cabinet pendant les vacances, pour payer mes études. C'était à la fois pratique et agréable.

Elle fit la grimace alors que l'aiguille s'enfonçait à nouveau dans sa chair, puis elle tira le fil pour rapprocher les bords de la plaie, et fit un nœud.

— Mes parents, Sheila et Clinton Patterson, ont toujours défendu l'idée que tous les enfants ont besoin d'une famille, même lorsqu'ils sont plus âgés. Ce n'est pas parce que l'on a dix-huit ans que l'on n'a plus besoin d'être accueilli et soutenu.

— Oui. Les Romero se sont bien occupés de moi. Cela fait un moment que je ne les ai plus vus... Je devrais les contacter.

Elle commença un autre point.

— Donc, tu aimais ce job d'été...

— Oui. C'est ici que j'ai vu un maine coon pour la première fois. J'ai même songé à devenir vétérinaire, mais les études étaient longues... et à l'époque, j'étais déjà calée en informatique.

— Chance et moi sommes tous deux entrés dans l'armée juste après le lycée. Brax et Weston sont allés à l'université.

— Et pas toi ?

— Depuis, j'ai obtenu un diplôme en management, mais je ne suis pas fait pour les études. Je préfère m'échapper de bâtiments en feu et me battre.

Elle éclata de rire, tout en nouant un autre point.

— J'avais des qualités physiques, et je savais plutôt bien comprendre les gens, poursuivit-il, mais l'armée m'a donné un but et le sens de l'honneur. J'en suis sorti avec les compétences qui m'ont permis de fonder San Antonio Security avec mes frères.

— Et ça te plaît ? L'agence marche bien ?

— Travailler avec sa famille a des avantages et des inconvénients. Par exemple, aucun d'entre nous n'aime la paperasserie, et ce mois-ci, c'est mon tour. Franchement, je préfère encore qu'on me fasse des points de suture qu'être obligé de classer tous les documents qui m'attendent sur mon bureau !

Elle rit encore, et termina un autre point.

— Peut-être que ce sera la façon dont je pourrai te remercier de m'avoir aidée : m'occuper des papiers à ta place.

— Je ne le souhaiterais pas à mon pire ennemi ! Mais dis-moi : si l'on met à part les derniers jours, tu as aimé travailler à Passage Digital ?

Elle se rendait bien compte qu'il tentait de l'aider comme il le pouvait.

— Merci.

— De quoi ? De te poser des questions sur ton travail ?

— Je vois bien que tu essaies de me changer les idées. Étant donné les circonstances, ça serait plutôt à moi de le faire. Alors, merci.

— Mais cela m'intéresse vraiment ! Je veux que tu me parles de ton métier. De toi. Je pensais à toi tout le temps, chaton. Je ne peux pas te dire combien de fois j'ai songé à utiliser les ressources de San Antonio Security pour te retrouver, et savoir comment tu allais... Mais je ne voulais pas être intrusif.

— Ma vie était sans histoire jusqu'à ces derniers jours. J'ai aimé travailler chez Passage Digital... surtout parce que mes collègues me laissaient tranquille, si pathétique que cela puisse paraître !

Il eut un petit rire.

— Tu as toujours été un peu solitaire.

— C'est vrai, et cela n'a pas changé. Mon métier était... un métier. J'arrivais le matin, je me mettais au travail, et je faisais plutôt bien ce que l'on me demandait : je suis à l'aise avec les ordinateurs, et ils ne me fatiguent pas. Ma manager, Julia...

Claire dut ravaler ses larmes. Elle poursuivit :

— Nous n'étions pas vraiment amies, mais elle était gentille avec moi. Elle savait que je travaillais mieux seule, alors elle me demandait rarement de participer à des projets de groupe.

— Je suis désolé, chaton. Il y a différentes sortes d'amitié. La vôtre n'était peut-être pas traditionnelle, mais elle n'en était pas moins forte pour autant.

— Oui...

Jamais elle n'avait envisagé les choses de cette manière, mais il avait raison.

— Ballard va devoir payer pour ce qu'il a fait ! conclut-il.

Claire n'en était pas si sûre. Ballard semblait toujours avoir une longueur d'avance. Et maintenant, il allait probablement surveiller d'encore plus près ses tentatives d'intrusion dans le système de Passage Digital.

Elle termina un autre point. Mieux valait se concentrer sur sa tâche, et faire face aux problèmes au fur et à mesure qu'ils se présenteraient. Parce que, dès qu'elle pensait à la situation dans laquelle elle se trouvait, un profond sentiment de découragement s'emparait d'elle.

— Et ta vie personnelle ? demanda-t-il. Tu as déjà été… mariée, ou autre ?

— Non. J'ai eu quelques petits amis à la fac, mais rien de sérieux. J'ai du mal à faire confiance et à nouer des relations… Enfin, tu vois bien ce que je veux dire. Et toi ?

Il mit du temps à lui répondre, et elle sentit son cœur se serrer.

— Toi et moi, déclara-t-il alors, nous avons la même réaction envers les autres personnes : nous n'évitons pas le contact, mais mes frères savent par exemple qu'il vaut mieux que je n'accueille pas les clients. Je suis bien trop bourru.

— Tu ne l'es pas avec moi.

— Tu es l'exception, chaton. Tu l'as toujours été. Et, non, je n'ai jamais eu de relation sérieuse, non plus.

Elle finit les deux derniers points.

— Tu ressembles un peu à Frankenstein, mais j'espère que ça va t'aider à guérir plus vite, et à éviter l'infection.

— Merci.

Elle commença à ranger le matériel dont elle s'était servie, et à le mettre dans un sac-poubelle. Ils devraient le déposer dans le container à l'extérieur lorsqu'ils partiraient demain matin.

— C'est à cause de moi que tu es blessé. Alors, ne me remercie pas !

Il s'avança vers elle, et lui prit le visage entre ses mains.

— Je suis blessé parce que Ballard est un sale type, pas à cause de toi. Et si je suis ici, sain et sauf, c'est grâce à ton courage et à ta détermination.

Elle n'en était pas convaincue, mais pour le moment au moins, ils étaient en sécurité.

Il engloutit une troisième boisson énergisante et l'aida à ranger le matériel de suture. Ils trouvèrent des soupes en conserve et des biscuits salés dont Luke leur fit un repas. Maintenant qu'il était beaucoup plus stable sur ses pieds et semblait à nouveau prêt à affronter le monde entier, elle avait de plus en plus de mal à cesser de regarder son torse puissant et musclé. Ils devraient bien finir par lui trouver une chemise à enfiler, mais pour le moment, elle profitait de la vue. Fort heureusement, il ne semblait pas avoir remarqué sa fascination... ou si c'était le cas, il était trop poli pour la taquiner.

Il avait beau prétendre qu'il était bourru, il était charmant avec elle, même si elle venait de le torturer.

— Je vais prendre une douche, annonça-t-elle lorsqu'ils eurent lavé la vaisselle.

Ils s'efforçaient de tout ranger au fur et à mesure, au cas où ils aient à s'enfuir rapidement.

— Bonne idée. J'essaierai de faire la même chose après toi.

Il alluma la télévision alors qu'elle se dirigeait vers la salle de bains, mais elle s'immobilisa avec horreur lorsqu'elle entendit le journaliste prononcer son nom.

— La police lance un appel à témoin pour retrouver Claire Wallace.

Le visage de Claire emplit l'écran.

— Wallace était déjà recherchée pour être interrogée dans le cadre de l'enquête sur le meurtre de Julia Lindsey, qui travaillait comme elle à Passage Digital. Maintenant, la police la soupçonne également d'être à l'origine de l'incendie qui a détruit la bibliothèque de Wars Hill plus tôt dans la soirée, et d'avoir tiré sur un officier de police. Toute personne susceptible de donner des informations doit appeler le numéro qui s'affiche sur l'écran.

Claire ne put retenir le sanglot qui lui échappa. Luke éteignit la télévision, et fut instantanément à ses côtés.

— Viens, dit-il en lui tendant les bras.

Mais elle recula.

— Viens, répéta-t-il. Cela ne change rien. Nous allons trouver un moyen de prouver ton innocence.

Elle hocha la tête. Elle avait la sensation d'être dans un état second. Que pouvaient-ils faire ? Ballard avait la police dans sa poche, surtout maintenant qu'ils pensaient qu'elle avait tiré sur l'un des leurs.

— Je vais prendre une douche.

Elle ne sut si elle était soulagée ou déçue que Luke ne proteste pas. Lorsqu'elle fut dans la salle de bains, elle ôta ses vêtements, mais les emporta dans la douche.

Elle les lava et les rinça soigneusement. Ensuite, elle se savonna des pieds à la tête, et se frotta jusqu'à en avoir la peau tout irritée.

Elle était maintenant débarrassée de l'odeur âcre de la fumée, mais cela ne changeait rien à la situation. Elle ne devait plus se faire d'illusions : quelles étaient réellement ses chances contre quelqu'un comme Ballard ? Elle avait entraîné Luke dans sa débâcle, et maintenant, il était blessé à cause d'elle.

Elle mit ses vêtements à sécher et s'enveloppa dans le drap de bain. La serviette était assez grande et elle assez mince pour qu'elle reste décente.

Lorsqu'elle sortit et vint s'asseoir sur le lit, Luke la regarda attentivement.

Elle était malheureusement certaine qu'il n'était pas aussi troublé qu'elle l'avait été en le voyant torse nu.

Mais qu'espérait-elle ? Ce n'était pas parce qu'il avait été gentil avec elle et l'avait embrassée qu'il pensait à elle autrement qu'à une vieille connaissance, qu'il aidait en souvenir du passé. Étant donné les circonstances, elle aurait dû être heureuse qu'il ait seulement envie de le faire.

— Au moins, je n'ai plus cette odeur de cheminée sur moi !

Elle tenta de rire, mais ne réussit qu'à produire un son étranglé.

Il hocha la tête.

— Je vais essayer de me laver sans mettre d'eau sur ma blessure. Puis nous devrions essayer de dormir quelques heures avant d'envisager la suite.

Elle hocha la tête et s'allongea. Il était plus de minuit, et ils avaient besoin de repos.

Après ce qu'elle venait de vivre, elle aurait dû être épuisée, mais le sommeil se refusait à elle. Toujours enveloppée dans sa serviette, elle se glissa sous la couverture, espérant que cela l'aiderait à s'endormir, mais il n'en fut rien. Elle ne cessait de revoir les flammes, la blessure de Luke, et l'homme les menaçant de son arme.

C'était un cauchemar dont elle ne pourrait jamais se réveiller.

— Eh bien, chaton, tu trembles !

Claire ne s'était même pas rendu compte que Luke était sorti de la douche et s'était assis à côté d'elle sur le lit.

— Je... je vais bien.

Elle n'allait pas bien... du tout.

— Hé, viens là.

Elle n'essaya même pas de résister lorsqu'il la prit dans ses bras. Il la serra contre lui, absorbant les frissons de son corps jusqu'à ce qu'ils cessent enfin.

— Je suis désolée. Je me comporte comme une idiote.

Il déposa un baiser sur son front, la gardant serrée contre lui. Jamais elle ne s'était sentie aussi protégée.

— Ne dis pas ça ! J'ai connu des types des Forces Spéciales qui auraient craqué bien avant toi s'ils avaient dû endurer ce que tu viens de vivre. Je trouve que tu tiens formidablement le choc !

— Je ne vois pas comment les choses pourraient s'arranger un jour...

Elle le laissa caresser la peau nue de ses épaules. Le frisson qui la parcourut alors fut d'une tout autre nature que les précédents.

— Nous allons y réfléchir. Je sais que la situation paraît désespérée, mais je te jure que nous allons trouver un moyen de prouver ton innocence et de faire payer Ballard !

Il prononça ces paroles avec une telle conviction qu'il était impossible de ne pas le croire. Elle s'écarta un peu de lui pour pouvoir le regarder dans les yeux. Il était si sexy !

— Merci. Pour tout.

Elle se pencha en avant pour lui donner un baiser amical. Mais dès qu'elle posa les lèvres sur lui, tout changea.

Le baiser commencé dans la douceur s'enflamma, et c'était ce qu'elle désirait. Elle avait besoin de ce moment de passion avec lui, même si ce n'était que pour un soir. Demain, elle allait certainement devoir faire des choix difficiles pour le protéger, alors elle avait envie de profiter entièrement de tout ce qu'il voudrait bien lui donner.

Lorsqu'elle sentit qu'il enfonçait les doigts dans ses cheveux encore mouillés et l'attirait à lui, elle sut que Luke voulait la même chose qu'elle, et elle se perdit complètement dans leur baiser.

Mais soudainement, il s'arrêta.

Elle était tellement emportée par la passion qu'elle ne se rendit tout d'abord pas compte qu'il ne l'embrassait plus avec le même abandon. Ce ne fut que lorsqu'il laissa retomber la main qui lui agrippait les cheveux et s'écarta d'elle qu'elle en prit conscience.

— Luke ?

— Chaton, tu viens de vivre des choses difficiles… Je ne suis pas certain que ce soit une bonne idée.

Claire eut l'impression que son sang se glaçait.

— Je ne te plais pas ?

— Tu plaisantes ?

Il glissa la main dans son dos et l'attira à lui.

— Crois-moi, j'ai très envie de toi. Mais tu as vécu des moments très éprouvants aujourd'hui. Je ne veux pas que tu agisses sous le coup de l'émotion, et que tu le regrettes ensuite.

Elle se sentit soudain mieux. Il la désirait, mais il voulait la protéger. Comme toujours…

Elle leva la main et lui caressa doucement la joue, savourant le contact un peu rêche de sa peau mal rasée.

— J'ai envie de toi. Il y aura peut-être beaucoup de choses que je vais regretter, mais certainement pas cela.

Il la regarda avec intensité.

— Tu en es sûre ? Tu ne me dois…

Elle l'interrompit d'un baiser. Sinon, il aurait certainement continué son discours de mâle protecteur pendant vingt bonnes minutes.

Mais elle savait parfaitement ce qu'elle voulait.

Il sembla le comprendre, et cessa d'essayer de la dissuader de faire ce dont ils avaient tous les deux envie. Leurs lèvres se joignirent en une joute où il n'y eut que des gagnants.

Puis il commença à l'embrasser sur la poitrine, sur le ventre, écartant le drap de bain au fur et à mesure qu'il progressait…

Et elle oublia tout ce qui n'était pas lui.

14

Luke se réveilla lentement, ce qui était inhabituel pour lui. Le genre de vie qu'il menait ne lui laissait pas le loisir de longues nuits de sommeil profond et de matins paresseux.

Il se sentait un peu fourbu à cause de sa blessure et de leurs ébats de la veille. Il ne parvenait plus à s'arrêter de la caresser, et ils avaient fait l'amour à trois reprises

Mais il reprit très vite ses esprits lorsqu'il se rendit compte que Claire n'était pas dans le lit à côté de lui. Un rapide coup d'œil dans la salle de bains et à l'extérieur du studio confirma ses pires craintes.

Elle était partie.

Il remarqua le message sur la petite table au moment où il vit Khan s'étirer près de la porte.

Le cœur lui manqua lorsqu'il lut ce qu'elle lui avait écrit.

Mon cher Luke,

Je ne peux pas rester. La situation est trop dangereuse pour que je t'implique dans tout cela... Et maintenant tu es blessé. Je vais me rendre à la police, leur dire tout ce que je sais, et espérer qu'ils me croiront. Peut-être me laisseront-ils une chance de prouver mon innocence. Pour une fois, c'est à moi de te protéger. Je t'en prie, prends soin de Khan. Je sais que tu as compris à quel *point il est important pour moi. Merci pour la nuit dernière. Merci pour tout ce que tu as fait pour moi, maintenant, et lorsque nous étions enfants.*

Je t'aime,

Claire

Luke enfila à la hâte un des polos portant le logo de la clinique vétérinaire, car sa chemise tout ensanglantée n'aurait pas manqué d'attirer l'attention sur lui. Puis il attrapa Khan, sachant que Claire ne lui pardonnerait jamais qu'il arrive malheur à son chat, et il sortit en courant, priant pour qu'il puisse la rattraper avant qu'elle ne mette son projet à exécution.

Il viendrait peut-être un moment où elle n'aurait plus d'autre solution que de se rendre à la police, et d'espérer qu'elle tomberait sur un agent assez honnête pour qu'il l'écoute… mais pas avant qu'ils n'aient épuisé toutes les autres options.

Et surtout pas parce qu'elle voulait le protéger.

Le poste de police le plus proche était à un peu plus d'un kilomètre. Luke ne tenta même pas de se fondre dans la masse en affectant un pas nonchalant. De toute façon, il ne pouvait pas passer inaperçu avec cet énorme chat dans les bras. Il courut tout le long du trajet, sans prêter attention à la douleur de son épaule et aux griffes qui s'enfonçaient occasionnellement dans ses biceps. Mais au moins le chat ne se débattait pas, et n'essayait pas de s'enfuir.

— C'est bien.

Comme toujours, cet animal adoptait un comportement plutôt semblable à celui d'un chien. Peut-être sentait-il que sa maîtresse avait des ennuis.

— Ne t'en fais pas, mon ami. Je m'occupe d'elle.

Il était tôt en ce dimanche matin, et il y avait peu de monde dans les rues. Luke avançait vite. Lorsqu'il tourna au coin de la dernière rue avant le poste de police, il remercia le ciel.

Claire était debout devant le bâtiment, en train d'aller et venir, tout en se parlant à elle-même.

Il ralentit le pas, voulant à tout prix éviter d'attirer l'attention sur lui ici. Il ne quittait pas Claire du regard : il était hors de question qu'il la laisse entrer dans ce bâtiment.

Il venait tout juste de la retrouver après toutes ces années, et il ne voulait plus la perdre.

Il resta sur le trottoir opposé. Elle était si occupée à se raisonner ou à préparer ses arguments qu'elle ne les vit pas.

Même dans cette situation si tendue, Luke ne put s'empêcher de sourire. Cette fille... Depuis qu'elle était enfant, elle le fascinait. La nuit dernière n'avait fait que renforcer ce lien.

Il traversa la rue un peu plus loin afin de s'approcher d'elle par l'arrière. Khan commença à s'agiter dans ses bras lorsqu'il vit Claire.

— Je sais, mon ami. Nous allons la tirer de ce mauvais pas.

Luke avançait calmement derrière elle, lorsqu'il vit deux policiers sortir du bâtiment et se diriger vers elle. Elle se raidit, et il comprit qu'elle était sur le point d'aller leur parler.

Il laissa Khan sauter à terre et se plaça entre Claire et les deux hommes, de façon à la cacher à leur vue.

Il la prit dans ses bras.

— Coucou, ma chérie ! s'écria-t-il assez fort pour que les policiers puissent l'entendre, mais pas trop pour rester naturel. Tu es prête pour que nous allions boire un café ?

Les policiers ne ralentirent même pas, et poursuivirent leur conversation.

Luke garda un bras autour de sa taille et l'éloigna des deux hommes et du poste de police.

— Tu as vu le mot que je t'ai laissé ? Je veux me rendre à la police.

Il ne s'arrêta pas de marcher, et Khan resta tout près d'eux.

— C'est exactement ce qu'espère Ballard. Tu peux être certaine qu'il s'est préparé à cette éventualité, et qu'il a un plan. Si tu te rends à la police sans la moindre preuve de ce que tu avances, tu signes ton arrêt de mort.

Elle se mit à protester.

— Mais tu as été blessé ! Tu aurais pu mourir ! Je pense vraiment ce que je disais dans ce message.

Il s'arrêta de marcher pour pouvoir la regarder dans les yeux. Il lui prit le visage entre ses mains, et passa le pouce sur ses pommettes délicates.

— Chaton, tu n'imagines pas à quel point je suis touché que tu veuilles me protéger, mais ce n'est pas la bonne manière de le faire. Nous devons d'abord trouver une preuve.

— Mais...

— Tu n'es plus seule dans cette affaire. Nous allons nous en sortir ensemble, d'accord ?

Il pensait qu'elle allait discuter, mais elle hocha la tête.

— Ensemble. D'accord.

Il posa le bras sur ses épaules et ils se remirent en marche. Il fallait qu'ils s'éloignent d'ici le plus vite possible.

Ils utilisèrent le reste de leur argent liquide pour prendre un taxi afin de traverser la ville. Luke avait besoin de parler à ses frères, et ne pouvait courir le risque de le faire au téléphone.

Claire mit sa perruque brune, et ils marchèrent tout d'abord sur plusieurs kilomètres. Si Ballard avait été malin, il aurait dû faire diffuser une photo de Khan par les médias, car ce grand chat passait beaucoup moins inaperçu que Claire ou Luke.

Ils parlèrent aussi peu que possible dans le taxi : Luke ne voulait pas que le chauffeur ait une raison de se souvenir d'eux. Il lui demanda de s'arrêter à environ trois kilomètres des bureaux de San Antonio Security. Il était désolé de forcer Claire à marcher autant, mais c'était préférable.

Il remarqua sa surprise lorsqu'il la conduisit dans un parking souterrain à quelques centaines de mètres de leur agence. Ils prirent l'ascenseur pour gagner le rez-de-chaussée de l'immeuble, puis traversèrent le hall, et sortirent par la porte arrière.

Elle donnait sur une allée qui offrait à ses frères et lui un second accès à leur agence. C'était une des principales raisons pour lesquelles ils avaient choisi ces locaux.

Si quelqu'un montait la garde devant le bâtiment de San Antonio Security, il ne saurait pas que Claire et Luke se trouvaient à l'intérieur.

Le soulagement se lut sur le visage de ses frères lorsqu'ils le virent entrer.

— Dieu merci ! marmonna Brax.

Weston et Chance fermèrent immédiatement les stores de la fenêtre qui donnait sur la rue. Le verre en était teinté, mais un excès de précautions ne pouvait pas nuire.

Brax s'assit et mit en marche le brouilleur de fréquence, destiné à empêcher quiconque tenterait d'écouter leur conversation à distance de pouvoir le faire.

— Comment allez-vous ? leur demanda-t-il. Lorsque nous avons entendu parler de l'incendie de la bibliothèque de Wars Hill, nous nous y sommes immédiatement rendus, mais nous ne vous avons trouvés nulle part.

Luke guida Claire vers le petit canapé de la salle d'attente. Elle s'assit, et Khan sauta immédiatement sur ses genoux.

Il jeta un coup d'œil à Weston, qui lui fit un petit signe de tête en retour, et se dirigea vers la cuisine pour leur trouver à manger et à boire.

— Nous nous sommes cachés, expliqua Luke, puis nous sommes sortis par une fenêtre des toilettes... ce qui m'a ensuite valu quelques points de suture.

Claire fit la grimace, et il lui prit la main et la caressa de son pouce.

La voix de Chance s'éleva.

— La situation ne s'est pas arrangée, puisque maintenant, Claire est recherchée pour avoir tiré sur ce policier.

Luke et Brax jetèrent un regard noir à Chance lorsque Claire laissa échapper un soupir tremblant. Chance n'avait pourtant pas l'intention de la heurter, mais il avait été un peu trop direct. Et d'ordinaire, Luke devait bien reconnaître qu'il se comportait comme lui.

Mais pas lorsqu'il s'agissait de Claire. Il tenait à la préserver... surtout après tout ce qu'elle avait enduré.

— Désolé, marmonna Chance.

— Non, vous avez raison, souffla Claire. Il est mort ?

Brax secoua la tête.

— Weston a essayé d'appeler pour prendre de ses nouvelles. Son pronostic vital est engagé, mais il devrait s'en sortir.

— Et dans ce cas, il y a des chances pour qu'il puisse identifier celui qui a tiré sur lui ? demanda Luke.

Cela ne résoudrait pas tous leurs problèmes, mais au moins, cela éliminerait une des accusations dont Claire faisait l'objet.

Chance secoua la tête.

— Cela semble peu probable, étant donné la trajectoire de la balle qui l'a blessé... Et si nous disposons de cette information, c'est uniquement parce que Weston a fait jouer ses relations dans la police pour l'obtenir.

— Je pense d'ailleurs que vous devriez vous rendre à la police, annonça Weston en revenant dans la pièce.

Il portait une assiette avec des sandwichs et des bouteilles d'eau, et Luke le remercia d'un signe de tête.

— Il y a des policiers en qui vous pouvez avoir confiance à San Antonio. Si vous ne vous rendez pas, ils vont employer les grands moyens pour vous retrouver après ce qui s'est passé à la bibliothèque.

— C'était mon intention, déclara Claire en se redressant sur le canapé. Luke avait déjà été blessé, et...

Ses trois frères se raidirent, et les exclamations fusèrent :

— Gravement ?

— Il a vu un médecin ?

— Que s'est-il passé ?

— Je vais bien, leur répondit-il. Nous avons réussi à arranger ça en nous introduisant dans le cabinet d'un vétérinaire du coin. Ce n'était pas grand-chose.

— Et si je n'avais pas été là pour assommer ce type avec le skateboard, il aurait tiré sur toi !

Luke prit la moitié d'un sandwich de l'assiette posée sur ses genoux, et le colla dans la bouche de Claire.

— Oui, Ballard et ses hommes sont dangereux. Et ils n'hésitent pas à tuer. Et c'est pour cela que nous ne pouvons pas nous rendre à la police.

Il se tourna vers ses frères.

— Ballard a dû envisager l'éventualité que Claire se rende, et je suis convaincu qu'il a déjà orchestré un plan au cas où elle vienne clamer son innocence.

— J'aurais dû aller voir la police dès le début, en sortant de Passage Digital ! s'exclama Claire. Mais je n'ai confiance en personne. Je suis stupide !

Luke lui reprit le sandwich des mains.

— Hé, déclara en lui caressant la joue avec douceur, peut-être que tu aurais pu faire arrêter Ballard avant qu'il ne prenne des mesures pour cacher son crime, mais c'est fort peu probable. Il est si riche et si puissant qu'il s'en serait probablement sorti, et t'aurait fait exécuter.

— Mais je ne veux pas que tu sois blessé ! Je ne veux pas que quiconque soit blessé !

Luke n'était pas un poète, et personne n'aurait pu lui reprocher de faire preuve de sensiblerie. Mais soudain, il eut l'impression de comprendre pleinement ce que signifiait se noyer dans les yeux de quelqu'un.

— Alors, il nous faut mettre au point un plan qui n'oblige pas Claire à se rendre à la police, déclara Brax. Des idées ?

— Pas encore, répondit Luke en détournant à grand-peine le regard de Claire. Nous allons continuer à nous cacher jusqu'à ce que nous trouvions un moyen d'avoir accès aux preuves dont nous avons besoin.

Weston appuya l'épaule contre le mur, et croisa les bras sur sa poitrine.

— À moins que Claire n'ait l'intention de fuir pour le restant de sa vie, il va bien falloir trouver un autre plan. Et c'est valable pour toi aussi, Luke. Pour le moment, personne n'a encore fait le lien entre vous deux, mais ce n'est qu'une question de temps, et tu pourrais être arrêté pour complicité de meurtre.

— Ce qui pourrait changer bien des choses, déclara Brax sans la moindre trace de son sourire proverbial.

Luke acquiesça. Il voyait exactement ce que son frère voulait dire.

— Quelles choses ? demanda Claire.

C'était une question à laquelle Luke n'avait pas envie de répondre.

— Souviens-toi, reprit-elle : nous sommes ensemble dans cette affaire. C'est toi qui l'as dit.

Il se passa la main sur le visage.

— Si je suis accusé de complicité de meurtre – ou de n'importe quel crime, en fait – cela pourrait avoir de graves répercussions sur notre agence : sur les autorisations dont nous disposons, sur nos relations avec la police...

— Oh...

Il aurait voulu lui dire qu'il était prêt à tout perdre pour elle, mais il n'était pas le seul concerné : San Antonio Security leur appartenait à tous les trois. Et il aimait ses frères.

— Je pense que vous devez vous cacher, partir loin d'ici... déclara pensivement Chance.

Luke se tourna vers lui.

— Et l'agence ? demanda-t-il.

— Mais d'abord, tu pourrais aller voir la police pour te distancer de tout cela...

Luke pouvait quasiment voir les rouages de l'esprit de Chance entrer en action.

— Dis la vérité aux policiers, reprit ce dernier, mais une vérité partielle. Explique-leur que Claire est venue te voir, et que tu t'es laissé émouvoir par ses grands yeux et son histoire triste. Que vous vous connaissiez lorsque vous étiez enfants. Qu'elle n'avait plus un sou, et que tu l'avais installée dans un hôtel où vous étiez censés vous retrouver le lendemain matin, mais qu'elle semblait s'être évaporée au milieu de la nuit. Et qu'ensuite, tu avais découvert sa photo à la une des journaux.

Du coin de l'œil, Luke vit Claire tressaillir. Il lui prit la main.

— Mais rien de tout cela n'est vrai ! s'exclama-t-il.

— *Tout* est vrai, répliqua-t-elle.

— Hé, lui dit Brax avec un sourire, ces affirmations sont peut-être exactes, mais elles ne décrivent qu'une vérité partielle. Nous savons ce qu'il en est vraiment, et c'est cela qui importe.

Claire n'eut pas l'air très soulagée.

Ils se tournèrent vers Weston.

— Tu penses que ça peut marcher ? demanda Luke. C'est toi qui as le plus d'expérience de la police.

— Peut-être. Probablement. Garde les choses aussi générales que possible, et ne raconte aux policiers que ce qu'ils savent déjà. Nous jouissons d'une bonne réputation - *tu* jouis d'une bonne réputation – alors il n'y a aucune raison pour qu'ils ne te croient pas.

— Nous irons chercher ton pick-up pour qu'on ne le retrouve pas à proximité de la bibliothèque, et rien ne pourra t'impliquer, déclara Brax.

— Tu penses qu'ils pourraient m'arrêter ? C'est peut-être une mauvaise idée.

Parce qu'il ne pourrait plus protéger Claire s'il était derrière les barreaux. Elle serait seule.

— Pense à toi, Luke, à cette agence... Tu ne peux pas mettre ta réputation en jeu, insista Claire.

— San Antonio Security n'est pas plus important que ta vie, Claire. Je ne veux pas te laisser seule et sans protection.

— Nous veillerons sur elle s'il t'arrive quoi que ce soit, promit Brax.

Weston et Chance acquiescèrent à ces paroles.

— Tu ne passeras certainement que quelques heures avec la police, poursuivit Brax. Mais quel que soit le temps que ça durera, sache que nous sommes avec toi.

— Nous sommes avec vous deux, renchérit Weston.

15

Lorsque le feu passa à l'orange, Luke jeta un coup d'œil à Claire, et fut heureux de constater qu'elle s'était endormie. C'était une bonne chose après une journée si mouvementée.

Tout en sortant de la ville, il repensait à tout ce qui s'était déroulé, et il savait qu'il devait remercier le ciel qu'ils s'en soient aussi bien sortis. Mais il espérait ne jamais avoir à revivre de tels événements...

Comme les sept heures qu'il avait passées avec les policiers Arellano et Fisher.

Après l'interrogatoire implacable que ces deux hommes lui avaient fait subir, il était intimement persuadé qu'ils étaient corrompus, ou du moins manipulés d'une main de fer par Vance Ballard.

Luke avait beau être préparé, il avait eu bien du mal à ne pas laisser sa colère prendre le dessus. Malgré tout, il avait réussi à se maîtriser jusqu'au bout, répétant inlassablement l'histoire que ses frères et lui avaient mise au point dans les moindres détails, et jamais il n'avait laissé aux policiers la moindre raison de pouvoir douter de sa sincérité.

Quant à ces derniers, ils semblaient être dans une impasse lorsque l'interrogatoire avait pris fin. Il était clair qu'ils cherchaient à établir des liens entre Claire et lui pour comprendre le rôle qu'il jouait dans cette affaire...

— Vous voulez vraiment protéger quelqu'un qui n'a pas hésité à tuer ? avait demandé Fisher plus d'une fois.

— Vous savez qu'elle a aussi tiré sur ce policier ? avait insisté Arellano.

Luke s'interrogeait encore, quelques heures plus tard, sur ce qu'ils savaient vraiment. Pensaient-ils réellement que Claire était coupable, ou avaient-ils connaissance de l'existence des sbires de Ballard ?

Quoi qu'il en soit, mieux valait s'en tenir aux réponses qu'il avait préparées avec Weston : Claire était attirante, émouvante, et avait besoin de protection. Il ne lui avait pas posé beaucoup de questions parce qu'il n'aurait jamais imaginé qu'elle puisse être impliquée dans une affaire de cette ampleur. Elle lui avait demandé de l'aide, et lui avait donné le sentiment qu'il était le seul à pouvoir la lui apporter. Bref, elle avait joué sur ses instincts protecteurs.

Il avait eu la satisfaction de voir qu'Arellano et Fisher semblaient le comprendre, et ajouter foi à ses déclarations.

En fin de compte, il leur était impossible de prouver qu'il ne disait pas la vérité, et d'établir un lien entre Claire et lui. Même si ces deux policiers savaient que Claire avait vécu dans le foyer de Skyline Park, il était beaucoup plus difficile d'y retrouver trace de la présence de Luke, puisqu'il avait changé de nom de famille depuis.

Lorsqu'ils l'avaient enfin laissé partir, son soulagement avait été immense mais pas complet, car il avait conscience qu'ils allaient continuer à le surveiller.

Ce qui signifiait qu'il avait dû faire une chose dont il ne se serait pas cru capable dans de telles circonstances : aller à l'agence comme si c'était un jour comme les autres, et faire semblant d'y travailler pendant des heures. Mais il savait que, pendant ce temps, Claire était entre de bonnes mains : Brax l'avait emmenée dans un lieu sûr, et veillait sur elle pendant que Luke et les autres continuaient à faire comme si de rien n'était.

Le seul souvenir réjouissant de ces dernières heures était le spectacle de son bureau enfin débarrassé de toute la paperasserie qui l'encombrait : ses frères avaient embauché une assistante, Maci Ford, et il lui tardait de rencontrer la personne responsable de ce miracle !

Il le ferait lorsque tout cela serait terminé… lorsqu'il aurait enfin l'impression de vivre à nouveau.

Pour le moment, la seule perspective agréable était de retrouver Claire. Il avait entièrement confiance en Brax et savait que son frère saurait la protéger, mais il avait besoin de la tenir dans ses bras… et ce besoin était d'autant plus poignant que Brax avait refusé de lui dire où Claire se trouvait, pour qu'il puisse répondre sincèrement qu'il l'ignorait lorsque la police lui poserait la question.

Luke lui-même était impressionné par le subterfuge imaginé par son frère Chance, qui était sans conteste le stratège du groupe : il avait déniché quatre véhicules de la même marque et du même modèle, et tous les quatre avaient sillonné la ville, échangeant discrètement leurs voitures dans des parkings ou sous des ponts.

Les personnes extérieures n'avaient pas conscience de ce qui était leur arme la plus puissante : ils n'étaient pas de simples associés, mais des frères prêts à tout pour s'entraider, comme perdre des heures pour envoyer d'éventuels poursuivants sur de fausses pistes… Et tout cela pour protéger un seul d'entre eux.

Et la personne qui comptait pour lui le plus au monde.

Après deux heures passées à errer dans les rues de San Antonio, Luke avait fini par rejoindre le véhicule où se trouvaient Claire et Khan, tous deux tapis sur le siège arrière afin d'éviter qu'on les remarque. À ce moment-là seulement, Luke avait réussi à respirer sans ressentir un poids sur la poitrine. Et Chance était reparti, suivi par le véhicule qui avait filé Luke jusque-là.

Pendant ce temps, Luke quittait la ville avec la femme qu'il aimait. Le chat-chien faisait bien entendu partie du voyage.

Ils ne se trouvaient maintenant qu'à quelques kilomètres de leur destination. L'endroit ne figurait même pas sur les cartes, et il n'était alimenté en électricité que par un générateur et des panneaux solaires. C'était la cachette parfaite.

À l'origine, ce n'était pas la raison pour laquelle ses parents avaient acheté ce chalet, bien entendu. C'était pour eux un lieu où ils pouvaient se retirer loin du monde, et vivre en plein air.

En d'autres termes, c'était l'endroit idéal pour que Claire et lui puissent se cacher quelques jours. Elle avait besoin de se reposer, de se sentir en sécurité pour un moment. Ensuite seulement, ils pourraient envisager un plan d'action.

C'était ce qui occupait ses pensées lorsqu'il quitta la route pour s'engager sur le chemin pierreux menant au chalet. Les sursauts du véhicule réveillèrent Claire.

— Nous sommes arrivés au lac Conroe ? demanda-t-elle, encore tout ensommeillée.

Il trouva adorable la façon dont elle se frotta les yeux pour ensuite vérifier immédiatement que Khan allait bien.

— Presque. Dans quelques minutes.

— Il me tarde de me dégourdir les jambes !

— J'imagine. Cela fait plusieurs heures que tu es toute recroquevillée sur ce siège.

Mais elle avait vaillamment suivi le mouvement, sans se plaindre une seule fois. Elle était certainement la femme la plus forte qu'il ait jamais connue, avec sa mère.

Cette pensée occupait encore son esprit lorsqu'il s'arrêta près du chalet…

Et qu'il vit la lumière allumée à l'intérieur.

— Oh ! souffla Claire, je ne sais pas pourquoi, mais je pensais que l'endroit serait vide.

— Il aurait dû l'être…

Elle se raidit.

— Il y a un problème ?

Il aurait volontiers éclaté de rire si ce dernier rebondissement n'avait pas rendu la situation un peu plus complexe.

— Non. C'est simplement que ce moment va arriver plus tôt que je ne le pensais...

Il sortit de la voiture en secouant la tête.

— Que se passe-t-il ? lui demanda Claire en lui emboîtant le pas.

Il y avait une note d'inquiétude dans sa voix, même s'il lui avait affirmé qu'il n'y avait pas lieu de s'alarmer, elle avait pris Khan dans ses bras et le serrait contre elle.

— Cela veut dire que tu vas rencontrer mes parents.

Il la prit par la taille et l'entraîna vers le petit chalet avant qu'elle ne puisse poser d'autres questions ni – ce qui était encore plus probable – qu'elle refuse d'avancer.

Clinton se leva précipitamment de sa chaise lorsqu'il vit la porte s'ouvrir, et un immense sourire vint illuminer son visage.

— Quelle bonne surprise !

Sheila sortit de la cuisine en s'essuyant les mains sur son tablier.

— Luke ! Que je suis heureuse ! J'étais justement en train de penser à toi.

— Claire, je te présente mes parents, Clinton et Sheila Patterson.

Ce n'était pas ainsi qu'il aurait imaginé leur première rencontre, mais les temps étaient étranges.

— Papa et maman, poursuivit-il, voici Claire.

Il ne savait pas quoi dire d'autre, d'autant plus qu'il voulait éviter de donner des détails... son nom de famille entre autres, puisqu'ils devaient l'avoir entendu en écoutant les nouvelles.

Ses deux parents s'activèrent immédiatement, et Clinton conduisit Claire vers le fauteuil qu'il venait de libérer.

— Vous avez l'air affamés tous les deux ! décréta Sheila. J'étais justement en train de préparer le dîner. Et regardez ce magnifique chat ! Je suis certaine que je peux trouver quelque chose pour toi aussi !

Soit Khan comprenait ce que disait Sheila, soit son instinct était assez développé pour qu'il sache avec qui il devait établir de bonnes relations, car il quitta Claire pour suivre Sheila dans la cuisine. Clinton ajouta une bûche dans le foyer.

— Cela fait un moment que nous ne sommes plus venus ici, et il fait froid la nuit.

Aucun d'eux ne posa de questions, soit parce qu'ils préféraient ne pas s'immiscer dans la vie de leurs fils – qui devaient parfois garder le secret sur leurs activités professionnelles – soit parce qu'ils avaient assez de délicatesse pour ne pas rendre la situation embarrassante.

C'était une de leurs qualités premières, et cela avait fait d'eux des parents adoptifs idéaux pour ces quatre jeunes garçons écorchés par la vie. Ils savaient quand poser des questions, et quand se taire.

Avant même que Luke ne s'en rende compte, ils étaient assis tous les quatre autour de la table de la cuisine, et Sheila servait une assiette débordante de pâtes à Claire.

— Lorsque vous êtes la mère de quatre garçons, vous devez vite apprendre à doubler les portions. Je me demande comment j'ai réussi à stocker assez de nourriture à cette époque !

Elle ajouta une garniture à base de légumes sur l'assiette, et la tendit à Claire. Elle était maternelle, comme toujours.

— Ça devait être... intéressant, déclara Claire en jetant un coup d'œil à Luke, avec un petit sourire amusé aux lèvres.

— Oh ! croyez-moi, c'était parfois un véritable défi ! s'exclama Sheila en éclatant de rire lorsque Luke leva les yeux au ciel. Vous étiez tous les quatre pleins de vie et têtus comme des mules ! Tu te souviens du jour où, lorsque nous étions ici, tu as failli te noyer dans le lac ? Parce que tu étais convaincu que tu avais attrapé un poisson énorme ?

— C'était un pneu, précisa Clinton en éclatant de rire. Et je l'avais prévenu, mais il pensait avoir fait la prise du siècle. Il a perdu l'équilibre, et il est tombé dans l'eau !

— C'était avant qu'il n'apprenne à nager, bien entendu !

Sheila secoua la tête en riant.

— La vie n'était pas ennuyeuse, je vous l'assure !

Luke ne put s'empêcher d'admirer la façon dont sa mère réussit à faire sortir Claire de sa coquille. Il ne fallut pas longtemps avant qu'il l'entende s'esclaffer, sans parler de l'entrain qu'elle mit à manger son repas. Cela faisait plaisir à voir.

Il avait l'impression d'être à nouveau l'enfant qui était arrivé chez les Patterson. Il se souvenait combien il était inquiet et méfiant, et comment Sheila avait peu à peu gagné sa confiance. Elle avait su l'attirer dans la chaleur de sa tendresse, le laissant venir à son rythme.

Il en aurait presque oublié la situation dramatique dans laquelle ils se trouvaient, l'épée suspendue sur leurs têtes. C'était si bon d'être ici avec ses parents et Claire… comme si elle faisait déjà partie de la famille.

Lorsque ce fut le moment d'aller dormir, ses parents se retirèrent bien entendu dans leur chambre… laissant la seconde à Luke et Claire.

— Des lits superposés !

L'amusement de Claire était évident, même si elle cherchait à le cacher.

— Deux, pour nous quatre, expliqua-t-il.

Il s'appuya contre une échelle, et poussa un soupir alors que les souvenirs affluaient à sa mémoire.

— C'est ici que vous dormiez lorsque vous étiez enfants ?

— Oui.

— Et lequel était ton lit ?

Il montra du pouce celui qui se trouvait en haut juste derrière lui, et Claire hocha la tête.

— C'est celui que je veux.

— Tu es sérieuse ?

— Tout à fait. Quoi ? demanda-t-elle lorsqu'il se mit à rire. Je veux dormir dans ton lit. Qu'y a-t-il d'amusant à cela ?

Amusant ? Rien. En fait, sans qu'il sache pourquoi, il trouvait cela plutôt sexy. Il préféra garder cette pensée pour lui, et glissa le bras autour de sa taille.

— Ces lits sont trop étroits pour deux.

— Alors, c'est une bonne chose que je sois si fatiguée que je ne pense qu'à dormir ce soir !

Mais elle souriait, et l'espace d'un instant, il en oublia presque tout le reste.

— Je suis heureux que tu aies fait la connaissance de mes parents, même si je n'avais pas prévu que ce soit dans ces circonstances.

Il déposa un baiser sur son front, alors qu'elle nouait les bras derrière son cou.

— Ils sont merveilleux !

— C'est vrai. J'étais certain que vous vous entendriez bien.

— Et ils t'aiment. Cela est évident.

Elle se mit sur la pointe des pieds pour l'embrasser, doucement, presque comme pour le taquiner.

— Et je les comprends : tu es merveilleux toi aussi !

— Chacun de mes parents est exceptionnel, tout comme le couple qu'ils forment, chuchota-t-il, parlant comme ses frères et lui le faisaient lorsqu'ils voulaient que Clinton et Sheila les croient endormis.

Claire enfila un pyjama et grimpa dans son lit alors que Khan s'installait en dessous d'elle. Il veillerait sur elle, mais ne sacrifierait pas à son confort.

— Protège-la bien ! murmura Luke lorsque Claire fut endormie.

Le chalet était plongé dans l'obscurité et silencieux, mais Luke savait qu'il ne fallait pas se fier aux apparences. Son père l'attendait certainement pour lui parler. Ils avaient échangé un long regard avant de se retirer dans leurs chambres respectives, et ils s'étaient compris.

Son père se trouvait sur le petit balcon qui donnait sur le

lac. L'eau étale s'étendait sous un ciel sans nuages, et la lune s'y reflétait quasiment à l'identique.

— C'est très beau ! murmura Luke.

Il adorait être ici, loin de la foule.

Clinton hocha la tête, tout en continuant à regarder devant lui.

— J'ai reconnu ton amie après l'avis diffusé à la télévision.

— Tout ce qu'on dit est faux.

— Je m'en suis douté.

— Nous avons seulement besoin de rester cachés pendant quelques jours. Cela va nous permettre de récupérer et d'élaborer un plan. Les gens qui la poursuivent sont dangereux et assez puissants pour utiliser la police afin de mettre la main sur elle.

— Tes frères vous aident ?

— Autant qu'ils le peuvent.

— Qui est cette fille pour que tu te donnes autant de mal pour elle ?

— Je l'ai rencontrée à Skyline Park. Elle comptait beaucoup pour moi à l'époque. Et aujourd'hui encore.

Clinton poussa un soupir, et se tourna enfin vers lui.

— Tu sais que ta mère ne va pas vouloir partir maintenant… pas alors qu'il y a un oisillon de plus dans le nid. Mais je ne veux pas la mettre en danger. Surtout avec ses problèmes de santé.

— Je n'en ai pas envie non plus, crois-moi.

— Cela étant dit, si tu penses que c'est bon, nous resterons ici demain encore. Comme ça, Sheila aura encore l'occasion de vous dorloter tous les deux. Je pense que cela lui fera du bien.

— Je pense que cela fera également du bien à Claire.

À lui aussi, d'ailleurs, mais il n'était pas utile de le mentionner.

Ils demeurèrent un instant silencieux, et écoutèrent les bruits de la nature. Même la nuit, le silence n'était jamais complet. Le ululement d'une chouette s'éleva. Des feuilles bruissèrent. Un froissement trahissant la course d'un petit rongeur se fit entendre.

Au moins, ils avaient à leur disposition un système naturel

d'alarme autour d'eux : si des intrus s'approchaient, le changement de comportement des animaux les en avertirait.

Le cœur de Luke se gonfla de tendresse lorsqu'il regarda son père, dont le profil se découpait sur le ciel d'un noir laiteux. Ils n'avaient pas de liens de sang, mais c'était Clinton qui lui avait appris à être un homme droit, et à savoir ce qui comptait vraiment dans la vie.

— Je suis certain que, quoi que tu fasses, ta décision sera la bonne, déclara Clinton. Je ne sais pas grand-chose, mais ça, j'en suis persuadé.

Luke espérait que son père ne se trompait pas.

16

Lorsque Claire se réveilla le lendemain matin, elle eut l'impression d'être dans une sitcom des années 1950.

La mère de Luke portait un tablier et s'affairait dans la cuisine, riant et levant les yeux au ciel aux blagues de son époux. L'admiration qu'ils avaient tous deux pour Luke se lisait dans leurs yeux, tout comme l'amour et le respect qu'ils éprouvaient l'un pour l'autre.

Tous les ingrédients de ces feuilletons étaient là, si ce n'était que le père était noir, la mère portoricaine, leur fils blanc, et leur invitée une fugitive recherchée par la police.

Claire avait l'impression que tout était irréel, d'autant plus que jamais elle n'avait connu cette atmosphère douce et chaleureuse, même dans les familles qui l'avaient accueillie.

Certes, elle n'avait été maltraitée par aucune, mais elle était une fillette renfermée, qui préférait se faire oublier. Les parents des familles d'accueil étaient souvent débordés, trop occupés à essayer de subvenir aux besoins essentiels de tous les enfants dont ils avaient la charge.

Aucune famille n'avait délibérément décidé de l'ignorer. Mais il leur avait été facile de le faire, puisqu'elle ne demandait pas mieux que d'être seule. Les enfants qui se faisaient remarquer obtenaient ce qu'ils voulaient, et les autres étaient oubliés...

Mais pas avec Sheila Patterson. Pour elle, il était hors de question de négliger quiconque.

Elle avait dorloté Luke dès qu'elle avait découvert qu'il avait été blessé. Elle lui avait refait ses pansements, et préparé ses plats favoris.

Et le plus surprenant était que Luke l'avait laissée faire.

Il l'aimait, et la réciproque était vraie. Cela sautait aux yeux. Et plus cela devenait évident, plus Claire se retirait en elle-même. Elle ne le faisait pas exprès : c'était ainsi qu'elle se comportait à chaque fois qu'elle observait une situation.

Mais Sheila ne pouvait pas la laisser agir ainsi.

Elle avait inclus Claire dans chaque conversation, chaque activité, qu'il s'agisse de cuisiner ou de laver la vaisselle. Elle ne la traitait pas comme une invitée, mais comme un membre de la famille.

Pour Claire, cela était à la fois étonnant et inquiétant.

— Maman...

Luke entra dans la cuisine où se trouvaient Claire et Sheila, l'air bougon.

— Papa veut à tout prix m'emmener pêcher pour me montrer son nouveau matériel. Je t'en prie, dis-lui que j'ai quelque chose à faire ici pour m'éviter ça... J'irai même jusqu'à nettoyer les toilettes !

Il avait tellement l'air d'un petit garçon cherchant à échapper à un pensum que Claire ne put s'empêcher de sourire.

Sheila poussa un soupir en haussant les épaules.

— Je crains bien que tu ne doives y aller ! Pendant ce temps, je montrerai à Claire comment faire des chaussons aux pommes.

Claire l'apprit en même temps que Luke, mais lorsqu'elle vit ses yeux briller, elle comprit que cette façon de passer le temps en valait bien une autre.

— C'est vrai ? C'est mon dessert préféré !

— Comme cela, elle aura un moyen de pression si tu te conduis mal, répliqua Sheila en lançant un clin d'œil à Claire.

Luke secoua la tête.

— Ce n'est pas bien de lui montrer comment faire du chantage !

Sheila leva les sourcils.

— Les femmes doivent se serrer les coudes.

Luke faisait encore mine de grommeler lorsque Clinton et lui descendirent le petit ruisseau qui se jetait dans le lac. Mais Claire avait le sentiment que le but de cette sortie était de donner à Sheila et elle l'occasion de parler seule à seule.

Tout en apprenant les secrets de la confection des chaussons aux pommes, Claire restait sur le qui-vive, s'attendant à ce que Sheila entame d'un instant à l'autre une conversation plus sérieuse.

Il s'avéra qu'elle choisit le moment où Claire repliait la pâte qu'elles avaient préparée autour des tranches de pommes.

— Luke est important pour moi. Comme tous mes fils.

Sheila continua à s'affairer tout en parlant, alors Claire fit de même.

— Je le vois bien, répondit-elle. Il vous aime, et il est évident que c'est mutuel. Je suis si heureuse qu'il ait trouvé une famille qui ait conscience de toutes ses qualités !

Sheila lui jeta un coup d'œil.

— Et vous ? Vous savez voir ses qualités ?

— Luke était mon héros quand j'étais enfant. Il a veillé sur moi lorsque nous étions ensemble dans le foyer. Et je pense qu'aujourd'hui encore, il est mon héros.

Sheila eut un sourire empli de tendresse.

— Il a toujours été très protecteur. C'est dans sa nature. Et il est facile de voir qu'il l'est tout particulièrement avec vous. Vous comptez pour lui.

— Il compte pour moi aussi.

— Il ne parle pas souvent de sa vie avant son arrivée dans notre famille. Nous avons entendu parler de Skyline Park, bien sûr, et nous savons combien cet endroit était terrible. J'espère que vous n'avez pas vécu des choses trop difficiles...

— Cela aurait été bien pire si Luke n'avait pas été là.

Elle se força à lever la tête et à regarder Sheila dans les yeux, malgré sa nervosité et la conscience aiguë d'être jugée par une mère protectrice.

— Je n'ai pas l'intention de compliquer sa vie. Je veux qu'il soit en sécurité et heureux. J'ignore ce que vous connaissez des circonstances qui nous ont amenés à nous retrouver, mais la dernière chose que je voudrais serait de lui causer des ennuis.

— Je vous crois.

Sheila désigna le chausson que Claire était en train de confectionner.

— Il faut bien refermer la pâte, sinon le jus va couler.

Et ce fut tout. Sheila semblait satisfaite, et Claire eut le sentiment d'avoir passé un test avec succès... peut-être bien le plus risqué de sa vie.

Le soir, ils n'étaient plus que tous les deux. Clinton et Sheila étaient retournés chez eux, mais pas avant que Sheila n'ait cuisiné pour les jours à venir, et fait le ménage dans le chalet.

— Prenez bien soin l'un de l'autre, avait-elle murmuré à l'oreille de Claire lorsqu'elles s'étaient dit au revoir.

Luke avait effectivement l'air de quelqu'un dont on avait pris soin lorsqu'il termina son troisième chausson.

— Elle t'a bien appris ! s'exclama-t-il en se frottant le ventre. Un peu trop bien même ! Je ne vais plus pouvoir fermer mon jean !

— Tes parents sont merveilleux. C'est facile de comprendre pourquoi vous vous en êtes aussi bien sortis tous les quatre. Vous avez eu de la chance.

— C'est certain.

Il lui prit la main et lui caressa les doigts de son pouce.

— J'aurais aimé que tu trouves une famille, toi aussi. Depuis que nous sommes arrivés ici et que mes parents nous ont accueillis, je ne cesse de me demander si tu n'es pas triste de ne pas avoir connu cela.

— Si tu veux savoir si je suis jalouse, la réponse est non.

Et elle le pensait de tout son cœur. Jamais elle n'aurait pu regretter que Luke ait eu plus de chance qu'elle.

— Je veux ce qu'il y a de mieux pour toi, poursuivit-elle. C'est tout. Et tu as eu le mieux, cela ne fait aucun doute.

Il l'attira à lui et l'embrassa.

— C'est certain.

Si leur première journée au chalet avait tout d'une sitcom, les deux jours qui suivirent furent un rêve, avec pour toile de fond la beauté et la paix de la nature. Ils étaient tout à la joie d'être ensemble, de faire l'amour et de pouvoir s'endormir dans les bras l'un de l'autre.

Ils s'amusaient aussi... comme lorsque Luke l'emmena pêcher pour la première fois.

— Attends... il faut vraiment que je mette le ver sur l'hameçon ?

— Et comment penses-tu qu'on attrape les poissons ?

— Eh bien, lorsque j'en veux, je vais au supermarché et abracadabra, il y en a dans mon Caddie. On ne pourrait pas plutôt euh... je ne sais pas, tirer un filet et voir ce que l'on ramasse ?

— Peut-être que oui, concéda-t-il tout en accrochant un ver sur l'hameçon, mais cela prendrait un temps fou. Et il faudrait aussi un bateau, alors qu'on peut pêcher à la ligne depuis la rive. Mais au moins, nous aurons le plaisir de nettoyer nous-même le poisson que nous prendrons. Ça ne te fait pas plaisir d'y penser ? ajouta-t-il d'un air taquin.

Le fait qu'elle attrape deux fois plus de truites que lui rendit ce moment agréable. Cela, tout comme sa compagnie et les histoires qu'il lui raconta. Il changeait entièrement d'attitude lorsqu'il était détendu. Elle n'avait pourtant pas le moindre doute qu'il était sur ses gardes, et que son regard exercé était à l'affût du moindre signe d'alerte, mais il fit de son mieux pour être aussi complètement que possible avec elle.

Elle n'aurait pas pu l'aimer plus.

Cela serait peut-être leur vie un jour, se dit-elle alors qu'ils étaient assis côte à côte dans des rocking-chairs, sur la petite terrasse couverte. Autour d'eux, tout était calme et empreint de cette sérénité qui s'installe au plus profond du cœur et se communique à tout votre être, rendant le monde un peu plus doux… un peu meilleur.

Il pourrait être à elle à jamais, s'il le voulait.

Elle avait le sentiment que c'était le cas, et elle sentait son cœur se gonfler d'espoir et de joie. Si seulement ils avaient pu ne penser qu'eux deux en ce moment… s'il n'y avait pas tant d'obstacles à surmonter…

— À quoi penses-tu ? lui demanda-t-il soudain en se tournant vers elle avec un sourire.

Son visage était tout auréolé de la lumière dorée du soleil couchant, et il avait l'air de l'ange qu'il avait toujours été pour elle.

— Nous sommes si bien ! J'avais tellement besoin de cela !

Elle poussa un long soupir et laissa son regard se promener sur le lac.

— Comme j'aimerais revenir ici un jour… lorsque je n'aurai plus peur !

Il referma ses mains sur les siennes, lui insufflant un peu de sa force.

— Tu n'as pas à avoir peur.

— Luke…

— Je sais que c'est facile à dire pour moi, mais je suis avec toi pour rester, quoi qu'il arrive. Tu m'as, et tu as mes frères. Et également Sheila et Clinton Patterson, ce qui – au cas où tu ne t'en serais pas rendu compte – est énorme !

— Inutile de me le dire, répliqua-t-elle en riant. Il fallait bien cela pour vous faire tenir tranquilles tous les quatre ! Rien que pour cet exploit, ils ont toute mon admiration !

— Ils t'apprécient. Je l'ai bien remarqué.

— C'est un compliment merveilleux ! Je les aime beaucoup

moi aussi, vraiment. Rien ne les obligeait à être aussi accueillants avec moi. Je les ai pris au dépourvu en faisant intrusion dans leur havre de paix, et ils m'ont reçue avec une gentillesse incroyable !

— Ils savent aimer. Toujours.

— Je vois beaucoup d'eux en toi.

Il eut un petit rire, et elle poursuivit :

— Si, je te l'assure ! Tu étais déjà bon et courageux lorsque nous étions enfants, mais aujourd'hui, tu as moins peur de le montrer.

— C'est grâce à toi, chaton. Ce n'est pas seulement eux, c'est toi.

Il se leva, et l'aidant à se mettre debout, il la prit dans ses bras.

— Ça a toujours été toi...

Elle n'avait pas pris beaucoup de bonnes décisions dans sa vie, et elle en avait conscience.

Pourtant, même si elle regrettait d'avoir entraîné Luke dans cette situation folle, elle ne pouvait s'empêcher de penser qu'aller frapper à la porte de San Antonio Security était la meilleure chose qu'elle ait jamais faite.

— J'aimerais pouvoir rester ici pour toujours, murmura-t-elle d'une voix tremblante, alors qu'elle était enveloppée dans la chaleur de ses bras.

— Moi aussi, chaton, répondit-il doucement en lui caressant les cheveux. Moi aussi.

17

— Laissez-moi comprendre.

Vance Ballard croisa les mains sur son bureau et se pencha en avant. Les deux idiots qui se trouvaient devant lui avaient-ils remarqué combien ses doigts s'étaient crispés ? Il en avait presque mal.

Au moins, ce geste l'aidait à refréner l'envie de se saisir du presse-papiers posé sur son bureau, et de le leur lancer à la figure.

Brooks et Masters faisaient de leur mieux pour cacher leur malaise. Il devait reconnaître qu'ils avaient un certain courage pour venir ainsi lui annoncer une mauvaise nouvelle après l'autre. Ils n'étaient pas assez stupides pour ignorer l'accueil qui leur serait réservé.

Il parla lentement, choisissant ses mots.

— Une fille de rien du tout, qui n'a ni famille, ni amis, et à peine une vie, a réussi à vous échapper. *Une fois de plus.*

Brooks s'éclaircit la gorge.

— Nous ne comprenons pas. Quelque chose nous échappe.

— Tout comme à ces policiers, d'ailleurs, bafouilla Masters, qui ressemblait à un enfant rejetant la faute sur un de ses camarades. Ils ont suivi ces Patterson, interrogé pendant des heures celui qu'elle est allée voir, mais ils n'ont pas trouvé le moindre lien entre eux.

Ballard serra les dents pour éviter de lâcher un chapelet d'invectives.

— Et nous sommes certains qu'elle n'a pas un compte en banque ou une carte de crédit que nous n'avons pas découvert ? demanda-t-il.

— Si c'était le cas, nous le saurions. Personne ne peut passer au travers de notre système de surveillance, intervint Brooks d'une voix bien plus assurée que celle de son compère.

Ballard savait qu'il disait vrai, mais cela ne réussissait qu'à décupler sa fureur. Elle n'avait plus accès à son argent, elle n'avait aucun endroit où se réfugier, et pourtant elle était en fuite, et ils ne parvenaient pas à mettre la main sur elle.

Comment réussissait-elle ce tour de force ? Il bouillait de colère et se sentait d'humeur à saccager son bureau, même si cela ne lui aurait pas ramené Claire Wallace. Comment réussissait-elle à lui échapper ? *Personne ne le pouvait.*

— Cet incendie… Nous savons que quelqu'un l'a aidée.

Il considéra ses hommes, qui semblaient de plus en plus désemparés.

— Elle n'a pas pu faire ça toute seule, et Hopkins nous a bien dit qu'il y avait quelqu'un avec elle.

Il y avait une épaisse fumée, et Hopkins avait reçu un sérieux coup sur la tête juste après, mais il persistait à affirmer qu'il avait vu un homme.

— Hopkins ne l'a pas vraiment vu… marmonna Masters. Ou plutôt, il ne se souvient pas à quoi il ressemblait. La fumée était trop épaisse, et sa mémoire est défaillante. Mais il y avait vraiment…

— J'ai compris : il y avait vraiment un homme. Ne me répétez pas sans cesse ce que je sais déjà.

À quoi cela servait-il de confirmer ce dont ils étaient déjà convaincus : Claire bénéficiait d'une aide extérieure.

Il avait l'impression d'entendre les secondes s'égrener.

Prenait-elle du plaisir à contrecarrer ainsi ses plans, cette fille de rien du tout ?

Après avoir poussé un long soupir, Ballard demanda :

— Et les deux policiers confirment qu'elle n'a pas retrouvé ce Luke Patterson après l'interrogatoire ?

— Il est retourné travailler dans son agence, a passé plusieurs heures là-bas, puis a fait quelques courses…

Masters regarda Brooks, qui hocha la tête en signe d'assentiment.

— Ils ont loupé quelque chose, c'est certain. La police ne cherche pas où il le faut, conclut Ballard.

Il serra les poings sous son bureau, pour que ces idiots ne remarquent rien. La tension devint douloureuse, mais cela l'aidait à fixer son attention sur la situation, et à ne pas laisser la fureur avoir raison de lui.

— Nous allons continuer à chercher, proposa Brooks, avec malgré tout une pointe d'incertitude dans la voix.

Il doutait lui-même du résultat, preuve qu'il n'était pas un parfait imbécile.

— Non. Nous avons d'autres moyens d'action. Des moyens peut-être plus radicaux, mais en fin de compte, ils seront plus efficaces que chercher une aiguille dans une botte de foin. Je veux que cette fille se sente traquée, qu'elle soit terrifiée… parce que c'est à ce moment-là qu'elle va commettre l'erreur qui nous permettra de la piéger.

— Et ensuite ?

Pour la première fois depuis plusieurs jours, Ballard sourit.

— Et ensuite, nous la tuerons.

— Résume-moi la situation.

Claire, qui était en train d'essuyer la vaisselle, s'immobilisa. Elle savait que Luke était au téléphone avec ses frères, mais ce fut le ton de sa voix qui l'incita à tendre l'oreille. Elle retint son souffle, mais ne réussit pas pour autant à calmer les battements de son cœur.

Luke marmonna un juron d'une voix qui la fit frémir.

— Tu en es sûr ? Ils sont encore vivants ?

Puis un autre juron, proféré avec une amertume qui lui glaça le sang.

Elle avait encore une assiette à la main. Mieux valait la poser avant de la laisser tomber. Luke n'allait certainement pas lui annoncer de bonnes nouvelles, et sans qu'elle puisse s'expliquer pourquoi, même si elle sentait la panique l'envahir, il lui semblait extrêmement important de prendre soin des affaires de Sheila et Clinton. Ils l'avaient reçue avec tant de chaleur et d'affection qu'elle ne voulait même pas risquer de casser une de leurs assiettes.

Luke était dans le salon et lui tournait le dos lorsqu'elle sortit de la cuisine. Il était si immobile et tendu qu'il lui évoqua une statue de marbre. Au bout de plusieurs longues secondes, il mit fin à l'appel et glissa le téléphone dans sa poche.

— Qu'y a-t-il ? réussit-elle à lui demander d'une voix étranglée. Que s'est-il passé ? Et ne me dis pas que ce n'est rien d'important, parce que je vois bien que ce n'est pas le cas.

— Je n'allais pas te répondre cela.

Il tourna la tête, et elle vit se découper son profil.

— J'essayais seulement de trouver les mots pour te l'annoncer.

— Dis-moi tout. Je suis capable d'encaisser le choc.

Il poussa un profond soupir, et se voûta.

— Il y a eu des problèmes. J'étais au téléphone avec Weston, qui me communiquait des informations provenant de la police. Un camion a été précipité dans un ravin hier soir, et le conducteur est mort sur le coup.

Elle ne comprenait pas où il voulait en venir.

— Si le conducteur n'a pas survécu, comment la police sait-elle que le véhicule a été percuté ?

— Il y avait des traces de dérapage sur la route, et l'arrière du véhicule a été embouti... Comme si un autre l'avait poussé.

— Je ne comprends toujours pas le lien avec ce qui nous arrive...

— Nous ne l'aurions peut-être pas fait s'il n'y avait pas eu l'incendie.

Elle était plus perdue que jamais.

— L'incendie ?

Il traversa la petite pièce en trois enjambées, et lui saisit le bras.

— Je suis désolé, mais la maison des Romero, la dernière famille dans laquelle tu as été placée, a été réduite en cendres hier soir. On a retrouvé deux corps calcinés à l'intérieur. Ils n'ont pas encore été identifiés, mais il est fort probable qu'il s'agisse de M. et Mme Romero. Quand Weston a entendu parler de cela, il a eu une intuition, et a vérifié l'identité du conducteur du camion. Il s'agissait de Glen Parker...

— Un autre de mes parents d'accueil...

Ballard s'en était pris aux familles dans lesquelles elle avait vécu. Elle était encore en contact avec les Romero, et les Parker s'étaient montrés bienveillants à son égard.

Tout se mit à tourner, et la voix de Luke lui sembla soudain lointaine.

— Claire, reste avec moi.

Il serra les doigts sur son bras.

Cela eut l'effet escompté, et le monde se stabilisa à nouveau autour d'elle.

Des gens étaient morts à cause d'elle, des personnes honnêtes. Elle n'était qu'un des nombreux enfants dont ils s'étaient occupés, et la vie n'était pas parfaite, ni même gaie à l'époque, mais cela valait infiniment mieux que d'être dans la rue. Ils avaient épargné tant de douleur à tant d'enfants !

Et maintenant ? L'idée qu'ils étaient morts dans la terreur et la douleur faillit avoir raison d'elle. Sans Luke, elle se serait affalée à terre pour ne plus se relever.

— Tu n'y es pour rien.

Il la prit dans ses bras, et la serra contre lui.

— Ce n'est pas ta faute. Il faut que tu en sois persuadée.

— Je le sais, murmura-t-elle en fermant les yeux et en se blottissant contre lui. Je le sais, mais je me sens tout de même coupable, tu comprends ?

— Je comprends.

Il lui caressa les cheveux, tentant de la réconforter.

— Tu ne pouvais pas savoir ce que Ballard allait faire. Seul un fou aurait pu envisager cela. Il essaie de te faire sortir de ta cachette.

— Je ne veux plus qu'il fasse du mal à quiconque à cause de moi. Je ne peux pas laisser cela arriver.

Elle se recula assez pour le regarder dans les yeux. Elle y lut toutes les questions qui la hantaient elle-même... des doutes aussi. Craignait-il comme elle qu'ils ne se sortent jamais de cette situation ?

Elle savait au moins une chose : devant elle, il resterait toujours fort.

Elle aussi pouvait être forte.

— Je vais me rendre. Écoute, insista-t-elle lorsqu'il fit la grimace, c'est la seule solution. J'aurais dû le faire bien plus tôt !

— Tu as fait la seule chose que tu pouvais étant donné les circonstances.

— Et regarde où cela m'a menée ! Regarde à quoi cela a mené les Romero et Glen Parker ! C'est la seule manière d'arrêter ce carnage, tu comprends ? Je veux que cela cesse. Je veux me rendre à la police, et tout leur raconter.

— Il faut que tu m'écoutes.

Il se pencha, jusqu'à ce que son visage emplisse tout son champ de vision.

— Si tu te rends, tu n'as plus la moindre protection. Ces policiers sont sous la coupe de Ballard, et ce ne sont certainement pas les seuls ! Ils trouveront toujours un quart de seconde pendant lequel tu seras hors du champ d'une caméra de surveillance, et c'en sera fini de toi. Il va te faire assassiner, tu comprends ?

Il était étrange de constater que cette perspective lui ôtait tout argument de la bouche. Elle ne put qu'acquiescer.

— Je ne veux pas te faire peur, mais je ne fais que dire la vérité.

Il la regarda dans les yeux.

— Tu comprends ? insista-t-il.

— Oui...

Elle parvint à peine à prononcer ce mot.

— La seule manière de se sortir un jour de cette situation est de trouver un plan d'action. Nous avons réussi à lui échapper, et nous devons continuer à être plus malins que lui jusqu'à ce qu'il soit vaincu. Tu me crois si je te dis que nous pouvons y arriver ensemble ?

Il y avait des moments dans la vie de Claire où elle n'était habitée que par le doute. Mais ce ne fut pas l'un d'entre eux.

— Je te crois.

— Bien, répliqua-t-il, les yeux brillants. C'est un bon début, je suppose.

18

Essayer de dormir était une perte de temps.

Ce qui ne l'était pas, cependant, était d'être allongé avec Claire dans ses bras.

Elle était endormie, et sa respiration était douce et régulière. Elle gémissait parfois, mais se détendait dès qu'il resserrait les bras autour d'elle... comme si elle savait qu'elle pouvait lui faire confiance.

Mais il devait mériter cette confiance.

Ce qui était certainement la raison pour laquelle le sommeil se refusait à lui.

Un homme comme Ballard avait tant de relations, tant de moyens à sa disposition !

Comment mettre fin à l'emprise de ce criminel une fois pour toutes ?

Il devait être plus malin, penser avec clarté.

Et comment pouvait-il penser avec clarté lorsque la seule femme qui ait jamais compté pour lui était endormie dans ses bras, qu'elle lui faisait confiance, et qu'elle avait besoin de lui ? Il n'avait jamais été plus urgent que maintenant de prendre un peu de hauteur, de considérer froidement la situation, et de voir comment ils pouvaient s'en sortir.

Et jamais cela n'avait été plus impossible.

Elle s'étira et il s'immobilisa, veillant à ne pas la réveiller. Au moins, l'un d'entre eux serait reposé.

Mais cela ne servit à rien. Elle souleva la tête, en clignant des yeux.

— Mmm...

— Mmm ?

Même en ces circonstances, il ne put s'empêcher de sourire tant il la trouvait adorable.

— Tu as dit quelque chose ? demanda-t-elle d'une voix tout ensommeillée, mais douce.

— Non. Tu as dû rêver. Rendors-toi.

— Pas si tu restes éveillé.

— Je vais dormir moi aussi.

Elle lui caressa doucement la joue.

— Quelque chose me dit que tu n'as pas fermé l'œil une seconde !

— Tu es assez perspicace, chaton.

Il se redressa, et posa la tête sur son avant-bras.

— J'ai été trop occupé à réfléchir pour réussir à trouver le sommeil. Mais autant que l'un de nous y parvienne !

— Je fais tout le temps des cauchemars, de toute façon. Autant rester éveillée pour éviter que mon subconscient ne me joue des tours !

— Je suis désolé.

Il caressa ses cheveux soyeux, et les laissa couler entre ses doigts comme une cascade dorée. Lorsque tout cela serait terminé, il prendrait une journée entière à ne faire que cela : goûter le plaisir tout simple de la toucher et de la caresser.

— Qu'allons-nous faire ? souffla-t-elle.

— Nous avons passé tout ce temps sur la défensive, n'est-ce pas ? À fuir, à nous cacher, à échapper de justesse à Ballard... et il n'a pas reculé d'un pouce. Cela a presque eu l'effet inverse. Il agit comme un homme désespéré, et se sert maintenant des personnes qui ont fait partie de ta vie, du moins celles qu'il a pu retrouver : il a décidé d'éliminer tous ceux qui pourraient t'aider jusqu'à ce que tu n'aies plus aucun recours.

— Jusqu'à ce que je me dise que la seule manière de m'en sortir est de me rendre, murmura-t-elle avec un frisson. Et il a vu juste : ça a été ma réaction.

— Il sait que tu es quelqu'un de bien, et il veut se servir de cela. Mais nous sommes plus malins que lui. Nous n'allons pas tomber dans son piège.

— D'accord, mais qu'allons-nous faire ?

— Nous allons passer à l'attaque.

— Comment ? Si je tente à nouveau de faire intrusion dans le système, il le verra immédiatement ! Il n'attend que ça.

— Je le sais bien. Je ne songeais pas à un piratage.

Elle se redressa elle aussi sur son avant-bras, et le considéra.

— Alors, à quoi penses-tu ?

— Je me dis que nous pouvons utiliser ses faiblesses contre lui.

— Tu crois qu'il en a ?

— Tout le monde en a, chaton. Elles sont la faille qu'il faut utiliser pour gagner.

Il retint son souffle lorsqu'il se rendit compte que ce qu'il venait de dire pouvait être blessant pour elle.

Elle le comprit, elle aussi.

— De la même manière que Ballard a utilisé mes faiblesses pour tenter de m'éliminer.

— Je suis désolé.

En se mordant la lèvre, elle haussa une épaule.

— D'accord. Je peux tenter d'utiliser mes compétences informatiques pour trouver des informations sur lui… même si, tel que je le connais, il s'est ingénié à les faire disparaître.

— Nous n'allons pas nous intéresser à lui.

Il se mit en position assise et se passa la main dans les cheveux, alors qu'un plan d'action commençait à s'ébaucher dans son esprit.

— Et cela veut dire quoi ?

Dans la lumière du petit matin, il lisait clairement le scepticisme sur son visage.

— Réfléchis-y : un homme comme Ballard s'entoure de tout un tas de malfrats pour faire le sale boulot. Il pense que cela le protège, mais cela le rend également vulnérable. Parce que ces personnes ont elles aussi des faiblesses, et que quelqu'un comme toi peut les trouver. Ils n'ont pas les mêmes ressources que Ballard pour les cacher !

— Donc, faisons plutôt des recherches sur eux...

Elle esquissa un sourire avant de conclure :

— Bien sûr !

— Je savais que tu comprendrais.

Il se leva, pressé de se mettre au travail.

Claire ne l'était pas autant.

— Mais par où commencer ?

— Personnellement, j'aimerais bien en savoir plus sur ces policiers qui se sont donné pour mission de nous suivre, mes frères et moi : Fisher et Arellano. L'un d'entre eux au moins – sinon les deux – doit être de mèche avec Ballard, et je suis certain que tu es capable de découvrir ce qui permet à Ballard de faire pression sur lui !

— Je suis heureuse que tu m'accordes une telle confiance, répliqua-t-elle. Mais imagine qu'il ait demandé que l'on surveille leurs réseaux sociaux, au cas où j'effectue des recherches ?

— Et alors ? Je suis sûr que tu sauras te débrouiller, déclara Luke en se mettant à genoux devant le lit et en lui prenant les mains.

Elle poussa un profond soupir.

— Oui. Je saurai être prudente.

— J'en suis persuadé !

Elle redressa les épaules et leva le menton. Lorsqu'elle prit la parole, ce fut d'une voix ferme.

— Je n'ai pas à avoir peur de ce qui peut arriver. Je dois seulement m'y préparer.

Il n'aurait pas pu l'aimer plus.

— Exactement.

Il lui embrassa les mains avant de se relever.

— Je sais que tu peux le faire. Tu as toutes les qualités pour cela. Et lorsque tu auras déniché toutes ces informations, tu les communiqueras à mes frères et moi, et nous saurons quoi en faire.

Il fallait qu'il prévienne ses frères. Il alla dans la cuisine pour préparer du café – si jamais il en avait eu besoin, c'était bien aujourd'hui – et lorsque l'arôme velouté s'éleva dans l'air, il sortit le téléphone prépayé qu'il avait utilisé pour rester en contact avec sa famille.

— J'allais justement t'appeler.

Lorsqu'il entendit gronder la voix de Brax, Luke sentit ses mains devenir moites.

— Que se passe-t-il ?

Il regarda en haut de l'escalier, se demandant s'il ne valait pas mieux cacher à Claire ce qu'il allait entendre.

— Nous ne sommes pas certains… Garde cela à l'esprit : pour le moment, nous n'avons aucune preuve.

— Dis-moi ! le pressa Luke aussi discrètement qu'il le put. Arrête de tourner autour du pot !

Un long soupir.

— Papa a appelé. Maman a eu des problèmes avec ses freins.

Luke agrippa le comptoir, s'efforçant de garder les idées claires et de ne pas laisser ses émotions prendre le dessus.

— Et que s'est-il passé ? Comment va-t-elle ?

— Elle va bien. Elle a été assez maligne pour s'arrêter sur le bas-côté et appeler à l'aide dès qu'elle a senti qu'il y avait quelque chose d'anormal.

Luke poussa un soupir.

— Et il n'y a aucune preuve ? insista-t-il.

— Non. Pourtant, cela semble…

— Une étrange coïncidence ? Oui, c'est certain.

Il poussa un juron. S'il avait eu Ballard devant lui en ce moment, il lui aurait fait passer un sale quart d'heure.

— Chance va rester avec eux quelques jours, juste au cas où.

— C'est bien, acquiesça Luke. Je me sentirai mieux si je sais qu'ils ont quelqu'un pour les protéger. Et maman sera ravie d'avoir à nourrir Chance. Donc, tout le monde y gagne !

Brax eut un petit rire.

— Oui, même si c'est dommage que ce soit dans ces circonstances ! Mais qu'allons-nous faire pour ce type ? Il est malin. Il sait qu'il doit y avoir un lien entre Claire et nous, même s'il ne parvient pas à trouver lequel. Il commence à employer des moyens désespérés avec ces prétendus accidents !

— Il se trouve que c'est justement la raison de mon appel. J'ai une idée qui pourrait devenir un plan...

— Dis-moi !

Claire commença à descendre les marches de l'escalier, en le dévisageant. Elle dut remarquer qu'il était troublé, car son sourire disparut.

— J'ai une meilleure idée, proposa-t-il. Pourquoi ne pas se parler face à face ?

Il vit le menton de Claire trembler, assez pour lui rappeler combien elle avait peur malgré tout. Puis elle hocha la tête d'un air déterminé. C'était ainsi qu'ils devaient être s'ils voulaient réussir.

Il était temps de rentrer à la maison.

19

Luke Patterson avait traversé beaucoup de moments difficiles dans sa vie.

Son passage dans l'armée n'avait pas été exactement une partie de plaisir.

Même avant cela, lorsqu'il était enfant, il avait vécu des situations qui auraient pu briser une personne ne possédant pas sa force ou sa détermination. Il n'avait pas considéré les choses ainsi à l'époque – à ce moment-là, il ne pensait qu'à survivre – mais l'âge adulte lui avait fait revoir les faits sous un jour différent.

Et pourtant, lorsqu'il s'éloigna de la maison où il avait laissé Claire sous la garde de Weston, il lui sembla qu'il n'avait jamais rien fait de plus dur. Et de loin.

— J'espère que tu sais qu'elle sera en sécurité avec moi, lui avait rappelé Weston.

Il comprenait tout ce que Claire représentait pour Luke, et le mal qu'il avait à la laisser derrière lui… qu'elle soit entre de bonnes mains ou non.

S'il n'avait pas été nécessaire de se montrer dans les locaux de l'agence pour faire bonne figure, jamais il ne l'aurait quittée, même si elle était dans un lieu sûr, spécialement équipé pour en faire une cachette idéale.

Luke et ses frères utilisaient cet endroit lorsqu'ils devaient offrir une protection renforcée à leurs clients, et les dissimuler pour un temps.

Ce n'était pas parce qu'il avait personnellement participé à l'installation de cette planque qu'il y laissait Claire plus facilement. Mais il savait que Ballard aurait immédiatement des soupçons s'il n'allait pas à l'agence et changeait sa routine.

Ce fut donc la raison pour laquelle il se rendit dans les locaux de San Antonio Security en agrippant le volant si fort qu'il aurait pu jurer l'entendre grincer. C'est aussi pour cela qu'il s'arrêta pour commander un café et un bagel, veillant à prendre son temps afin que quiconque passant à proximité le voie facilement.

Brax l'attendait à l'agence.

— Pas de bagel pour moi ?

— Tiens, prends celui-ci. Je n'ai pas faim.

Il tendit le sac à son frère avant de se diriger vers son bureau. Le fait que sa table de travail soit enfin débarrassée de tout dossier était un petit miracle qui lui arracha tout de même un sourire.

— Tu dois prendre soin de toi si tu veux prendre soin d'elle, déclara Brax en s'appuyant contre l'embrasure de la porte.

Il grignotait son bagel aux raisins et à la cannelle tout en regardant Luke.

— Je le sais bien. Mais même sous la menace, je me sens incapable d'avaler quoi que ce soit, depuis ton coup de fil de ce matin.

En pensée, il ne cessait de voir sa mère se rendant compte que quelque chose n'allait pas quand elle pressait la pédale de frein. Si elle avait été sur l'autoroute…

Il secoua la tête, tentant de revenir à la réalité. Elle était saine et sauve, c'était tout ce qui importait. Il allait se rendre fou avec des « si ».

— Tu penses que Claire va réussir à trouver sans se faire remarquer ce que nous-mêmes avons cherché en vain ?

De cela au moins, il était certain.

— Oui. Elle sait ce qu'elle fait. Elle n'a pas réussi à avoir accès au réseau de Passage Digital sans se faire remarquer, mais Ballard ne peut pas mettre en place le même niveau de protection sur des sites qu'il ne contrôle pas. Du moment qu'elle veille à masquer ses intrusions ainsi que l'endroit d'où elle opère, tout ira bien.

— Tu as l'air très sûr de toi.

— Oui. Elle est très compétente. Et ce n'est pas comme si elle ne comprenait pas l'enjeu.

— Je ne voulais pas mettre en doute ses capacités. Ne t'énerve pas.

Brax lui lança un de ces sourires auquel personne ne pouvait résister, celui qu'il avait utilisé pour se tirer d'affaire du plus loin que Luke s'en souvienne.

— Mais quand tout cela sera terminé, poursuivit-il, rappelle-moi que je n'ai pas encore eu le temps de te taquiner : notre célibataire endurci est enfin tombé amoureux !

— Je le ferai juste après t'avoir rappelé de grandir. C'est bon ?

Le téléphone prépayé de Luke se mit à sonner. Brax redevint sérieux et s'assit sur le coin du bureau de Luke pour écouter la conversation.

— Oui ? répondit Luke, tout en regardant son frère.

— Tout va bien, le rassura Weston. Ta copine est en train de s'user le bout des doigts ici : je pense que je n'ai jamais vu quelqu'un taper aussi vite sur un clavier.

— Elle a trouvé quelque chose ?

— Oh oui ! Elle a réussi à avoir accès aux caméras de sécurité – pas celles de Passage Digital, mais celles des bâtiments situés alentour. Ainsi, Ballard ne se doutera de rien. Elle a obtenu des clichés très nets de deux types qui le suivent presque tout le temps. On les voit entrer et sortir de sa voiture, sur les vidéos enregistrées par une caméra qui se trouve de l'autre côté de la rue. Claire a utilisé un logiciel de reconnaissance faciale et a pu les identifier comme étant Nick Masters et David Brooks, tous deux des anciens de la CIA avec des antécédents douteux.

— Tout à fait le genre de types qui peuvent être utiles à un homme sans scrupule.

— Exactement.

— Et les deux policiers ? Elle a découvert quelque chose ?

— Elle est en train de travailler là-dessus en ce moment. Je pense qu'il sera plus facile de se servir d'eux : ils ont l'air d'être des types normaux, qui ont certainement une femme et des enfants.

— Et on peut donc faire plus facilement pression sur eux.

— C'est vrai. Mais tu ne vas pas tarder à découvrir cela par toi-même !

— Entre Brax et toi, je suis vraiment environné de comiques !

Luke entendit une voix s'élever derrière Weston, et son cœur se serra. C'était l'effet qu'elle avait sur lui. Il ne parvenait pas à se départir de l'envie d'être avec elle, du besoin de la voir et de la toucher pour savoir qu'elle allait bien.

— Claire vient de trouver quelque chose, murmura Weston.

— De quoi s'agit-il ? demanda Luke en échangeant un regard avec Brax, qui semblait rivé à ses lèvres.

— Oh oh ! Bravo ! Cela va nous être très utile, s'exclama Weston avec jubilation. Je vais laisser Claire vous expliquer ce que nous sommes en train de regarder.

Quelques instants plus tard, sa voix résonna, et le poids qui pesait sur la poitrine de Luke disparut soudain.

Elle alla droit au fait.

— J'ai bien l'impression qu'Arellano a des problèmes d'argent : il doit encore rembourser son crédit immobilier, et il croule sous les dettes.

— Pour quelle raison ? La drogue, l'alcool, les femmes ?

— Il doit s'agir de dettes de jeu.

Brax secoua la tête et laissa échapper un lent sifflement alors que Luke demandait :

— Et tu vois quelque chose qui pourrait indiquer que Ballard est intervenu ?

— Oh oui ! Arellano était constamment dans le rouge, et il a même dû faire un retrait anticipé sur son plan d'épargne-retraite. Et soudain, abracadabra, des sommes d'argent considérables ont été créditées sur ses comptes, comme si une bonne fée était passée par là.

— Pour un total de combien ?

— Disons qu'il y a beaucoup de zéros.

— Ils n'ont même pas cherché à le cacher !

— Si ! répliqua-t-elle en riant, mais j'ai su où chercher !

Il sourit.

— Bien entendu.

— Je dirai volontiers qu'Arellano est celui par lequel vous pouvez atteindre Ballard. D'après ce que je vois, Fisher est simplement un flic corrompu. Ces quatre dernières années, il a été sanctionné pour usage excessif de la force une demi-douzaine de fois, et il a reçu une série de blâmes pour d'autres délits. Je me demande d'ailleurs pourquoi il fait encore partie de la police !

— Quelqu'un a dû convaincre son supérieur de regarder ailleurs, suggéra Luke. Et qu'en est-il du dossier professionnel d'Arellano ?

— Rien à redire. C'est un policier modèle.

— Alors, c'est effectivement lui que nous devons utiliser, renchérit Luke en adressant un sourire à Brax. Voyons comment il se comporte lorsque les rôles sont renversés, et que c'est lui qui est surveillé.

Il était encore tôt dans la soirée lorsqu'ils le trouvèrent. Sa voiture était garée devant un restaurant chinois qui vendait des plats à emporter, à quelques kilomètres de l'endroit où sa femme et lui vivaient.

Pendant que Brax surveillait les alentours, Luke attendit à l'entrée d'un petit passage entre le restaurant et le pressing situé à côté. Quelques minutes plus tard, un homme vêtu d'un costume froissé passa, un sac en plastique à la main.

Brandon Arellano n'était pas au sommet de sa forme, loin de là. Luke l'attrapa et le guida vers l'allée sans qu'il oppose la moindre résistance. Il se demanda même si le type avait vraiment conscience de ce qui lui arrivait. Ce ne fut que lorsqu'ils furent face à face que le policier cligna des paupières, et secoua un peu la tête.

— Ah, c'est vous…

Luke fut un peu désarçonné par sa réaction.

— Qui pensiez-vous voir ?

— Quelqu'un d'autre. Que me voulez-vous ?

Arellano regardait de droite à gauche dans le passage étroit.

— Vous êtes fou d'essayer de faire pression sur moi ! s'écria-t-il.

— Qui a dit que je voulais faire pression sur vous ? Je désirerais seulement avoir une petite conversation avec vous, c'est tout. Vous sembliez tellement intéressé par ma vie ces derniers temps que je me suis dit qu'il serait impoli de ne pas m'intéresser à la vôtre en retour.

C'est alors que Luke remarqua quelque chose.

L'homme avait l'air d'être sorti des griffes de la mort, selon l'expression de sa mère. Même depuis l'interrogatoire que Luke avait subi, Arellano avait perdu du poids. Le col de sa chemise était lâche sur son cou, et sa pomme d'Adam était encore plus protubérante qu'auparavant. Il ne s'était plus rasé depuis plusieurs jours, et ses yeux étaient entourés de grands cernes noirs.

— Que vous est-il arrivé ? demanda Luke, sans même plus faire mine de le menacer.

— Cela ne vous regarde pas. Et si j'étais vous…

— Vous n'êtes pas moi. Pour commencer, je n'ai pas une tête de zombie. Que se passe-t-il ? Et ne me dites pas que tout va bien, parce que je sais des choses sur vous. Et j'ai le sentiment que je ne suis pas le seul.

— Que voulez-vous dire ?

— Vous avez lu la cote des chevaux pour les prochaines courses ?

De pâle, Arellano devint blafard.

— Ce ne sont pas vos affaires.

— Écoutez-moi, gronda Luke, baissant la tête et regardant l'homme dans les yeux.

Arellano était terrifié, et des gouttes de sueur coulaient sur son front et son cou. Il était temps de prendre un risque calculé.

— Je sais que Ballard fait pression sur vous.

Son audace s'avéra payante. Arellano ouvrit des yeux ronds et laissa tomber sa mâchoire.

— Qu... quoi ?

— Vous avez bien entendu. Il n'est pas nécessaire qu'il en soit ainsi. Cet homme est toxique, n'est-ce pas ? Il a eu vent de votre addiction au jeu et a menacé de la révéler à vos supérieurs.

— Faites attention, gronda Arellano, vous n'avez pas la moindre idée de ce dont vous parlez !

— Ah bon ? J'ai pourtant le sentiment que les choses se sont bien passées ainsi. Je ne sais pas si c'est de l'intuition, ou si c'est à cause de votre réaction. Vous semblez terrifié. Mais comme je vous le disais, il n'est pas nécessaire qu'il en soit ainsi.

Il était clair qu'Arellano ne voulait pas céder, et qu'il avait l'intention de continuer à prétendre qu'il ne voyait pas ce à quoi Luke faisait allusion. Mais il y avait des limites à la détermination d'un homme.

Il s'appuya contre le mur avec un long soupir.

— Vous avez raison... Il a découvert mon addiction au jeu et m'a menacé d'aller tout révéler à mon capitaine, à moins que je n'accepte de faire ce qu'il me demandait. Au début, j'ai pensé que c'était la réponse à toutes mes prières. Seulement...

Il détourna le regard.

— Seulement, lorsque vous avez compris ce qu'il attendait de vous, vous n'avez plus eu envie de coopérer.

Un simple hochement de tête.

— Fisher… Il est compliqué. Lui se moque complètement de respecter les règles ou non. Je ne savais pas que Ballard le connaissait… pas avant le début de cette affaire. J'ignore jusqu'où il était prêt à aller, mais personnellement, je ne pouvais pas faire ce que Ballard attendait de moi.

Il s'interrompit, frissonnant des pieds à la tête.

Luke tenta de comprendre la situation. Il jeta un coup d'œil sur le sac que portait Arellano, et vit qu'il y avait très peu de nourriture pour deux. Puis il remarqua la trace grise sur le pourtour du col de sa chemise, la tache sur sa cravate…

Et il commença à entrevoir une réalité plus sombre encore.

— Vous avez dit à Ballard que vous ne vouliez plus jouer son jeu, murmura-t-il. Alors, il vous a forcé la main.

— Il a pris ma femme. Il l'a enlevée.

Il y avait des larmes dans les yeux de l'homme lorsqu'il croisa à nouveau le regard de Luke, et la douleur que l'on entendait dans sa voix suffisait à susciter la compassion.

— Il me dit qu'il va la tuer si je ne vais pas jusqu'au bout. Et je le crois.

Luke poussa un juron. C'était encore pire que ce qu'ils avaient imaginé.

— Nous pouvons vous sortir de là.

Arellano laissa échapper un rire sans joie.

— Vous ne pouvez pas croire cela. Pas en sachant ce que vous savez, Patterson. Vous n'êtes pas stupide !

— Vous avez raison, je ne suis pas stupide. Et c'est pourquoi je sais que nous pouvons tous nous en sortir, mais il va falloir jouer serré… Ce qui signifie que dorénavant, vous allez devoir faire partie de notre équipe.

— Vous ne comprenez pas ? siffla Arellano comme un animal pris au piège. C'est la vie de Claire Wallace contre celle d'Amanda !

Luke détourna le regard alors que l'homme se mettait à pleurer. Il était à la fois désolé pour lui et embarrassé.

— Ballard est vraiment l'incarnation du mal… lâcha-t-il.

— Oui. Je regrette de ne pas l'avoir su plus tôt. Je vous le jure : je ne savais pas à qui j'avais affaire. Je n'aurais jamais accepté de l'aider si j'avais pensé impliquer Amanda dans cette affaire. Elle est innocente. Elle ignorait même que j'avais accepté de l'argent. Je ne sais pas où elle est...

Sa voix avait des accents de panique.

Luke prit Arellano par les épaules et le poussa contre le mur pour éviter qu'il ne s'affale sur le sol.

— Allez, allez... Vous devez rester calme et garder les idées claires pour Amanda. Nous pouvons tous obtenir ce que nous voulons, mais pour cela, il faut que nous travaillions ensemble. Vous avez besoin de nous, et nous avons besoin de vous.

Arellano fit quelques pas en respirant d'une façon saccadée, avant de parvenir à se ressaisir et à se redresser.

— Vous avez un plan ?

— Oui.

— Et il peut marcher contre quelqu'un comme Ballard ?

— Seulement si vous coopérez pleinement.

Arellano hocha la tête, avec détermination cette fois.

— D'accord, Patterson. Je vous écoute.

20

Claire savait très bien qu'elle n'avait rien d'une héroïne.

Cela était apparu comme une évidence le jour où Julia avait été assassinée, n'est-ce pas ? Elle était restée assise là, et avait regardé la scène avec horreur, étouffant un cri de terreur. Puis elle s'était enfuie comme un lièvre effarouché, parvenant à peine à résister à l'envie de courir.

Luke, en revanche, n'avait peur de rien. Il avait réussi à la protéger, avait pris soin d'elle, l'avait logée et nourrie, et s'était assuré qu'elle n'ait pas pour seule compagnie un chat qui se prenait pour un chien.

Et il avait mis au point ce plan insensé.

Pour le meilleur et pour le pire, elle avait encore toute sa tête, ce qui signifiait qu'elle était morte de peur. Toute personne saine d'esprit aurait réagi ainsi. Tant de choses pouvaient mal tourner…

Mais c'était la seule manière de s'en sortir. Ils n'avaient pas le choix.

Son cœur battait si fort qu'elle en était malade. De ses mains moites de sueur, elle agrippait le volant tout en appuyant sur l'accélérateur. Sa petite voiture était poussée à la limite de ses capacités, et le moteur vrombissait alors qu'elle traversait la banlieue de San Antonio aussi rapidement qu'elle le pouvait, ainsi qu'elle était censée le faire.

Et jamais elle ne s'était sentie aussi seule de sa vie.

Concentre-toi. Respire.

Les choses allaient bien se passer. Elle ne devait pas en douter.

Il fallait que Ballard soit persuadé qu'elle n'était plus une menace pour lui, ce qui signifiait qu'elle allait devoir se montrer particulièrement convaincante.

— Tu vas bien ?

La voix de Brax dans son oreillette lui apporta un certain réconfort.

— Qu'entends-tu par « bien » ? répliqua-t-elle avec un rire nerveux.

— Tu te débrouilles comme un chef ! Tu vas y arriver. Suis notre plan, et tout ira bien.

— D'accord.

Elle se força à respirer lorsqu'elle se rendit compte qu'elle retenait son souffle. Son corps tout entier était tellement tendu qu'elle en avait mal. Mais ce n'était que le début, donc il fallait vraiment qu'elle retrouve un peu de calme si elle voulait tout mener à bien.

— Nous avons tout revu en détail hier soir, lui rappela Brax.

Il était toujours calme, bienveillant et encourageant. Sa personnalité complétait celle de ses frères, et il était l'enjôleur du groupe.

— Si tu veux, tu peux repasser mentalement toutes les étapes de l'opération.

— C'est vrai.

— Tu n'as qu'à faire exactement ce que nous avons prévu ensemble. Tu sais tout sur le bout des doigts.

— J'espère que ça sera encore le cas quand je serai dans le feu de l'action !

— Tu veux que je te dise ce que l'expérience m'a appris ?

— Je t'en prie.

Tout ce qui pouvait la distraire des doutes qui l'assaillaient était bienvenu.

— N'anticipe pas trop tes prochains mouvements lorsque tu

seras en train d'agir. Focalise-toi plutôt sur ce que tu es en train de faire, et cherche seulement à l'accomplir le mieux possible. Si tu penses trop à ce qui va venir, tu vas négliger l'instant présent.

— J'ai compris. C'est logique.

Par exemple, il valait mieux qu'elle se concentre sur sa conduite pour éviter d'aller dans le fossé, non ? C'est ce qu'elle fit, tentant de donner l'impression qu'elle était en train de fuir.

Si quelqu'un lui avait dit qu'un jour elle serait poursuivie par la police, elle aurait éclaté de rire. Elle, la petite Claire Wallace qui ne disait jamais un mot plus haut que l'autre ? Qui préférait mettre les araignées dehors plutôt que les tuer ? Pourquoi la police serait-elle à ses trousses ?

La vie avait le pouvoir étrange de donner réalité aux élucubrations les plus folles.

— Le pont arrive, lui signala Brax.

Comme si elle avait besoin qu'on le lui rappelle ! Elle ravala le commentaire sarcastique que sa peur lui avait soufflé.

— Tu sais quoi faire, lui rappela Brax.

— Oui.

Elle appuya un peu plus sur l'accélérateur, amenant sa voiture à une allure qu'elle n'avait certainement jamais atteinte auparavant. Même dans ces circonstances, elle goûta le plaisir de la vitesse, elle qui avait passé toute sa vie à être sage, baisser la tête, et éviter qu'on la remarque.

Et dire qu'il avait fallu que la menace de la mort devienne tangible pour que sa vie devienne intéressante !

— Mais tout bien pesé, j'aimais bien ma vie avant, songea-t-elle à voix haute.

— Pardon ? demanda Brax en riant.

— Rien.

La rivière San Antonio scintilla devant elle, semblable à un ruban argenté coupant le paysage par ailleurs nu et désolé des abords de la ville. Elle continuerait sa course vers le sud pour se jeter plus loin dans le fleuve Guadalupe.

Elle s'approcha du pont mobile le cœur battant, le souffle court. Un coup d'œil à la pendule du tableau de bord lui apprit qu'elle arrivait à l'heure pile. Tout se déroulait comme ils l'avaient prévu, jusqu'au chronométrage.

Et jusqu'au véhicule qui se dirigeait vers elle, venant de l'autre côté du pont.

Elle savait que Brax pouvait les voir, mais elle ressentit le besoin de lui dire :

— Les voilà ! J'ai l'impression que mon cœur va exploser.

— Je te promets que non. Fais ce que nous avons décidé. Tu en es capable. Tout s'est bien passé jusqu'à maintenant. Continue.

Se rendait-il compte que sa voix était tendue et qu'il semblait sur le point de crier ? Mais elle-même devait lui paraître prête à craquer.

Lorsqu'elle se mit à rouler sur le pont métallique, un bruit assourdissant emplit l'habitacle, mais elle maintint sa vitesse. Bien. Il n'était pas possible de revenir en arrière. Alors, autant assurer le spectacle !

Elle avait parcouru les trois quarts de la distance qui la séparait de l'autre rive lorsque le véhicule qui venait vers elle, dérapa et s'immobilisa au milieu de la chaussée, lui coupant la route.

Claire écrasa la pédale de frein, et un crissement strident s'éleva. Son corps fut projeté contre la ceinture de sécurité assez violemment pour lui couper le souffle, mais elle s'en rendit à peine compte tant elle était concentrée sur ce qu'elle devait faire.

— Bien. À mon signal : cinq, quatre, trois, deux, un.

Claire prit une grande inspiration avant de passer la marche arrière pour s'éloigner de la voiture qui lui bloquait la route, et dans laquelle se trouvaient – elle le savait – Fisher et Arellano.

Mais elle ne put rebrousser chemin : le pont commença à se lever derrière elle, l'empêchant de repartir en arrière. Elle n'avait plus d'alternative. Son cœur allait certainement lâcher avant que tout soit fini, tant la tension était difficile à supporter.

Même si jusque-là, tout s'était déroulé exactement comme ils l'avaient imaginé, à la seconde près.

— Tout marche à merveille ! lui rappela Brax. Bravo ! Il est temps de passer à l'étape suivante.

Bien. Cela semblait si facile quand on l'entendait. Aurait-il eu ce ton calme et rassurant s'il avait été à sa place ?

— Claire, il faut que tu sortes de la voiture !

Il n'avait plus cette voix tranquille maintenant, et son ton était devenu très pressant.

— Sors, maintenant !

Les mains tremblantes, elle dégrafa sa ceinture de sécurité alors que les policiers descendaient de leur véhicule. Elle dut faire un effort pour se souvenir qu'Arellano était dans la combine. Pouvaient-ils lui faire confiance ? C'était cette pensée qui la terrifiait alors qu'elle tentait d'ouvrir la portière.

— Enlève ton oreillette ! cria Brax, et elle le remercia mentalement.

Elle la glissa dans sa poche avant de sortir de sa voiture.

Ça y est ! Le sort en était jeté.

Luke, je t'en prie, aide-moi !

— Les mains en l'air ! hurla Fisher, pointant son arme sur elle.

La lueur froide de la lune se refléta sur le métal. Ses mains tremblaient alors qu'elle les levait, tout en fixant son équipier du regard. Ce n'était pas le moment qu'un policier à la gâchette facile s'emballe.

— C'est bon, intervint Arellano. Je m'en occupe.

Claire espérait qu'il avait dit vrai quand il leur avait affirmé que Fisher n'était pas prêt à tuer. Elle poussa un soupir saccadé lorsqu'il rengaina son arme.

Mais elle n'était pas tirée d'affaire pour autant.

Elle s'approcha insensiblement de la rambarde du pont, qui était le seul rempart entre elle et l'eau. Était-elle froide ? Le courant était-il puissant ? Elle pouvait seulement espérer que non.

Veille bien à aller du côté du pont situé vers l'amont.

Bien. Tous leurs efforts seraient réduits à néant si elle commettait ne serait-ce qu'une toute petite erreur.

— Je sais que vous travaillez pour lui ! cria-t-elle.

Au moins, sa voix semblait assurée et ne trahissait pas sa terreur.

— Ballard... Je sais que vous êtes à sa solde ! C'est la raison pour laquelle vous agissez ainsi.

— Gardez vos mains en l'air !

Soit Arellano était sérieux, soit il était excellent acteur. S'il avait trahi leur confiance et s'était retourné contre eux, cela leur porterait le coup fatal.

Et s'il leur avait menti ? Et si sa femme n'avait jamais été enlevée ? Et si Ballard lui avait ordonné de leur raconter cette histoire pour leur tendre un piège ?

Non. Ce n'était plus le moment de douter. Elle devait être convaincue par ce qu'elle allait faire.

Arellano secoua la tête, le visage fermé.

— Vous racontez n'importe quoi.

Un pas de plus vers la rambarde. Un autre. Ses jambes menaçaient de se dérober sous elle. Mais cela ne pouvait pas arriver : tout serait compromis.

— Si ! hurla-t-elle laissant s'exprimer tout son désespoir, sa peur, et son dégoût.

Un dégoût profond, incommensurable.

— Vous êtes ses complices ! Vous avez accepté son argent sale, ses promesses, et voyez où cela vous a mené ! C'est mal ! Vous savez que c'est mal ! Je suis innocente ! Je n'ai jamais tué personne. C'est lui l'assassin, pas moi !

— Taisez-vous ! l'avertit Fisher. Il n'est pas nécessaire que ça se termine mal pour vous. Mais vous ne pouvez pas échapper à la police indéfiniment. Votre meilleure option est de venir avec nous, Claire. Vous avez dit que vous n'avez rien fait de mal. Donc, vous n'avez aucune raison de fuir.

La rambarde était à sa portée maintenant. Aurait-elle le

courage de mettre leur plan à exécution ? Elle avait puisé en elle les ressources nécessaires pour faire avec précision tout ce qui était prévu jusqu'à maintenant. Ce qu'elle s'apprêtait à réaliser n'était qu'un geste de plus qu'elle n'aurait jamais imaginé accomplir, même dans ses rêves les plus fous.

— Vous mentez !

L'eau était en dessous. Elle entendait le grondement du courant... ou était-ce la pression du sang sur ses tympans ? Si seulement Luke était ici avec elle ! Si seulement elle pouvait encore entendre la voix de Brax ! Mais garder l'oreillette aurait été trop dangereux. Non seulement parce que Fisher aurait pu la remarquer, mais aussi parce que l'appareil aurait pu se court-circuiter dans son oreille.

— Rendez-vous, et vous verrez.

La voix de Fisher, particulièrement calme, lui évoqua un serpent. Cela pouvait d'ailleurs résumer toute sa personne : un serpent tapi dans l'herbe, attendant de mordre. Elle faillit éclater de rire à nouveau.

— Je pense que je n'arriverai pas vivante au siège de la police, n'est-ce pas ?

Elle considéra Arellano, attendant qu'il joue le rôle qui lui était imparti. Tout dépendait de ce qui allait se passer maintenant. Il devait être aussi convaincant qu'elle... plus, même. Car dans quelques instants, elle aurait terminé sa propre contribution au scénario.

— Rendez-vous, Claire ! cria-t-il. C'est fini ! Vous devez arrêter de fuir. Nous ne sommes pas les seules personnes à vous rechercher !

— Vous pensez que je l'ignore ?

Sa hanche heurta la rambarde. C'était bon. Il était temps d'y aller. Elle se raidit pour ne pas se laisser submerger par la terreur.

— Mais Ballard me veut morte. Arrêtez de faire semblant du contraire ! Arrêtez de mentir pour lui !

— Claire...

— Ayez un peu de courage ! hurla-t-elle. Un peu d'intégrité ! Comment pouvez-vous dormir la nuit, en commettant de tels crimes pour lui ? Espèces de lâches ! Sales menteurs, sales traîtres, sales meurt...

— Ça suffit !

C'était la voix d'Arellano, immédiatement suivie d'une détonation.

Oh ! Luke, aide-moi !

Claire ferma les yeux et se laissa tomber par-dessus la rambarde, dans les flots sombres et agités.

21

Luke avait l'impression de voir un film d'horreur au ralenti... mais tout était bien réel.

Le corps de Claire semblait flotter dans l'air, en une chute sans fin. Comment pouvait-on mettre si longtemps avant de rencontrer la surface de l'eau ? Le pont n'était pas si haut. Ils avaient choisi celui-ci non seulement parce qu'il se situait dans une zone peu fréquentée, mais aussi parce qu'il n'était qu'à quelques mètres au-dessus de la rivière. C'était un pont mobile, trop bas pour que les bateaux puissent passer sans qu'on l'ouvre.

Il se prépara à l'impact comme si c'était son corps qui allait entrer dans l'eau. Il ne faisait pas vraiment la différence. Claire était sa vie, et rien d'autre ne comptait pour lui.

Elle heurta la surface de l'eau avec un bruit retentissant, à peu près à l'endroit où ils l'avaient prévu, non loin de là où il l'attendait sous le pont. Il attendit une seconde avant de lâcher le mannequin vêtu de la même manière que Claire, face tournée vers le fond de la rivière.

Il plongea ensuite pour attraper Claire avant que le courant ne l'emporte. Elle était paniquée et lutta même contre lui, alors que tout se passait selon leurs prévisions. Il posa l'embout du détendeur sur ses lèvres afin qu'elle puisse, comme lui, respirer sous l'eau.

Elle y parvint dès qu'elle retrouva un peu de calme, et le laissa placer l'embout dans sa bouche. Elle s'agrippait à lui de toutes ses forces, et lui à elle. Elle était saine et sauve. Elle irait bien.

Elle irait bien, surtout pour quelqu'un censé être passé de vie à trépas quelques instants plus tôt. Grâce à la balle à blanc qu'Arellano avait tirée et au mannequin que Luke avait placé dans l'eau, Fisher aurait la quasi-certitude que Claire était désormais hors d'état de nuire, et ne représentait plus une menace. Avec le témoignage des deux policiers, Ballard n'aurait d'autre choix que de la croire morte.

Maintenant, ils n'avaient plus qu'à attendre sous la surface de l'eau, agrippés l'un à l'autre. Il distinguait des faisceaux lumineux provenant du pont. Des lampes-torches. Arellano voulait certainement s'assurer que son coéquipier voyait le mannequin avant qu'il soit entraîné par le courant et disparaisse de leur vue.

Ils restèrent ainsi environ un quart d'heure, alors que Luke guettait le signal qui devait venir de la rive. Lorsqu'une vive lueur jaillit, il sut qu'ils pouvaient sortir de l'eau. C'était Brax, qui leur annonçait que les policiers étaient repartis avec les deux véhicules. Claire avait bien veillé à laisser la clé sur le contact, afin qu'Arellano et Fisher puissent faire disparaître sa voiture, effaçant toute trace compromettante.

Ainsi, Ballard penserait que Claire avait été tuée sur son ordre, et que ce forfait ne serait pas découvert.

Du moins, ils espéraient qu'il croirait cela…

Luke ramena Claire à la surface avec lui. Là, elle arracha le détendeur de sa bouche, et prit une bouffée d'air frais.

— Je n'arrive pas à croire que ça ait marché, murmura-t-elle en claquant des dents.

— Tu n'as pas confiance en moi, chaton ?

Il parlait à voix basse, d'un ton taquin. Comme si c'était tout à fait normal pour eux de nager dans la rivière au beau milieu de la nuit… et pour elle d'avoir feint d'être touchée par une balle et de se laisser tomber dans l'eau.

Mon Dieu, combien il l'aimait ! Elle était si forte, si courageuse !

Il n'était même pas certain qu'il aurait eu le cran de se jeter d'un pont, que sa chute ait été préparée ou non.

Il l'aida à nager jusqu'à la rive, où Brax les attendait avec des serviettes et sa voiture.

— Tu as été parfaite ! murmura Brax en lui tendant un drap de bain, alors que Luke ôtait son masque et déposait à terre ses bouteilles d'oxygène. J'étais certain que tu y arriverais.

— Oui...

Sa voix était tremblante, même s'il était clair qu'elle essayait d'avoir l'air gaie et soulagée.

— Allons à la maison, déclara Luke.

Il la fit monter sur le siège arrière de la voiture de Brax, et remarqua qu'elle frissonnait et claquait des dents. Il eut le sentiment que cela n'était pas seulement dû au froid et à ses vêtements mouillés et, pendant que Brax conduisait, il la tint serrée tout contre lui pour la réchauffer et la réconforter.

Certes, elle avait fait le plus dur. Elle était en sécurité, maintenant que Ballard la pensait morte. Mais cela ne signifiait pas que l'énormité de ce qu'elle venait d'accomplir n'allait pas lui apparaître soudainement, et qu'elle n'allait pas se mettre à penser à tout ce qui aurait pu mal se passer. Et si c'était Fisher qui avait fait feu sur elle ? Il était en dehors de la combine, et ignorait que son équipier avait pactisé avec l'ennemi pour sauver son épouse.

Cette femme était-elle en sécurité maintenant ? Luke l'espérait. Il n'avait aucun grief personnel envers Arellano. Ballard savait choisir ses victimes et les capturer dans sa toile.

— Tu es certain qu'ils ne vont pas retrouver le mannequin ? demanda Claire en redressant la tête.

Il croisa son regard, et ses yeux lui semblèrent plus grands qu'à l'accoutumée.

— Non. Il va être emporté vers le Guadalupe, et finira dans le golfe du Mexique. Ils sont assez occupés à cacher ou détruire ta voiture, afin d'effacer toute trace de ce qui vient de se passer. Lorsqu'ils auront terminé, le mannequin sera loin. Ne t'inquiète pas.

— J'espère que tu as raison.

Elle avait du mal à le croire… Mais il comprenait sa réaction.

Il aurait eu la même s'il avait été aussi durement éprouvé qu'elle par Ballard. Et elle n'avait pas seulement été blessée par cette ordure : la vie s'était chargée de lui donner des coups. Il n'était pas étonnant qu'elle ait du mal à se détendre.

Si les choses dépendaient de lui, elle serait désormais à l'abri du danger.

— Et maintenant, qu'allons-nous faire ? demanda-t-elle.

Elle avait reposé la tête sur son épaule, et elle laissa échapper un petit soupir en se blottissant contre lui.

Il caressa ses cheveux mouillés, tout imprégnés de l'odeur de la rivière.

— Pour commencer, nous allons prendre une douche.

Elle eut un petit rire.

— Cela va sans dire.

— Ensuite, nous allons dormir. Nous en avons besoin, après avoir passé toute la nuit dernière à mettre au point les détails du plan. Mais cela en valait la peine.

— Tu sais, j'apprécie beaucoup la façon dont tu prends soin de moi…

— Merci.

Il sentait qu'elle n'avait pas terminé.

— Mais je n'ai pas besoin que tu me dises de dormir. Je sais quand j'en ai besoin. Je ne parlais pas de ce soir. Mais quelle est la prochaine étape ?

Il croisa le regard de Brax dans le rétroviseur, et y vit une lueur moqueuse. Visiblement, la conversation l'amusait. S'ils étaient encore enfants, ce petit sourire lui aurait certainement valu un coup de poing.

Et même maintenant à vrai dire, cela ne lui semblait pas une si mauvaise idée.

— Tu ne penses pas que prendre un peu de repos suffit pour l'instant ? demanda-t-il à Claire d'une voix plus douce qu'auparavant. Il y a à peine trois quarts d'heure, tu as mis en scène ta propre mort. Ce que tu viens d'accomplir te donne tout de même le droit de relâcher la pression pour un temps, non ?

Elle demeura silencieuse, ce qui n'était pas forcément bon signe. C'était souvent l'attitude qu'adoptait sa mère lorsqu'elle était agacée par son père.

Il préféra donc ne pas insister.

Le trajet jusqu'à leur cachette lui sembla durer une éternité, à cause des tours et de détours que fit Brax pour s'y rendre.

— Simple précaution, marmonna-t-il plus d'une fois, les faisant passer par des routes plongées dans l'obscurité, et effectuant parfois un demi-tour.

Lorsqu'il fut certain qu'ils n'étaient pas suivis, il prit alors la direction de leur planque.

Personne ne les y attendait. Weston et Chance avaient fait en sorte qu'on les remarque en ville, avant d'aller passer la soirée chez eux – bien avant que Claire ne joue son drame en un acte avec Arellano – au cas où Ballard les surveille.

Brax entra le premier, et vérifia que tout allait bien avant de leur faire signe de le suivre. Luke guida alors rapidement Claire vers la porte, la tenant par la taille, et regardant de droite et de gauche.

Lorsqu'ils furent entrés et qu'il put constater de lui-même qu'ils étaient en sécurité, il s'autorisa à respirer. Personne ne l'avait jamais vu manquer d'énergie, mais il se sentait épuisé, maintenant que l'excitation de l'action était retombée.

— Tu vas bien ? lui demanda Brax pendant que Claire prenait une douche pour se débarrasser de l'odeur persistante de la rivière.

Ses sourcils froncés trahissaient son inquiétude.

— Oui. Je suis heureux que ce soit fini, c'est certain !

— Tu t'es fait du souci pour elle.

— Tu crois ? Bien sûr. Je n'ai jamais trouvé le temps si long qu'entre le moment où elle est arrivée sur ce pont et celui où je l'ai récupérée dans l'eau.

— Elle a du cran, je dois le reconnaître. Elle a bien supporté la pression.

Brax lui donna un coup de coude, et son sourire eut soudain un peu de son espièglerie habituelle.

— Tu as bien choisi.

Brax ne pouvait pas comprendre, alors Luke n'essaya même pas de le lui expliquer : il n'avait pas choisi. Dès qu'il avait rencontré Claire, quelque chose en elle l'avait touché au plus profond de son être. Peut-être que sa nature protectrice avait senti qu'elle avait besoin de lui.

Il ôta sa combinaison de plongée et s'engouffra sous la douche aussitôt que Claire eût fini. Elle avait la peau toute rouge, comme si elle s'était frottée de toutes ses forces. C'était bien compréhensible. Lui se savonna à deux reprises et se rinça avec une eau si chaude que c'en était presque pénible.

Il la trouva assise sur le lit, en train de se démêler les cheveux, et il sentit son cœur se gonfler de soulagement.

— Au cas où je ne te l'aurais pas dit clairement auparavant, tu as été formidable !

Il se sécha et s'habilla rapidement avant de venir s'asseoir à côté d'elle.

— Tu n'aurais pas pu mieux faire ! J'espère que je ne te semble pas condescendant si je te dis que j'ai été très fier de toi !

Elle lui prit les mains.

— Tu ne me sembles pas condescendant du tout. Je suis simplement heureuse que tout soit terminé.

Il s'apprêtait à la prendre dans ses bras, mais elle se leva d'un bond.

— Je sais comment mettre un terme à cette situation.

Luke eut du mal à contenir sa surprise devant cette déclaration soudaine, faite sur un ton si résolu.

— Ah bon ?

Elle hocha la tête, l'air catégorique.

— Oui. J'y ai réfléchi pendant que nous étions en train d'élaborer le stratagème de ce soir. C'était comme si j'avais un programme qui tournait en tâche de fond dans un coin de mon cerveau.

Elle eut comme un petit sourire d'excuse.

— D'accord. Que veux-tu faire ?

Il y avait de la détermination dans son attitude, une pointe de dureté dans son regard. Même s'il aurait voulu lui ôter toute raison de se comporter ainsi, il devait bien reconnaître qu'il était fier d'elle... de son ingéniosité, de ses compétences, de son courage.

— Ballard a un besoin maladif de se sentir en sécurité, n'est-ce pas ?

Elle n'attendit même pas qu'il réponde, et poursuivit :

— Il trouve des types pour faire le sale boulot à sa place. Il s'entoure de pare-feu et de systèmes de surveillance comme s'il voulait se protéger du monde entier.

— Seul un homme qui n'a pas la conscience tranquille peut en arriver à de telles extrémités, remarqua Luke.

Claire hocha la tête.

— Exactement. Mais cette apparente sécurité n'est qu'une illusion. Il suffit d'une personne qui sache où chercher et comment contourner ses défenses pour le faire tomber.

— Et tu es cette personne.

— Oui.

Elle leva le menton comme si elle le mettait au défi de la contredire, mais il n'en avait pas l'intention.

— Et cela veut dire quoi ?

— Que je vais utiliser son système de sécurité pour le retourner contre lui. Contre eux tous.

22

Brax Patterson avait vraiment du talent à revendre.

— Je t'avais bien dit qu'il réussirait, déclara Luke en souriant, lorsque son frère lui eut confirmé que la première phase s'était bien déroulée.

Il s'agissait là de leur ultime plan, celui qui mettrait un terme à leurs problèmes si tout se déroulait comme ils l'avaient prévu.

Non. Si tout se déroulait comme *elle* l'avait prévu. Tout était entre ses mains maintenant, et Claire pouvait presque goûter la saveur de la victoire. Du moment que Ballard agissait conformément à son schéma habituel, tout irait bien. Et s'il y avait une chose qu'elle avait fini par comprendre concernant Ballard, c'était qu'il manquait totalement d'imagination.

Tous auraient pu anticiper ce qu'il avait fait jusque-là, s'ils avaient voulu se mettre dans la peau d'un sociopathe avide de pouvoir.

L'erreur de Ballard avait été de penser qu'elle n'était ni forte, ni intelligente, ni capable. Son regard s'était posé sur elle, et il n'avait rien vu. Personne.

Être contré par quelqu'un qu'il jugeait si insignifiant avait dû infliger un coup sévère à son ego. Quelle part de la rage qu'il avait mise à la retrouver trouvait sa source dans la peur de ce qu'elle pouvait révéler, et quelle part dans son orgueil blessé ?

Luke activa le haut-parleur de son téléphone prépayé.

— Tu l'as ? demanda Claire.

Khan, désireux comme toujours de monopoliser l'attention, prit cela comme une invitation à sauter sur ses genoux.

Elle déposa un léger baiser sur sa tête. Il était son chat chéri, après tout.

— Oui, je l'ai.

Il était clair que Brax prononçait ces paroles avec un large sourire, et qu'il était fier de lui.

— Ça a été plus facile que je ne le pensais : toutes les filles de cette entreprise sont vraiment en mal d'amour ! Elle était trop contente de s'arrêter pour discuter un peu avec moi en allant prendre sa voiture.

— Ou alors, tu es peut-être le don Juan le plus redoutable qui ait jamais existé, et elle n'a pas pu faire autrement que tomber sous ton charme.

— Arrête : tu vas me faire rougir.

Luke eut un petit rire.

— Bon, revenons à nos affaires. Tu es en possession d'un badge, ce qui signifie que nous pourrons avoir accès au bâtiment cette nuit. Weston s'est procuré le nouvel ordinateur, et il arrive avec. Claire saura quoi en faire lorsqu'elle l'aura en main.

Elle hocha la tête, tout en se demandant dans quelle mesure c'était vrai. Une fois de plus, elle doutait d'elle-même, alors qu'elle avait été si sûre de son plan ! Elle en voyait très clairement chaque étape, toutes les procédures qu'elle avait à suivre.

Il ne restait plus qu'à le mettre à exécution.

Weston avait suivi ses instructions à la lettre, trouvant un ordinateur qui avait les spécificités techniques requises : de la puissance, de la vitesse… De la vitesse surtout, car lorsque tout commencerait, il faudrait que ce soit rapide.

Et ce serait à elle de jouer.

Le plus dur était peut-être bien d'attendre. Mais au moins, il y avait une tâche qui la tenait occupée : pirater le flux vidéo des caméras de surveillance.

— Tu es certain qu'on ne va pas le remarquer ? demanda Luke en se penchant sur elle, les yeux rivés sur l'écran.

— Certaine. Je n'arrête pas le flux : je fais passer les mêmes vingt minutes en boucle, pour que les gardiens aient l'impression qu'il ne se passe rien d'anormal pendant que nous travaillerons.

— Pendant que *tu* travailleras, tu veux dire.

Elle prit une seconde pour déposer un baiser sur sa joue avant de se concentrer à nouveau sur sa tâche.

— Tu es trop gentil. Nous savons bien tous les deux que toi aussi, tu auras un rôle important à jouer !

Jamais elle ne serait entrée seule dans ce bâtiment. D'ailleurs, même si elle en avait eu le courage, Luke ne l'aurait pas permis.

— Si tout se passe bien, je n'aurai pas grand-chose à faire. Je risque de m'ennuyer, répliqua-t-il.

Elle ravala son commentaire. C'était bien d'être optimiste, mais elle préférait ne pas vendre la peau de l'ours avant de l'avoir tué.

Il n'y avait pas si longtemps de cela, Ballard avait commandité le meurtre de ses proches, et malgré elle, elle ne pouvait s'empêcher de craindre qu'il s'en prenne à celui qui était devenu tout pour elle.

Il était minuit passé lorsqu'ils partirent, avec deux voitures. Elle était dans celle où se trouvaient Luke et Weston, pendant que Brax et Chance prenaient par précaution un second véhicule. S'il arrivait quelque chose, cela serait préférable pour fuir plus rapidement.

Quoi qu'il en soit, elle était persuadée qu'aucun des frères Patterson ne laisserait l'un d'entre eux derrière lui.

Lorsqu'elle entra dans le parking, elle eut l'impression de remonter le temps, et d'être ramenée à des jours meilleurs. Elle n'avait peut-être jamais adoré son travail – c'était surtout pour elle un gagne-pain – mais sa vie était beaucoup plus simple à l'époque.

Et beaucoup plus solitaire. Luke n'était alors qu'un souvenir lointain.

À tout prendre, elle préférait la situation présente.

— Tu es prête ?

Luke arrêta le moteur et se tourna vers elle. La tension de sa mâchoire et ses sourcils froncés lui disaient tout le souci qu'il se faisait pour elle.

La moindre des choses était qu'elle redresse les épaules.

— Oui, je suis prête.

Elle enfila précautionneusement les lanières de son sac à dos, sachant que Khan n'aimait pas être secoué. Il avait déjà enduré bien des tribulations... tout comme elle, d'ailleurs.

— Tu es sûre que c'est une bonne idée de l'emmener ? demanda Weston, visiblement convaincu du contraire.

Luke avait compris, lui.

— Impossible de séparer ces deux-là. Elle préférerait me laisser à la maison que son chat-chien.

Elle sourit, mais ne prit pas la peine de rectifier ses propos. Il n'avait pas tout à fait tort.

Ils utilisèrent le badge que Brax avait dérobé à la fille avec laquelle il avait flirté dans l'après-midi pour entrer dans le bâtiment sans déclencher les alarmes. Mais même si jusque-là, tout avait semblé facile, il ne fallait pas traîner. Ils filèrent vers l'ascenseur pour se rendre aux étages où ils allaient travailler.

— Vous avez les numéros de vos terminaux et vos codes d'accès ? leur demanda-t-elle, même si elle savait que la réponse était positive.

Ils étaient des professionnels, et n'auraient jamais négligé un élément aussi important. Mais le fait de leur poser la question la tranquillisa.

Brax prit en charge un étage. Chance, le suivant, Weston sortit ensuite, et Claire et Luke quittèrent l'ascenseur au niveau où se trouvait son ancien bureau. De nouveau, elle fut presque prise à la gorge par le sentiment que le passé et le présent se mêlaient. Elle prit une profonde inspiration, et chassa cette idée de son esprit.

Luke se mit à faire le guet, utilisant son oreillette pour communiquer avec ses frères et s'assurer qu'ils avaient réussi à se connecter à leur terminal.

— C'est bon. Ils sont prêts, marmonna-t-il.

Claire prit un fauteuil, laissant Khan et le sac à dos sous le bureau. Elle ouvrit ensuite l'ordinateur portable et y brancha le disque dur externe qu'elle avait précieusement gardé… celui contenant les fichiers pour lesquels Julia avait perdu la vie.

Quelque chose en elle prit alors le relais. C'était comme si son subconscient entrait en action. Elle n'avait plus à réfléchir. Du moment qu'elle pouvait se détendre et faire confiance à ses instincts, tout irait bien pour elle.

C'était pour les autres qu'elle se faisait du souci.

— C'est bon. Phase 1, déclara-t-elle.

Elle appuya sur le bouton, et laissa le programme se dérouler. Chacun des terminaux sur lesquels les frères de Luke s'étaient connectés semblerait être celui qui tentait d'avoir accès au réseau, là où se trouvait le fichier dans lequel Claire avait caché la vidéo du meurtre de Julia.

Pendant ce temps, Luke utilisait une tablette pour surveiller le flux réel des caméras de surveillance – celui sur lequel on pouvait voir ses frères, et non celui que Claire faisait apparaître sur les écrans des gardiens.

— Ils ne nous ont pas remarqués, déclara-t-il. Tout va bien.

Elle l'entendit à moitié, tant elle était absorbée par l'examen de toutes les couches de sécurité mises en place pour l'arrêter.

Elles semblaient impénétrables… enfin, presque.

— Les communications téléphoniques sont coupées, murmura-t-elle. On ne peut pas appeler hors du bâtiment. Les fréquences radio sont brouillées, elles aussi.

Luke annonça cela à ses frères, confirmant que la phase suivante était terminée. Si les gardiens avaient vent de leur présence, ils ne pourraient pas appeler la police, ni demander l'aide des sbires de Ballard. Mais il n'y aurait plus de communication téléphonique possible entre eux, non plus.

Était-ce la sueur qu'elle sentait couler dans son dos ?

— Tout se passe bien ? murmura Luke derrière elle.

Elle ne quittait pas l'écran des yeux.

— Ça va.

Même si les gardiens s'apercevaient de quelque chose, les frères Patterson disposaient chacun d'identifiants pour quatre terminaux. Ils savaient déjà quel était le prochain sur lequel ils allaient se connecter, puis le suivant.

L'idée était que les gardiens ne sachent plus où donner de la tête et courent d'un étage à l'autre, d'un terminal à l'autre, sans trouver personne. Luke montait la garde pour prévenir ses frères si les gardiens approchaient, et leur dire d'aller rapidement ailleurs.

Il marmonna un juron.

— Les voilà ! Chance, tu dois partir. Immédiatement.

Ses doigts pianotaient sur le clavier plus vite que jamais. Ils étaient déjà en retard sur leurs prévisions.

— Brax, va vers ton prochain terminal. Allez ! ordonna Luke.

Elle sentait la sueur couler dans son dos. La barre indiquant que le décryptage des données était en cours s'allongeait peu à peu. Elle n'allait pas assez vite, même si elle savait qu'il ne faudrait plus qu'une minute pour que le processus arrive à son terme.

La plus longue minute de sa vie…

— Weston, deux gardiens arrivent vers toi. L'un vient de l'étage supérieur, l'autre de l'étage inférieur.

La voix de Luke était tendue et rauque. Son inquiétude était manifeste.

Pus vite, plus vite ! Weston va se faire prendre.

Luke posa la main sur son épaule.

— Claire, il faut que tu mettes tout en pause. Je dois aller aider

Weston, et je ne veux pas que tu risques d'attirer les gardiens vers toi pendant ce temps.

— Je ne peux pas ! Nous sommes trop près du but.

— Weston a besoin de moi. S'ils le trouvent, ils vont le tuer, tu le sais. C'est moi qui suis le plus proche, donc c'est à moi d'y aller.

Il déposa la tablette sur le bureau, près de son ordinateur.

— Reste là. Ne bouge pas. Je reviens immédiatement, je te le jure.

Il déposa sur ses lèvres un baiser dur, presque désespéré, avant de s'éloigner.

Sur l'écran de la tablette, elle regarda le flux de sécurité la gorge serrée, voyant les gardiens se rapprocher inexorablement de Weston, alors que la victoire filait comme du sable entre ses doigts.

23

— Vas-y, Luke, vas-y !

Claire se mordait la lèvre jusqu'au sang en regardant Luke sur l'écran de la tablette qu'il avait laissée sur son bureau.

Elle ne s'était pas préparée à cette angoisse qui lui donnait la nausée… à ce sentiment de voir sa vie se briser en temps réel…

Et si les gardiens lui tiraient dessus ?

Et s'ils le tuaient ?

Khan s'agitait dans le sac posé à ses pieds. Il sentait son angoisse, comme toujours. Elle ne parvenait pas à prononcer des paroles qui auraient pu le tranquilliser. Et qui la réconforterait, elle, si elle perdait Luke ?

Tout était sa faute.

Il y eut du mouvement sur une autre partie de l'écran, en provenance d'une autre caméra de surveillance. Chance se dirigeait vers le terminal suivant… et allait droit sur deux gardiens qui patrouillaient, leurs armes à la main.

— Non, souffla-t-elle, sentant le cœur lui manquer.

Son ventre se serra si fort qu'elle crut qu'elle allait vomir de peur.

Elle n'avait aucun moyen de le prévenir. Pourquoi n'avait-elle pas pensé à mettre elle-même une oreillette ? Elle pouvait seulement être une spectatrice totalement impuissante de ce qui allait se passer.

Comme toujours dans sa vie, elle subissait.

Et elle en avait assez.

Elle comprit soudain qu'elle avait un moyen d'action.

Parce qu'au point où ils en étaient, s'ils devaient mourir, autant que ce soit pour une bonne cause.

Elle se pencha à nouveau sur le clavier, et remit le programme de décryptage en marche. Luke lui avait demandé de l'interrompre, et pour une fois, elle n'aurait pas dû l'écouter. Ils étaient en train de perdre un temps précieux.

Pour le moins, remettre le processus en marche attirerait les gardiens vers elle et les éloignerait des frères Patterson.

Était-elle capable de leur faire face ? Pouvait-elle se mettre dans une telle situation ?

— Oui, décida-t-elle, parce que Luke, Brax, Weston et Chance font cela pour moi.

Khan miaula, exprimant son assentiment.

Chaque seconde lui semblait durer une heure. Claire ne cessait de regarder alternativement l'écran de son ordinateur et celui de la tablette. Mais Luke avait disparu.

Elle ne parvenait à plus à respirer. Ses poumons refusaient de prendre de l'air.

Non, Luke était là, en train de monter un escalier, plaqué contre le mur. Weston le suivait... Elle sentit la pression sur la poitrine s'alléger.

Mais ils n'étaient pas tirés d'affaire pour autant, loin de là ! *On croirait que ces gardiens se sont clonés !* Il y en avait partout maintenant.

Une minute seulement. Peut-être deux. Ils n'avaient pas besoin de plus.

Son cœur fit un bond lorsqu'elle entendit une porte se refermer. Elle retint son souffle et s'immobilisa. Quelqu'un se trouvait à cet étage avec elle...

Sa tête resta immobile, mais pas son regard. Elle posa les yeux sur la tablette et vit Luke, Weston, Chance, puis Brax.

Ce n'était pas l'un d'entre eux.

Un des gardiens ? Peut-être... La barre indiquant la progression du décryptage avançait lentement. Pouvait-elle gagner du temps ?

Des bruits de pas... plus proches maintenant... Les larmes emplirent ses yeux, mais elle réussit à lever sa main et à les essuyer. Ce n'était pas le moment de pleurer.

Que ferait Luke ? Que voudrait-il qu'elle fasse ?

Elle se mit à pianoter sur l'ordinateur, puis se retourna, cachant l'écran du mieux qu'elle le pouvait avec son corps.

Son cœur s'arrêta lorsqu'elle vit qui lui faisait face.

Il n'était pas étonnant qu'il ait avancé si lentement. Il jouait avec elle... une fois de plus.

— Bonjour, Claire.

Vance Ballard lui adressa ce sourire éclatant qu'il réservait d'habitude aux médias, lorsqu'il endossait le rôle du chef d'entreprise bienveillant.

— Tu n'as pas idée des efforts que j'ai déployés pour te trouver... ni à quel point tu m'as contrarié. Et je déteste être contrarié.

— Vous n'avez pas l'air surpris de me voir, murmura-t-elle.

Elle brûlait de vérifier la progression du décryptage sur l'écran, mais elle n'osait détourner le regard.

Seul un simple d'esprit aurait quitté des yeux un serpent ondulant vers lui.

— C'est parce que je ne suis pas surpris.

Il se planta devant elle, et croisa les bras. Levant le menton, il la toisa et déclara :

— Je n'ai pas cru un seul instant que tu étais morte.

Elle déglutit péniblement. Quelle conséquence cela avait-il eue pour la femme d'Arellano ?

— Ah bon ? Vous n'y avez pas cru ?

Penchant la tête sur le côté, il prit l'air déçu d'un père faisant des reproches à son enfant.

— Voyons, Claire, nous savons tous les deux qui tu es : tu n'es pas assez courageuse pour faire face à deux policiers armés sans avoir une idée derrière la tête. Dès que ces deux incapables sont venus m'annoncer la nouvelle, je me suis douté qu'il y avait anguille sous roche.

— Vous auriez pu poursuivre les recherches... Alerter les médias...

— Non, cela n'aurait pas marché, répondit-il en secouant la tête. Il fallait que tu sois convaincue que j'avais mordu à l'hameçon... Ce qui veut dire que j'ai dû relâcher la femme de ce policier, si difficile que cela ait été pour moi.

Au moins, cette partie de leur plan avait marché.

— Pourquoi la laisser partir, demanda-t-elle, si vous saviez que tout cela était une mise en scène ?

— Arellano ne m'était plus utile, et je ne pouvais pas courir le risque qu'il te contacte. Je l'ai laissé quitter la ville avec sa femme. Il est parti pour ne plus revenir. Cela m'importe peu.

Il eut un petit rire.

— D'ailleurs, qui le croirait s'il parlait ?

Où se trouvaient Luke et ses frères ?

Où en était le décryptage ?

Elle humecta ses lèvres desséchées.

— Nous pourrions confirmer ses dires, vous savez.

— Tu ne vivras pas assez longtemps pour cela, Claire.

Il rit doucement, mais son regard était dur.

— Vous pensez que vous allez me tuer maintenant ?

Comme lui, elle eut un petit rire. *Autant qu'il sache lui aussi ce que l'on ressent quand on se moque de vous.*

— Vous avez essayé tant de fois... Vous pensez que ça va marcher cette fois ?

— Tu as été assez stupide pour entrer ici et me faciliter la tâche.

Il leva les mains au ciel avec un soupir forcé.

— Voyons, Claire, je te connais. Je sais tout sur toi ! C'est pour cela que j'étais convaincu que tu étais incapable d'avoir le courage de faire face à ces hommes, si tu n'étais pas absolument certaine que tu ne risquais rien.

— Je n'en étais pas certaine. L'autre aurait pu me tuer. Et tomber du pont était dang...

Son rire moqueur l'interrompit.

— Je t'en prie ! Une petite chose peureuse comme toi ? Nous savons tous les deux que tu te serais effondrée et que tu aurais tremblé comme une feuille si tu ne t'étais pas mise dans cette situation en étant presque sûre de tes chances de succès !

Avant qu'elle ne puisse lui répondre, il poursuivit :

— Je sais tout ce qu'il y a à savoir sur toi. Tu ne l'as toujours pas compris ? Comment penses-tu que j'aie pu retrouver tes familles d'accueil ?

Elle sentit sa gorge se serrer, et étouffa un sanglot.

Elle vit la commissure de ses lèvres se plisser, et elle comprit qu'il prenait du plaisir à la voir souffrir.

— Je sais où appuyer pour te faire mal. Je connais tes faiblesses. L'information, c'est mon métier, Claire. Tu devrais le savoir maintenant. N'est-ce pas la clé de tout ?

— L'information ?

— Et le pouvoir qu'elle confère. Attention : tout le monde n'est pas capable d'exercer ce pouvoir ! Même la lame la plus aiguisée n'est rien dans les mains d'un incapable.

— Je saurai m'en souvenir.

— Tu n'auras pas à t'en souvenir.

De moqueuse, l'expression de son visage devint dure.

Il plongea la main dans la poche intérieure de sa veste, et en sortit un pistolet semi-automatique.

— Bien que je sois ravi d'avoir pu parler avec toi, Claire... Si, vraiment, je le suis. Je voulais avoir l'occasion de le faire avant de mettre un terme à ta petite existence inutile.

— Inutile ?

Elle se força à ne pas avoir un mouvement de recul à la vue de cette arme, et à ne pas baisser les yeux.

— J'ai créé le programme que vous allez utiliser pour voler

ces informations dont vous êtes si friand. Cela prouve plutôt le contraire !

— Tu es inutile parce que tu vas laisser derrière toi toute cette connaissance, tout ce pouvoir. Tout était à ta portée, et tu as laissé passer ta chance. Tu étais trop obsédée par ton honnêteté, ton intégrité, et tous ces jolis mots que les gens utilisent pour masquer leurs faiblesses, et ne pas se donner les moyens de leurs envies.

— Mais je n'avais pas envie de cela. Ni Julia.

— Et c'est la raison pour laquelle vous n'êtes pas indispensables. Il n'y a pas de place pour les faibles, Claire. Je ne fais qu'arracher les mauvaises herbes.

Elle sentit son sang se glacer lorsqu'il leva son arme et la pointa sur elle. Elle vit sa main trembler, mais très légèrement. Il allait tirer.

Et c'est alors qu'elle entendit le son le plus doux qui soit : le petit tintement annonçant que le programme s'était exécuté jusqu'à son terme.

Elle ne put retenir un sourire.

— Merci, monsieur Ballard.

Il fronça les sourcils, mais garda son arme pointée sur elle.

— Pour quelle raison ?

— Pour avoir laissé mon programme de décryptage se poursuivre jusqu'à la fin.

Elle n'avait pas subi toutes ces épreuves en vain : la traque dont elle avait fait l'objet, la crainte que sa vie se termine à tout moment...

Sa peur, sa douleur, tout trouvait sa justification dans la terreur qu'elle lisait maintenant sur son visage.

— Tu mens !

Il baissa son arme, mais courut vers elle, la poussa sur le côté, et se pencha sur l'ordinateur.

— Qu'as-tu fait ?

— Ce que je suis venue accomplir ici.

Elle jeta un coup d'œil à la tablette, espérant que quelqu'un allait venir. Vite.

— C'est-à-dire ?

— Vous saviez que j'avais enregistré le meurtre de Julia. Je parie que vous avez essayé de trouver le fichier, mais la petite chose peureuse et stupide que je suis l'avait caché dans un endroit où vous n'auriez jamais pensé à le chercher... Et même si vous l'aviez trouvé, et vous n'auriez pas su le décrypter. Vous utilisez toujours les compétences des autres pour masquer vos propres faiblesses.

C'était presque drôle, et elle aurait goûté la situation si elle avait été certaine qu'aucun des frères Patterson n'était en danger.

Que Luke était bien vivant.

— Non ! Non ! Qu'as-tu fait ?

Il mit son arme dans sa poche, et commença à pianoter frénétiquement sur le clavier tout en marmonnant des invectives.

— Ce que j'ai fait ? À vous, je suppose ?

Oui, elle se sentait forte maintenant. Elle l'avait toujours été. Mais il était beaucoup plus facile d'en avoir conscience lorsque le monstre qu'elle avait devant elle était en train de perdre la face.

Elle le regarda alors qu'il se décomposait. Le plaisir qu'elle ressentit à le voir paniquer était inexprimable.

— Je devrais vous remercier d'être venu me parler, car cela m'a donné le temps dont j'avais besoin pour que le programme s'exécute. Je savais que si je commençais à vous poser des questions, vous n'alliez pas résister et perdre une occasion de vous vanter.

— Tais-toi, gronda-t-il tout en s'évertuant à taper sur les touches, le souffle court.

— Et qu'essayez-vous de faire ? De détruire le fichier ? Et que voulez-vous faire du disque dur externe relié à la machine ? Il contient tous les fichiers que Julia m'a envoyés, toutes les preuves de ce que vous aviez l'intention de faire avec votre application.

Vous devriez essayer de le détruire, lui aussi, avant que toutes ces informations ne tombent dans de mauvaises mains.

Il poussa un autre juron.

— Tu vas me le payer, Claire Wallace !

Il se leva, et fit un pas en arrière lorsqu'un message s'afficha sur l'écran.

Seulement quatre mots sur un écran par ailleurs noir.

Fichiers envoyés. Programme terminé

— Qu'est-ce que ça signifie ?

Il se retourna vers elle, l'air paniqué, les yeux exorbités.

— Qu'as-tu fait ?

— C'est vous qui l'avez fait.

Elle désigna l'écran d'un coup de mention

— Vous avez déclenché le programme que j'ai créé. Si vous n'aviez pas touché à ce clavier, les fichiers seraient restés ici, sur cette machine.

— Et maintenant ? hurla-t-il, le visage cramoisi.

— Maintenant, vous venez de les envoyer à la police de San Antonio.

La panique fit place à la terreur.

— Non. C'est du bluff.

— Le meurtre de Julia... Les fichiers qu'elle m'a transmis pour prouver que vous aviez l'intention de voler les données de vos clients... Tout est ici, et maintenant, la police les a aussi.

— Tu mens !

— Attendez et vous verrez. Je pense qu'ils sont déjà en train d'ouvrir leur mail, et qu'il ne va pas leur falloir longtemps pour venir frapper à votre porte.

Lorsqu'il ne répondit rien et la considéra bouche bée, elle haussa les épaules.

— Je vous connais, moi aussi, monsieur Ballard. Je savais que vous ne pourriez pas vous empêcher d'aller toucher cet ordinateur. C'est vous qui avez porté le coup fatal.

Il secoua la tête alors qu'il se mettait à trembler de tout son corps.

— Tu mens, murmura-t-il. Tu cherches à gagner du temps.

— Non.

— Si. Tu veux gagner du temps.

— Vous verrez bien.

Ils restèrent ainsi, face à face, les yeux dans les yeux, pendant ce qui lui sembla des heures, mais ne dura que quelques instants. Elle n'oublierait jamais l'excitation qu'elle ressentait, maintenant qu'elle avait la certitude d'avoir exposé ses méfaits au grand jour, à le voir prendre conscience que tout était fini.

Il savait qu'elle disait la vérité.

C'est la raison pour laquelle il sortit à nouveau son arme et la pointa sur sa poitrine.

— Tu vas mourir.

24

Luke sentait l'angoisse monter en lui.

Il avait laissé Claire seule bien trop longtemps.

— Luke, ralentis !

C'était Weston qui s'était s'engagé dans l'escalier derrière lui, et qui l'appelait à voix basse.

C'était facile à dire pour lui. Weston aurait-il pu ralentir si la femme qu'il aimait était seule et sans protection ?

Il ne prit pas la peine de lui répondre. Au lieu de cela, il ouvrit la porte de l'étage où se trouvait Claire, et balaya l'endroit du regard. Il semblait vide, comme auparavant.

Mais quelque chose était différent...

Claire parlait. Il distinguait seulement le son de sa voix. Et même si Luke savait qu'elle pouvait entretenir toute une conversation avec son chat...

Il se mit en marche, avançant rapidement et silencieusement.

Il aurait dû savoir. Comment avait-il pu ne pas prévoir cela ?

Il avait dégainé son arme. Dans son oreillette, il distinguait vaguement les voix de ses frères qui prenaient des nouvelles pour savoir où chacun en était, mais il était tout concentré sur son but.

Et sur l'homme qui venait de pointer son arme sur elle.

— Tu vas mourir, cracha Ballard.

Luke saisit la situation en une seconde.

Ballard avait l'air hagard. Il était ruisselant de sueur, le teint blafard.

Quant à Claire, malgré l'arme qui était pointée sur elle, elle semblait...

Triomphante.

Luke se mit lui aussi en position, visant la tête de Ballard. Il voulait à tout prix éviter d'en venir aux coups de feu, d'autant plus que cela mettrait Claire en danger. Mais s'il le fallait, il n'hésiterait pas.

Ce qui, il le craignait, était également la façon de penser de Ballard : rien ne l'arrêterait pour mettre un terme à la vie de Claire.

— Ballard, c'est fini.

Ballard tourna juste assez la tête pour apercevoir Luke, qui le menaçait de son arme.

— Vous avez raison. C'est fini. Mais pas pour moi.

Ballard se remit à fixer Claire du regard.

— Hé, reprit Luke, regardez-moi, Vance !

Ballard répliqua d'un ton mordant :

— N'essayez pas vos techniques éculées sur moi : m'appeler par mon prénom, tenter de me faire croire que vous êtes de mon côté et que tout cela peut bien se terminer... Nous savons tous les deux que non.

— Regardez-moi, Ballard.

Si ce type préférait qu'on l'appelle par son nom de famille, pas de problème.

— Vous avez raison, reprit Luke, nous savons tous les deux que ça ne va pas bien se terminer. Mais vous ne ferez qu'empirer la situation si vous la tuez.

— Empirer la situation ? répéta Ballard avec un rire qui avait des accents de folie. Si ce qu'elle dit est vrai et si la police est en possession de ces fichiers, je suis fichu. Mais je peux au moins avoir la satisfaction de la faire payer.

— Vous voulez la faire payer ?

Luke jeta un coup d'œil vers Claire. Elle tremblait, et avait les yeux écarquillés. Mais il n'osa pas quitter Ballard du regard plus longtemps.

— Vous n'en auriez pas envie ? demanda Ballard.

— Si, certainement, si j'étais à votre place. Je voudrais que la personne responsable de ma chute souffre, pour me venger.

— Alors nous sommes d'accord.

— Mais la tuer n'est pas la réponse. Je suis sérieux, insista-t-il lorsque Ballard eut un petit rire. Si vous lui ôtez la vie, c'est fini. Elle ne souffre pas, n'est-ce pas ?

Ballard resta silencieux, mais il garda son arme pointée sur Claire.

— Mais si vous me tuez ? Là, elle souffrira.

— Non ! s'écria Claire.

Luke lui lança un regard. Ce n'était pas le moment qu'elle essaie d'être héroïque.

— Vous m'entendez, Ballard ? Si vous me tuez, elle souffrira.

— Et pourquoi donc ? Ne me dites pas que vous vous aimez ! cracha Ballard avec tout le mépris dont il était capable.

— Je l'aime depuis que nous sommes enfants. Vous aviez raison, reconnut Luke, il y a bien un lien entre nous. Grâce au fait que mon nom de famille ait changé lorsque j'ai été adopté, vos hommes et vous n'aviez aucun moyen de savoir que nous nous connaissions. Nous nous sommes rencontrés dans un foyer, il y a bien longtemps. Elle s'est souvenue de moi, et est venue me demander de l'aide.

— Je pensais bien qu'il y avait quelque chose comme ça.

Luke considéra l'arme que Ballard pointait toujours sur Claire.

— Je l'aime, et je pense qu'elle m'aime, elle aussi. Mais même si ce n'est pas le cas, vous la connaissez assez pour savoir qu'elle passerait le reste de sa vie à se sentir coupable de ma mort. Vous voyez ce que je veux dire ? Alors que si vous la tuez maintenant, tout est fini.

Luke pointa son arme vers le plafond, et leva son autre main à la hauteur de l'épaule.

— Vance, regardez-moi.

— Ne fais pas ça ! le supplia Claire.

Luke continuait à fixer Ballard du regard, et voyait qu'il réfléchissait intensément.

Il voulait faire du mal à Claire. Il voulait qu'elle souffre.

Il voulait la voir mourir sous ses yeux pour lui avoir pris tout ce qui comptait pour lui : son pouvoir... son prestige...

— Tuez-moi, et elle va s'effondrer, promit Luke. Et honnêtement, Vance, je suis tout aussi responsable qu'elle de cette situation. Peut-être même plus. Sans moi, elle ne serait jamais allée si loin. Vous l'auriez attrapée depuis longtemps, et vous auriez mis un terme à cette histoire. C'est moi qui l'ai cachée, c'est moi qui ai mis sa mort en scène.

« Et vous savez quoi, conclut-il avec un large sourire, j'ai adoré le faire, parce que vous méritez qu'on vous fasse payer pour tous vos crimes. »

Ballard regarda alternativement Claire, puis Luke.

La main qui tenait l'arme resta immobile. Elle ne trembla même pas.

Ce que Luke avait tenté n'avait pas marché.

— Arrêtez de jouer au héros, Patterson, ricana Ballard. Je ne suis pas impressionné par vos jeux d'esprit. Et si vous êtes responsable de ce qui se passe, alors vous méritez autant qu'elle de souffrir. Je pense que la voir mourir sous vos yeux sera une punition appropriée.

— Non ! hurla Luke en se jetant en avant, sachant qu'il ne serait pas assez rapide.

Mais quelqu'un d'autre le fut.

Khan.

— Bon sang !

Ballard laissa échapper un cri de douleur et de surprise lorsqu'il sentit des griffes s'enfoncer dans son bras. Le chat avait bondi hors du sac à dos pour protéger sa maîtresse. Il avait sauté sur le bras qui tenait l'arme, et refusait de le lâcher.

Cela donna à Luke le temps qu'il lui fallait.

Il se jeta sur Ballard, et tous deux tombèrent lourdement sur le sol.

Ballard sembla à peine s'en apercevoir, puisqu'un chat qui se prenait pour un chien continuait à s'agripper à son bras de toutes ses griffes et de toutes ses dents.

— Enlevez-le ! Enlevez-le ! hurlait-il.

Luke força Khan à lâcher prise, et plaqua Ballard sur le sol.

— C'est fini, lâcha-t-il.

Maintenant que Claire était hors de danger, le dégoût et la rage l'envahissaient.

— Non !

Ballard se débattit, tentant de se dégager. Il tenait toujours l'arme qui se trouvait maintenant entre eux.

— Non ! Ça ne peut pas se terminer comme ça !

Luke lui saisit le poignet, et l'obligea à lâcher son pistolet.

Il le fit ensuite glisser loin d'eux, et décocha un coup de poing dans la mâchoire de Ballard, qui perdit connaissance.

C'était terminé.

— Arrêtez !

Deux hommes qui lui étaient maintenant familiers accouraient, leurs armes à la main.

Weston entra alors en action, suivi par Chance et Brax.

Lorsque l'un des types pointa son arme sur Chance. Weston se précipita sur lui, tête baissée, et se rua dans son estomac. Ils tombèrent tous deux à terre, et Weston ne tarda pas à avoir le dessus.

Chance et Brax eurent vite raison du second type, qui se rendit presque immédiatement compte qu'il n'était pas de taille à lutter contre deux hommes aguerris. Il leva les mains et laissa tomber son arme à terre. Il semblait presque soulagé que tout soit fini. Chance lui passa les menottes pendant que Weston faisait la même chose à l'individu qu'il avait maîtrisé.

Claire. Où était-elle ?

Luke se leva, laissant ses frères s'occuper de Ballard, toujours inconscient. Il regarda autour de lui, le souffle court.

— Claire ? parvint-il à crier. Où es-tu ?

Elle émergea du bureau sous lequel elle s'était cachée, serrant Khan contre elle.

— C'est fini ?

Il sentit son cœur se gonfler d'émotion, et ouvrit les bras.

— Oui. C'est terminé, grâce à ce chat d'attaque !

Weston éclata de rire.

— Et dire que je me demandais si c'était une bonne idée de l'emmener avec nous !

— Bravo, Khan, bravo, murmura Claire.

Ses joues ruisselaient de larmes qui venaient se perdre dans la fourrure du chat, pendant que Khan se léchait les pattes comme s'il n'avait rien fait de particulier.

Mais, songea Luke en les prenant tous les deux dans ses bras, il avait peut-être tout simplement la satisfaction du travail bien fait. C'était fort possible, connaissant le chat en question.

— J'ai cru que j'allais te perdre.

Il pouvait le lui avouer, maintenant qu'il la tenait, toute tremblante, contre lui.

— Ah bon ?

Il croisa son regard, et fut surpris de le trouver si aiguisé.

— À quoi pensais-tu lorsque tu lui as proposé de te tuer ? Tu sais qu'il aurait pu te prendre au mot ?

— Je ne l'aurais pas laissé faire, murmura-t-il en écartant ses cheveux de son visage. Dès qu'il aurait cessé de pointer son arme sur toi, j'aurais fait ce qu'il fallait pour me protéger.

— Tu en es sûr ?

— Tu doutes de moi, maintenant, chaton ?

Il pressa un baiser sur son front, les yeux fermés, remerciant le ciel que cette femme existe, et qu'elle soit celle qu'elle était.

Même maintenant, alors qu'elle venait tout juste d'échapper à la mort, elle pensait à lui reprocher de s'être mis en danger.

— La police arrive, annonça Brax avec un sourire satisfait.

Ce sourire ne dura qu'une seconde avant que la porte de l'escalier ne s'ouvre, et qu'une équipe de gardiens n'envahissent l'étage.

— Bon… lâcha Chance en levant les mains avec un sourire.

Il s'approcha des hommes et leur expliqua ce qui venait de se passer, ajoutant que la police arrivait et que tout s'éclaircirait alors.

Luke eut à peine conscience de tout cela. Il tenait Claire dans ses bras, et rien d'autre ne lui importait.

— Tu pensais vraiment ce que tu disais ?

Elle se tenait tout contre lui et sa voix était étouffée, mais il y perçut une note d'espoir.

— J'ai dit beaucoup de choses. Laquelle en particulier ?

— Tu sais ce dont je parle. Que tu m'aimes.

Elle leva vers lui ses yeux d'un bleu si profond et ajouta :

— C'est vrai ?

— Tu ne l'as toujours pas compris ?

Il éclata d'un rire incrédule.

— Tu penses que j'aurais fait tout cela pour n'importe qui ? Parce que la réponse est non.

Ses yeux se remplirent de larmes, mais il y lut aussi de la joie et de l'émerveillement. Il savait ce qu'elle ressentait.

— Tu sais, je t'aime moi aussi, répondit-elle avec un petit rire. Je n'arrive pas à croire que je ne te l'aie jamais dit avant. Je me disais que tu le savais.

Il l'embrassa doucement, tendrement, mettant dans ce baiser tous les espoirs et tous les rêves qu'il avait pour leur vie à deux.

Mais cela devrait attendre, car des hurlements de sirènes s'élevaient. Ils allaient devoir expliquer beaucoup de choses à la police…

25

C'était splendide.

Déjà lors de sa première visite avec Luke, six semaines plus tôt, Claire avait apprécié la beauté du site où se trouvait le chalet des Patterson. Même dans ces circonstances, elle avait pu ressentir que cet endroit dégageait une atmosphère particulière, imprégnée de quiétude et de sérénité. C'était comme si le monde moderne n'était pas arrivé jusque-là…

Et maintenant ? Qu'en pensait-elle quand elle ne sentait plus peser sur elle la menace d'une mort imminente ?

C'était le paradis.

D'autant plus qu'elle n'y était pas seule.

— Finalement, pêcher est beaucoup plus amusant que je ne le pensais ! annonça Claire en lançant son hameçon dans l'eau.

De petits cercles concentriques vinrent froisser la surface du lac par ailleurs toute lisse. Elle rembobina un peu sa ligne, sachant que cela attirerait les truites.

Luke lui avait appris beaucoup de choses.

Il sourit, et lui répondit à voix basse pour ne pas effrayer les poissons :

— J'imagine. Tu es douée pour ça !

— J'ai un bon maître !

Mais c'était vrai, elle était douée… même un peu plus que lui, ce qui contribuait aussi à lui faire apprécier cette activité. Mais elle n'allait certainement pas le reconnaître !

Elle l'aimait, et savait qu'il l'aimait et lui pardonnerait bien des choses, mais il y avait des moments où il fallait savoir préserver l'ego de son compagnon.

Ils avaient passé des jours magiques ici tous les deux, et c'était exactement ce dont ils avaient besoin, maintenant que les efforts qu'ils avaient dû déployer pour laver son nom étaient derrière eux, et n'étaient plus qu'un mauvais souvenir.

Un mauvais souvenir qui, elle le savait, finirait par s'estomper avec le temps.

Et Luke allait l'aider. Comme il le faisait toujours.

Les fichiers qu'elle avait envoyés à la police avaient été amplement suffisants pour mettre Ballard derrière les barreaux pour le restant de sa vie, tout comme l'homme qui avait mis fin à la vie de Julia avec tant de cruauté.

Mais ce meurtre n'était que la partie émergée de l'iceberg, et la police avait trouvé assez d'éléments compromettants pour que non pas un, mais les deux gardes du corps de Ballard soient mis hors d'état de nuire. C'était un réconfort de savoir que ces hommes avaient récolté la punition qu'ils méritaient… Même si cela ne ramènerait pas toutes les vies qu'ils avaient prises.

Elle poussa un long soupir, ainsi qu'elle le faisait à chaque fois que les épreuves qu'elle venait de traverser se rappelaient un peu trop précisément à elle. Elle avait été si près de perdre la vie… ou pire, de perdre tout ce qui était réellement important.

Luke n'avait pas menti ce jour-là, quand il avait expliqué à Ballard combien elle souffrirait s'il mourait pour elle.

Elle prit une autre inspiration et se rappela qu'elle était maintenant en sécurité et heureuse, heureuse de se sentir aimée.

Le soleil du matin souligna le profil de Luke, et ce spectacle lui coupa le souffle, quand bien même elle le voyait presque constamment depuis plusieurs semaines.

— À quoi penses-tu ? lui demanda-t-il avec un petit sourire

avant de rembobiner un peu sa ligne, pour attirer lui aussi le poisson.

— Hum ? Comment sais-tu que je pensais à quelque chose ?

— Je te connais, chaton. Je sais que tu n'arrêtes jamais de réfléchir.

Son sourire s'élargit.

— Et je sentais ton regard posé sur moi, poursuivit-il.

— Ah bon ?

Elle éclata de rire, et ajouta :

— Ça doit être parce que tu es agréable à regarder.

— Merci. Tu n'es pas mal non plus.

Elle se tourna vers le lac, et reprit :

— Je me disais que j'étais heureuse que nous soyons seuls ici tous les deux… même si, je l'ai déjà dit, tes parents sont vraiment extraordinaires !

— Ils savent reconnaître la valeur des gens.

— Visiblement, puisqu'ils t'ont adopté.

— Tu es très louangeuse aujourd'hui. Ce n'est pas pour me déplaire, d'ailleurs.

— Je me sens d'humeur très généreuse puisque j'ai déjà pris trois poissons, et toi… combien déjà ?

— Chut. J'aurais dû me douter que tu allais faire la maligne !

Elle éclata de rire.

— Je pensais vraiment ce que je disais, déclara-t-elle lorsqu'elle reprit son sérieux. Toi, tes frères… Vous êtes un groupe spécial. Je n'aurais jamais imaginé qu'ils m'accueillent avec tant de gentillesse.

Il était inutile qu'elle évoque également tout ce qu'ils avaient fait pour assurer sa sécurité. Ils n'avaient que trop passé et repassé en revue tous les événements qui s'étaient déroulés jusqu'à cette fameuse nuit dans les locaux de Passage Digital.

— Eux aussi savent reconnaître la valeur des gens.

— C'est facile pour toi de balayer tout cela d'un revers de la main. Je ne veux pas dire que tu ne me prends pas au sérieux.

Je suis même convaincue du contraire. Mais tu fais partie d'une famille depuis plus longtemps que moi. Tout est encore si nouveau pour moi !

Il garda le regard fixé sur l'eau, et répondit lentement :

— Tu as tout le temps que tu veux pour t'y habituer... Si c'est ce que tu désires.

Si c'était ce qu'elle désirait ? Passer sa vie avec Luke était son vœu le plus cher.

Mais elle n'osait pas regarder plus loin que le moment présent. Ce séjour était déjà merveilleux. Il lui suffisait de penser qu'ils étaient là, tous les deux, pour être heureuse.

Cette fois, ce fut elle qui sentit le regard de Luke peser sur elle.

— Où es-tu ? lui demanda-t-il.

— Tu veux dire, à part ici ? Près du lac avec toi ?

Il la connaissait bien.

— Oui. Tu pensais à autre chose.

Il était vraiment observateur.

— Il va me falloir du temps pour m'habituer à vivre comme quelqu'un de normal, je pense. J'ai passé tant d'années à me renfermer sur moi-même ! Je ne voulais pas faire confiance et courir le risque d'être blessée. Et je me disais que j'étais mieux seule. Mais tu sais tout ça, conclut-elle avec un haussement d'épaules.

— Oui. Et je te comprends. Ce n'est pas comme si je m'étais habitué à avoir une famille du jour au lendemain ! Moi aussi, il m'a fallu du temps pour m'y faire.

Il rit doucement.

— Plus longtemps que six semaines, ajouta-t-il.

Ils rirent ensemble tout doucement, toujours pour ne pas effrayer le poisson.

— Du moment que tu es heureuse, chaton, c'est tout ce que je veux.

Elle le savait, et elle ne l'en aimait que plus. Quelqu'un au monde voulait son bonheur, sa sécurité, son bien-être et son épanouissement.

Et le fait que cette personne soit Luke la comblait de joie.

— Je suis heureuse en ce moment. Je suis heureuse avec toi.

Elle se pencha pour l'embrasser, mais son baiser fut interrompu par une petite secousse sur sa ligne.

— Encore ? s'exclama Luke en attrapant le filet au cas où elle ait besoin d'aide.

Elle avait fait de gros progrès pour ramener sa prise, donc il n'était pas nécessaire qu'il aille patauger dans l'eau pour lui prêter main-forte.

— Qu'y puis-je ?

Avec un sourire, elle regarda la truite de belle taille qui se tortillait au bout de sa ligne.

— Tu utilises quoi comme appât ? Tu as un secret ?

Elle rit alors qu'il ôtait la truite de l'hameçon. Elle n'arrivait toujours pas à le faire elle-même, et détournait soigneusement le regard pendant l'opération.

— Tu es certaine que tu n'utilises pas des appâts spéciaux ?

— Pourquoi ?

— Il y a quelque chose d'autre sur l'hameçon.

La curiosité prit le dessus, et elle regarda dans sa direction.

Luke déposa le poisson dans le panier, puis se pencha pour rincer quelque chose dans l'eau.

— Quoi ? Qu'est-ce que c'est ? Je n'ai rien mis de particulier ! Tu es à côté de moi : tu vois bien ce que je fais !

Intriguée, elle se pencha sur son épaule.

Il se releva et se tourna vers elle.

Et lui tendit une bague.

Elle laissa tomber sa canne, et croisa les mains sur sa poitrine. Son cœur battait à tout rompre.

— Que… ? Comment… ? Quoi… ?

Luke lui offrit son sourire le plus doux.

— Dois-je vraiment répondre à ces questions ?

Elle resta sans voix, et ne put que secouer la tête, alors que ses yeux restaient rivés sur la bague : un solitaire monté sur or blanc qui lançait des éclats de lumière sous le soleil.

Il se mit sur un genou.

— Je n'avais pas l'intention de faire cela ici et maintenant, mais étant donné la direction que notre conversation a prise, il m'a semblé que c'était le moment idéal pour te demander si tu voulais m'épouser.

— Oh ! mon Dieu ! souffla-t-elle.

— Je prendrai ta réaction comme de la surprise, et non de l'horreur.

— Oh non ! Ce n'est pas de l'horreur ! De la surprise, c'est certain !

Elle était tellement stupéfaite qu'elle ne parvenait pas à surmonter le choc.

— Tu ne savais pas que je voulais te demander en mariage ?

— Je l'espérais, reconnut-elle en tremblant. Mais je ne voulais présumer de rien.

— Et c'est une des nombreuses raisons pour lesquelles je te demande si tu voudrais m'épouser, Claire Wallace.

Son visage rayonnait de tant d'amour alors qu'il levait les yeux vers elle en lui tendant la bague !

— Tu as toujours été la seule pour moi, la seule personne que je n'aie jamais pu oublier. Tu as toujours fait partie de mon âme.

Elle sentit le souffle lui manquer, et ses yeux se remplir de larmes.

— Et tu feras toujours partie de mon âme, murmura-t-il. J'ai la ferme intention de passer le reste de ma vie à te rappeler combien tu es digne d'être aimée. Parce que tu l'es. Tu mérites toute la tendresse, tout le soutien et toute la protection que je pourrai t'offrir, et même plus encore. Je n'ai rien de spécial et je ne suis pas un super héros, mais je ferai tout ce qui est en mon pouvoir pour l'être pour toi. Je serai tout ce dont tu as besoin.

Elle secoua la tête, alors que les larmes coulaient sur ses joues.

— Tu es déjà tout ce dont j'ai besoin, et plus que j'aie jamais rêvé avoir. Je ne pense pas que je pourrais être plus heureuse qu'en ce moment.

— Est-ce un oui ?

Elle rit en hochant la tête.

— Oui ! Absolument !

Il se redressa, la prit dans ses bras pour l'embrasser, et elle sentit son cœur se gonfler d'amour et de joie. Et d'espoir...

Enfin, elle avait espoir en l'avenir.

Et grâce à Luke, elle avait le courage de rêver.

— Je t'aime, murmura-t-il.

Il la tint serrée contre lui, assez fort pour qu'elle puisse sentir son cœur battre au même rythme que le sien.

— Merci d'avoir dit oui, souffla-t-il.

— Je t'aime, moi aussi. Je suis si heureuse que tu m'aies demandée en mariage !

Elle ouvrit les yeux.

— Attends... D'où venait la bague ?

— Elle était dans ma poche. Que crois-tu ?

Il éclata de rire.

— Je l'ai sortie pendant que tu détournais le regard. Reconnais tout de même que j'ai été original !

— Oh ! certainement !

— D'ailleurs, puisque nous parlons de la bague...

Il lui prit la main gauche et la glissa sur son annulaire. Elle était parfaite pour elle.

Tout comme lui.

Claire tendit la main et fit jouer la lumière sur le solitaire, admirant son éclat.

— Et voilà : je vais passer le reste de ma journée à regarder ma bague, et je ne vais plus rien faire d'autre !

— Waouh ! Alors, j'ai fait d'une pierre deux coups, sans mauvais jeu de mots.

— Que veux-tu dire ?

Il lui fit un clin d'œil, en désignant du menton les cannes à pêche posées sur le sol.

— Si tu es distraite, je vais peut-être réussir à attraper plus de poissons que toi.

— Quelque chose me dit qu'il faudra plus qu'un magnifique diamant pour parvenir à ce résultat, Luke Patterson ! répliqua-t-elle dans un éclat de rire.